Nuits irlandaises

*

Et bien plus si affinités

*

Les confidences d'Amy

KATE HOFFMANN

Nuits irlandaises

Sexy

HARLEQUIN

Collection : SEXY

Titre original : DOING IRELAND!

Traduction française de ALBA NERI

Ce roman a déjà été publié en avril 2008

HARLEQUIN
83-85, boulevard Vincent-Auriol, 75646 PARIS CEDEX 13.
Service Lectrices — Tél. : 01 45 82 47 47
www.harlequin.fr
ISBN 978-2-2803-3866-0

1

Le bateau fendait laborieusement la mer grise et agitée. Cramponnée au bastingage pour garder l'équilibre, Claire O'Connor ne quittait pas des yeux le petit monticule de terre dont les contours flous se dessinaient peu à peu à l'horizon.

Une vague plus haute que les autres vint se briser contre la coque, lui éclaboussant le visage. D'un geste machinal, elle repoussa la mèche trempée qui l'aveuglait et continua de fixer la petite île.

L'île de Trall.

Elle avait quitté Chicago vingt-quatre heures plus tôt sur un coup de tête, et maintenant qu'elle touchait au but, elle commençait à se demander si elle ne poursuivait pas une chimère.

— Je dois être un peu folle, murmura-t-elle.

— Plaît-il, jeune fille ?

Elle regarda Billy Boyle, le capitaine du bateau du courrier, et se força à sourire.

— Rien, rien du tout.

— Rentrez donc vous mettre à l'abri.

— Merci, mais j'aime bien le grand air, bougonna-t-elle.

Peut-être qu'une bonne douche froide parviendrait à la

ramener à la raison ? Depuis deux jours, les événements s'étaient bousculés si vite dans sa vie qu'elle n'arrivait même pas à réfléchir. En six heures à peine, elle avait perdu son fiancé, son travail, son appartement, et dans un mouvement désespéré pour récupérer amour, job et maison, elle s'était lancée dans la quête aventureuse qui l'amenait jusqu'à cette île perdue, face à la côte ouest de l'Irlande.

— Ce n'est pas courant de venir seule pour visiter Trall, commenta le capitaine. La plupart des visiteurs viennent en couple, c'est une destination romantique, voyez-vous.

— Ah bon ? Et pourquoi ? demanda-t-elle, curieuse.

Sa grand-mère, Orla O'Connor, lui avait parlé de l'île et de la légende qui circulait à son sujet, mais elle avait envie d'entendre l'histoire de la bouche de quelqu'un qui parlait d'expérience et non en se référant à un souvenir vieux de cinquante ans.

— Les couples viennent ici dans l'espoir de trouver la source du Druide, c'est marqué dans tous les guides ! On dit que, si deux personnes boivent ensemble à l'eau de cette source, elles resteront ensemble pour la vie. Amour éternel et tout le tintouin. Un canular, si vous voulez mon avis.

— Et vous savez où se trouve cette source ?

— Pensez-vous ! grommela le capitaine. Je me suis marié trois fois, et je n'ai plus de femme pour chauffer mon lit les nuits d'hiver. Avec ça, je vous ai tout dit.

Claire regarda de nouveau vers le rivage. Elle s'était imaginé que l'emplacement de la source serait indiqué sur tous les chemins de Trall, avec des panneaux et peut-être même un centre d'accueil pour touristes. Sa grand-mère avait omis de lui signaler qu'il fallait d'abord localiser soi-même la fameuse source !

— Mais il doit bien y avoir quelqu'un qui sait où elle se trouve, non ? demanda-t-elle.

Le capitaine réfléchit un moment avant de lui répondre.

— Sorcha Mulroony devrait le savoir. Elle se dit princesse druide. Non, prêtresse. Elle se prend pour la gardienne de l'âme magique de l'île, et si vous voulez mon avis, elle est un peu toquée. Vous pouvez toujours le lui demander. Mais je vous préviens : elle fait payer ses services à prix d'or.

— Ses services ?

— Voyance, sorts, charmes… L'année dernière, je lui ai demandé un sort. Cinquante euros, qu'elle m'a pris. Il y avait un gus de Dingle qui voulait me piquer le contrat du bateau courrier en cassant les prix. Sorcha a jeté un sort sur son bateau, et vous savez quoi ? Il a coulé dans le port le lendemain même.

— Et vous n'avez pas songé qu'elle avait pu tout simplement faire un trou dans la coque ?

Billy réfléchit de nouveau, comme si cette idée ne lui avait jamais traversé l'esprit.

— Je m'en fiche de ce qu'elle a fait, conclut-il avec un haussement d'épaules. Magie ou pas magie, ce n'est pas ce gus qui apporte le courrier à Trall maintenant, non ?

— A l'évidence, répondit-elle avec un sourire. Connaissez-vous un hôtel dans lequel je pourrais séjourner ?

— Il y a une très bonne auberge au nord de la ville, le Ivybrook, sur la route de Cove. Il doit y avoir des chambres, à cette période de l'année. Le propriétaire s'appelle Will Donovan. Sa famille vit dans l'île depuis plusieurs générations. Lui-même est une sorte de célébrité nationale, en quelque sorte.

— C'est vrai ? Et pourquoi est-il connu ?

— Ici à Trall, on ne raconte pas la vie des autres, grommela Bill. Mais bon, ce que je vais vous dire, ce n'est pas du commérage, c'est officiel. Il y a quelques années, Will a été élu comme l'un des célibataires les plus convoités d'Irlande, même qu'on a publié sa photo dans une revue d'actualités.

— Très intéressant.

— C'est son grand-père qui a fondé l'hôtel, dans un ancien manoir qui avait appartenu à une riche famille anglaise. Quand Will a quitté l'île pour aller à l'université, on s'est tous dit qu'on ne le reverrait plus, mais il y a trois ans il est revenu pour s'occuper de l'hôtel. Ses parents, Mick et Maeve Donovan, sont partis s'installer à Dublin pour se rapprocher de leur fille et de leurs petits-enfants. La vie dans l'île semble convenir fort bien à Will.

— J'aurais dû appeler avant pour réserver, peut-être.

— Je n'ai pas amené un seul touriste depuis trois jours, répondit le capitaine. Je ne crois pas que vous ayez de problème pour vous loger. Mais il y aura un peu plus de monde à la fin de la semaine, avec la célébration du Samhain.

— Je serai déjà partie alors. Je ne compte pas rester plus d'une ou deux nuits.

— Si vous ne trouvez pas Will à l'hôtel, il y a une clé sous le pot de fleurs près de l'entrée. Vous pouvez ouvrir et l'attendre à l'intérieur.

— Mais pourquoi ferme-t-il la porte, si tout le monde sait où il cache la clé ?

— A cause de Dickie O'Malley. Il n'a pas l'eau courante dans sa ferme, alors il cherche toujours à s'introduire dans les maisons pour prendre un bain. C'est pas le gars raffiné, si vous voyez ce que je veux dire, il transforme votre salle de bains en vraie porcherie, utilise toutes les serviettes propres et vide jusqu'à la dernière goutte de votre whiskey s'il le trouve.

Willy hocha la tête.

— Ça non plus ce n'est pas du commérage, ajouta-t-il. Ce sont les faits.

Puis il se dirigea vers le poste de pilotage, et le reste de la traversée se déroula en silence.

Accoudée au bastingage, Claire sentait sa détermination faiblir. Elle commençait à trouver complètement insensées les raisons qui l'avaient menée jusqu'à Trall. Pensait-elle vraiment reconquérir l'amour d'Eric par des moyens magiques ? Si les fées existaient, on ne pouvait pas dire qu'elles l'avaient beaucoup aidée ces temps derniers !

Elle n'était pas près d'oublier ce qu'elle venait de vivre.

La veille, qui s'annonçait pourtant comme un matin ordinaire, Eric s'était levé plus tôt que d'habitude. Au lieu de lui emboîter le pas pour partir à pied avec lui au bureau, elle avait décidé de dormir encore un peu, elle prendrait le métro. Quand enfin, passablement ensommeillée, elle avait rassemblé son énergie pour aller prendre sa douche, un post-it vert fluo collé sur le miroir de la salle de bains l'avait réveillée brutalement :

« Tout est fini entre nous. Je suis désolé. Au revoir. »

Elle avait eu un choc. Ces derniers temps, Eric lui avait semblé un peu distrait, maussade même, mais elle avait cru qu'il s'apprêtait à la demander en mariage, pas à la plaquer ! D'autant plus qu'elle était tombée par hasard sur une facture de neuf mille dollars à l'en-tête de la bijouterie la plus prestigieuse de Chicago. Ce n'était pas possible, il ne pouvait pas la quitter comme ça ! Ils travaillaient dans la même agence depuis quatre ans et sortaient ensemble depuis trois. Il ne pouvait pas être sérieux, il fallait qu'elle lui parle tout de suite.

Abasourdie mais déterminée, elle s'était habillée pour se rendre au travail.

Lorsqu'elle était arrivée à l'agence, le chaos y régnait. Une heure auparavant, une réunion d'urgence avait eu lieu : on y avait annoncé que la société venait d'être rachetée et que la moitié du personnel perdait son emploi. Son supérieur direct n'avait pas tardé à l'appeler pour l'informer qu'elle faisait partie de la charrette. Dans la foulée, elle avait appris qu'Eric avait donné sa démission la veille. Il était déjà parti, ne laissant derrière lui qu'un bureau vide.

Elle était rentrée chez elle, prête à se rouler en boule sous sa couette et à pleurer tout son soûl, mais la journée n'était pas finie : un coursier avait sonné à sa porte pour lui remettre en main propre une lettre de la régie. Celle-ci expliquait avec maintes formules juridiques que l'immeuble allait devenir une copropriété, et que, bien entendu, elle avait l'option d'acheter l'appartement qu'elle occupait… à un prix mirobolant qu'une directrice d'art au chômage ne pouvait se permettre.

C'était inconcevable. Elle avait planifié sa vie pour que celle-ci se déroule sans accroc, selon un schéma soigneusement orchestré. Elle avait rencontré l'homme idéal, décroché un job dans une agence réputée et habitait dans le quartier le plus branché de la ville. Elle mangeait bio, transpirait religieusement quatre soirs par semaine dans un club de gym super-moderne et donnait, une fois par semaine, des cours de rattrapage aux gamins des quartiers défavorisés. Comment sa vie si parfaite avait-elle pu s'effondrer comme un château de cartes en une seule journée ?

« Quand il pleut, c'est le déluge », avait professé sa grand-mère dans les bras de laquelle elle était allée se réfugier.

Ensuite, elle lui avait donné un conseil : « Retrouve ton homme d'abord, le reste suivra. »

Quand elle lui avait demandé comment, Orla O'Connor avait déjà une réponse toute prête : un voyage en Irlande, sur l'île de Trall, plus précisément. Cela viendrait à bout de tous ses problèmes.

— Et me voici, soupira-t-elle comme le bateau passait le phare de la digue.

Le capitaine manœuvrait adroitement dans les eaux calmes du petit port pour garer le bateau dans un dock vide. Ensuite, il sauta à terre, fixa les amarres et lui tendit la main pour l'aider à descendre sur le ponton de bois.

— Si vous voulez repartir avec moi, c'est tous les jours à midi, du lundi au vendredi. Vous avez aussi le ferry, trois fois par jour, week-end inclus.

— Merci. Pouvez-vous m'indiquer le chemin de l'auberge ?

— C'est par là, répondit le capitaine, pointant du doigt vers le nord. A un petit mile à peine, mais vous devriez vous dépêcher, on dirait qu'il va pleuvoir.

— Mais… il n'y a pas de taxi ?

Cette fois-ci, le capitaine consulta sa montre.

— Habituellement si, quand on attend des visiteurs. Mais vous n'êtes pas attendue, n'est-ce pas ? Dougal Fraser tient le service de taxi de l'île, mais vu qu'il est 16 heures, il doit être au pub. Ce pub, là, Au Fermier Jovial.

— Et vous ne pouvez pas m'emmener jusqu'à l'auberge ?

— Ah, non, ma p'tite dame. Ce serait marcher sur les plates-bandes de Dougal, et il n'apprécierait pas, sûrement pas. Nous avons nos règles de savoir-vivre ici, à Trall, on ne vole pas le gagne-pain d'un autre homme. Et puis, j'ai laissé ma voiture à Fermoy, je n'ai pas besoin d'elle ici !

— Et si ce monsieur n'est pas au pub ? Suis-je censée marcher jusqu'à l'hôtel avec mes bagages ?

— Oh, mais je suis sûr que quelqu'un passera et vous proposera de vous conduire. Vous n'avez qu'à faire signe et dire où vous allez. Mais essayez le pub, d'abord.

La pluie fine qui tombait était devenue une véritable averse lorsqu'elle franchit le seuil du bar. Ses yeux mirent un petit moment avant de s'habituer à la pénombre qui régnait à l'intérieur. Elle distingua alors le patron derrière le comptoir et deux habitués qui la dévisageaient d'un regard curieux.

— Je cherche Dougal Fraser, lança-t-elle d'une voix timide.

Will Donovan mit une bûche de tourbe dans la cheminée et regarda les flammes s'élever dans un crépitement joyeux. Le souffle chaud du foyer commença à se répandre dans le grand salon de l'auberge.

— Sers-moi un autre whiskey, murmura Sorcha, en le regardant à travers les mèches rousses qui lui cachaient le visage.

Il la considéra.

Pelotonnée dans son coin préféré du canapé, Sorcha lui tendait son verre avec ce sourire dont elle savait si bien user pour mettre les hommes à ses pieds.

Lui-même était tombé sous le charme l'été de son retour sur l'île, trois ans auparavant. Ils avaient vécu une aventure aussi brève que torride, mais au bout du compte, après six mois de liaison, il en avait conclu qu'ils s'entendaient mieux comme amis que comme amants. Sorcha, de son côté, s'était entêtée à croire jusqu'à l'année précédente qu'il était l'homme de sa vie, se servant de tous ses pouvoirs de druidesse pour lui rendre la vie difficile. D'ailleurs, elle n'avait peut-être pas encore supprimé tous les mauvais sorts qu'elle lui avait jetés.

— Et pourquoi devrais-je te servir un autre whiskey ? demanda-t-il en s'installant dans la confortable bergère près du feu.

— Parce que c'est toi l'aubergiste, et que je suis ton hôte.

Il se leva pour prendre le verre et, debout à côté de la petite table qui servait de desserte, l'emplit d'une mesure du liquide ambré contenu dans sa carafe en cristal. Un sourire en coin, il s'approcha d'elle et lui tendit sa boisson, pour la retirer juste au moment où elle allait s'en saisir.

— Je veux bien te le donner, mais il faut d'abord que tu te montres gentille avec moi.

— Mm, ça sonne bien, ronronna-t-elle. Qu'est-ce qui t'arrive ? Tu es en manque ?

— Allons, Sorcha, tu ne vas pas recommencer, grommela-t-il. Tu sais bien que ça ne marche pas entre nous.

— Bien sûr que je le sais ! Mais nous pourrions nous contenter d'un gros câlin, justement, sans nous encombrer des soucis d'une relation.

— On se connaît. Quand tu es avec un homme, il faut qu'il te vénère, te comble et obéisse au moindre de tes caprices. Et lorsqu'il n'est plus qu'un pauvre pantin fou de toi, tu le quittes pour quelqu'un de nouveau.

— Comment peux-tu dire ça ? demanda-t-elle avec une moue boudeuse. *J'adore* les hommes !

— Peut-être un peu trop.

— Si tu as l'intention de continuer à m'insulter, file-moi au moins ce verre. Je crois que je suis sur le point de me fâcher.

— Tu l'auras, mais d'abord il faut que tu fasses quelque chose pour moi.

— Que veux-tu ? Pas mon corps, à l'évidence. Je pourrais me vexer, mais à vrai dire je crois que je te considère maintenant comme une sorte de frère. Un frère très sexy, certes, mais maintenant j'aurais l'impression de faire quelque chose de mal si nous recouchions ensemble. J'ai mes principes.

— Je veux que tu annules le sort que tu m'as jeté.

— Tiens, tiens ! Je pensais que tu ne croyais pas à mes pouvoirs, répondit Sorcha avec un sourire de satisfaction.

— Je n'y crois pas, mais c'est l'intention qui compte. Je ne peux pas partager mon whiskey avec toi si je sais que tu me cherches des noises ésotériques.

— Mouais. Quel sort veux-tu que j'efface ? demanda-t-elle.

— Comment ça, lequel ? Parce qu'il y en a plusieurs ?

— Laisse-moi réfléchir. Deux. Non, trois. Non, attends, j'ai défait celui-là quand tu as réparé ma voiture. Deux.

— Puis-je en connaître la teneur ? Juste pour savoir.

— Donc, le premier, c'était que tu ne rencontres jamais une femme aussi belle et aussi sexy que moi. Et l'autre, il était lié à tes performances au lit, expliqua-t-elle, hilare. Un petit sortilège juste pour t'embêter.

Il roula des yeux. C'était vrai que, depuis la fin de leur relation, il n'avait pas eu beaucoup de chance avec les femmes, juste deux ou trois histoires, et quelques brèves aventures avec des copines qu'il avait retrouvées lors de ses séjours à Londres ou à Berlin. Mais aucune de ces femmes n'avait eu à se plaindre de ses prestations amoureuses !

— Nous devrions recommencer sur de nouvelles bases, proposa Will. Je veux que tu effaces tous tes sorts, là, maintenant, devant moi.

Avec un soupir, Sorcha attrapa le verre qu'il lui tendait.

— D'accord.

Elle vida son verre d'un trait, se redressa sur le canapé, et hocha la tête jusqu'à ce que ses longs cheveux tombent comme un rideau devant son visage. Puis elle commença à se bercer très lentement, d'avant en arrière, en murmurant une litanie incompréhensible en gaélique, qu'il ne parvint pas à déchiffrer malgré sa connaissance de la langue. Enfin, Sorcha rouvrit les yeux.

—Alors, as-tu fini tes exorcismes ?

— Mais oui, aucune magie ne pèse plus sur toi. Enfin, presque. Je t'ai offert un charme en preuve d'amitié.

— Tu m'avais promis…

— Du calme ! C'est un bon sortilège : la prochaine femme que tu vas rencontrer tombera raide dingue de toi, et vous partagerez une torride partie de jambes en l'air dans les vingt-quatre heures. Crois-moi, elle ne reculera devant rien pour te mettre dans son lit.

Des coups impatients furent frappés à la porte de l'auberge, troublant le silence de la grande pièce.

— La voilà ! gloussa Sorcha, visiblement ravie. Elle arrive à point nommé. Je me demande qui elle est au juste. Le cheptel de célibataires sur cette île n'est pas folichon, à ma brillante exception près. Bon, Eveleen Dooly doit être bonne au lit.

— Au moins, Eveleen ne joue pas aux sorcières, grommela-t-il. Je vais ouvrir, et toi tu vas annuler ton sort, d'accord ?

— Comme tu voudras. Mais vas-y lentement, c'est un charme assez compliqué, j'ai besoin d'un peu de temps.

Will se dirigea vers le vestibule, lentement.

S'il ne croyait pas aux pouvoirs supposés de Sorcha, il ne pouvait s'empêcher de garder une certaine prévention à leur égard. Ce devait être inévitable, après tout, lorsqu'on était né sur une île irlandaise inscrite dans la légende.

Il ouvrit la porte.

Debout sur les marches du perron se tenait une jeune femme complètement trempée par la pluie, les chaussures couvertes de boue.

— Enfin, murmura l'inconnue en guise de bonjour. Je n'ai pas trouvé la clé. Pourtant, on m'avait dit qu'elle se trouvait dans le pot de fleurs, là. Quelle saucée !

— Je suis navré, s'excusa-t-il en s'emparant de sa valise. Sorcha a dû… Peu importe. Entrez, je vous prie. Bienvenue au Ivybrook Inn.

La jeune femme se glissa à l'intérieur, laissant sur son passage une succession d'empreintes boueuses. Lorsqu'elle s'en aperçut, elle jura à voix basse.

— Je n'ai pas trouvé de taxi, expliqua-t-elle en se déchaussant. Le chauffeur était censé se trouver dans le pub sur le port, mais il n'y était pas. Un fermier très gentil m'a proposé de m'amener. Sur son cheval. Bref, j'ai besoin d'une chambre.

Will étudia la nouvelle arrivante. Elle avait noué une écharpe autour de sa tête dans l'espoir illusoire de se protéger de la pluie, et ses cheveux clairs collaient à ses joues, maculées de traces de boue et de coulures de mascara. Quant à son corps, impossible d'en deviner les contours sous ses vêtements lourds et déformés par l'eau. Au moins, observa-t-il en la voyant enlever ses chaussettes, elle avait de jolis pieds. Elle semblait assez jeune. Vingt-cinq ou vingt-six ans tout au plus.

— Vous êtes américaine ? demanda-t-il.

Elle pencha la tête et le regarda dans les yeux pour la première fois, battant des paupières pour chasser les gouttes d'eau qui s'obstinaient à glisser de ses cheveux pâles.

— Excusez-moi, vous disiez ?

— Etes-vous américaine? répéta-t-il plus lentement, le regard attiré par la bouche gourmande de l'inconnue.

— Oui, tout à fait. Cela pose un problème? s'enquit-elle, sortant de son portefeuille une carte de crédit.

— Non, pas du tout, répondit-il, plongeant par surprise dans ses yeux turquoise. C'était par curiosité, vous avez l'air… américaine.

— Ce doit être parce que je le suis, alors, dit-elle avec un petit sourire mutin. Et maintenant, ajouta-t-elle en frissonnant, puis-je avoir une chambre? Il faut absolument que j'enlève ces vêtements.

— Oui, bien sûr. Je serais ravi de vous aider, euh, je veux dire, vous serez beaucoup mieux lorsque vous aurez quitté vos vêtements… Pour en mettre d'autres, bien sûr.

Confondu par cet accès de maladresse étrange de sa part, il choisit, sur le tableau, les clés de la plus belle chambre de l'établissement.

— La 7, dit-il en les déposant dans la main qu'elle tendait. En haut de l'escalier, à gauche au bout du couloir.

Sa peau était douce et fraîche au toucher, et sans penser à ce qu'il faisait, il caressa l'intérieur satiné de son poignet.

— Vous avez une belle salle de bains avec une grande baignoire. Montez, je vous apporterai vos chaussures et votre valise dès que j'aurai pu les sécher.

— Très bien, dit-elle, retirant doucement sa main de la sienne pour monter l'escalier.

— Quel est votre nom? demanda-t-il encore. Pour le registre.

— Claire, dit-elle. Claire O'Connor, c'est sur la carte. De Chicago, Illinois.

— Bienvenue au Ivybrook Inn, mademoiselle O'Connor. Je suis Will Donovan.

Elle lui rendit la politesse d'un bref hochement de tête

et continua son ascension, ses vêtements dégoulinants formant de petites flaques sur les marches.

Lorsqu'elle eut disparu, seulement, il sentit la présence de Sorcha. Celle-ci mâchonnait des chips, adossée au chambranle de la porte du salon.

— Une Américaine. J'ai bien bossé, non ? commenta-t-elle. On dit qu'elles sont sacrément enthousiastes, au lit.

— Je ne fraye pas avec les clientes, rétorqua-t-il. Et, en plus, cela ne te regarde pas.

— Dommage que tu aies ouvert la porte si vite, dit-elle avec un demi-sourire badin. Je n'ai pas eu le temps d'annuler mon sortilège. Elle vaut carrément le coup, non ? Je m'en vais, maintenant.

En passant devant lui, Sorcha lissa le col de sa chemise et lui ébouriffa les cheveux.

— Amuse-toi, mon petit Will, dit-elle en enfilant son imperméable. Tu verras, tu me remercieras plus tard.

Sorcha partie, il prit une serpillière pour nettoyer la boue que sa nouvelle cliente avait laissée un peu partout. Les chaussures étaient désormais hors d'usage, mais il épongea la valise et réussit à la monter à l'étage sans tout mouiller sur son passage.

Arrivé devant la chambre, il frappa discrètement à la porte entrouverte.

— Mademoiselle O'Connor ?

Pas de réponse.

Discrètement, il regarda à l'intérieur de la pièce et, ne voyant personne, entra et posa le bagage à côté du lit. Alors qu'il s'apprêtait à ressortir, ses yeux tombèrent sur la porte de la salle de bains entrebâillée, ce qui lui permit d'apercevoir la jeune femme plongée dans l'ancienne baignoire sur pied, les yeux clos.

Ses cheveux blonds attachés en arrière découvraient

un visage à l'ovale parfait dont la beauté simple le ravit et lorsque, malgré lui, ses yeux glissèrent sur les deux îlots ronds de ses seins parfaits, une vague soudaine de désir le saisit.

Il se raidit, gêné d'envahir ainsi son intimité, avant de réaliser qu'elle s'était endormie, les bras ballant à l'extérieur et le robinet encore ouvert.

Il domina son envie pressante d'avancer vers elle. En tant qu'hôtelier, il se devait de respecter une certaine déontologie, qu'il avait déjà largement enfreinte en matant une cliente endormie dans son bain. Mais si Sorcha avait raison ? s'interrogea-t-il malgré lui. Si cette femme et lui…

Mais non, c'était absurde. Il n'allait tout de même pas croire toutes ces fadaises !

La jeune femme soupira dans son sommeil, s'enfonçant légèrement dans l'eau, et il recula.

Il déplaça la valise pour la laisser juste à côté de la porte et ne reprit sa respiration qu'une fois dans le couloir. Si la baignoire débordait, il aurait une bonne raison d'intervenir. En attendant, il devait rester hors de cette chambre.

L'image de ce corps nu tournoyait dans son cerveau et il sentit son sexe se durcir à la seule idée de le toucher. Il émit un grognement de frustration. Il était en cale sèche depuis un moment, et il lui était déjà arrivé de fantasmer sur une belle étrangère sans inhibitions qui chercherait à le séduire. Mais il n'avait jamais vraiment envisagé que ce rêve pourrait se matérialiser. D'ailleurs, il y avait peu de risques pour qu'il se réalise, se raisonna-t-il. Sa trop séduisante cliente ne resterait sans doute qu'une nuit, et il y avait toutes les chances pour qu'elle soit dotée d'un mari. En outre, il n'avait jamais cru aux pouvoirs magiques de Sorcha.

Il s'était montré poli et avenant envers Claire O'Connor, comme il se doit. Mais l'histoire s'arrêtait là.

L'eau du bain était à peine tiède lorsque Claire s'en extirpa. Elle se drapa dans une épaisse serviette blanche et retourna dans la chambre. On avait posé ses bagages à côté de la porte. Manifestement, son hôte était entré sans qu'elle s'en aperçoive.

Le visage de Will Donovan revint à sa mémoire. Le monde ne manquait pas d'hommes magnifiques, elle le savait, mais elle devait reconnaître que l'île de Trall avait là un spécimen particulièrement attirant. Une question pourtant titillait sa curiosité : qu'est-ce qui avait bien pu pousser l'un des célibataires les plus convoités d'Irlande à venir établir ses quartiers ici ?

Un sourire rêveur aux lèvres, elle se laissa tomber sur le lit.

Depuis qu'elle travaillait dans la pub, elle avait étudié des centaines de corps et de visages — mannequins, acteurs —, toujours à la recherche de ce je-ne-sais-quoi qui fait la différence entre un homme pas mal et un homme absolument irrésistible.

Personnellement, elle classait sans hésiter Will Donovan dans cette dernière catégorie. Il y avait bien sûr le nez droit, la bouche expressive et des yeux d'une nuance rare entre le vert et le doré, mais ce qui lui conférait un charme fou, c'était sa façon de regarder, à la fois amicale et distraite, comme s'il n'avait pas conscience de l'effet qu'il pouvait faire sur les femmes.

Elle commença à enduire de crème son corps fourbu sans cesser de penser à la barbe de trois jours de son hôte et à ses cheveux savamment décoiffés.

En temps normal, elle ne lui aurait pas accordé trois secondes de ses pensées. N'était-ce pas pour le moins troublant que, le lendemain de sa rupture avec Eric, et après avoir traversé l'Atlantique pour trouver un moyen de sauver leur relation, elle fantasme ainsi sur un inconnu ?

Un effet du décalage horaire, sans doute. Et puis, quand on voyage, on s'intéresse aux autochtones, non ?

Elle secoua la tête. Elle était ici pour Eric, l'homme de sa vie. Ils étaient faits l'un pour l'autre. Depuis son adolescence, elle attendait cet homme, elle avait même dressé une liste des qualités du mari parfait, et Eric y correspondait point par point.

La confection de listes était une de ses spécialités depuis toujours. Un psy aurait sans doute conclu que c'était sa façon de compenser le désordre de son enfance. Celle-ci s'était écoulée dans une maison trop petite pour contenir la turbulence de ses cinq frères aînés, qui échappaient complètement au contrôle de ses parents démissionnaires. C'était bruyant et chaotique, et dès qu'elle le pouvait, elle cherchait refuge chez sa grand-mère. Là, elle pouvait se poser et discuter des sujets qui lui tenaient à cœur, principalement ce qu'elle deviendrait en grandissant. C'était Orla qui l'avait encouragée à tenir son journal intime.

« Si tu les écris noir sur blanc, tes rêves deviendront réalité », lui avait-elle assuré. Plus tard, au fur et à mesure que ses vœux étaient exaucés, elle les cochait avec satisfaction dans les pages de son petit cahier.

Elle entreprit de sortir ses affaires de la valise pour les ranger dans l'armoire. En passant près des fenêtres qui occupaient l'un des murs de la chambre, un courant d'air froid lui donna la chair de poule. Sur la cheminée, elle trouva une boîte d'allumettes et en gratta une pour brûler la balle de papier qui se trouvait dans le foyer, sous un petit tas de tourbe. Une chaleur très agréable à l'odeur piquante caressa sa peau, mais très vite une fumée dense se répandit dans la pièce. Elle n'avait pas ouvert la hotte d'évacuation !

Elle chercha désespérément le moyen de le faire, mais ne trouva ni levier ni manette sur le manteau, et la fumée refoulée du foyer l'empêchait de regarder à l'intérieur. Paniquée, elle courut vers la fenêtre, l'ouvrit, et commença à éventer la chambre avec la serviette qui lui couvrait le corps.

Peine perdue. La fumée envahissait toujours la pièce, et elle comprit que la seule façon de l'arrêter était d'éteindre le feu. Elle s'attaqua aux flammes à grands coups de serviette. Elle avait presque réussi lorsque l'alarme anti-incendie commença à retentir de façon stridente. Il fallait qu'elle éteigne ce satané engin avant que Will Donovan n'accoure, pensa-t-elle, affolée.

A cet instant même, Will se précipita dans la chambre, armé d'un extincteur.

Surprise, elle tenta de se couvrir le corps avec la serviette.

Il traversa la chambre d'un pas décidé et réduisit le feu en un clin d'œil.

— Vous n'avez rien ? demanda-t-il, prévenant. Que s'est-il passé ?

— Ça va, merci, répondit-elle. Je voulais juste… Mais quelle idée, aussi, de préparer un feu sans ouvrir le conduit !

— Et quelle idée, *aussi,* rétorqua-t-il, d'en allumer un sans vérifier que le conduit est ouvert.

— Il fait un froid de canard, dans cette chambre, se défendit-elle.

Mais le frisson qui la parcourait en sentant les yeux de Will glisser sur son corps n'était pas seulement dû à la température glaciale de la pièce.

— Fermons la fenêtre, déjà, dit-il en s'exécutant.

Ensuite, il s'empara du couvre-lit, qu'il tint devant lui, les bras ouverts.

A petits pas hésitants, elle s'en approcha jusqu'à ce qu'il puisse l'envelopper comme dans un cocon douillet.

— Je vais vous changer de chambre, vous ne pouvez pas dormir ici, murmura-t-il tout en lui frottant gentiment le dos.

— Je suis vraiment désolée, répondit-elle.

Elle n'osait pas croiser son regard, de peur qu'il ne découvre les larmes de fatigue et de frustration qui affluaient au coin de ses yeux. Elle était épuisée, gelée, et sa vie tournait à la catastrophe. Elle voulait seulement se mettre au lit et pleurer jusqu'au printemps. Cet homme n'imaginait pas les efforts qu'elle déployait pour ne pas craquer.

Il pencha la tête pour la regarder, et ils restèrent interdits quelques secondes, les yeux dans les yeux. Elle ouvrit la bouche pour lui dire… mais elle avait déjà oublié ce qu'elle voulait lui dire. Il fixa ses lèvres, et elle comprit ce qui allait se passer, incapable d'agir pour l'arrêter.

— Vous êtes sûre que ça va aller ? murmura-t-il en approchant son visage du sien.

— Certaine, répondit-elle avec un fil de voix.

Etourdie par la vitesse de son propre pouls contre ses tempes, elle ferma les yeux et décida de laisser Will prendre l'initiative.

Elle ne se défendit pas lorsqu'il posa ses lèvres contre les siennes.

Son étreinte, pourtant, n'avait rien de timide, comme c'est souvent le cas d'un premier baiser. Non. Will s'emparait de sa bouche comme si elle lui appartenait depuis toujours, sa langue impatiente venant chercher la sienne, exigeant une réponse à la mesure de son attente.

Ils s'embrassèrent longuement et sans répit, avec une intensité, un abandon qu'elle n'avait jamais connus auparavant.

Passant ses mains sous le plaid, Will lui caressa les épaules, puis les hanches.

Avec un gémissement étranglé, elle colla son ventre contre le sien et le caressa d'une main tremblante, toute pudeur oubliée. La seule chose qu'elle voulait maintenant, la seule chose qui lui importait, c'était aller jusqu'au bout de ce qu'ils avaient tous deux commencé. Même si, quelque part au fond d'elle, elle savait qu'embrasser un inconnu à peine couverte d'un dessus-de-lit s'avérerait tôt ou tard une grossière erreur.

Lorsque finalement Will s'écarta d'elle, elle inspira profondément et rouvrit les yeux.

Il la regardait, troublé.

— Pardon, murmura-t-il, reculant d'un pas. Mais qu'est-ce...

— Pour... pourquoi avez-vous fait ça ? balbutia-t-elle, agrippée au tissu molletonné.

— Je ne sais pas, répondit-il.

Il jura à voix basse.

— Je ne sais pas, vraiment, continua-t-il. J'ai cru que tu... que vous en aviez envie. Ne me dites pas que je me suis trompé...

— Oui. Je veux dire, non, vous ne vous êtes pas trompé. J'ai été surprise, c'est tout. C'était si... inattendu.

— Mais c'est néanmoins ce que vous espériez ? Dites-le-moi, s'il vous plaît, dites-moi que ça l'était.

Elle réfléchit avant de répondre.

— Oui, dit-elle finalement. En tout cas, je n'ai rien fait pour vous dissuader.

— Ouf ! Je vais vous laisser maintenant, pour que vous puissiez vous habiller. Vous n'avez pas l'intention de rallumer la cheminée, n'est-ce pas, mademoiselle O'Connor ?

— Pas tout de suite, non. Mais on peut s'appeler par nos prénoms, ne croyez-vous pas ? Après ce qui vient de se passer…

— Je pense, oui, et même se tutoyer. Autre chose, Claire, tu n'as pas faim ? J'ai de quoi dîner en bas. Ensuite je te donnerai une autre chambre. Bien chauffée et sans fumée, promis.

— Merci beaucoup, Will.

Elle regarda la porte se fermer et s'assit au bord du lit, désemparée.

Que diable venait-il de leur arriver ? C'était si étrange, si troublant. Comme un rêve éveillé, un moment de folie que le décalage horaire aurait fait naître de son cerveau fatigué.

Elle caressa ses lèvres légèrement enflées, meurtries par la barbe mal rasée de Will. Comment se comporter avec lui, maintenant ? Elle ne se sentait pas offensée, encore moins coupable ou honteuse. A vrai dire, elle éprouvait une sorte d'ivresse, une sensation de légèreté qu'elle n'avait pas ressentie depuis longtemps. Mais aussi, quelle femme n'aurait pas été attirée par Will Donovan ? C'était un homme terriblement séduisant, et fort différent de… Eh oui, elle devait l'admettre, très différent d'Eric.

Sa relation avec ce dernier n'avait pas été sans nuages et, si elle était honnête envers elle-même, leur union s'était un peu installée dans la routine au cours des derniers mois, bien qu'elle ne l'ait pas remarqué jusqu'à cet instant. Cela faisait longtemps que la présence d'Eric ne faisait plus battre son cœur comme Will l'avait fait quelques minutes plus tôt. Certaines attitudes d'Eric, même, l'agaçaient. Sa vanité, par exemple. Dieu qu'il pouvait se montrer présomptueux ! Et son égoïsme. Elle n'arrivait plus à se rappeler la dernière fois où elle s'était sentie comblée après avoir fait l'amour avec lui.

Will Donovan semblait, en revanche, appartenir à ce type d'hommes qui savent comment satisfaire, voire épuiser, les attentes d'une femme en la matière.

D'un bond, elle se leva du lit et commença à fouiller dans ses bagages à la recherche de quelque chose de joli à se mettre sur le dos. Ce n'était pas évident, car elle n'avait prévu pour ce voyage que des tenues sport et confortables. Elle choisit un jean noir qui mettait en valeur ses formes et un petit chemisier vert en soie, qu'elle porterait avec un soutien-gorge noir en dessous, décida-t-elle, histoire d'ajouter un peu de piquant à la chose.

Un quart d'heure plus tard, les cheveux parfaitement lissés et un soupçon de rose aux lèvres, elle se contempla dans la glace.

Son reflet lui lança un regard désapprobateur.

Elle soupira, contrite. C'était vrai, à la fin, à quoi jouait-elle donc ? C'était vraiment n'importe quoi, de se pomponner de la sorte pour chercher à plaire à un inconnu.

Enervée contre elle-même, elle essuya le rose de ses lèvres et glissa un serre-tête bien sage à travers ses cheveux.

Elle était amoureuse d'Eric, se réprimanda-t-elle. Et lui d'elle, même s'il croyait le contraire.

Aucun bruit ne s'entendait dans l'hôtel lorsqu'elle descendit l'escalier. Un feu crépitait joyeusement dans le hall d'entrée, qu'elle traversa à la recherche de la salle à manger.

— J'ai pensé qu'on pouvait dîner dans la cuisine. Elle est très accueillante et… bien chauffée.

Elle tressaillit et se tourna vers la voix en se maudissant de cette réaction involontaire de son corps.

La silhouette de Will se dressait à contre-jour sur le seuil de ce qui devait être la cuisine.

D'accord, se dit-elle. Cet homme exerçait sur elle une incroyable attirance. Mais cela ne voulait pas dire qu'elle devait abandonner tout contrôle.

— Parfait, dit-elle, espérant cacher son émoi. C'est gentil.

— Qu'est-ce qui est gentil ?

— De m'inviter à dîner.

— Attends d'avoir goûté à ma cuisine avant de me remercier, dit-il avec un rire bref en lui tenant la porte.

A la différence du reste de la maison, la cuisine était d'un style moderne et dépouillé, avec des plans de travail en granit et en acier brossé, sauf pour le foyer, où brûlait un feu de tourbe dont l'odeur particulière commençait à lui devenir familière.

Elle s'en approcha et tendit les mains.

— Pourquoi suis-je glacée tout le temps ? Les hivers à Chicago sont durs, mais là-bas je ne ressens pas le froid comme ici.

— C'est l'Océan, expliqua-t-il, lui offrant un tabouret à la grande table qui trônait au milieu de la pièce. L'humidité pénètre jusqu'aux os, il n'y a pas moyen d'y échapper.

Elle grimpa sur le tabouret et le regarda s'activer.

— Tu cuisines toujours pour tes hôtes ?

— Jamais. Quand il y a du monde, la cuisinière qui est aussi la gouvernante, Katie Kelly, vient préparer le petit déjeuner. Sinon, nous ne servons pas de repas.

— Et à quoi dois-je cet honneur, alors ?

Il lui octroya un sourire dévastateur.

— Après la journée que tu as eue, j'ai pensé que tu serais affamée. Ta seule option, c'était d'aller au Fermier Jovial, qui est sombre et enfumé et où les habitués n'ont pas vu une femme aussi *bavelle* que toi depuis très, très longtemps.

— *Bavelle* ?

— Belle, dit-il. Un mot du cru.

Claire sentit la chaleur lui monter aux joues. C'était un compliment si spontané qu'elle ne savait comment le prendre. Will pensait-il vraiment qu'elle était belle, ou était-ce de la simple courtoisie envers une cliente ?

— Alors, qu'est-ce qui t'amène à Trall ?

Elle hésita avant de répondre, incapable d'avouer le véritable motif de son voyage.

— Une affaire de famille, improvisa-t-elle. Ma grand-mère, Orla O'Connor, est venue ici dans sa jeunesse, elle m'a parlé de l'île… Et cela a piqué ma curiosité.

— Il n'y a pas grand-chose à voir. Quelques boutiques dans le village et un cercle de mégalithes, enfin, de grosses pierres, à l'ouest de l'île. En fait, la plupart des gens viennent surtout pour la source du Druide.

— Oui, ma grand-mère m'en a parlé, dit-elle, osant à peine le regarder.

Will retint son regard longuement, avant de se détourner pour continuer à préparer le repas.

— Ça ne m'étonne pas. Mis à part le cercle de pierres, c'est bien le seul attrait de Trall.

— J'ai cru comprendre aussi que tu étais une sorte de célébrité en Irlande, dit-elle en le détaillant, de ses larges épaules à sa taille étroite et même plus bas, là où le jean épousait la courbe harmonieuse de ses fesses. En tout cas, c'est ce que m'a dit le capitaine Boyle.

— Des bobards, dit-il en la regardant par-dessus son

épaule. Mais, c'est comme pour la source, ça attire les touristes, donc on entretient le mythe.

— Mais tout le monde te connaît.

— Oui, chacun y va de son histoire, c'est ma croix ! Comme nous ne sommes pas très nombreux, à peine cinq cents au dernier recensement, c'est un peu comme si nous formions une grande famille. Un petit peu dysfonctionnelle, mais une famille quand même.

Will posa devant elle un plateau avec un sandwich au jambon et un bol de soupe fumante et retourna sur ses pas pour ouvrir le réfrigérateur.

— De la Guinness ? proposa-t-il. J'ai aussi du vin ou de l'eau minérale.

— J'aime bien la bière brune.

Il décapsula les bouteilles et s'assit en face d'elle.

— De Chicago, alors ? La ville des vents…

— Tout à fait. Tu connais ? demanda-t-elle, entamant son sandwich.

— J'y suis allé en voyage d'affaires.

Elle n'arrivait pas à détacher son regard des grandes mains qui trituraient l'étiquette de la bouteille. Elle avait toujours pensé que les mains d'un homme en disaient beaucoup sur leur propriétaire. Celles de Will, aux doigts longs et fins, devaient sans aucun doute savoir comment caresser le corps d'une femme, comment…

— Raconte-moi encore quelque chose au sujet de cette fameuse source, dit-elle pour empêcher son imagination de s'envoler trop vite.

— On dit que son eau a été bénie par les druides, bien qu'il n'y ait qu'une druidesse aujourd'hui sur l'île et que ses pouvoirs, si tu veux mon avis, soient aussi imaginaires que ceux de la fontaine. Bref, toujours est-il que l'histoire veut qu'un homme et une femme qui boivent de son eau dans la même coupe soient unis à jamais. Cela nous vaut de voir débouler pas mal de couples dans les parages. Soit qu'ils viennent ici dans l'espoir de s'éviter une thérapie de couple. Soit qu'il s'agisse de tourtereaux en lune de miel.

— Et tu connais l'emplacement de la source ?

— Il y a des fontaines partout dans l'île. Celle du Druide n'est qu'une légende. Tu sais, nous autres Irlandais, nous adorons les légendes.

— Mais si ce n'est qu'un mythe, pourquoi les gens continuent-ils à venir ?

— Si tu avais une chance de trouver l'amour éternel, en trouvant la source, hésiterais-tu à la chercher ? dit-il avec un rire bref.

— Alors, personne ne connaît son emplacement ?

— Non. Certains croient l'avoir trouvée, mais moi je n'ai jamais eu la preuve qu'une seule source sur cette île serve à autre chose qu'à étancher la soif.

Il lui sourit, et elle sentit un frémissement naître au creux de son ventre.

En ce qui la concernait, l'île entière semblait avoir des effets magiques. Elle se sentait vivante, affranchie de ses inhibitions, comme si tout était possible. Elle n'avait qu'une envie : enrouler ses bras autour du cou de Will Donovan, se presser contre lui pour sentir de nouveau sa chaleur. Il y avait tellement de choses en lui qu'elle trouvait irrésistibles…

— Il se mange, ce sandwich ? s'enquit-il.

— Il est très bon. Je dois dire que tout ici est très bon.

Oui, songea-t-elle, tout soudain lui paraissait délicieux. Et elle avait le pressentiment que, la soirée avançant, tout ne serait que meilleur.

2

Claire O'Connor sirotait son vin devant le feu, pelotonnée comme un chat à l'autre bout du canapé.

Elle était belle, vraiment, songea Will en la regardant. Peut-être était-elle la plus belle femme qu'il ait connue.

Après dîner, ils s'étaient installés dans le salon, et il avait ouvert une bouteille de cabernet.

Pour une fois, il était content de n'avoir qu'un seul client à l'hôtel : il ne demandait pas mieux que de se consacrer exclusivement à Claire. Elle ne ressemblait à aucune des femmes qu'il avait rencontrées auparavant. Avec la notoriété douteuse que lui avait apportée ce fameux article le décrivant comme le célibataire le plus appétissant du pays, il lui était devenu très difficile de trouver des femmes qui ne courent pas après sa fortune ou sa renommée. Passer son temps à deviner les véritables intentions de celles qu'il rencontrait avait converti le jeu de l'amour en corvée. Il avait quand même fini par trouver la perle rare, une fille qu'il avait même demandée en mariage… Et qui l'avait lâché sans complexe pour un footballeur fêtard lorsqu'il lui avait annoncé son intention de vendre son entreprise et de retourner à Trall.

Pour cette charmante Américaine, en revanche, il

n'était que le propriétaire d'un petit hôtel de charme, et il aimait ça.

— Combien de temps as-tu prévu de rester ? demanda-t-il.

— Un jour ou deux, dit-elle d'une voix chargée de sommeil. Je voudrais visiter l'île.

— J'espère que tu te trouves bien installée ici.

— Très bien, dit-elle, en luttant sans succès pour empêcher un bâillement. Je suis désolée, mes yeux se ferment. Je n'ai aucune d'idée de l'heure qu'il est à Chicago, mais j'ai l'impression de ne pas avoir dormi depuis un siècle. Je devrais aller me coucher.

Leurs regards se croisèrent.

Il n'avait aucune hâte de voir la soirée finir. En revanche, il était fort impatient de savoir *comment* elle allait finir.

— Allons-y, alors, dit-il en se levant pour lui tendre sa main. Viens, je vais t'aider à changer tes bagages de chambre.

Il la tira pour l'aider à se relever, et elle chancela. Sous l'effet du vin ou de la fatigue, il n'aurait pas su dire. Toujours est-il qu'il l'empêcha de tomber et qu'elle resta debout contre lui, le visage caché contre son torse.

— Tu es chaud, murmura Claire. Peut-être que je devrais t'emporter dans ma chambre pour ne plus me soucier d'allumer la cheminée ?

— L'homme bouillotte, qu'on m'appelle, plaisanta-t-il.

Ce n'était pas qu'une figure de style. Ce simple contact avec son corps lui avait mis les sens en ébullition. Le phénomène concentré au-dessous de sa ceinture commençait à devenir gênant.

Il l'entoura de ses bras et lui frotta doucement le dos. Ils restèrent quelques instants dans cette position, se berçant au rythme d'un slow silencieux, jusqu'à ce que la respiration de la jeune femme devenue plus forte l'avertisse qu'elle était en train de s'endormir. Lorsque ses genoux flanchèrent, il se pencha lestement et la souleva.

Avec un cri de surprise, Claire ouvrit grand les yeux.

— Qu'est-ce que tu fais ? demanda-t-elle.

— Je te porte dans ta chambre, dit-il en prenant le chemin de l'escalier. Tu t'endormais, là, et je doute que tu y arrives par tes propres moyens.

— Le service dans cet hôtel est remarquable, murmura-t-elle, la tête nichée au creux de son épaule. Je compte le recommander vivement à mes amies.

Avec son pied, Will poussa la porte d'une petite chambre confortablement chauffée par le feu qu'il avait allumé plus tôt. Il croisait les doigts mentalement pour qu'elle n'en tienne pas compte et renouvelle son invitation à rester auprès d'elle. Une fois près du lit, il relâcha les jambes de la jeune femme sans défaire son étreinte.

Les bras encore autour de son cou, Claire leva son visage vers lui.

Le moment était arrivé de faire ce dont il avait eu envie toute la soirée. Il posa ses lèvres sur les siennes.

Elle répondit à son baiser, lui offrant sa bouche sans réserve.

C'était la première fois qu'il était confronté à une attirance réciproque si intense et si subite. Dans n'importe quelle autre situation, il aurait plongé sans hésiter dans l'aventure. Mais Claire était son hôte ! Et par-dessus le marché, il y avait le petit sortilège de Sorcha. L'apprentie sorcière allait devenir intenable, si elle pouvait se vanter d'avoir provoqué un coup de foudre avec ses pouvoirs. D'un autre côté, il était incapable de résister à l'envie de passer encore un moment avec Claire.

Il laissa courir ses mains sur la soie de son chemisier et les fit glisser sous le tissu pour toucher la soie de sa peau.

Elle redressa le buste, l'invitant à continuer son exploration.

Lentement, il commença à défaire les boutons, un par un, embrassant au fur et à mesure chaque parcelle de peau découverte. S'asseyant sur le lit, il attira la jeune femme vers lui pour cajoler son ventre plat et si doux, ses hanches délicates.

Claire enfonça ses mains dans ses cheveux et serra sa tête contre sa poitrine.

Il embrassa d'abord la peau au-dessus de la dentelle noire, qu'il repoussa pour frôler ensuite la pointe sensible de ses seins.

Elle jeta la tête en arrière et se pressa contre ses lèvres. Un battement de cœur plus tard, ils tombaient tous deux sur le lit, dans une mêlée fébrile de bras et de jambes.

Le peu de bon sens qui restait à Will s'évanouit, et il se laissa aller au plaisir d'explorer le corps de Claire avec ses mains et sa bouche, de sentir son odeur et d'écouter les gémissements qu'elle laissait échapper sous ses caresses.

— Es-tu sûre de vouloir continuer ? murmura-t-il, les doigts enlacés aux siens.

Elle sourit sans ouvrir les yeux.

— Oui.

— Regarde-moi.

Elle obtempéra.

— Mais tu étais épuisée.

— Je le suis.

A contrecœur, il roula sur le côté et se remit debout.

Il ne voulait pas gâcher cette étrange passion en se précipitant sur l'occasion, il préférait attendre et offrir à Claire une nuit dont ils se souviendraient tous les deux.

— Tu me remercieras demain matin, dit-il en commençant à la déchausser. Cela dit, ne te méprends pas à mon sujet :

j'adorerais passer la nuit avec toi, ça me tue de quitter cette chambre. Mais je sais contrôler mes instincts.

Il la borda avec tendresse et se pencha pour déposer un bref baiser sur ses lèvres.

— Nous reprendrons là où nous nous sommes arrêtés, à un autre moment, dit-il.

— A un autre moment, répéta-t-elle, les dernières syllabes à peine audibles.

Il regagna la cuisine.

Il était très tard, mais il n'était pas fatigué. Au contraire, il était si excité qu'il se demanda s'il serait capable de fermer l'œil de la nuit. Il passerait probablement la nuit à fantasmer sur la délicieuse créature qui dormait à l'étage.

— Alors, est-elle folle de toi ?

Il sursauta et se tourna vers la voix. Sur le seuil de la porte se tenait Sorcha, habillée d'une longue tunique blanche, serrée à la taille par une large ceinture ouvragée. Une couronne de houx coiffait ses cheveux.

— Doux Jésus ! Je peux savoir ce que diable tu fais ici ?

— J'étais curieuse, dit-elle s'approchant. Je voulais savoir si mon sort avait marché.

— Non, mentit-il. Tu t'y attendais vraiment ?

— Pourquoi ne crois-tu pas à mes pouvoirs ? demanda-t-elle, plongeant ses yeux dans les siens comme si elle voulait lire dans ses pensées. Ils sont réels, tu sais ?

— Sorcha, il est très tard et je voudrais aller me coucher. Rentre chez toi.

— Je ne peux pas, il faut que j'aille d'abord au cercle de pierres. J'ai une commande. Maggie Foley veut avoir des petits-enfants, et chaque semaine je pratique un rituel de fertilité au bénéfice de ses trois filles.

— Mais tu préfères passer chez moi pour m'embêter.

— Si tu ne veux pas croire à la magie, elle ne peut pas

marcher, dit-elle en lui tendant une fiole. Tiens, prends cette bouteille, elle t'aidera si jamais tu en as besoin.

— Qu'est-ce que c'est ?

— De l'eau de la source du Druide. Si tu ne te trouves pas une femme assez vite, tu vas finir par dérailler. Ce n'est pas bon pour la santé, toute cette énergie sexuelle refoulée.

— A qui la faute ? Si toi et ces bonnes gens de Trall n'aviez pas eu la fantastique idée de me faire élire comme l'un des célibataires les plus convoités du pays, je n'en serais pas là Vous vouliez attirer des gens sur l'île ? Eh bien, c'est raté. En revanche, ma vie amoureuse est belle et bien ruinée.

— L'eau de la source peut changer cela, suggéra Sorcha.

— Cette source n'existe pas. Tu as probablement rempli cette bouteille avec l'eau du robinet, rétorqua-t-il en vidant la fiole dans l'évier avant de la rendre à sa propriétaire.

— Comme tu voudras, dit celle-ci avec un haussement d'épaules.

— Et annule ce sort une bonne fois pour toutes ! lança-t-il dans son dos.

Elle se retourna, un sourire narquois aux lèvres.

— Tu crois en mes pouvoirs, seulement, tu refuses de l'avouer. J'ai fait ma part de boulot, maintenant, à toi de jouer.

Il la regarda partir dans la nuit, les pans de sa longue robe ondoyant derrière elle.

Demain, lorsque Claire serait reposée, il comptait bien explorer les alléchantes perspectives que cette étrange passion semblait offrir. Et c'est alors qu'il pourrait voir si les pouvoirs de Sorcha avaient la moindre prise sur lui.

*
* *

Claire ouvrit lentement les yeux.

La lumière baignait une chambre qui n'était pas la sienne.

Drôle de rêve ! pensa-t-elle en se tournant pour dormir encore un peu, avant de s'apercevoir qu'elle ne rêvait pas.

Elle se redressa sur un coude et regarda la pièce. Bien sûr, elle était en Irlande ! Mais ce n'était pas non plus la chambre où elle avait pris un bain et posé ses bagages.

Par petites vagues, les événements de la veille lui revinrent.

— Oh, non, murmura-t-elle.

Est-ce que c'était *sa* chambre à lui ? se demanda-t-elle, tétanisée. Avaient-ils passé la nuit dans *son* lit à lui ? La manche de son chemisier lui fit remarquer qu'elle était encore habillée. Bon, sauf pour les boutons.

Ouf. Elle n'avait pas commis de bêtise. Tant mieux. Ou tant pis ?

Quelqu'un vint frapper doucement à la porte.

D'un saut, elle se mit sur pied, tentant de donner une apparence convenable à ses vêtements froissés avant d'ouvrir.

Will attendait devant la porte, un plateau dans les mains.

— Je t'ai fait du café.

— Quelle heure est-il ? demanda-t-elle, la main sur sa tempe où un martèlement sournois venait de s'éveiller.

— Midi, c'est-à-dire 6 heures du soir à Chicago. Mais je peux t'apporter le café plus tard, si tu préfères. Tes sacs sont là, à côté de la porte.

Elle fit signe à Will d'entrer et retourna s'asseoir sur le lit. Il posa le plateau sur une petite table et remplit un mug de café.

— Il y a du lait et du sucre, si tu veux.

— Noir, c'est parfait, dit-elle, prenant une gorgée avant de décider si elle posait ou non la question fatidique. Euh... Que s'est-il passé hier soir ?

— Tu ne te souviens pas ?

— Des bribes que je n'arrive pas à relier. Pourtant, je n'ai pas l'impression d'avoir bu tant que ça. Si ?

Will sortit de la chambre et revint avec ses bagages.

— Tu étais surtout très fatiguée, répondit-il. Tu t'es endormie, je t'ai portée jusqu'ici, et... Et je t'ai mise au lit.

— Et c'est tout ?

— Oui. Non, pas exactement. Nous avons un peu batifolé avant que tu ne t'endormes.

— Définis « batifoler », s'il te plaît. Dans ce contexte, je préfère éviter un quiproquo.

Il lui prit la main, jouant avec ses doigts comme il parlait.

— Nous nous sommes beaucoup embrassés, un peu caressés, et c'est tout. Ensuite, tu m'as invité à passer la nuit avec toi, mais je n'ai pas voulu abuser de ton état d'extrême fatigue.

— Très noble de ta part.

— Détrompe-toi. J'ai failli céder à la tentation, et j'avoue que j'ai passé la nuit à me gifler pour avoir décliné l'offre. Je vis dans une île paumée où les jolies femmes sont une denrée rare.

— Je suis désolée.

— Pourquoi ?

— Je n'aurais jamais dû... Je veux dire, je ne suis pas venue ici pour... Enfin, je te trouve très...

Elle but de nouveau un peu de café, à la recherche de ses mots. Dieu, mais pourquoi était-ce si difficile de dire à Will qu'elle ne voulait pas de lui ?

Parce que, réalisa-t-elle aussitôt, elle le désirait comme

elle n'avait jamais désiré un homme auparavant. Voilà pourquoi.

— Je vois, dit-il en se relevant. Tu es venue ici en vacances. Si tu veux, je te montrerai quelques endroits intéressants tout à l'heure.

— Merci beaucoup, mais je crois que j'ai envie d'aller au village faire un peu de shopping.

— D'accord. Mets quelque chose de chaud, la journée est fraîche.

Elle écouta les pas de Will s'éloigner dans le couloir et se laissa retomber sur le matelas avec un soupir.

Si elle s'était écoutée, elle aurait passé la journée avec lui, blottie contre lui devant le feu, buvant du bon vin et apprenant à le connaître plus intimement. Mais elle était venue à Trall pour trouver la source du Druide, et si elle comptait atteindre son objectif, elle devait pousser ses recherches plus avant. Pour commencer, il fallait qu'elle rencontre cette prêtresse que le capitaine Boyle avait mentionnée. Si quelqu'un pouvait la guider vers la source, c'était elle.

Elle sortit ses vêtements de la valise et enfila un pantalon en velours côtelé et un gros col roulé en shetland. Pas de maquillage, décida-t-elle en se brossant les dents. Ce n'était pas la peine d'aguicher Will alors qu'elle avait décidé de rester sage.

Plus facile à dire qu'à faire, songea-t-elle lorsqu'elle descendit et l'observa à son insu, penché sur son ordinateur portable.

Elle admira son profil aristocratique. Le front dégagé, le nez droit, le menton viril, la ligne stricte de sa mâchoire démentie par la sensualité de ses lèvres, ses cheveux bruns, presque noirs, qu'elle avait caressés la veille…

Jusqu'alors, Eric lui avait semblé le plus bel homme

qu'elle ait jamais rencontré, mais, reconnaissait-elle avec une pointe de culpabilité, il ne soutenait pas la comparaison avec Will Donovan. Comment était-il possible qu'un homme comme lui ne soit pas pris ? A n'en pas douter, lui que l'on avait consacré l'un des meilleurs partis du pays devait avoir l'embarras du choix, côté femmes. Sans parler de son charme et de sa politesse, épicés par cette sorte de nonchalance de mauvais garçon qu'il imprimait à chacun de ses gestes. Il avait réussi à la séduire sans la connaître, sans vraiment faire quoi que ce soit pour y arriver. Dingue !

Elle toussota pour annoncer sa présence.

— Salut, dit Will, fixant son regard sur elle.

— Désolée de t'interrompre. J'espérais que tu pourrais me donner quelques renseignements.

— A quel sujet ?

— Le capitaine du bateau du courrier a fait allusion à une princesse, non, une prêtresse qui vit sur l'île. J'aimerais la rencontrer.

— Sorcha, dit-il après un silence. Pourquoi veux-tu la rencontrer ?

— Je ne sais pas... D'après ce que le capitaine en a dit, elle semblait un personnage peu commun. A-t-elle pignon sur rue, en ville ?

— Oui. Sa boutique s'appelle Le Cœur du Dragon. Elle vend des bijoux celtiques et autres babioles druidiques, mais elle est... un petit peu excentrique. Elle a une certaine tendance à promettre des choses qui, disons, dépassent ses capacités. Mais si tu veux la rencontrer, je peux t'y conduire.

— Non, c'était juste de la curiosité. Qu'y a-t-il d'autre à voir ? Je devrais peut-être faire une liste, pour être sûre d'avoir bien fait le tour avant de partir.

— Tu n'as pas besoin de liste, sourit-il. C'est tout petit ! Il y a l'église, qui contient quelques reliques très anciennes, et des croix celtiques assez intéressantes dans le cimetière juste derrière. Tu trouveras un petit musée sur l'histoire de l'île vers la poste. Pour les boutiques, c'est Parsons Street. Oh ! Et tu peux faire un tour de l'île en char à bancs, les touristes adorent.

— Et quels sont les lieux que tu trouves intéressants, toi ?

— Le cercle de pierres.

— Type Stonehenge ?

— Pas aussi impressionnant, mais intéressant, oui. Si tu veux, je t'y emmène, j'ai fini ici. Ensuite, on pourra aller déjeuner en ville.

Elle considéra l'invitation. Pourquoi pas ? Rien de répréhensible, là-dedans. Passer la journée avec Will semblait plus séduisant que vagabonder seule avec un plan. Et à la lumière du jour, elle devrait être capable de contrôler ses pulsions.

— D'accord, répondit-elle enfin.

Will lui tendit la main.

Elle hésita avant de poser la sienne dedans, et aussitôt qu'elle ressentit la chaleur de sa peau et la pression de ses doigts, elle regretta d'avoir accepté son offre. Rien qu'à ce contact, des visions affolantes de ses doigts parcourant son corps en long et en large commençaient à lui bombarder le cerveau.

Elle feignit de libérer sa main pour reboutonner sa veste et ne la lui rendit pas.

Will la conduisit vers la grange, à l'arrière de la maison, lui ouvrit la porte du Ranger Rover et monta côté conducteur.

Ils avaient parcouru une bonne centaine de mètres avant qu'elle se risque à le regarder de nouveau. Elle se moqua de ses propres craintes. Toucher, c'était une mauvaise idée, mais poser les yeux sur lui, juste les yeux, cela ne pouvait pas nuire.

Ils prirent la route vers les collines arides et battues par le vent qui s'élevaient à l'intérieur de l'île. En guide chevronné, Will lui fit remarquer les vieux cottages épars qu'ils dépassaient et pointa quelques amoncellements de pierres, vestiges abandonnés d'un château disparu. Elle regretta de ne pas avoir pris son appareil lorsqu'un troupeau de moutons entoura la voiture, les empêchant d'avancer pendant une bonne dizaine de minutes.

Ils atteignirent enfin le sommet d'une colline. A vrai dire, c'était une île de poche, songea-t-elle en apercevant de nouveau l'Océan.

— A partir d'ici, il faut marcher, expliqua Will en arrêtant le moteur. Mais ce n'est pas loin.

Elle le suivit le long d'un sentier accidenté. Il lui tint la main la plupart du temps, ne la lâchant que pour la soulever par la taille lorsqu'il fallait sauter un de ces murets en pierre dont l'île était quadrillée. Ils grimpèrent sur une autre butte, et une large prairie verdoyante se déploya soudain sous leurs yeux.

Au beau milieu, les grandes pierres d'un cromlech se dressaient vers le ciel.

— C'est très beau, murmura-t-elle, le souffle coupé.

Son regard croisa celui de Will, qui s'était tourné pour l'observer. Comme au ralenti, elle vit alors sa main approcher de son visage et lui caresser la joue. Elle trembla à son contact, mais resta immobile, incapable de prendre une décision, incapable aussi de respirer à un rythme normal. Will coupa court à ses doutes en posant sa bouche contre la sienne, et la spirale de désir qui étreignit son corps annula toute velléité de réflexion, jusqu'à ce que leur étreinte cesse aussi brusquement qu'elle avait commencé.

— Nous devrions nous dépêcher, expliqua Will, il risque de pleuvoir d'un moment à l'autre.

Ils descendirent vers le monument. On aurait dit une version miniature de Stonehenge. Les pierres, disposées sur un cercle d'une vingtaine de mètres de diamètre, devaient, calcula-t-elle, mesurer trois mètres de haut par un et demi de large.

Elle marcha à l'extérieur du cromlech, touchant chaque pilier au passage, troublée par l'étrange énergie que dégageait le lieu. Une sorte de magie aussi manifeste que l'odeur iodée de la brise qui montait de la côte.

— Impressionnant, dit-elle. A quoi servaient ces pierres ?

— Apparemment, c'était un calendrier, répondit Will. Des célébrations druidiques avaient lieu ici lors des solstices et des équinoxes. On honorait aussi les quatre fêtes celtiques : Beltane et Samhain, au printemps et à l'automne. Je ne me rappelle plus le nom des deux autres, en été et en hiver. D'ailleurs, Sorcha fêtera Samhain ici vendredi prochain, tout le monde y vient. Si tu es encore sur l'île, tu peux y assister aussi.

— Et ils sacrifiaient des animaux ou des… ?

— Des vierges, tu veux dire ? compléta-t-il avec humour. Quand j'étais ado, nous venions avec les filles, dans l'espoir que la magie nous porte chance.

— Ça marchait ?

— Parfois. La première fois que j'ai caressé les seins d'une fille, c'était ici. Je me suis dit que c'était le bon plan.

— Et tu amènes encore des femmes ici ?

— Je t'ai amenée, toi, non ? répondit-il avec un sourire diabolique.

— Tu crois que tu as une chance avec moi ?

Il la plaqua contre l'un des piliers et pressa ses hanches contre les siennes.

— Les temps ont changé, mademoiselle. Peut-être que c'est toi qui veux tenter ta chance avec moi ? dit-il en la faisant virevolter pour s'adosser lui-même contre la pierre.

— Me laisseras-tu aller jusqu'à la première base ? demanda-t-elle, aguicheuse, posant à son tour ses mains sur les hanches de Will.

— La première base, comme en base-ball ? s'étonna-t-il.

— Au départ, oui, expliqua-t-elle. Chez nous, c'est le code qu'utilisent les ados pour raconter leurs exploits avec les filles. Première base, c'est embrasser. Deuxième base, mains sous le pull. Troisième, main dans la culotte. Et *home-run*, c'est aller jusqu'au bout.

— Je comprends mieux l'enthousiasme des Américains pour le base-ball ! C'est beaucoup plus intéressant que le criquet ! D'après ça, nous sommes déjà arrivés à la deuxième base, non ?

— Depuis quand ?

— Hier soir. On n'a pas fait que s'embrasser, en fait, dit Will en même temps qu'il glissait sa main sous son pull.

Elle sentit la tiédeur de sa main contre sa peau et inspira profondément avant d'imiter son geste.

— Oui, j'imagine qu'on peut dire qu'on est à la deuxième, dit-elle.

Will remonta la main jusqu'à son sein et, avec son pouce, en frôla la pointe qui se dressa jusqu'à devenir un petit bouton tout dur sous ses caresses.

Elle ferma les yeux et laissa échapper un bref soupir qui signait sa reddition. Quand Will sollicita sa bouche, elle lui rendit chaque baiser avec fougue. Elle ne pouvait plus cesser de le toucher, le sentir, le caresser.

Le plaquant contre la pierre, elle avança ses mains sur

son torse, soulevant son pull. Mais Will, impatient, la précéda. Il se débarrassa de sa veste et de son pull en un clin d'œil, exposant ses pectoraux d'athlète à la caresse glacée de la brise.

Elle posa ses lèvres sur sa peau hérissée par le froid et s'attarda avec sa langue sur l'un des mamelons, qu'elle cajola longuement. La respiration de Will devint rauque. Sans cesser de jouer avec sa langue, elle fit glisser ses mains sur ses abdos en tablette de chocolat et, encore plus bas, vers la turgescence de son sexe tendu sous le denim. Sans hésiter, elle se mit à défaire la boucle de sa ceinture.

Elle s'étonna une fraction de seconde de sa propre audace. Normalement, elle n'aurait pas osé aller si loin, si vite. Mais l'étrange atmosphère de ce lieu abolissait ses inhibitions, comme s'ils étaient passés dans une autre dimension où les règles habituelles n'avaient plus cours et où le désir régnait en maître.

Elle commençait à descendre la braguette de Will sous son regard grisé, quand elle sentit une goutte de pluie lui tomber sur la tête. Et une autre, et une autre. Quelques secondes plus tard, une averse implacable s'abattait sur eux.

Elle leva ses yeux vers Will, qui souriait malgré les frissons qui lui parcouraient le corps.

— On dirait que les dieux ont parlé, dit-il.

— Devons-nous les écouter ? glousa-t-elle.

— Au moins le temps de trouver un abri.

Il attrapa sa veste, et ils coururent vers le chemin sous le rideau d'eau.

Mais elle s'en fichait de la pluie, du froid et d'être trempée. Elle n'avait jamais expérimenté quelque chose d'aussi exaltant. Leur attraction était puissante comme une force de la nature, et il lui était désormais impossible de la nier.

Etait-ce dû à la magie qui imprégnait ces terres ? D'où venaient ces sentiments, et pourquoi se sentait-elle incapable d'y résister ? Le temps d'un instant, elle eut envie de s'arrêter net et de faire l'amour avec Will là, au beau milieu de la prairie, et tant pis pour les dieux. Finalement, elle décida qu'un grand lit face à une cheminée était un décor beaucoup plus approprié pour un après-midi de plaisir. Puisque l'auberge les attendait…

— Je ne pense pas qu'il soit cassé, dit Will en retroussant délicatement la manche de la veste de Claire pour examiner son poignet.

Elle venait de glisser sur un rocher couvert de mousse, et la chute ne semblait pas anodine.

Assise sur une pierre au bord du chemin, elle le regarda à travers ses cheveux ruisselants.

— Bouge tes doigts.

Elle obéit avec une grimace de douleur.

— C'est peut-être cassé, se corrigea-t-il.

— C'est juste une foulure, répondit-elle. Vraiment. Aide-moi à me relever, ça ira mieux dès que j'aurai mis un peu de glace dessus.

Il lui attacha son pull autour du cou pour lui maintenir le bras dans une écharpe improvisée et l'aida à remonter jusqu'à la voiture.

Elle tenta de garder le sourire lorsqu'il prit le chemin de retour vers l'auberge, mais à sa mâchoire crispée il comprit que son bras la faisait souffrir.

— Ça va déjà mieux, dit-elle pour le rassurer.

Mais il ne se laissa pas berner. Il conduisit avec précaution sur le chemin cahoteux, mais, à chaque nid-de-poule, elle serrait les dents.

— Il y a un dispensaire au village, dit-il dès qu'ils arrivèrent sur la route principale. Et ne me dis pas non !

Il sortit son téléphone portable et appela Annie Mulroony, l'infirmière responsable de la clinique, qui était aussi la mère de Sorcha.

— Le médecin ne vient qu'une fois par semaine, expliqua-t-il en raccrochant. Mais avec un peu de chance il sera là quand nous arriverons.

Cinq minutes plus tard, il se garait devant un petit bâtiment aux pierres chaulées à l'entrée du village. Annie les attendait sur le pas de la porte. Elle soignait les habitants de l'île et avait aidé à naître chaque bébé qui était venu au monde à Trall depuis vingt-cinq ans.

— Qu'est-ce que nous avons là ? demanda-t-elle à Claire, la guidant vers la salle de soins.

— Je crois que c'est une foulure, répéta celle-ci.

— Et comment ça s'est passé ? On dirait que vous êtes allés nager tout habillés.

— On visitait le cromlech, expliqua-t-il. Il s'est mis à pleuvoir, et elle est tombée.

— Tu sais très bien ce qui se passe avec ces choses, le gronda Annie. Les dieux n'aiment pas qu'on aille batifoler dans leurs lieux sacrés.

— Je n'ai fait que lui montrer le site ! protesta Will.

— Est-ce vrai, mon petit ? demanda l'infirmière à Claire, dont les joues pâles rougirent sous son regard inquisiteur.

— Je vois, dit Annie. Bon, on va faire une radio. Si c'est cassé, je vous ferai une attelle jusqu'à demain. Le docteur sera là et il verra s'il faut plâtrer. Will, tu attends dehors.

Il obtempéra et s'installa dans la salle d'attente. Il feuilleta un vieux numéro de *Hello !*, mais les cancans sur la vie des célébrités n'arrivaient pas à le distraire.

Il n'avait jamais cru aux superstitions qui couraient

autour du cromlech, mais, au vu des événements, il commençait à se demander s'il n'avait pas été puni d'avoir profité des circonstances. Claire était son hôte, après tout.

Il secoua la tête, contrarié de se laisser influencer par ces vieilles croyances. Que diable, ils étaient majeurs et vaccinés ! Pourquoi se sentir coupable ?

— Elle va bien, annonça Annie un quart d'heure plus tard, en lui tendant son pull. La radio ne montre pas d'os cassé, mais je préfère attendre le diagnostic du docteur. Je la lui montrerai demain, et s'il y a quelque chose, il appellera à l'auberge.

Elle regarda Claire.

— En attendant, mademoiselle, mettez de la glace et ne faites plus de cascades !

— Merci beaucoup, répondit Claire. Vous m'enverrez la facture à l'hôtel ?

— Je m'en occupe, dit Will. N'y pense plus.

De retour à l'auberge, la pâleur de Claire lui indiqua que la douleur ne s'estompait pas. Il l'accompagna à sa chambre et redescendit pour aller chercher des antalgiques dans son armoire à pharmacie. Quand il remonta, il trouva la jeune femme en face de la cheminée, aux prises avec la fermeture éclair de son pantalon gorgé d'eau.

— Je n'arrive pas à l'enlever, grommela-t-elle.

— Je vais t'aider.

Il posa les médicaments sur le lit, se demandant comment procéder pour la déshabiller. Le mieux, décida-t-il, serait de rester aussi impassible que possible. Il baissa le zip, regardant un point invisible derrière Claire, et plaça ses mains sur la ceinture du pantalon pour le faire glisser sur ses hanches.

Dans sa vie, il avait déshabillé pas mal de femmes. Il adorait ça. Mais le simple fait d'aider Claire à se débarrasser de ses vêtements boueux devenait une opération périlleuse, tant le contact avec sa peau le rendait électrique.

Il avait oublié de la déchausser, aussi s'agenouilla-t-il pour défaire les lacets, content de pouvoir porter son attention sur autre chose que ses jambes interminables... et la petite culotte toute mouillée qu'elle portait encore.

Claire leva son pied du sol pour l'aider, et ce faisant elle chancela. Elle n'eut d'autre choix que de s'appuyer contre lui. La dentelle de sa culotte entra en contact avec sa joue.

Il serra les dents, tentant d'ignorer l'insurrection de son sexe. Mais pourquoi diable s'était-il proposé de l'aider ?

Il déchaussa enfin le pied droit, mais, quand il s'empara de l'autre cheville, Claire perdit définitivement l'équilibre et tomba en avant. Il la prit par la taille pour la retenir, amortissant sa chute sur le tapis avec son corps.

Ils y restèrent allongés, elle sur lui, leurs membres emmêlés. Elle plongea ses yeux dans les siens.

Il était terriblement conscient de son érection scandaleuse, qu'elle ne pouvait pas ne pas remarquer, nue qu'elle était de la taille aux chevilles.

— Mais qu'est-ce que nous avons là ? l'aguicha-t-elle, se tortillant délibérément contre son ventre.

— Je te pose la question, rétorqua-t-il. C'est à cause de toi, après tout.

— Donc ce serait à moi de nous en débarrasser, tu veux dire ?

— S'en débarrasser me semble trop radical, dit-il. Peut-être que, si nous restons ici à réfléchir, nous trouverons une solution plus douce ?

Claire lui jeta son bras sain autour du cou et roula sur le côté pour s'allonger sous lui, laissant son érection venir se nicher entre ses cuisses. Elle roula des hanches contre lui, ce qui n'arrangea rien à son affaire.

Il ferma les yeux, dépassé par les sensations intenses qui envahissaient tout son corps.

C'était de la folie. Ils se connaissaient depuis moins de vingt-quatre heures, et l'étincelle de leur attraction était déjà devenue un incendie ravageur. La seule chose sensée, pensa-t-il, ce serait de quitter cette chambre et de garder ses distances avec Claire. Mais son corps refusait d'entendre raison et il sut qu'il ne partirait pas. Il était piégé par des sensations aussi fortes et enivrantes que la première fois qu'il avait fait l'amour.

Il prit le visage de la jeune femme entre ses mains et l'embrassa. D'abord du bout des lèvres, doucement, puis ses baisers devinrent plus sauvages, à l'instar de son désir débordant. Claire était belle, sexy et irrésistible à un point indicible, il lui semblait que sa soif d'elle ne s'étancherait jamais.

Mais elle était aussi une cliente de son hôtel. Et une parfaite inconnue.

Avec un effort surhumain de volonté, il s'écarta d'elle et la laissa glisser doucement sur le tapis.

— C'est de la folie, dit-il à voix haute, sans oser la regarder. Il faut qu'on arrête.

C'était la faute de Sorcha. Non parce qu'elle lui avait jeté un sort, mais parce qu'elle lui avait rempli la tête avec ses idées incongrues. Et il s'était laissé influencer comme un pauvre paysan de jadis.

Il lut la contrariété sur le visage de Claire, qui, assise à côté de lui, envoya son pantalon valser d'un coup de pied irrité.

— Ce n'est pas moi qui ai commencé, dit-elle.

— Mais si, c'est toi, rétorqua-t-il sans pouvoir s'empêcher de rire. Tu as demandé « qu'est-ce que nous avons là ? ».

— C'était juste une question, répondit-elle, se remettant sur pied pour enlever son pull. Je crois que je vais prendre un bain.

Il la regarda depuis le sol, en T-shirt et culotte, désirable comme un rêve hors de sa portée.

— Et tu as décidé de me torturer jusqu'au bout ?

— Je ne décide de rien, je ne sais même plus ce que je dois faire, dit-elle après un silence. Dès que je trouve, je te tiens au courant.

Sur ces mots, elle tourna les talons et s'enferma dans la salle de bains.

Il entendit l'eau couler dans la baignoire et tenta de chasser les images d'elle totalement nue, en train de se laisser glisser dans la volupté de l'eau chaude.

Il secoua la tête. Dès que le dîner pour Claire serait prêt, il sauterait dans sa voiture pour aller voir Sorcha et l'obliger à lever jusqu'au dernier sort le concernant. Comment diable sinon était-il censé pouvoir résister à une femme qui ne lui opposait aucune résistance ? Sorcha avait intérêt à l'aider. Ensuite, il saurait mieux contrôler cette envie irrépressible que suscitait en lui la jolie Américaine.

3

Lorsque Claire sortit de la salle de bains, drapée dans une serviette, un feu brûlait dans la cheminée. Will avait profité de son absence pour quitter la chambre, et elle lui en sut gré.

Avec précaution, elle enfila son bras malade dans la manche du petit kimono qu'elle mettait toujours dans sa valise et s'en enveloppa, le regard perdu dans les flammes.

Depuis qu'elle avait mis les pieds dans l'auberge, toute son attention s'était concentrée sur son propriétaire. Comme si, songea-t-elle, elle était tombée dans un monde parallèle où hommes et femmes s'attiraient de façon instantanée, sans autre considération qu'assouvir sur-le-champ leurs envies.

Cela ne lui ressemblait pas, mais alors pas du tout ! Elle avait toujours avancé pas à pas dans ses relations. Prudence était le maître mot qui avait guidé sa vie depuis toujours, et coucher avec un homme rencontré la veille n'était pas seulement imprudent, c'était…

— Carrément stupide, finit-elle à voix haute.

Le but de sa venue en Irlande n'était pas de noyer son chagrin dans les yeux vert doré de Will Donovan, et il était hors de question qu'elle prolonge son séjour dans ce pays étranger pour se payer du bon temps avec un beau tenancier d'hôtel. Avait-elle perdu le nord, ou quoi ? Elle allait trouver la source du Druide, remplir sa bouteille, retourner à Chicago et récupérer Eric, pour continuer la vie qu'elle avait si soigneusement planifiée. Sans un regret.

Elle ouvrit le premier tiroir de la commode à la recherche de son journal intime, qu'elle avait caché avec ses sous-vêtements, comme à la maison. Même si elle ne couchait plus dans ses pages les événements de la journée écoulée, il lui arrivait encore d'y noter les pensées qui lui semblaient importantes. Parfois aussi, lorsque son monde semblait ne plus tourner rond comme en ce moment, elle le ressortait, et les plans qu'elle y avait soigneusement consignés lui insufflaient l'énergie nécessaire pour tout remettre sur les rails.

Elle feuilleta le vieux cahier.

D'abord la liste des universités où elle pensait postuler : elle était diplômée de celle qu'elle avait notée en tête. Puis la liste des garçons auxquels elle avait songé pour la conduire au bal de fin d'études : le premier parmi les six avait été son cavalier.

Ensuite venait la page « Mon Mari Idéal ». « 1, avait-elle écrit, il sera beau. 2, il sera brun avec de beaux yeux. 3, il aimera Madonna. » Bon, cette condition-là, elle pouvait s'en passer. « Il réussira dans la vie. Il voudra vivre à Chicago. Il aimera les chats… »

La liste continuait encore, et elle se rappelait parfaitement le jour où elle s'était aperçue qu'Eric remplissait chacun des critères, Madonna incluse. Elle avait même découpé et collé quelque part la photo d'un mannequin auquel il ressemblait.

Elle passa les pages à la recherche de l'image, et lorsqu'elle tomba dessus, elle écarquilla les yeux : il y avait quelque chose de familier dans ce visage, quelque chose qui rappelait de façon surprenante… Will Donovan.

Comme prise en faute, elle ferma le cahier et le cacha avec sa lingerie.

D'accord, peut-être que Will remplissait quelques-uns des critères, mais c'était autour d'Eric qu'elle avait échafaudé tous ses projets. Alors, pourquoi n'arrivait-elle pas à balayer Will de ses pensées ?

Jamais de sa vie elle ne s'était lancée dans une aventure purement sexuelle. Il est vrai aussi qu'elle n'avait pas expérimenté auparavant une attirance physique aussi forte, et si la voix de la raison lui dictait de faire la sourde oreille aux sirènes de la tentation, une autre voix, nouvelle dans sa tête, lui criait d'oublier pour une fois sa sacro-sainte prudence.

Quitte à se jeter à l'eau, soupira-t-elle, autant plonger dans les bras de Will Donovan. Pourquoi ne pas venir au bout de ce fantasme ici, en Irlande, avant de retrouver son pays et sa vie d'avant, sans remords ni regrets ? Pourquoi ne pas explorer cette facette d'elle-même qu'elle gardait refoulée au fond d'elle-même, au point qu'elle ignorait presque son existence ? C'était maintenant, avant de se marier à Eric comme prévu, ou jamais.

Un tambourinement discret à la porte interrompit ses élucubrations.

— Oui ? répondit-elle, lissant ses cheveux encore mouillés.

La porte s'entrouvrit laissant voir Will. Il se tint sur le pas de la porte, sans entrer.

— J'ai mis quelque chose pour toi sur le feu, annonça-t-il. Je dois sortir, mais je reviens tout à l'heure. Si tu as faim, sers-toi.

Elle força un sourire et tenta d'ignorer son pouls soudain affolé.

Pourquoi cet homme la mettait-il dans un tel état? Etait-ce sa façon de la fixer, comme s'il avait des rayons X dans les yeux et voyait aussi bien sous ses vêtements qu'au fond de son âme? Ou la façon dont sa bouche se recourbait, comme si elle contenait tous les baisers de la terre?

Elle croisa les bras et regarda vers la cheminée pour cacher son émoi.

— Merci pour le feu. Et pour le dîner. Mais je n'ai pas faim.

— Bon, si l'envie te prend... Je veux dire, l'envie de picorer quelque chose, c'est là.

— Je sais ce que tu veux dire, dit-elle, osant enfin le regarder.

— J'ai une petite course à faire. Ce ne sera pas long.

Elle fixa le feu jusqu'à ce qu'elle entende le clic du loquet et se laissa tomber sur le lit, agacée. C'était bête d'avoir si mal au poignet, si ça ne l'empêchait même pas de penser à Will!

Elle se releva, s'élança vers la fenêtre, et eut le temps de voir la voiture de Will démarrer en trombe. Où était-il si pressé d'aller?

Elle fit les cent pas dans sa chambre pendant une demi-heure, tentant de se convaincre que sa venue en Irlande n'avait pas été une grossière erreur. Sur le moment, dépenser la moitié de ses économies dans un billet d'avion lui avait semblé un investissement intelligent. Mais maintenant, elle commençait à se trouver naïve et idiote d'avoir cru à cette source magique et à cette légende.

Son estomac commença à crier famine. Elle regarda sa montre : il était presque 9 heures, et elle n'avait rien mangé depuis midi. Il serait plus judicieux de descendre tout de suite dans la cuisine, plutôt que d'attendre et risquer de croiser Will.

Un ragoût mijotait sur le feu, et dans la pénombre de la pièce elle distingua un grand pain sur sa planche.

Elle prit l'un des verres retournés sur l'égouttoir et ouvrit la porte du frigo à la recherche de lait. Elle sortit une brique et remplit son verre.

— Vous devriez goûter la viande, dit une voix derrière elle. Will réussit à merveille le ragoût de mouton.

Effrayée, elle se retourna, renversant la moitié du contenu de son verre.

Une silhouette élancée vêtue d'une longue tunique sortit de l'ombre du côté de la porte de service.

— Vous m'avez fait peur ! murmura-t-elle, la main pressée contre sa poitrine.

— Désolée, s'excusa l'inconnue avec un sourire.

— Will n'est pas là, expliqua Claire. Il vient de partir.

— Je sais, il me cherche. Mais je préfère l'éviter.

Elle sentit la morsure de la jalousie lui pincer le cœur. Cette belle femme était-elle l'amante de Will ?

— Je vois.

— Non, ne vous méprenez pas à mon sujet. Will et moi sommes amis. On pourrait dire que je suis… sa conseillère spirituelle. Je suis Sorcha Mulroony.

— Oh ! Vous êtes la princesse druide.

— Prêtresse, s'il vous plaît, ou sorcière si vous y tenez. Mais pas princesse, rien à voir.

Claire serra la main que Sorcha lui tendait.

— Claire O'Connor.

— Vous êtes absolument charmante, dit son interlocutrice, la regardant de la tête aux pieds. Une chance, si l'on considère la résistance de Will aux charmes. Nous avons été amants par le passé, mais c'est terminé.

— Je… Je vois.

— C'était il y a longtemps, vous n'avez pas à vous en faire.

Ebahie, Claire laissa Sorcha lui prendre le verre des mains et la regarda s'asseoir sans façons sur le plan de travail. Elle remarqua alors ses pieds couverts de boue sous la robe.

Sorcha prit une gorgée de lait sans cesser de l'étudier par-dessus le bord du verre.

— Alors, l'avez-vous déjà mis dans votre lit ? Il se débrouille bien, n'est-ce pas ? Il est si… intense.

— Pourquoi pensez-vous que je l'ai mis dans mon lit ? demanda Claire, tentant de cacher sa surprise à cette question indiscrète.

Sorcha se retourna pour attraper une boîte en laiton d'où elle sortit une poignée de cookies.

— Vous n'êtes pas mariée, n'est-ce pas ?

— Non.

— Fiancée ? continua Sorcha, lui proposant un biscuit.

Elle allait répondre oui, avant de se rappeler que ce serait un mensonge.

— Non, pas vraiment.

— Alors, je ne vois pas pourquoi vous ne le feriez pas, franchement. Vous devez explorer votre côté primitif. Je suis très portée sur l'exploration de nos côtés primitifs. Si vous voulez, je peux vous aider avec un sort. Pour cent euros, je vous rends irrésistible à ses yeux. J'accepte les cartes de crédit.

Elle regarda Sorcha, choquée malgré elle.

— Vous avez l'air scandalisé. Il ne faut pas, ma chère.

Une fille doit faire ce qu'il faut si elle veut s'amuser de temps en temps. Vous n'êtes pas d'accord ?

Mais Claire avait une autre question en tête.

— Vous avez entendu parler de la source du Druide ? Vous connaissez son emplacement ?

— Bien sûr, quelle question !

— Et vous pourriez me l'indiquer ?

— C'est un secret professionnel.

— Je vous payerai.

— Hum. Il faudrait que vous me disiez pourquoi vous voulez cette eau, et je pourrai ensuite considérer votre requête. Maintenant, je dois m'en aller. Je ne voudrais pas croiser Will, expliqua-t-elle en descendant de son perchoir. Nous reparlerons à un autre moment, je suis débordée avec les préparatifs pour Samhain. C'est après-demain. Ensuite, je trouverai du temps pour vous, promis. Nous pourrions déjeuner ensemble, qu'en dites-vous ?

— Attendez, je suis censée partir demain.

— Censée mais pas obligée, n'est-ce pas ? Pensez à ce que je viens de vous dire, répondit Sorcha depuis la porte. Une occasion comme celle-ci ne se présente pas tous les jours, croyez-moi. Intense, ma chère, *très* intense.

La vibration de son murmure sibyllin résonna longuement dans les oreilles de Claire.

Pensive, elle remonta dans sa chambre avec un verre de lait et une assiette de cookies.

Elle pouvait se démener pour trouver la source et retourner à la maison le lendemain comme prévu… Et peut-être regretter sa vie durant ce départ hâtif. Après tout, son histoire avec Eric était officiellement finie. Pourquoi ne pas oser enfin tremper un doigt, au moins un, dans le tourbillon d'une passion *intense* ?

Parce qu'elle n'avait rien d'une grande nageuse, et

qu'elle risquait d'être aspirée et de couler au fond, dit la voix de sa raison.

« Admettons, répondit la voix de l'audacieuse qu'elle ne se savait pas être, mais, quitte à se noyer, autant que ce soit dans le vortex d'une passion mémorable. »

Laquelle des deux avait raison ?

Will salua d'un geste familier Dennis Fraser, le barman du Fermier Jovial.

— Je cherche Sorcha, dit-il. Est-elle par ici ?

Dennis montra le fond du pub d'un geste de la tête.

A travers le brouillard de fumée, il distingua la chevelure enflammée de Sorcha attablée au fond avec deux vieux villageois. Il se fraya un chemin parmi la clientèle sur le sol collant de bière renversée.

— Je t'ai cherchée partout, dit-il sans autre préambule. Il faut qu'on parle.

— C'est ce qu'on m'a dit, répliqua la jeune femme. Mais je suis en consultation, là. M. Kelly voudrait connaître la date des premières gelées, et M. Kearney s'inquiète à propos de ses chances de gagner au Loto.

Sans se laisser démonter, il prit Sorcha par la main et l'obligea à se lever.

— Excusez-moi, messieurs, je vous la rends tout de suite.

Il sortit avec elle sur la rue pavée.

— Qu'est-ce qui te rend si impoli ? demanda-t-elle.

— Enlève-moi ce satané sort, dit-il. Tout de suite. Fais-le, Sorcha, ou notre amitié est finie.

— On dirait une menace. Serais-tu en train de me menacer, Will Donovan ?

— Fais-le. Suis-je assez clair ?

— D'accord, dit-elle avec une moue boudeuse. Mais

franchement, je ne te comprends pas. Cette fille est assez jolie, et je suis certaine qu'avec un zeste de persuasion elle trouvera ton lit très confortable. Je lui ai parlé tout à l'heure, et elle avait l'air assez ouverte à…

— Tu *lui* as parlé ?

— Je suis passée à l'auberge, car je savais que tu me cherchais. Nous avons discuté un petit moment, tu sais, entre filles. J'ai été très élogieuse sur tes prouesses sexuelles, tu aurais adoré m'entendre.

Il serra les poings pour tenter de contenir l'accès de colère qui montait en lui.

Bon sang ! Avoir Sorcha dans les parages était pire que vivre avec une mère fouineuse sur le dos ! Et sa vie sexuelle, ou plutôt son absence, ne regardait que lui.

— Sorcha, pour la dernière fois, fais ce que je te dis !

Il retourna vers la voiture au pas de course, jurant en lui-même. Il n'avait jamais cru à ces histoires de sortilège, mais en ce moment, il ne voyait pas d'autre explication à ce désir sauvage qu'il éprouvait pour Claire O'Connor.

Le court trajet de retour à l'auberge calma quelque peu sa colère et sa frustration. Un bon whiskey, un lit douillet et une longue nuit bien méritée, se dit-il en coupant le moteur, cela aurait la peau de tous ces tracas. Demain, il se réveillerait comme neuf.

Sauf que, dès qu'il mit les pieds dans la cuisine, ses pensées s'envolèrent vers la cliente qui dormait à l'étage. Sa *seule* cliente.

Un ferry débordant de Japonais aurait été le bienvenu. Non pas pour remplir la caisse, mais pour remplir son temps et vider sa tête.

Il jeta sa veste sur un tabouret sans se donner la peine d'éclairer la pièce et s'avança vers l'entrée pour éteindre les lampes avant de se retirer dans sa chambre. Au pied de l'escalier, la tentation fut trop forte. Il monta à l'étage pour vérifier que Claire allait bien.

Un filet de lumière provenant de sa chambre éclairait la moquette du couloir.

Il hésita. Le plus sage serait de regagner illico ses quartiers. Mais puisqu'il était monté et qu'elle ne dormait pas encore…

Cédant à la curiosité, il poussa doucement la porte entrebâillée et regarda la jeune femme, installée dans une chauffeuse face à la cheminée, un livre ouvert sur les genoux, dans cette position féline qu'il lui connaissait déjà.

Ils se regardèrent longuement.

— Je ne m'attendais pas à te trouver éveillée, murmura-t-il.

— Je ne pouvais pas dormir, j'ai trop mal au bras.

— Veux-tu quelque chose ? Du lait ? Un thé ?

— Un thé me dirait bien… Mais ne te dérange pas.

— Ça ne me dérange pas du tout.

Elle posa le livre sur l'accoudoir et se releva. Un petit kimono beige épousait les courbes de son corps, et il devina qu'elle ne portait rien en dessous. Ses yeux glissèrent vers la ceinture qui lui ceignait la taille, et sans pouvoir l'éviter il pensa combien il serait facile de le défaire…

— Je… Je reviens, balbutia-t-il.

— Je descends avec toi, dit-elle en s'approchant.

Comme aimanté, son bras se tendit pour l'enlacer, et, au moment où sa main frôla le tissu soyeux, il sut qu'il était perdu.

Claire le regarda, immobile, ses yeux saphir grands ouverts.

Il l'entraîna vers le lit, et leur étreinte reprit là où ils l'avaient laissée la veille.

Il prit son visage entre ses mains, pour s'emparer de cette bouche qu'il convoitait tant. Il crevait d'envie de sentir de nouveau son goût. Puis, le souffle court, il glissa ses lèvres sur son cou et écarta le tissu qui couvrait son épaule pour embrasser sa peau diaphane. Elle sentait le savon à la lavande de l'hôtel, mais sur elle l'odeur familière se muait en une drogue dangereuse. Il ne savait plus où donner de la tête, et revint vers sa bouche pour lui octroyer un baiser langoureux et lent.

Cette fois-ci, ils allaient prendre leur temps.

— Tu avais vraiment une course à faire ? demanda Claire. Ou c'était une excuse pour t'éloigner de moi ?

Il n'était pas sûr de ce qu'il devait répondre.

— M'éloigner de toi semble une mission impossible, dit-il, frôlant avec son pouce sa lèvre inférieure. Veux-tu que je parte ?

Sans répondre, elle commença à déboutonner sa chemise.

— Ton bras te gênait vraiment pour dormir, ou tu m'attendais ? demanda-t-il à son tour.

— Je n'arrivais pas à trouver le sommeil, dit-elle, écartant les pans de sa chemise en même temps qu'elle s'installait à cheval sur lui. Mais ce n'était pas seulement à cause de mon bras.

Il rit. Il avait toujours détesté les jeux de la séduction entre homme et femme, les petits mensonges, la danse épuisante du chat et de la souris, trois pas en avant, deux en arrière. Avec Claire, c'était différent. Tous les deux voulaient la même chose et ne s'en cachaient pas.

Il tira sur les revers du kimono pour la faire venir contre sa poitrine.

— Je tiens à te dire que je ne me comporte pas ainsi avec toutes mes clientes.

— Contente de l'apprendre. Cela dit, observa-t-elle d'un ton pragmatique, si tu offrais ce genre de services, tu remplirais l'hôtel pendant la basse saison.

— J'aurais dû dire : je ne me suis jamais comporté ainsi avec une seule cliente.

Elle releva la tête pour le regarder, comme si elle mesurait la portée de la nuance.

— Il y a une première fois à tout, conclut-elle d'un ton léger.

Il la serra contre lui et cacha son visage dans le creux de son cou.

— Et pour une première fois, quel serait, d'après toi, le début idéal ? demanda-t-il, mordillant le lobe de son oreille.

— Mm... Un *home-run* s'impose, je crois.

— Le client est roi dans cette humble demeure, murmura-t-il en la faisant rouler sur le matelas.

Il glissa sa main sous le tissu soyeux du kimono et enroba un de ses seins à la rondeur parfaite. Claire contint son souffle, ce qu'il décida de prendre comme un encouragement. Son pouce jouait maintenant avec son mamelon, tous ses sens en éveil au contact de sa chair souple.

Le temps ne pressait pas, mais la passion le dotait d'une impatience vorace. Il passa sa jambe sur la hanche de Claire pour la plaquer contre lui, et elle vint poser sa main au creux de ses reins, à la lisière de son boxer.

Un doute fugace lui traversa son esprit. C'était peut-être mieux de revenir à la première base et d'y rester pour le reste de la partie ?

Mais, alors, l'autre main de Claire glissa sur son ventre et descendit plus bas encore, commençant à caresser son sexe qui se dressait scandaleusement contre le tissu de son boxer.

— Deuxième base pour l'instant, déclara-t-elle. Et les doutes, hors du terrain.

— Je ne tenais pas les sports américains en grande estime, murmura-t-il, la regardant dans les yeux. Mais je crois que je commence à apprécier.

Il remonta l'ourlet du kimono le long de sa cuisse, en frôlant au passage l'intérieur satiné jusqu'à atteindre la tiédeur moite de sa toison blonde, dont il explora les plis secrets.

— Troisième base, souffla-t-elle, se plaquant contre lui.

Grand amateur des sports à pratiquer à deux dans un lit, il appréciait à leur juste valeur les préliminaires, mais rien ne valait pour lui la conclusion ultime. Avec Claire, en revanche, il aurait pu rester des siècles à égrener les secondes de cette langoureuse séduction. Il se sentait comme un adolescent qui découvre tout juste les secrets du corps d'une femme. Les soupirs de Claire, ses gémissements étouffés, la houle de ses hanches et ses ongles enfoncés dans sa chair devenaient son fil d'Ariane dans le labyrinthe d'un voyage inconnu. Un apprentissage réciproque dans lequel ils étaient chacun à la fois guide et chemin.

Rien ne pressait. Il s'attardait sur chaque parcelle de Claire qu'il embrassait comme une foi nouvelle, et quand enfin ses doigts défirent le nœud qui serrait la ceinture du kimono, il s'écarta légèrement pour mieux admirer le paysage éblouissant de son corps nu.

— Comme tu es belle, dit-il, émerveillé, en posant ses lèvres sur l'un de ses tétons rosés. Et délicieuse, aussi.

Avec un gloussement ravi, elle l'obligea à s'étendre sur le dos et commença à tracer avec ses lèvres une ligne de baisers qui partait de son cou vers son ventre, laissant sur son passage la trace humide de sa langue sémillante.

Lorsqu'elle dépassa son nombril, il ferma les yeux. Une onde de plaisir intense se répandit dans tout son corps quand ses lèvres effleurèrent son sexe, onde qui devint une secousse violente quand elle l'introduisit dans la tiède humidité de sa bouche. Il ouvrit les yeux et fixa le plafond, luttant désespérément pour tenir et ne pas se rendre si vite à la jouissance ultime.

Elle sentit qu'il approchait le point de non-retour et ralentit ses mouvements pour lui permettre de prolonger l'instant. Chaque fluctuation de ses lèvres générait une vague plus puissante que la précédente, l'acculant inévitablement vers la limite, qu'elle repoussait néanmoins sans cesse avec les frôlements savants de sa langue, comme si elle détenait la science secrète du plaisir qui n'en finit pas.

Mais il voulait partager la délivrance de l'orgasme avec elle. Avec douceur, il l'attira vers le haut pour retrouver sa bouche et l'embrasser de nouveau, tandis que leurs mains poursuivaient en aveugle le décryptage de leurs zones érogènes. Le rythme de leurs respirations devenait erratique, et quand il trouva le petit bouton de son clitoris, le cri étouffé qui échappa de la bouche de Claire lui indiqua qu'elle était prête.

Il plongea ses yeux dans les siens pour ne pas perdre une miette du plaisir qui se reflétait en eux, excitant comme le plus puissant des philtres d'amour.

Elle murmura son nom une fois, une autre, et le son familier dans sa bouche eut raison de sa tempérance. L'orgasme les foudroya en même temps, il explosa dans la main de Claire comme elle criait son plaisir dans sa bouche. Le plaisir se répercuta sur chaque cellule de son corps dans une délivrance exquise, lui laissant à peine assez de conscience pour sentir son sexe se serrer autour de ses doigts et jouir aussi du plaisir qu'il lui donnait.

Le calme divin d'après l'orage s'abattit sur eux.

Il garda le silence, incapable de bouger, écoutant la

respiration de Claire reprendre peu à peu un rythme normal, comme la sienne. C'était la première fois qu'il vivait quelque chose d'aussi intense, mais il n'avait aucune envie d'en tirer des conclusions maintenant. Demain, pensa-t-il. Pour l'instant, il voulait profiter de cet instant magique.

Claire se pelotonna contre lui, cachant son visage contre son cou. Il ramena la couverture créant ainsi un nid de chaleur douillette, et il ferma les yeux. Le sommeil pouvait maintenant reprendre ses droits.

Claire cligna des yeux pour ajuster sa vision. Le soleil dardait à travers la fenêtre ses rayons poudreux, chatouillant ses paupières pour la sortir des limbes. Contrairement à la veille, elle se rappelait parfaitement où elle se trouvait et ce qui s'était passé pendant la nuit.

Elle s'étira avec un ronronnement paresseux et sourit.

Elle avait toujours pensé que ceux qui vantaient les vertus du sexe torride et spontané exagéraient. Eh bien, pensa-t-elle avec un frisson de satisfaction, elle avait eu tort. Maintenant qu'elle l'avait expérimenté dans sa chair, elle en convenait, rien ne valait le sexe sauvage.

Comme tous les éléments de sa vie, ses relations sexuelles avec Eric étaient soumises à une cadence préétablie qu'elle notait mentalement dans l'emploi du temps de sa semaine, comme ses séances de gym ou ses rendez-vous avec la manucure. Elle connaissait par cœur les rythmes d'Eric et s'y pliait avec sa précision coutumière, mais elle comprenait seulement maintenant à quel point c'était machinal. La nuit dernière, elle s'était consommée avec Will dans un bûcher de désir à l'état pur, un feu de joie où elle avait rejeté allégrement ses inhibitions pour ne garder qu'un plaisir dément et libérateur.

— Intense, murmura-t-elle. Oui.

Appuyée sur un coude, elle contempla le visage endormi de Will.

Dans l'abandon du sommeil, il semblait beaucoup plus jeune, presque un garçon, impression contredite par l'ombre de sa barbe matinale qui lui donnait une aura légèrement dangereuse.

Le contraste était des plus intrigants. Qui était-il ? D'où venait ce magnétisme qui les attirait irrémissiblement l'un vers l'autre, presque à leurs corps défendants ? Etait-ce un effet de leurs nationalités respectives ? Peut-être qu'elle lui paraissait aussi exotique qu'il l'était à ses yeux ?

Elle pensa à l'étrange nuance de ses yeux, ni verts ni dorés, pas noisette non plus, ces yeux qui l'avaient accompagnée jusqu'à la dernière seconde, lorsqu'elle plongeait dans l'extase.

L'envie de le caresser de nouveau fourmillait dans ses doigts, mais elle se retint.

— Ouvre les yeux, murmura-t-elle.

Le bras jeté sur ses paupières, Will continua de respirer paisiblement. Il dormait encore profondément.

Elle glissa du lit en désordre et revêtit son kimono.

Elle faillit hurler en découvrant son visage dans le miroir au-dessus de la cheminée. Quelle catastrophe ! Yeux bouffis, cheveux en pétard et la marque du drap sur une joue. Elle s'apprêtait à se réfugier dans la salle de bains lorsqu'une voix se fit entendre depuis la réception de l'auberge.

— Bonjour ? Bonjour ! Il y a quelqu'un ? Nous voudrions prendre une chambre.

Un coup d'œil rapide vers le lit l'informa que Will

dormait encore à poings fermés. Elle sortit dans le couloir et entendit, paniquée, des pas qui montaient vers l'étage. Elle tenta de recomposer son visage et s'avança dans le couloir, où un couple d'âge moyen se pointa quelques secondes plus tard.

— Bonjour, dit le nouvel arrivé. Faites-vous partie du personnel de l'hôtel ?

— Non, répondit Claire, serrant, nerveuse, les pans de son kimono. Vous n'avez trouvé personne en bas ?

— Non, personne. Nous venons d'arriver par le ferry. Tu vois, Glynis, je t'avais dit qu'on arrivait trop tôt.

— Oh, George, répondit son épouse, demander s'il y a une chambre, ça ne mange pas de pain ?

— Will a dû sortir faire des courses, les rassura-t-elle. Si vous voulez, je peux prendre votre nom et lui passer le message.

— Savez-vous s'il reste des chambres libres ?

Elle fut tentée de dire non, elle avait envie de garder Will pour elle toute seule. Mais ç'aurait été déloyal d'interposer son plaisir à la bonne marche de ses affaires.

— Je ne saurais vous dire, je suis désolée. Il me semble l'avoir entendu dire qu'un groupe arrivait ce soir, mais le mieux serait de lui poser la question directement.

— Bon, j'imagine qu'on peut repasser plus tard, dit Georges avec un regard en coulisse vers sa femme. Nous irons visiter un peu. Nous sommes ici pour la célébration de Samhain, demain soir.

Elle regarda le couple redescendre vers l'accueil. Aussitôt qu'ils furent hors de vue, elle retourna à toute allure vers la chambre et sauta sur le lit pour secouer Will.

— Will, réveille-toi !

Il lutta pour ouvrir les yeux et la regarda avec ressentiment, mais son expression se mua graduellement en un large sourire.

— Bonjour, toi.

— Il y a du monde en bas ! Un couple qui cherche une chambre.

Il s'assit sur le lit, encore mal réveillé.

— Mais quelle heure est-il ?

— 8 heures, plutôt 9... Je leur ai dit que tu étais sorti faire des courses.

— Bien joué, merci, dit-il en l'attirant vers lui. Cela nous laisse un peu de temps pour nous. Au moins une heure ou deux.

— J'ai dit aussi qu'il se pouvait que l'hôtel soit complet ce soir. Tu devrais descendre leur dire que je me suis trompée...

— Pourquoi ferais-je une telle chose ? En ce qui me concerne, on peut fermer la porte et jeter la clé à la mer. Tu es une cliente de la plus haute importance qui mérite toute mon attention...

— Will, je pense que ce serait mieux si...

— ... nous passions le reste de la journée ensemble.

— Non, je pensais aller en ville. J'ai rencontré hier soir cette prêtresse druide, Sorcha, et je voudrais jeter un œil à sa boutique. Elle m'a semblé intéressante.

— Mm, marmonna Will, les sourcils froncés. Qu'est-ce qu'elle t'a dit ?

— Que vous aviez été amants à une époque, il y a longtemps, répondit-elle avec le sourire. Elle m'a dit aussi pouvoir jeter des sortilèges, moyennant rémunération. Pour autant que je sache, nous n'avons pas de druides à Chicago, donc je suis curieuse de voir ce que ça donne...

— Les prétendus pouvoirs de Sorcha ne servent qu'à vider les poches des touristes, crois-moi.

— Je m'en doute bien, mais je suis ici en vacances. Et je serais heureuse de contribuer un peu à l'économie locale.

— De toute façon, la boutique doit être fermée. Sorcha a beaucoup à faire avec la cérémonie de Samhain. Mais je peux te conduire au village, il y a un joli salon de thé près de sa boutique, ils font les meilleurs scones du monde. On y prendra le petit déj.

Elle secoua la tête.

— Je crois que j'aimerais prendre un peu de temps pour moi, si ça ne te dérange pas. Je vais m'habiller pendant que tu descends rattraper George et Glynis.

— D'accord, puisque tu insistes, dit Will avec une ombre dans le regard. Mais promets-moi au moins que tu dîneras avec moi ce soir.

— D'accord. Dîner à deux ce soir.

Il s'extirpa du lit et enfila son jean.

— J'ai passé une nuit merveilleuse, murmura-t-il en récupérant sa chemise échouée au pied du lit.

— Moi aussi, dit-elle, sentant le rouge lui monter aux joues.

— Tu prendras quand même un petit déjeuner ? dit-il sans la quitter des yeux.

— Merci, je pense que je piquerai juste une pomme en partant…

Devant la porte, Will mit la main à sa poche et lui tendit un trousseau de clés.

— Tiens, prends le Range Rover, j'ai une autre voiture, ne t'inquiète pas. Et mon portable doit se trouver sur le siège passager. Si tu te perds ou si tu as un souci, tape sur 2 pour m'appeler ici, et j'arrive à la rescousse.

— C'est une île, je ne vois pas comment je pourrais me perdre…

— Peu importe. Au cas où.

Il mit un pied dans le couloir, mais se ravisa aussitôt et revint sur ses pas pour l'enlacer et lui octroyer un long baiser goulu.

— Je serai en bas.

— Je sais, sourit-elle.

Enfin seule, elle fonça sous la douche.

Tout était arrivé si vite ! Si cela continuait, elle courait le risque de devenir accro aux nuits blanches et torrides, ce qui rendrait son départ de l'île très difficile. Elle ne perdait pas de vue qu'elle n'avait aucun avenir avec Will Donovan : il habitait sur une île de l'autre côté de l'Atlantique, tandis qu'elle avait laissé son fiancé à Chicago.

Non, s'insurgea-t-elle. D'abord, c'était son fiancé qui l'avait laissée, elle, à Chicago. Et ensuite, est-ce qu'il comptait encore vraiment pour elle ? Depuis son arrivée sur l'île, le souvenir d'Eric s'estompait à la vitesse grand V au profit de Will Donovan. Mais était-ce raisonnable de jeter aux orties une relation longue de trois ans pour une amourette de vacances ?

Emmitouflée dans sa grosse veste, elle descendit dans la cuisine, attrapa une pomme au passage, réitéra à Will sa promesse de dîner avec lui et ne résista pas au plaisir de lui concéder un long baiser. Will tenta encore de l'amadouer pour qu'elle se laisse accompagner, mais elle tint bon. Elle devait trouver cette fontaine et préférait garder pour elle les raisons de son entêtement.

Conduire l'énorme Range Rover sur le côté gauche de la chaussée s'avéra peu aisé, mais la véritable gageure, ce fut d'avancer sur les étroites rues pavées du village. Elle choisit finalement de se garer sur la première place disponible et continua à pied.

La boutique de Sorcha était facile à repérer : une enseigne

de bois gravée d'un dragon en ornait la devanture. La porte était fermée, ainsi que Will l'en avait avertie.

Et maintenant ?

— Elle est déjà partie au cromlech, expliqua quelqu'un derrière elle.

C'était Annie Mulroony, l'infirmière, qui s'approchait, deux cabas débordant de courses au bout des bras.

— Vous voulez que je vous aide ? proposa Claire.

— Non merci, ma voiture est au coin de la rue, répondit Annie. Et votre poignet ? Ça va mieux ?

— Beaucoup mieux, répondit Claire, pianotant en l'air avec sa main. Je n'ai même plus mal.

— Sorcha prépare Samhain, elle donne son grand show demain à 8 heures. Tout le monde y sera. On chante, on danse et on allume un grand feu. Vous devez voir ça !

— Je n'y manquerai pas ! Mais c'est dommage, je voulais jeter un œil à sa boutique.

— Je pense qu'elle sera de retour pour le dîner. Et vous, votre séjour ? J'espère que Will s'occupe de vous comme il faut.

— Je n'ai pas à me plaindre.

— Il est beau, notre Will, n'est-ce pas ?

Claire jeta un regard effaré à l'infirmière. Tout le monde dans le village savait ce qui se passait entre eux deux, ou c'était son côté parano qui lui jouait un tour ?

— Il l'est, tout à fait.

— Il ferait un bon parti pour une jeune femme. A une époque, j'ai cru que Sorcha et lui pourraient bien s'entendre, mais... ma fille a un sacré caractère. En plus, il est fortuné, même s'il ne le montre pas.

— Ah bon ?

— Je n'aime pas colporter de commérages, dit Annie en baissant la voix et se penchant vers elle. Cela dit, à partir du moment où c'est publié dans les journaux... Eh bien, il est millionnaire.

— Will ? Le patron de l'hôtel ?

— Comme je vous le dis. Il a inventé un logiciel très important. Il avait une société d'informatique qu'il a vendue juste avant de revenir sur l'île. A mon avis, il cherchait à se cacher. Vous imaginez, toutes ces femmes à ses trousses, qui en voulaient à son portefeuille...

Claire hocha la tête, mal à l'aise devant la tournure que prenait la conversation. Si Will était harcelé par les femmes, que diable faisait-il avec elle ? Etait-elle juste un trophée de plus sur son tableau de chasse ?

Elle regarda autour d'elle, à la recherche d'une excuse pour couper court. La bibliothèque municipale, au bout de la rue, lui sembla une solution appropriée.

— Bon, je repasserai plus tard.

Elle salua Annie et se dirigea vers le petit cottage blanc. Elle poussa la porte et se retrouva dans une grande salle carrée, tapissée de bas en haut d'étagères croulant sous le poids des livres. Elle longea les rayons « fiction » et « jeunesse » avant de trouver ce qu'elle recherchait.

— Histoire locale, voilà.

Elle choisit l'un des titres qui parlaient de Trall et commença à le feuilleter, dans l'espoir d'y trouver des indications à propos de la source du Druide.

— Vous cherchez quelque chose ?

Une petite femme replète aux cheveux roux venait d'entrer en s'essuyant les mains dans un tablier.

— Excusez-moi, je réparais ma bouilloire... Ah, mais vous êtes l'Américaine. Claire, n'est-ce pas ? Beatrice Fraser.

— Bonjour, oui, je suis Claire O'Connor. Le journal local a-t-il publié la nouvelle de mon arrivée ? On dirait que tout le village est au courant !

— Oh, ce n'est pas bien compliqué. Sans parler de votre accent, l'arrivée d'une jeune femme comme vous, apparemment célibataire, ne risque pas de passer inaperçue. Avez-vous déjà reçu des propositions de mariage ? Car si vous avez envie de rester parmi nous, je suis certaine de pouvoir trouver chaussure à votre pied. En même temps que bibliothécaire, je suis l'entremetteuse du village.

— Vous plaisantez, n'est-ce pas ?

— Cela fait trente ans que ce village se vide peu à peu. Nous ne plaisantons pas avec ces choses. Cela dit, je ne pense pas que vous vous intéressiez à nos jeunes, surtout pas après avoir posé les yeux sur Will. Il a de quoi faire tourner la tête d'une femme, n'est-ce pas ?

Claire sentit encore une fois son visage s'empourprer. Ils s'étaient tous passé le mot, ou quoi ?

— Je cherchais un guide de l'île, en fait, tergiversa-t-elle.

— Il y en a de tout récents sur la table près de l'entrée, proposa Beatrice. On les vend trois euros vingt.

Mais Claire secoua la tête. Elle en avait déjà feuilleté un exemplaire la veille à l'auberge, en attendant Will, et l'on n'y mentionnait pas la source.

— Je cherche la source du Druide, expliqua-t-elle. Ma grand-mère m'en a parlé, et je voudrais lui en rapporter une bouteille comme souvenir.

— Ah. C'est le principal attrait touristique de l'île, cette source.

— J'espérais la trouver sans trop de difficulté, mais personne ne veut m'expliquer comment y aller.

— Et cela vous étonne ? Il y a ceux qui détestent voir notre jolie île envahie par les touristes, voyez-vous, et ceux qui entretiennent le mystère autour de la légende, car c'est leur fonds de commerce. Si on éventait le secret de la source, les gens viendraient, rempliraient leur gourde et repartiraient. Alors que, s'ils doivent la chercher, ils restent quelques jours.

— Donc vous n'allez pas me dire où elle est ?

— Bien sûr que non. Mais la bibliothèque possède une belle collection de guides, là, à côté des livres de voyages, répondit Beatrice avec un clin d'œil. Bon, je vais préparer du thé. Vous en prendrez bien une tasse ?

— Merci, je veux bien, se résigna Claire avec un sourire.

Une heure et demie et trois tasses de thé plus tard, elle avait réussi à dresser une petite liste d'indices qu'elle rapporta sur une carte de l'île griffonnée à la hâte. C'était un début, se dit-elle de retour à la voiture. Avec un peu de chance, elle aurait rempli une bouteille avec l'eau magique cet après-midi même et accompli ainsi la mission qui l'avait conduite à Trall. Excellente nouvelle, non ?

Alors, pourquoi ressentait-elle ce vide au fond du cœur à l'idée d'abandonner l'île ? se demanda-t-elle une fois dans le Range Rover.

Avec un soupir de découragement, elle appuya son front contre le volant. Des images de Will fusaient sans cesse dans sa tête malgré ses efforts pour les repousser.

Comment oublier ce qui s'était passé entre eux deux la veille, cette connexion puissante, si étrange, presque magique ? C'était fou, nouveau, excitant, et elle ne pouvait se résoudre à lui tourner le dos. Pas déjà, pas si vite. Ce qui induisait une autre question : avait-elle jamais vraiment aimé Eric ? Il faut dire qu'elle l'avait oublié à une vitesse effarante, et qu'à présent toutes ses pensées allaient au séduisant tenancier de l'auberge et à ses caresses insolites qui lui avaient procuré tant de plaisir. Dès qu'elle aurait trouvé la fameuse source, elle n'aurait plus d'excuse pour rester sur l'île et jouir de nouveau des délices de sa compagnie.

Quelqu'un tapota à la portière, et elle se redressa, surprise. Un jeune homme au sourire chevalin la regardait sans ciller.

Elle alluma le contact pour pouvoir actionner le mécanisme de la vitre.

— Bonjour, dit-elle.

— Etes-vous l'Américaine ? demanda-t-il de but en blanc.

— Oui.

— Voudriez-vous dîner avec moi, ce soir ?

— Mais... Mais je ne vous connais pas.

L'inconnu piqua un fard et s'essuya la main sur son pantalon avant de la lui tendre.

— Derrick Dooly. Je tiens la station-service de l'île. Si vous avez besoin de réparer votre voiture, je suis votre homme. Je gagne bien ma vie et je serai un mari fidèle.

Elle n'en revenait pas. Embarras, avez-vous dit ?

— J'apprécie votre invitation, Derrick, mais je ne suis pas sûre que... Je veux dire, je compte quitter l'île dans quelques jours et je ne voudrais pas vous... briser le cœur.

Il considéra sa réponse avec une mine concentrée.

— Oh, vous ne me briseriez pas le cœur, je suis un type solide.

— Je vois. En fait, peut-être que je pourrais dîner avec vous, à une condition. Savez-vous où se trouve la source du Druide ?

— Bien sûr que je le sais, tout le monde le sait, ici. Ou du moins qu'ils disent.

— Pourriez-vous me montrer le chemin ?

Derrick se renfrogna.

— Bigre, alors ça, dit-il en retirant sa casquette pour se gratter le crâne. Je ne suis pas sûr de pouvoir faire ça, m'dame. C'est un secret bien gardé, voyez-vous. Et je ne voudrais pas être le gars qui a vendu la mèche.

— « Et je n'ai pas d'invitation à dîner », ajouta-t-elle d'un ton théâtral.

— Bon, dit-il, je pourrais, après tout, si vous me promettez que vous ne direz à personne que c'est moi qui vous l'ai dit.

— Je serai une tombe, promit-elle. Montez !

Un dîner avec Derrick Dooly lui semblait un prix raisonnable à payer pour trouver la source. Elle lui donnerait rendez-vous de bonne heure, chipoterait dans son assiette et serait de retour à l'auberge assez tôt pour dîner avec Will. Elle l'aurait avant de partir, sa gourde d'eau magique !

4

Will attendait Claire à l'auberge depuis trois heures. A la nuit tombée, il téléphona au pub pour apprendre qu'elle trinquait depuis une heure avec Sorcha, Derrick Dooly et d'autres célibataires de l'île.

Il ne bougerait pas, décida-t-il. Mais la soirée avançant, l'inquiétude le gagna. Il n'avait aucune envie de retrouver sa voiture contre un mur, ou pire encore que Claire soit blessée.

Il attrapa ses clés à la réception et alla sortir du garage sa Mercedes, l'un des rares biens qu'il ait conservés de sa vie passée — la voiture, le lit et la maison aux abords de Killarney.

A une époque, il s'était cru le plus heureux des hommes. Son intérêt pour l'informatique s'était mu en une véritable passion pour le développement de logiciels, et en créant un système d'identification faciale et la société pour le commercialiser, il était devenu millionnaire du jour au lendemain. Trois ans durant, tout ce qu'il touchait s'était transformé en or, et on l'avait appelé le Bill Gates de l'Irlande, surnom qu'il s'était mis à détester. C'est alors qu'un géant de l'informatique l'avait contacté pour lui racheter sa société. Une offre alléchante qu'il n'avait pu refuser. Il avait envisagé de bâtir ensuite une autre entreprise, plus grande et plus performante.

Mais après quelques mois, puis un an, puis deux loin des lourdes responsabilités qu'impose la gestion d'une boîte, il s'était aperçu qu'il ne voulait plus de cette vie. Si bien que, quatre ans plus tard, il s'occupait de l'auberge familiale sur une petite île paisible, acceptant occasionnellement des missions en tant que consultant. Avec de l'argent devant lui, il avait mis sa carrière en veilleuse dans l'attente d'une idée intéressante, qui le passionnerait de nouveau.

A présent et pour la première fois depuis des années, il ressentait... quelque chose. Seulement, il n'était pas sûr de ce dont il s'agissait.

Le Range Rover était garé près du Fermier Jovial.

Entrant dans le pub, il inspecta la salle enfumée pour découvrir Claire au milieu d'une bande de joyeux lurons jouant aux fléchettes. Sorcha, juste à côté, prenait les paris et encourageait Claire.

— Tu l'as soûlée ? demanda-t-il à sa vieille amie.

— Ah, Will ! s'exclama celle-ci en le découvrant. Tu t'es enfin décidé à venir disputer les faveurs de Claire ! Derrick t'attendait de pied ferme. Et ne sois pas idiot, je ne l'ai pas soûlée, elle s'est très bien débrouillée toute seule.

— Je vais la ramener à l'auberge.

— Bonne idée, répondit Sorcha. Tu vas devoir la porter pour sortir d'ici.

Il s'approcha de Claire et lui prit la main.

— Il est l'heure de rentrer, dit-il.

— Déjà ? demanda Claire.

Il déposa un billet de dix euros sur le comptoir tandis que les joueurs poussaient un grognement de déception.

— Merci pour cet adorable dîner, susurra Claire en se

tournant pour enrouler ses bras autour du cou de Derrick dans une étreinte sauvage. Et ne désespère pas, un jour tu trouveras la femme de ta vie, j'en suis persuadée.

Will la prit par la main et la tira vers la porte. Elle se retourna pour saluer encore ses nouveaux amis, qui l'acclamèrent en retour. Il l'aida à s'installer dans la Mercedes et prit le volant.

— Ils sont tous adorables, s'enflamma Claire. Pourquoi tous les hommes ne sont-ils pas comme eux ? J'ai eu trois demandes en mariage, et Beatrice Fraser m'a promis de m'en dégoter d'autres… J'aimerais vraiment me marier un jour.

Il plissa le front alors qu'il quittait sa place de stationnement. Apparemment, l'alcool lui avait délié la langue. Les émotions aussi, songea-t-il remarquant ses yeux embués.

— Tu pleures ?

— Non, murmura la jeune femme, une larme coulant sur sa joue.

Voyant cela, il s'arrêta sur le bas-côté.

— Qu'est-ce qui ne va pas ? Sorcha t'a dit quelque chose de blessant ?

— Elle m'a affirmé que je méritais mieux, sanglota Claire, essuyant ses joues d'un revers de manche.

— Mieux que moi ?

— Non, répondit-elle secouant la tête. Mieux que lui.

— Qui lui ?

— Eric. Mon fiancé.

— Tu es fiancée ? questionna-t-il, le souffle coupé.

— Oui. Enfin, non. Je croyais l'être, mais… Ooh, je ne me sens pas très bien, souffla Claire avant d'ouvrir la porte et de s'extirper de la voiture.

Il la regarda s'éloigner pour vomir. Il n'avait pas été

soûl à ce point depuis longtemps et se demandait quel souvenir elle garderait de leur conversation.

— Ça va mieux ? demanda-t-il quand Claire reprit place à ses côtés.

— Beaucoup mieux.

Il redémarra et roula en silence jusqu'à l'auberge, ressassant ce qu'il venait d'apprendre. Quel genre d'imprudent laisserait partir une femme aussi belle, sexy, douce et intelligente qu'elle ? Un parfait imbécile, à coup sûr.

Il gara la voiture devant l'auberge et emmena Claire à l'intérieur. Elle monta l'escalier cahin-caha et, avec le naturel que donne l'ivresse, commença à se déshabiller sans cesser de bavarder.

— Je ne sais même pas ce que je suis venue faire ici, grogna-t-elle, empêtrée dans son pull. Ni pourquoi je tiens à ce qu'il revienne. Il ne m'a visiblement jamais aimée.

Il lui vint en aide et, étant donné son équilibre précaire, la maintint par la taille tandis qu'elle ôtait son T-shirt.

— Tu l'aimes encore ? demanda-t-il.

— As-tu déjà été amoureux ? rétorqua-t-elle.

— Non, reconnut-il. Je l'ai cru une fois, mais… non.

— Tu as bien de la chance, maugréa-t-elle en agitant un doigt devant lui, avant d'enlever son soutien-gorge avec insouciance.

Il ne pouvait s'empêcher d'admirer sa demi-nudité. Elle ne semblait pas consciente de ce qu'elle faisait. Malheureusement, songea-t-il, mal à l'aise, lui était douloureusement conscient de l'effet qu'elle *lui* faisait.

— C'est juste que nous étions si parfaits, l'un pour l'autre. Nous avions les mêmes désirs, les mêmes centres d'intérêt, un avenir tout tracé, et d'un coup, en un jour, plus rien. *Nada* ! déclama-t-elle d'un ton théâtral, balançant les bras et tanguant avant qu'il ne la stabilise.

— Donc, tu veux que ce type revienne vers toi ?

— Bien sûr… Enfin, je crois, répondit Claire se dirigeant vers la salle de bains. Tu ne le voudrais pas, toi ?

Il la contempla, fasciné, alors qu'elle se brossait les dents. Elle rendait sexy un geste aussi banal que l'hygiène dentaire. D'autant plus qu'elle était à moitié nue.

— C'est pour cela que je suis venue ici, reprit-elle revenant dans la chambre.

— Pour l'eau, murmura-t-il, ramené brutalement à leur conversation.

— Ma grand-mère m'a parlé de la source. Donc je suis venue. Et aujourd'hui, je l'ai trouvée. Derrick Dooly m'y a conduite. Oups, gloussa-t-elle, une main sur sa bouche. Je n'étais pas censée en parler, c'est un secret !

Il fut tenté un instant de lui révéler la vérité. Que la source du Druide n'était rien d'autre qu'un canular colporté par son propre grand-père pour attirer les touristes sur l'île. Et qu'avec le temps l'origine de cette histoire avait été oubliée, remplacée par le mythe que Sorcha en avait fait.

— Vraiment, dit-il.

— J'ai une bouteille de cette eau, souffla-t-elle, comme si elle craignait des oreilles indiscrètes. Je l'ai laissée dans le 4x4.

— Et comment as-tu atterri au pub ?

— J'ai rencontré Sorcha en ville après mon dîner avec Derrick, et elle nous a invités à prendre un verre. J'ai commencé par une Guinness, ensuite un Martini-chocolat. Et puis… Que du Martini-chocolat pendant toute la soirée !

— Et maintenant, tu es soûle.

— Non, je ne suis pas soûle ! riposta Claire, baissant la fermeture Eclair de son jean qu'elle fit descendre jusqu'à ses pieds.

Elle leva les yeux vers lui et enroula ses bras autour de son cou.

— On va rester toute la nuit plantés là à discuter, ou tu vas m'emmener dans mon lit ?

Will gémit intérieurement. La vie avait un drôle de sens de l'humour, franchement. Alors que la seule pensée qu'il avait en tête était de se retrouver dans le même lit que Claire, elle s'offrait à lui, si ivre qu'il ne pouvait pas décemment accepter. Il maudit sa bonne éducation qui l'empêchait d'assouvir sa passion sur-le-champ.

— Pourquoi ne pas te mettre au chaud sous les couvertures pendant que je descends te chercher un remontant, tergiversa-t-il, prenant sa main pour la guider jusqu'au lit.

Elle obéit sans rechigner mais l'attira contre elle. Les yeux de Will se posèrent sur sa bouche, et il ne put contenir le besoin urgent de l'embrasser, juste une fois.

Elle entrouvrit ses lèvres, et il sentit un goût sucré, comme de la cannelle. Elle l'attisait avec sa langue, l'invitant à venir plus loin, ce qu'il accepta. Ils s'embrassèrent longuement, découvrant peu à peu la parfaite adéquation de leurs bouches et le plaisir intense qu'ils partageaient. Bon sang, il pourrait rester des heures, voire des jours, à l'embrasser ainsi sans s'en lasser ! Il y avait tellement de choses qu'il ne savait pas d'elle. Il voulait apprendre à la connaître, lentement, délicatement.

Il sentit la main de Claire descendre sur le devant de son jean et masser à travers le tissu son sexe déjà enflé. Il n'avait plus qu'une envie : quitter ses vêtements et se perdre en elle. Seulement... S'il succombait à la tentation, aurait-il droit à une autre nuit avec elle ? Elle risquait d'emballer ses affaires et sa bouteille d'eau au petit matin pour s'envoler vers Chicago, vers l'homme qu'elle voulait vraiment.

Cruel dilemme, songea-t-il en l'embrassant dans le cou. Et cette entremetteuse de Sorcha ! Sans cette satanée invitation au pub, il ne serait pas confronté à un tel choix, et ils seraient en train de vivre une nuit d'amour bouleversante.

Se redressant sur un coude, il lui retira doucement les cheveux de devant les yeux.

— Je vais te préparer une tasse de thé.

— Je ne veux pas de thé, protesta Claire.

— Avec un peu de lait. Tu me remercieras demain matin.

— Tu me promets de revenir ? Parce que, demain matin, je voudrais pouvoir te remercier pour autre chose aussi, sourit-elle. Tu comprends ?

— Message reçu. Je reviens tout de suite, répondit-il en se relevant. Ferme les yeux et repose-toi.

Elle gémit doucement et enfonça sa tête dans l'oreiller.

Il resta immobile, le temps de s'assurer qu'elle dormait profondément, puis il se pencha pour l'embrasser sur le front.

C'était mieux ainsi, soupira-t-il en fermant la porte. Il préférait attendre. Comme ça, lorsqu'ils feraient l'amour — s'ils le faisaient, pensa-t-il en croisant mentalement les doigts — il serait sûr que cela laisserait une marque indélébile dans l'esprit de Claire.

Parvenu au rez-de-chaussée, il décida de ne pas se coucher et, sur un coup de tête, s'installa au volant de la Mercedes et retourna au village.

Il se gara devant le Range Rover et sourit en constatant que Claire avait pris soin de le fermer à clé. Une fille de Chicago ne pouvait pas concevoir qu'ici, sur l'île, les vols de voiture n'existaient pas ! Il trouva la bouteille d'eau sur le siège du passager, la déboucha et s'apprêta à en verser le contenu. Si Claire était forcée de retourner à la source, elle ne pourrait pas partir demain matin, ce qui lui offrait à lui une nouvelle nuit avec elle.

Mais il ne vida pas la bouteille. Cette eau pouvait avoir une autre fin, décida-t-il. Il n'avait jamais cru à la magie de la source, mais bon, ça ne coûtait rien d'essayer. Demain matin, il l'utiliserait pour préparer une boisson pour Claire. Il la regarderait tranquillement boire et en boirait lui aussi. Et s'il y avait la plus petite once de magie dans cette eau, il serait le premier à le savoir.

Claire fixa ses yeux injectés de sang dans le miroir de la salle de bains.

Depuis qu'elle était en Irlande, elle n'était plus la même. C'est à peine si elle se reconnaissait dans cette femme qui lui renvoyait son regard. Elle avait traversé un océan pour trouver une source magique, s'était jetée dans les bras du premier type qu'elle avait rencontré. Ensuite elle s'était soûlée non pas une, mais deux fois de suite, ce qu'elle n'avait jamais fait de toute sa vie. Et pour couronner le tout, elle avait presque tout oublié de la soirée de la veille.

Elle se souvenait avoir vomi sur le bord de la route, être montée dans sa chambre en compagnie de Will, qu'elle avait par la suite tenté de séduire. Elle avait la vague impression d'avoir mentionné Eric, mais avait-elle dit son prénom haut et fort, ou y avait-elle seulement pensé ? Brouillard total.

Saisissant des vêtements propres, elle s'habilla et descendit lentement dans la cuisine.

Will était là, devant le plan de travail, un journal ouvert devant lui. Il portait un T-shirt délavé et un jean qui tombait sur ses hanches. Comme toujours, ses cheveux étaient ébouriffés, mais il était rasé de près, et elle fut surprise de constater combien il paraissait jeune ainsi.

— Bonjour, dit-elle avec un sourire tendu.

— Comment te sens-tu ? répondit-il en lui souriant en retour. Pas trop mal aux cheveux ?

— Je ne sais pas, hésita-t-elle, prenant appui sur la table. Comment devrais-je me sentir, d'après toi ?

— Fatiguée ? avança-t-il en haussant les sourcils.

— Que dirais-tu d'embarrassée ? proposa-t-elle.

— Tu veux savoir si tu as fait des choses embarrassantes ? interrogea-t-il, visiblement amusé par sa question, ce qui la fit rugir intérieurement.

— Alors ? D'après mes souvenirs, je n'ai rien fait de trop humiliant, mais c'est assez flou.

— Rien de trop humiliant, la rassura Will. Si ce n'est vomir au bord de la route. Sans oublier ton strip-tease pour les gars au pub. Mais je ne le qualifierais pas d'humiliant, vu que tous ont semblé l'apprécier.

— Je plaisantais, reprit-il en levant la main, tandis qu'elle manquait d'air. Tu as vraiment vomi, mais en ce qui concerne le strip-tease, j'ai juste dû l'imaginer.

— Martini-chocolat. Beurk !

— Ensuite, bien sûr, tu as essayé de me séduire, déclara Will, survolant d'un air nonchalant son journal.

Elle écarquilla les yeux. Sa mémoire ne l'avait donc pas trompée sur ce point.

— Ai-je réussi ?

— Non. J'ai pensé qu'il valait mieux attendre que tu sois dégrisée. Mais j'ai quelques heures de libre, cet après-midi, plaisanta-t-il. Tu es la bienvenue.

— Je te ferai connaître mes disponibilités, répondit-elle, les joues en feu. Aurais-tu de l'aspirine ? J'ai un mal de tête effroyable.

— J'ai bien mieux que ça. J'étais sûr que tu aurais la gueule de bois au réveil, et je t'ai préparé la potion magique de Trall. Sa composition est des plus confidentielles, mais l'effet est garanti, affirma-t-il en ouvrant le réfrigérateur et en se penchant pour chercher sur les rayons.

Elle ne put s'empêcher d'admirer la vision qu'il lui offrait. Un dos ferme sous le T-shirt délavé. Il ne passait visiblement pas des heures dans des clubs de gym, mais son corps était parfait. Le fait de l'imaginer nu était déjà un excellent remède. Suffisant en tout cas pour que son cœur s'emballe et que son pouls s'accélère.

Il se retourna et posa sur la table un pichet.

— Il faut que tu boives d'un trait pour que cela marche.

— Du jus de tomate ? s'étonna-t-elle Mais… C'est un Bloody Mary ! Tu cherches à m'enivrer de nouveau ?

— En Irlande, nous soignons le mal par le mal. De plus, il y a d'autres ingrédients secrets qui te remettront sur pied.

Il se servit un verre qu'il heurta au sien avant d'avaler une longue gorgée du breuvage.

A contrecœur, elle l'imita, buvant d'une traite. Durant un bref instant, elle redouta de se retrouver dans le même état que la veille. Mais, ensuite, une étrange sensation l'envahit. Son estomac cessa de se tordre, et sa migraine s'apaisa. Tous ses membres furent parcourus par une vague de chaleur bienfaisante.

— Ça va mieux ? demanda Will.

— Oui, s'exclama-t-elle toute surprise. Wouh ! L'effet est immédiat. Je me sens vraiment bien.

— As-tu prévu quelque chose aujourd'hui ? s'informa-t-il en déposant une assiette de scones aux raisins devant elle.

— Je pensais retourner m'écrouler dans mon lit, répondit-elle en croquant un gâteau. Mais je n'en suis plus très sûre. J'aimerais assister à la célébration qu'organise Sorcha ce soir, et peut-être visiter un peu la région avant de rentrer chez moi.

— J'ai promis à Sorcha de l'aider à transporter ses affaires au cromlech pour sa soirée. Et j'ai des hôtes qui arrivent par le ferry à 1 heure. Mais nous pourrions aller faire un tour sur l'île principale demain… Ou après-demain, proposa-t-il.

— C'est bien, Samhain ? tergiversa-t-elle.

— Il y a de la musique, de la danse et des incantations. Ensuite, Sorcha sacrifie une vierge.

— Une vierge ? Je pensais que c'était une farce.

— Tu n'as aucune raison de t'inquiéter. Tu n'es pas concernée, n'est-ce pas ? plaisanta Will.

Il adorait la taquiner, et à dire vrai elle aimait cela aussi. Eric était toujours si sérieux, si dépourvu de fantaisie… Bizarrement, le sens de l'humour ne figurait pas sur sa liste, et, avec le recul, elle prenait conscience de l'importance de cette lacune.

— Je ne saurais dire. Pendant ma sortie d'hier, je pense avoir rencontré tous les célibataires de l'île, y compris ceux qui ont l'âge d'être mon grand-père. Comment se fait-il que tout le monde me connaisse ?

— Si Sorcha était aussi bonne en sorcellerie qu'elle l'est en commérages, nous serions tous des crapauds, et elle la reine d'Angleterre. Et, mon Dieu, tu es un sujet fascinant. Célibataire, adorable… Tous les touristes qui viennent ici pour la source du Druide sont en couple. Nous ne recevons généralement pas de femme sans attache. Bref, tu nous intrigues. Tu m'intrigues, *moi.*

— Toi ?

Will s'approcha pour l'adosser contre le plan de travail.

— Oui, moi. Te sens-tu mieux ?

Elle acquiesça, et il l'embrassa tendrement sur la tempe. Oh, que c'était bon, un homme tendre le matin !

— Je pourrais prendre goût à ce genre de petit déjeuner, chuchota-t-il.

— Choisis, rit-elle reculant légèrement pour poser sa bouche tout contre la sienne, moi ou un scone aux raisins.

— Toi, affirma-t-il sans hésitation.

— Moi ou un scone aux raisins à peine sorti du four.

— Hum, dur. A peine sorti du four, tu dis ?

Elle lui donna une tape joueuse sur l'épaule. Comment expliquer ce bien-être qu'elle ressentait avec cet homme qu'elle ne connaissait que depuis quelques jours ?

— Bon, si c'est ton dernier mot, je vais te laisser avec tes petits pains, blagua-t-elle.

— Je ne peux pas prendre une telle décision sans une dégustation comparative, protesta Will, resserrant son étreinte comme elle tentait de partir.

Il la hissa sur la table pour se glisser entre ses jambes et commença à déboutonner son cardigan. Il posa ses lèvres à la base de son cou, et descendit de plus en plus bas au fil des boutons ouverts, s'arrêta pour dégrafer la fermeture au-devant de son soutien-gorge, et reprit son excursion érotique jusqu'à la dernière boutonnière. Il glissa alors ses mains sous l'étoffe et l'attira contre son corps.

— J'opte pour toi plutôt qu'un scone encore tout chaud. Une dose par jour et deux le dimanche.

— Heureuse de l'apprendre. Y a-t-il un aliment que tu préférerais à moi ? répliqua-t-elle.

— A première vue, je ne vois rien qui me satisferait plus que toi.

— Et George et Glynis ?

— Non, aucune envie de goûter ni à l'un ni à l'autre, dit Will en remuant la tête.

— Ils pourraient entrer.

— Ils ont pris leur petit déjeuner et sont partis marcher.

— Alors, murmura-t-elle en reculant sur la table pour s'allonger, ses bras derrière elle. Continue ta dégustation.

Avec un rire rauque, Will monta sur le plan de travail, alignant son corps sur le sien, pressant ses hanches contre les siennes.

Le contact entre eux fut électrique, et elle oublia tout de son estomac malmené et de sa migraine. Le breuvage de Will avait déjà bien œuvré, et voilà qui promettait fort d'incendier tout son être.

Celui-ci se pencha sur elle comme pour l'embrasser. Mais il paraissait plus enclin à attiser son désir en dessinant sa lèvre inférieure du bout de la langue et en la retirant dès qu'elle tentait de capturer sa bouche pour un baiser langoureux.

Elle finit par enfouir ses mains dans ses cheveux pour parvenir à ses fins.

Il eut un grognement lorsqu'elle prit ses lèvres.

La connexion entre eux fut si puissante, si immédiate et si intense qu'elle en eut le souffle coupé. Elle voulait arracher leurs vêtements, s'abandonner à tous les fantasmes érotiques imaginables. Le contact avec le corps de Will était la seule pensée présente dans son esprit, et ses doigts s'acharnaient sur ses habits. Que leur étreinte ait lieu au beau milieu de la cuisine rendait les choses plus dangereuses, et elle s'aperçut que ce risque, loin de l'effrayer, l'excitait. Pourquoi sa réserve habituelle s'évanouissait-elle dès que Will Donovan la touchait ? Etait-ce dû à lui, ou s'était-elle métamorphosée en posant les pieds en Irlande ?

Elle glissa ses mains sous son T-shirt pour lui masser les muscles du dos, ce qui sembla insuffisant à Will, qui se mit à genoux pour quitter son vêtement.

Leurs baisers et leurs caresses furent d'abord légers et joueurs, comme s'ils testaient leurs propres réponses. Ils ôtèrent leurs habits pour une meilleure exploration l'un de l'autre. Elle avait déjà touché la peau de Will avant, s'était déjà perdue dans la beauté de son corps, et elle brûlait à présent de connaître l'assouvissement de leurs désirs.

Mais soudain, un doute l'assaillit. Etait-elle vraiment prête à vivre cette étreinte ? Elle risquait de désirer Will pour plus d'une nuit ou deux. Toute sa vie pourrait en être bouleversée.

Elle balaya sa première pensée rationnelle depuis son arrivée sur l'île. Elle *voulait* Will, peu importait la suite.

— Je dois dire, observa celui-ci, qu'en achetant cette table je n'avais pas imaginé qu'elle servirait à ce genre de dégustation. Mais j'avais imaginé ce délice-là.

— Tu avais imaginé cela ? demanda-t-elle.

— A l'instant même où tu franchissais le seuil de l'auberge, trempée comme une soupe.

— Montre-moi comment c'était, dit-elle.

Il roula sur le côté et posa sa tête sur son bras, ses doigts serpentant sur la peau sensible de sa poitrine dans une spirale envoûtante. Il l'embrassa avant de descendre du meuble.

— Viens avec moi, offrit-il en lui tendant la main.

— Où allons-nous ?

— Dans un lieu plus confortable, répondit-il en attrapant sa taille lorsqu'elle s'assit au bord de la table et en s'installant entre ses cuisses pour reprendre ses lèvres.

Tout en douceur, ses mains vinrent sur ses hanches, il lui souleva les jambes et les enlaça autour de lui pour la porter. Ils se dirigèrent ainsi vers une petite porte sur laquelle était inscrit « Privé ». Will l'ouvrit d'un coup de pied, dévoilant un confortable salon débordant de meubles et de livres, avec un matériel hi-fi de haute qualité.

— Je me demandais où tu vivais, dit-elle observant chaque détail.

— Voilà ce que j'ai imaginé quand je t'ai vue, révéla-t-il après lui avoir fait traverser la pièce pour pénétrer dans une autre. Toi. Dans mon lit.

Elle enfouit son visage dans le cou de Will, intimidée, en découvrant le gigantesque lit à baldaquin. Voilà donc l'endroit où il dormait, où il était dans son élément : ce lit somptueux, aux riches tentures, aux draps ouvragés !

— On se croirait au Moyen Age, souffla-t-elle.

— Il date de l'époque élisabéthaine, précisa Will. Je l'ai acheté à une période où j'avais de l'argent à dépenser chez les antiquaires et une grande maison à meubler. Je me suis débarrassé de quasiment tout, mais ce lit, je ne suis pas parvenu à m'en séparer.

Le matelas était plus haut que la table, et lorsqu'il la posa dessus, ses genoux frôlèrent son torse. Elle sentit l'émotion l'envahir. C'était comme s'ils étaient seuls sur une île, l'île de ce lit, avec rien d'autre que l'éternité pour eux. Le monde réel reprendrait sa place avec l'arrivée des hôtes, mais jusque-là elle avait son amant tout à elle.

Will paraissait fasciné par son corps, impatient d'en découvrir chaque parcelle. Il fit descendre son chemisier et son soutien-gorge le long de ses bras, enleva ensuite son jean, lui laissant juste sa culotte.

Elle enroula ses bras autour de sa nuque pendant qu'il lui embrassait les seins, sa langue dansant d'un téton à l'autre. Les paupières closes, elle laissa les sensations qu'il lui procurait envahir son esprit.

Les doigts de Will suivaient ses lèvres, et lorsqu'il atteignit son ventre, il l'allongea sur le lit et mit les doigts sous la bordure de son sous-vêtement, qu'il fit glisser jusqu'à ses pieds.

Sa respiration s'arrêta net lorsque les lèvres de Will tracèrent sur l'intérieur de sa cuisse un chemin d'une chaleur enivrante. Quand il lui souleva délicatement les jambes, elle devina ce qu'il s'apprêtait à faire. Mais elle n'était pas préparée au choc électrique que le contact de sa bouche produisit sur son sexe.

Une sorte de feulement lui échappa alors que Will promenait sa langue sur son intimité enflammée. L'espace d'un instant, elle ne put respirer. La puissance de sa réaction à cet effleurement avait vidé l'air de ses poumons. Parcourue d'ondes ensorcelantes de plaisir, elle enfonça ses doigts dans ses cheveux.

Will savait exactement ce qu'il faisait, et comment l'amener au bord de l'orgasme. Elle tenta l'impossible pour garder un pied dans la réalité, mais rapidement elle se trouva égarée dans un brouillard de désir et de sensations intenses.

La situation n'était plus sous son contrôle, pour autant qu'elle l'ait été. Son pouls, sa respiration étaient sous l'emprise de Will, qui commandait les frissons, les soubresauts, les gémissements qu'elle ne pouvait contenir. Elle n'avait jamais connu de sensations aussi bouleversantes. Dès qu'elle était proche de la jouissance ultime, il la ramenait vers plus de calme pour la précipiter de nouveau dans une spirale de volupté, la passion la consumant de l'intérieur.

Elle murmura son prénom comme une prière pour atteindre l'exaltation.

Cette fois, Will ne ralentit pas. Lorsqu'elle atteignit le paroxysme du plaisir, il l'accompagna de ses baisers intimes. Elle lâcha prise, l'orgasme l'assaillit de toutes parts.

Son corps s'embrasait, spasme après spasme, vagues de délices qui la submergeaient l'une après l'autre.

Quand les tremblements s'apaisèrent, il la rejoignit sur le lit et la serra dans ses bras, emboîtant son corps contre le sien.

Elle ferma les yeux, comblée au-delà des mots, ivre de bien-être. Will l'avait mise à nu, totalement. Pourtant elle n'en ressentait aucune pudeur, aucun regret. Qu'il prenne ainsi possession d'elle lui semblait on ne peut plus normal.

Avait-elle ce même pouvoir sur lui, pouvait-elle l'amener aux limites du désir, à cette seconde douloureuse où l'on espère la délivrance ?

Ils venaient d'accomplir un pas de plus vers un acte qui paraissait dorénavant inévitable. Pouvait-elle se fier à elle-même pour s'abandonner physiquement tout en contrôlant son cœur ? Elle ne pouvait se permettre de tomber amoureuse de Will, se répéta-t-elle, et faire l'amour avec lui risquait fort de mettre un terme à cette résolution.

Soupirant, elle sentit l'étreinte de Will s'accentuer autour de sa taille.

C'était si facile d'oublier Eric quand elle était près de lui, si facile d'imaginer qu'une autre personne pourrait entrer dans sa vie. Il était peut-être temps de retourner à la maison, avant que partir ne devienne impossible.

Elle enlaça ses doigts à ceux de Will et posa ses lèvres sur le dos de sa main.

Demain, s'accorda-t-elle. Elle penserait au départ demain. Ce soir, elle se donnerait à lui entièrement, corps et âme.

Will jeta un coup d'œil au réveil sur la table de chevet. Bientôt midi. Les nouveaux clients arriveraient dans une heure à peine. En se levant immédiatement, il aurait tout juste le temps d'aider Sorcha avant de revenir accueillir ses hôtes.

Il inspira longuement et ferma les yeux.

Bon sang ! En concoctant le remède pour Claire avec l'eau de la source, il n'avait pas envisagé une seconde que cela fonctionnerait. Mais après ce qu'ils venaient de partager, il était tenté de s'interroger sur l'éventuel pouvoir magique de ce breuvage.

Il jura en lui-même. Bien sûr que non ! Depuis l'arrivée de Claire, il y avait eu une tension entre eux, un coup de foudre, voilà de quoi il s'agissait. Aucune magie, mais du désir, tout simplement. Et, bien qu'ils aient progressé d'un pas vers le plaisir ultime, il se demandait à présent s'il était prudent qu'ils franchissent le suivant.

Il n'aspirait à rien d'autre que faire l'amour avec Claire, juste se perdre en elle. Ces derniers jours, il avait vécu un rêve. Il aurait adoré que le monde réel demeure en dehors de leur histoire... Seulement, tôt ou tard, Claire rentrerait chez elle. Et il resterait seul avec les souvenirs de leurs ébats torrides.

Aussi, comment ne pas la désirer quand, en le regardant, elle ne voyait qu'un homme qui l'attirait ? Elle ne voyait ni l'argent, ni le pouvoir, ni la vie facile qu'offraient ses comptes bancaires, ce qui la rendait d'autant plus attrayante. Il n'avait aucun doute sur ses motivations. Elle le voyait tel qu'il était, ni plus ni moins.

Il balaya tendrement une mèche sur sa tempe et embrassa son front. Elle s'étira langoureusement et ouvrit les yeux.

— Je dois me lever, murmura-t-il. Si je n'y vais pas maintenant, Sorcha me fera faire le tour de l'île en me bottant le derrière. Et je ne serai jamais de retour à temps pour m'occuper des nouveaux arrivants.

Claire approuva de la tête et descendit du lit avec lui. Il savoura encore un instant sa nudité avant qu'elle ne s'empare d'un T-shirt à lui.

— Je pourrais t'aider, proposa-t-elle en l'enfilant. Je veux dire, aider Sorcha. Cela nous laisserait combien de temps ?

— Une demi-heure, sourit-il. Trois quarts d'heure, grand maximum.

— On peut en faire, des choses, en trois quarts d'heure.

Il grogna tout en la recouchant sur le lit, électrisé par la promesse de quelques minutes de caresses supplémentaires. Mais, sentant les doigts de Claire parcourir son torse pour se diriger vers le bas de son ventre, il douta que quelques minutes soient suffisantes.

Elle glissa sa main dans la ceinture de son pantalon, et il eut un léger sursaut, trop conscient de l'effet de son contact.

— Que fais-tu ? demanda-t-il.

— Tu veux un dessin ? plaisanta-t-elle. Après ce que tu m'as fait, je te croyais assez expérimenté avec les femmes.

— Je n'ai jamais rencontré une femme comme toi.

— Une Américaine ?

Il remua la tête négativement.

— Une blonde ?

— Non, ce n'est pas ça… commença-t-il avant qu'elle n'enroule ses doigts autour de son sexe, ce qui lui coupa le souffle.

—Je… Je voulais dire, je n'ai jamais rencontré une femme qui me…, lâcha-t-il, la respiration suspendue par ses caresses, qui me fasse un tel effet.

Claire glissa le long de son corps jusqu'à sa taille, écarta les pans de son jean et déposa un baiser sur sa hanche, puis elle en mordit la peau, juste assez pour y laisser une marque.

Il étira ses bras pour s'agripper à la tête de lit pendant qu'elle continuait à l'attiser. Il était prêt à recevoir autant de plaisir qu'il lui en avait donné, et lorsqu'elle prit son membre entre ses lèvres, il dut fermer les yeux et compter jusqu'à cent, aller-retour, pour ne pas lâcher prise tout de suite.

Il avait toujours apprécié cet instant des préliminaires amoureux et l'avait parfois même préféré à l'acte proprement dit. Mais pour une raison qu'il ignorait, cette fois-ci, cela n'avait rien à voir avec lui. C'était Claire. C'était cette capacité qu'elle avait de se concentrer sur ses envies à lui. Elle était déterminée à le faire jouir, et il ne demandait qu'à la satisfaire pleinement.

Parfaitement conscient qu'elle avait connu d'autres hommes, il considérait tout de même que ce qu'ils vivaient ensemble était nouveau pour elle aussi. Ils se correspondaient si merveilleusement que tout, entre eux, était d'une intensité magnifiée.

Elle caressait, à présent, de ses doigts, de ses lèvres, son sexe sur toute sa longueur, l'introduisant par vagues lentes dans la tiédeur de sa bouche. Il l'aida à descendre son pantalon, mais ce geste suffit à ébranler son autocontrôle. Il sentit une tension grandir en lui et sut que l'orgasme était proche.

Claire le devina également car, doucement, délicieusement, elle augmenta son rythme.

Et puis soudain, juste quand il allait jouir, elle s'arrêta.

Il ouvrit les yeux et la regarda.

— Tu as entendu ? questionna-t-elle.

— Entendu quoi ?

— Il y a quelqu'un là-dehors. Je crois que George et Glynis sont de retour.

— Oh, m… ! Peut-être que si nous ne faisons pas de bruit ils partiront… Apparemment non, conclut-il, un nouvel appel venant rompre leur attente silencieuse.

— Nous pourrons reprendre un peu plus tard, sourit-elle en sautant du lit.

— Facile à dire pour toi, maugréa-t-il, le regard baissé sur son sexe palpitant, certain qu'il lui faudrait plus que quelques minutes pour désenfler. Je prendrai un tablier ou je ne sais quoi dans la cuisine. Toi, tu ne bouges pas d'ici.

Il s'engouffra dans son jean et attrapa le premier T-shirt de la pile dans son armoire. Claire semblait s'amuser follement de la situation.

Avant de partir, il l'embrassa fougueusement jusqu'à ce qu'elle soit hors d'haleine.

— Nous reprendrons plus tard, la menaça-t-il.

Comme il atteignait la porte, elle lui lança un oreiller.

Il traversa la cuisine, attachant le premier torchon venu autour de sa taille, et tomba sur le couple dans le hall.

— Désolé, dit-il. Je ne vous avais pas entendus entrer. Que puis-je faire pour vous ?

— Nous souhaiterions vous emprunter un seau et une pelle, répondit George.

— Nous avons trouvé une adorable petite plage qui regorge de morceaux de verre polis par le sable. J'ai une amie qui en fait de magnifiques bijoux, ajouta Glynis.

— Je comprends. Allez dans la remise, je suis sûr que vous y trouverez ce qu'il vous faut.

Il les regarda partir avant de se ruer dans la cuisine. Il enleva son T-shirt à la hâte et passa la porte de sa chambre.

Il découvrit Claire assise au milieu du lit, observant une photo encadrée.

— Belle femme, dit-elle en levant le cadre.

— C'est ma sœur, expliqua-t-il. Maureen. Avant son mariage. Maintenant, elle a trois enfants.

— Tu as juste une sœur ? s'enquit-elle.

— Mm, acquiesça-t-il. Et toi ?

— Pas de sœur, même si j'ai toujours voulu en avoir une. J'ai cinq grands frères.

— Cinq ?

— Patrick, Michael, David, John et James. Petite, j'imaginais qu'ils m'avaient enlevée à mes vrais parents, comme ça, juste pour rire, et qu'ils n'avaient jamais pris la peine de me rendre ensuite. Je rêvais que ma véritable famille allait venir pour m'emmener dans un magnifique appartement avec vue sur le zoo du Lincoln Park. Tu as des photos d'autres personnes importantes ? questionna-t-elle.

— Attends, répondit-il en filant dans le salon chercher son appareil numérique.

Il prit Claire en photo juste avant qu'elle ne se couvre le visage avec ses mains.

— Voilà, exulta-t-il.

— Je ne suis pas ta petite amie ni rien, Will Donovan.

— Oh, tu veux voir des photos de mes anciennes maîtresses ? Dans ce cas, j'en ai des cartons.

A vrai dire, il n'avait conservé aucun souvenir de ses relations passées. Il n'en voyait pas l'intérêt, puisqu'elles avaient pris fin. Par contre, maintenant, il détenait une photo de Claire, un bien qui lui resterait quand elle quitterait l'Irlande.

Elle saisit son soutien-gorge et l'ajusta, puis se glissa dans son chemisier et son pull bleu ciel. Sa petite culotte traînait sur le sol au pied du lit.

Il la ramassa pour la maintenir au-dessus d'elle, agitant la délicate étoffe au bout d'un doigt.

— Que suis-je censée faire pour aider Sorcha ? interrogea-t-elle en s'emparant du dessous.

— Reviens dans le lit, pria-t-il. George et Glynis sont repartis, nous avons quinze minutes pour achever ce que tu as commencé.

— Non, cela peut attendre. Réponds-moi.

— Il y a quelques caisses dans la remise, expliqua-t-il après un grognement. Elles sont plutôt lourdes, je t'aiderai à les charger dans la voiture. Tu les transporteras au cercle de pierres. Sorcha a des gars sur place qui les récupéreront.

— Alors, allons-y, décida Claire en lui tendant la main.

Il l'attira sur le lit. Lorsqu'il l'eut installée à califourchon sur ses hanches, il lui enlaça sa taille de ses mains et la dévora des yeux. Une question lui brûlait les lèvres. Tout en sachant qu'il ne devrait pas la poser, il avait besoin de savoir où il en était, de combien de temps il disposait.

— Dis-moi une chose, commença-t-il. La nuit dernière, tu m'as dit que tu avais un fiancé. C'est vrai ?

Claire retint sa respiration une fraction de seconde, comme si le mot fiancé l'avait blessée.

— J'avais, précisa-t-elle. A l'imparfait. Il m'a quittée. En fait, nous n'étions pas officiellement fiancés, mais j'étais persuadée qu'il était sur le point de me demander en mariage. Et puis, il avait acheté une bague, ou j'ai cru qu'il l'avait fait. Tout était très clair pour moi, et ensuite… Oh, peut-être n'était-il qu'un type avec lequel je vivais, soupira-t-elle.

— A l'imparfait, répéta-t-il, plutôt soulagé. Bon. Il y a autre chose que je souhaiterais savoir.

— La réponse est : je ne sais pas, statua Claire.

— Tu n'as pas entendu la question.

— Je la connais d'avance. Tu allais me demander si je l'aimais toujours. Et ma réponse est : je ne sais pas.

— J'allais te demander combien de temps tu comptais rester, objecta-t-il.

— Oh ! murmura-t-elle, rougissante. Mon retour est réservé pour aujourd'hui. Mais je suppose que cela n'aura pas lieu.

— Reste ce week-end, sollicita-t-il.

— Je… je ne sais pas.

— Je ne te facturerai pas la chambre, tant que tu dors ici, précisa-t-il dans un sourire. Ni si nous dormons dans ton lit. Et s'il y a un supplément pour ta réservation, je le prendrai en charge.

— Je n'ai plus de boulot, Will. Il va bien falloir que je rentre pour en chercher un autre. Et mon appartement est mis en vente, donc je dois aussi me trouver un nouveau toit, et…

— Je ne te demande pas de rester pour toujours, l'interrompit-il. Prolonge juste ton séjour de quelques jours. Où est le mal ?

— D'accord, concéda-t-elle, comme à contrecœur. Mais je payerai ma chambre.

— Uniquement si tu y dors seule, répliqua-t-il.

— Et qui a dit que j'allais dormir avec toi ? s'enquit-elle en levant un sourcil et en posant sur lui un regard hautain.

— On ne sait jamais ce qui peut arriver, raisonna-t-il.

Bon sang, il avait trois jours devant lui ! Autant dire l'éternité ! Aucun d'eux ne savait ce que leur réservait ce délai. Mais, songea-t-il, ce n'en était que plus excitant encore.

5

Lorsque Claire arriva en compagnie de Will, les feux de joie crépitaient déjà autour du cromlech et des étincelles emportées par le vent humide scintillaient dans la nuit étoilée. La cérémonie venait à peine de commencer. Sorcha et ses amies dansaient autour de l'autel, robes blanches et cheveux au vent, au rythme lancinant des percussions soutenant le son aérien des flûtes. La plus étrange musique qu'elle ait jamais entendue.

— On se croirait à Halloween et dans une finale de Super Bowl en même temps ! s'exclama-t-elle s'asseyant sur le plaid que Will avait étendu.

— C'est le seul spectacle que nous ayons à Trall, répondit celui-ci. Dans le reste du pays, ils ont leurs matchs de football et des concerts de rock. Nous, on se contente de Sorcha et ses prêtresses.

— Que jettent-elles dans les flammes ? demanda-t-elle, observant les femmes qui tournoyaient autour des feux.

— Samhain célèbre le passage d'une année à l'autre. Elles remercient les dieux pour les récoltes engrangées. On honore aussi les esprits des personnes qui nous ont quittés durant cette période.

— Le rythme des tambours est très... grisant, remarqua-t-elle.

— Et ce n'est rien ! confirma-t-il. Pour Beltane, au printemps, Sorcha et ses amies enlèvent leurs robes et dansent nues autour du feu. Inutile de préciser que le public est bien plus conséquent, alors.

— Ce doit être intéressant à voir.

— Tu devrais aller les rejoindre, suggéra-t-il en désignant le cercle du menton.

— Moi ? suffoqua-t-elle.

Elle avait très peu pratiqué les pistes de danse, même en discothèque.

— Ça fait partie du jeu. Sorcha prétend que cela donne aux femmes du pouvoir sur les hommes.

— Je ne le pourrai jamais, répondit-elle en secouant la tête.

— Si tu veux connaître tout ce que Trall a à offrir...

— C'est un défi ? gloussa-t-elle, sentant que l'envie de le surprendre prenait le pas sur sa timidité coutumière. Tu ne m'en crois pas capable, n'est-ce pas ?

— C'est toi qui viens de dire que tu ne le pourrais pas !

— Que m'offres-tu en échange ?

— Fixe ton prix, proposa-t-il, joueur.

— Je n'en ai aucune idée.

— Tu veux avoir du pouvoir sur les hommes ? sourit Will. J'accepte d'être ton esclave toute une journée... Et une nuit.

— Tu feras mon lit, ma lessive, ma toilette ?

— Je comblerai le moindre de tes désirs, promit-il avec un sourire dévastateur.

Elle n'hésita qu'un instant. Comment résister à une offre aussi alléchante ? Jouir des pleins pouvoirs sur Will pendant un jour... Le rêve !

— D'accord, dit-elle en se levant. Marché conclu.

Sur ce, elle se mit en route vers le cercle de feux.

Will lui emboîta le pas, la couverture jetée sur l'épaule.

— Que les choses soient bien claires, précisa-t-il en lui prenant la main pour la guider sur l'herbe humide. Tu auras du pouvoir sur moi. Que sur moi. Sur aucun autre célibataire de Trall, d'accord ?

— Alors ça, je ne sais pas, se moqua-t-elle. Si je danse suffisamment bien, je vais peut-être me retrouver avec tout un harem d'hommes à mes pieds.

Will cessa de marcher et l'attira vers lui. Elle sentit sa bouche ardente prendre possession de la sienne en un baiser résolument étourdissant. Lorsqu'il lui permit de s'écarter, elle jeta un regard alentour et découvrit qu'ils avaient distrait l'assistance du spectacle de Sorcha.

— Je serai le seul sur lequel exercer ton pouvoir, insista Will. Compris ?

Elle frémit sous l'intensité de son regard.

Ce qui avait débuté comme un jeu entre eux était subitement devenu sérieux. Il n'avait jamais dissimulé la force de son désir, dans aucun de ses baisers, aucune de ses caresses. Mais là, c'était différent. C'était comme s'il la revendiquait pour lui seul.

— Compris, assura-t-elle, le regardant sourire de nouveau.

Elle se retourna et descendit la pente vers les feux. Traversant le public, elle fut encouragée par quelques visages connus : Beatrice Fraser, Annie Mulroony, Billy Boyle…

Etrange, se dit-elle. Ils la considéraient déjà comme l'une des leurs alors qu'elle avait mis les pieds sur l'île seulement quatre jours auparavant. Son retour dans l'atmosphère impersonnelle de Chicago relèverait du choc thermique.

Sorcha se précipita sur elle dès qu'elle approcha l'un des bûchers.

— Viens ! cria-t-elle, la coiffant d'une guirlande de houx et lui remettant un panier rempli de graines. Jettes-en dans le feu pendant que tu danses.

Elle scruta la colline, mais impossible de distinguer les visages dans l'obscurité. Cependant, elle sentait le regard de Will posé sur elle.

Elle s'élança derrière Sorcha et lança sur les flammes une poignée de grains qui crépitèrent, envoyant une nuée d'étincelles vers le ciel.

Timidement, elle commença par imiter les trémoussements des autres femmes, mais peu à peu la musique s'empara de ses mouvements.

Elle ôta écharpe et veste, enivrée par le rythme tribal des percussions. C'était à la fois exaltant, libérateur et effrayant. Plus elle dansait, plus elle se sentait vivante. Elle ferma les paupières et leva son visage vers le firmament tout en virevoltant, ses cheveux dans les yeux. Progressivement, toutes ses inhibitions s'effaçaient, elle éprouvait une extraordinaire impression de liberté, comme si tous ses soucis s'étaient envolés — Eric, son travail, son avenir, plus rien n'importait. Elle était là, dans le présent… Et c'était merveilleux.

Atteignant l'arrière du cromlech, elle sortit du rang et s'adossa contre l'une des colonnes de pierre pour reprendre haleine et profiter du spectacle. Ses joues étaient chaudes et sa respiration fumait devant elle. Fermant de nouveau les yeux, elle rit de toute cette folie. Oh oui ! elle regorgeait de pouvoir.

Elle s'apprêtait à reprendre sa danse lorsqu'une main

l'agrippa et la tira en arrière. Elle poussa un petit cri, et une seconde plus tard elle était pressée contre le pilier, cachée dans l'ombre.

Reconnaissant l'odeur déjà familière de Will, elle s'abandonna à ses baisers, son corps serré contre le sien, ses mains effleurant son buste.

— Ai-je déjà rempli ma part du marché ? demanda-t-elle dans un souffle.

Will ne répondit pas, et elle retint sa respiration, sentant les caresses affolantes de ses mains sur sa peau brûlante. Malgré l'effervescence qui gagnait le cercle de danseuses sous le rythme crescendo des tambours, ils étaient seuls dans l'ombre, invisibles à la foule derrière la colonne.

Il l'embrassa de nouveau, plus tendrement cette fois, sa langue à la recherche de la sienne.

Il ne comptait pas s'arrêter aux baisers, comprit-elle avec un frisson. Et ici, au milieu des célébrations de Samhain, la perspective n'en était que plus excitante.

— Je n'arrive pas à être assez près de toi, chuchota-t-il d'un ton désespéré, frottant ses hanches contre les siennes.

Elle ressentait la même frustration, possédée par le même besoin irrépressible de le toucher, de le faire gémir de plaisir. Elle délia la boucle de son ceinturon et batailla contre la fermeture Eclair de son jean. Lorsqu'elle eut enfin libéré son sexe tendu, elle l'encercla de ses doigts.

Les bruits de la fête lui semblaient lointains, elle n'entendait plus que le battement affolé de son pouls contre ses tempes.

Will murmura son prénom contre son oreille, dans un souffle aussi brûlant que la force de son désir. Il se pencha sur elle pour embrasser son cou et se redressa, ramenant au passage son pull au-dessus de sa poitrine. Ses lèvres se refermèrent sur son sein, qu'elle sentit poindre de façon scandaleuse. Ses mains, sa bouche sur sa peau l'ensorcelaient. Elle plongea ses doigts dans ses cheveux et le guida vers son autre mamelon, gémissant lorsqu'il le prit dans sa bouche. Il se mit à défaire le bouton de son pantalon, s'interrompit, impatient, et glissa sa main sous le tissu, pour explorer de ses doigts savants les plis de sa chair la plus tendre. Au plaisir inouï que lui procurait cette caresse se mêlait l'excitation de savoir qu'on pouvait les surprendre.

Dans un élan de hardiesse dont elle ne se savait pas capable, elle ouvrit elle-même son pantalon et le baissa le long de ses hanches. Qu'on les découvre lui importait peu. Sa soif de Will, de son contact, de son goût, dominait toute autre pensée. Elle le voulait en elle, à l'instant.

— Fais-moi l'amour, maintenant, souffla-t-elle. Je te veux.

— En es-tu sûre ?

— Oui.

Frissonnant de froid et d'anticipation, elle finit de se débarrasser de son pantalon et de sa petite culotte et laissa Will enrouler la couverture autour d'eux. A l'abri de ce paravent de fortune, elle se saisit du préservatif que Will lui tendait et l'appliqua prestement sur son membre dressé à l'extrême. Les bras puissants de Will la soulevèrent contre le pilier, et elle enroula comme une liane ses jambes autour de sa taille.

Elle contint un râle en sentant son membre s'avancer dans son sexe. Très lentement, il la laissa glisser, de centimètre en centimètre, sur toute la longueur de sa verge palpitante. Cramponnée à son cou, elle tenta de respirer sans bruit, immobile, sentant le souffle haletant de Will contre sa poitrine. Elle se sentait comblée et puissante et se cambra contre lui, l'invitant à repousser avec elle les limites du plaisir. Will se mit alors à bouger, lentement, approchant sans pour autant atteindre le point de non-retour. Il allait et venait, encore et encore, leurs gémissements étouffés par la musique et les bruits de la foule.

Un incendie voluptueux se déchaîna dans son ventre.

— Oh, oui, Will ! Oui, oui.

Le désir embrasait chaque parcelle de son corps, et elle perdit le temps d'un instant toute notion de la réalité avec l'explosion de l'orgasme dans son corps. Son spasme se répercuta brutalement sur Will, qui jouit en elle l'instant d'après.

La déferlante se retira aussi brusquement qu'elle était survenue, mais ce n'en était pas moins la jouissance la plus violente qu'elle ait jamais expérimentée. Elle glissa sur les jambes tremblantes de Will, qui l'accompagna avec ses bras pour l'asseoir au sol. Il s'installa à ses côtés, s'adossant au pilier, et elle les recouvrit avec le plaid.

— Wouh ! Je n'avais jamais rien fait de semblable, murmura-t-elle, les paupières closes.

— Moi non plus, dit-il, enroulant ses bras autour de ses épaules pour la coller contre lui.

Elle ne ressentait pas le froid, son corps irradiait de l'énergie du plaisir qu'ils venaient de partager.

— Partons, dit Will. On continuera au chaud dans mon lit.

— Tu es supposé être mon esclave pour cette nuit, n'est-ce pas ? lui rappela-t-elle.

A tâtons dans le noir, ils remirent leurs vêtements et se faufilèrent loin de la foule, vers la voiture. Avant de démarrer, Will se pencha sur elle et l'embrassa dans un geste empreint de tendresse.

— Tu étais magnifique tout à l'heure, quand tu dansais autour du feu. Je n'ai jamais vu rien de si désirable.

— Merci, dit-elle, sentant ses joues rougir de plaisir.

Ses pieds heurtèrent quelque chose qui roula plus loin. Elle se baissa et découvrit la bouteille qu'elle avait remplie cet après-midi. En livrant les caisses de Sorcha, elle avait remarqué qu'elle s'était vidée, et avait fait le détour par la source avant de regagner l'auberge.

Elle coinça le récipient entre ses jambes et jeta un regard sur Will. Allait-elle oser ?

— Tu veux boire ? demanda-t-elle d'un ton parfaitement innocent.

— Avec plaisir, dit-il avec un sourire. Merci.

Il avala une longue gorgée d'eau avant de lui rendre la gourde. Elle en but un peu et remit le bouchon en place, un léger tremblement dans les doigts.

Si cette eau était vraiment magique, songeait-elle, elle venait de faire un geste crucial en la partageant avec Will. Toutes les raisons et les projets qui l'avaient conduite à Trall n'avaient plus lieu d'être. Elle voulait Will Donovan. Que ce soit pour un jour, un mois ou toute une vie, aucune importance. Elle le voulait.

Claire se pelotonna sous l'édredon, le rabattant sur sa tête pour se protéger de la lumière du matin. Will avait sauté du lit à l'aube pour aller en cuisine aider Katie à la préparation du petit déjeuner, non sans lui promettre de la rejoindre dès que les hôtes seraient rassasiés.

Elle aventura un bras hors de son cocon et attrapa le réveil. Déjà presque 10 heures.

Elle s'assit et éloigna ses cheveux de ses yeux.

Ils étaient rentrés du cercle de pierres pour filer directement dans la chambre de Will et son grand lit, où ils avaient passé la nuit à discuter dans les bras l'un de l'autre, jambes et respirations mêlées.

Familles, amants, boulots, souvenirs d'enfance, ils avaient tout abordé. Une heure avant le lever du soleil, Will lui avait fait l'amour de nouveau, lentement, patiemment, savourant chaque sensation et l'invitant à s'en délecter aussi. L'orgasme qui les avait unis avait été doux, chaud, et s'était répercuté longtemps dans leurs corps.

Impatiente de le voir, elle roula hors du lit et ramassa ses vêtements au sol, les enfilant au fur et à mesure de ses trouvailles. Une fois habillée, elle se passa un peu d'eau froide sur le visage, se lissa les cheveux et descendit dans la cuisine.

Elle le contempla de dos, debout devant l'évier en train de faire la vaisselle. Sur la pointe des pieds, elle s'approcha et enroula ses bras autour de sa taille.

— Bonjour, ronronna-t-elle.

— Tu es réveillée, dit-il dans un sursaut, d'une voix morne qui la troubla.

— Je croyais que tu devais revenir te coucher, répondit-elle, tournant autour de lui pour s'adosser au plan de travail afin de voir son expression.

Mais Will ne la regarda pas, ses yeux restèrent rivés sur la vaisselle.

— Je viens d'installer un nouveau venu, annonça-t-il enfin, posant sur elle un regard où elle décela un éclair de colère. De Chicago, figure-toi. En fait, tu le connais.

— Eric ? articula-t-elle, la gorge serrée.

— En chair et en os, confirma-t-il. Il déjeune à côté. Il a voulu monter dans ta chambre, mais je lui ai dit que tu étais partie en promenade. J'ai pensé que tu préférerais qu'il ne te découvre pas nue dans mon lit.

— Je ne veux pas le voir, déclara-t-elle. Va lui dire que tu t'es trompé, que je suis partie par le ferry de ce matin.

— Il est *arrivé* par le ferry de ce matin. Vous vous seriez croisés si tu l'avais pris.

— Il m'a quittée avec un post-it, lança-t-elle.

— Quoi ?

— Tu sais, un petit papier jaune, collé sur le miroir de ma salle de bains.

— Le lâche ! marmonna Will.

— Je ne veux pas lui parler, répéta-t-elle. Quoi qu'il puisse dire, cela ne changera plus rien.

— Peut-être devrais-tu le lui dire en face ? suggéra-t-il.

— Non. Si je l'ignore, il partira.

— Il reste. Il a pris une chambre, précisa Will.

— Tu lui as donné une chambre ? Comment as-tu pu faire une chose pareille ?

— Je ne savais pas qui il était ! Je l'ai découvert quand il a rempli le registre et a demandé à te voir. Maintenant, je dois aller au marché, je serai de retour dans une heure.

— Will, je ne l'ai pas invité et son arrivée ne me fait pas plaisir, expliqua-t-elle le regardant dans les yeux. Je vais me débarrasser de lui, c'est promis.

— Tu n'as pas à me promettre quoi que ce soit, Claire, murmura-t-il, haussant les épaules.

Elle se hissa sur la pointe des pieds pour déposer un baiser léger sur ses lèvres, mais Will enfonça ses mains dans ses cheveux et écrasa sa bouche sur la sienne pour l'embrasser avec fougue. Quand il se détacha d'elle, il lui sourit légèrement, attrapa sa veste et sortit par la porte de derrière.

Elle ferma les yeux, accablée par une migraine foudroyante.

La dernière personne au monde qu'elle souhaitait voir, c'était Eric. Ils n'avaient plus rien à se dire. Elle avait changé.

En quatre jours et trois nuits, elle était parvenue à oublier l'homme avec lequel elle avait vécu pendant trois ans.

Elle se frotta les tempes. Comment diable était-ce possible ? Eric avait été sa vie, son futur, et à présent elle ne se souvenait même plus pourquoi elle en était tombée amoureuse. C'était peut-être une bonne idée de lui parler, de mettre un terme à leur histoire, une fois pour toutes ?

Elle passa par l'office et inspecta la salle à manger par la porte entrouverte.

Deux vieilles dames sirotaient leur thé dans un coin, tandis qu'Eric lisait un journal, à une table près de la fenêtre. Il lui tournait le dos.

Elle s'approcha et s'assit en silence sur la chaise en face de lui.

— Claire, prononça-t-il comme s'ils s'étaient quittés une heure plus tôt.

— Que fais-tu ici ? chuchota-t-elle.

— Tu sembles en forme, prononça-t-il.

— Ne tergiverse pas, siffla-t-elle. Ne tente pas de m'amadouer. Réponds-moi : pourquoi es-tu ici ?

— Je suis venu te présenter des excuses.

— Tu es venu au fin fond de l'Irlande pour des excuses ? Tu aurais dû m'écrire. Ou mieux, m'envoyer un post-it !

— En vérité, j'ai besoin de toi, déclara-t-il après une longue inspiration.

— C'est un peu tard pour t'en apercevoir, riposta-t-elle. Si tu crois que je vais de nouveau coucher avec toi…

— Ce n'est pas ça. Ecoute, j'ai commencé à travailler pour une grande agence de Manhattan où je gère un nouveau compte, une compagnie aérienne importante. Le directeur artistique est un toquard, et si je ne le remplace pas, nous serons enfoncés. Tu as bossé avec moi pour

MidAmerican Air, Claire, et tu as fait du très bon boulot. J'ai besoin que tu viennes travailler avec moi à New York.

— Donc tu voudrais..., commença-t-elle, sidérée à l'idée qu'il ait traversé l'Atlantique pour lui proposer un emploi.

— Je ne vais pas te dire que j'ai pensé à toi, ni que je te dois des excuses...

— Tu ne vas pas me le dire ?

— Tu as raison. Je le reconnais, je me suis inquiété pour toi et je regrette ma façon d'agir. J'ai été une ordure, tu as toutes les raisons de me détester. Mais je voudrais me racheter. L'agence est prête à doubler ton salaire et à te trouver un logement. C'est un grand pas, Claire. J'ai besoin d'une équipe qui tienne le coup. Et, s'il y a trop d'amertume entre nous, cela ne marchera pas.

— Amertume ? reprit-elle dans un rire. Tu t'es conduit en trouillard de première, incapable d'honnêteté envers moi.

— Tu as raison, je comprends ta réaction. Mais, ces sentiments mis à part, je persiste à croire que nous pouvons collaborer professionnellement. Et, qui sait, continua-t-il couvrant sa main de la sienne, peut-être que le reste reprendra son cours ?

— Non ! cria-t-elle en retirant brusquement sa main. Rentre chez toi, Eric.

— Réfléchis à ma proposition. Ce serait une belle promotion pour toi.

— Rentre chez toi, répéta-t-elle en se relevant.

— Pas avant que tu n'aies étudié mon offre. Prends ton temps, tu comprendras l'opportunité que cela représente.

— Comment m'as-tu retrouvée ? demanda-t-elle en plissant le front.

— Ta grand-mère. Pourquoi l'Irlande ? Et pourquoi cette île au milieu de nulle part ? Quelle galère ! Pas d'aéroport. J'ai dû prendre un bateau.

— Pauvre chou, railla-t-elle. Toute cette peine pour rien.

Sur ce, elle pivota et traversa la salle.

Lorsqu'elle atteignit l'escalier, elle grimpa les marches deux par deux et s'enferma dans sa chambre, les yeux débordant de larmes.

Mais pourquoi diable Eric était-il venu ? Il avait tout détruit. Will et elle commençaient à peine à se connaître. Elle se laissa tomber sur le lit et plaqua ses mains sur ses yeux. En ce moment, elle haïssait Eric de toutes ses forces, même s'il fallait reconnaître que c'était sa conduite odieuse qui l'avait amenée ici, où elle avait rencontré Will.

Un frisson la parcourut en songeant à Will allongé à ses côtés, nu, les cheveux ébouriffés, totalement détendu. Will était l'homme qu'elle voulait maintenant.

Elle se laissa aller à rêver à une vie avec Will. Elle l'aiderait à l'auberge et peindrait pendant ses temps libres. Elle avait toujours voulu reprendre ses pinceaux, et Trall foisonnait de lieux magnifiques qui l'inspiraient…

Mais, se sermonna-t-elle, s'inventer un avenir avec Will était insensé, ils se connaissaient depuis à peine quatre jours. De plus, elle n'avait jamais envisagé de quitter Chicago jusqu'à présent. Toute sa famille y résidait, ses parents, ses frères avec leurs familles, sa grand-mère. Partir vivre à New York serait déjà une décision difficile, mais l'Irlande… Pourquoi pas la lune, tant qu'elle y était ?

Et puis, il y avait le côté pratique à prendre en compte. Bien sûr, Will lui offrait une passion extraordinaire, mais cela ne payait pas les factures. Le poste que lui proposait Eric représentait l'avenir, le genre de carrière dont elle avait toujours rêvé. Travailler dans une agence de Manhattan lui ouvrirait les portes de l'univers de la création. Elle vivrait dans une ville qui offrait le meilleur en matière de vie culturelle, nouerait de nouvelles relations… Et disposerait de suffisamment d'argent pour rejoindre sa famille tous les mois. Deux heures de vol, à peine.

Oui, sa vie pouvait reprendre son cours, soupira-t-elle.

C'était l'expression qu'Eric avait utilisée au sujet de leur couple. Son cours ? Mais lequel ? Celui qui débouchait sur un océan d'ennui avec un homme qui n'aurait pas de temps à lui consacrer ? Ou celui qui la projetterait dans un torrent de désir, de passion, de bonheur avec un homme qui accélérait les battements de son cœur dès qu'elle le voyait ?

Avec Eric, elle avait fait fausse route. Sa rencontre avec Will le lui avait démontré. Au fond de son cœur, elle savait que Will resterait dorénavant sa mesure-étalon en ce qui concerne les sentiments amoureux. Aucun homme ne lui parviendrait jamais à la cheville, réalisa-t-elle, effrayée de cette constatation. Chaque minute passée lui rappellerait ce qu'elle avait vécu avec lui.

Mais le désir s'épuise, se raisonna-t-elle. Son histoire avec Eric en était bien la preuve, non ? Si. Et ses vacances de rêve touchaient à leur fin.

Elle devrait bientôt rentrer chez elle. Et au moins, si elle acceptait le job d'Eric, elle aurait un but à son retour.

Will ouvrit violemment la porte de l'échoppe de Sorcha et pénétra dans la pièce. Elle était là, à coup sûr, pour accueillir les derniers clients avant qu'ils ne quittent l'île.

— Sorcha ! hurla-t-il.

Un instant plus tard, elle sortait de derrière un rideau, ses cheveux roux en pétard, vêtue d'une longue robe à fleurs et portant des bracelets qui tintaient lorsqu'elle bougeait.

— Will ! Bonjour. Que fais-tu ici ? On ne devait pas aller récupérer mes affaires cet après-midi ?

— C'est vrai. J'avais oublié. Fais un saut à l'auberge et je te donnerai les clés du Range Rover. Quand tu seras prête.

— Tu vas bien ? demanda-t-elle, prévenante.

— Oui, marmonna-t-il. Non. Non, ça ne va pas. J'ai besoin de ton aide.

— A quel sujet ? s'enquit-elle, étonnée.

— Magie.

— Oh Will ! C'est si inattendu, commença-t-elle, un sourire se dessinant sur ses lèvres. Mais je suppose que je ne devrais pas être surprise. Il est évident, pour qui sait regarder, que l'Américaine et toi êtes faits l'un pour l'autre. Tu l'as embrassée devant Dieu et l'île au grand complet. Tout le monde en parle… Je dois reconnaître qu'elle est adorable.

— Oui, elle l'est.

— En revanche, mon éthique m'empêche de te vendre une potion pour augmenter son désir pour toi. Je l'aime bien, Claire, je ne veux pas l'envoûter. Je t'ai effacé tous tes sorts. Elle souhaitait que je la renseigne sur la source, j'ai refusé. Aucune magie ne plane entre vous.

— Je ne te demande pas de l'ensorceler, répliqua-t-il. Mais d'ensorceler son fiancé. Son ex-fiancé, plutôt. Il s'est pointé ce matin, et je le soupçonne de vouloir convaincre Claire de rentrer avec lui aux Etats-Unis. Je veux l'en empêcher.

— Tu en pinces vraiment pour elle.

— Oui. Mais je ne la connais que depuis quatre jours et j'ignore ses sentiments. Si elle part maintenant, je ne les connaîtrai jamais.

— Et dis-moi, c'était si fabuleux au lit ? C'est pour cela que tu veux qu'elle reste ?

— Encore une fois, ma vie sexuelle ne te concerne pas !

— Je me renseigne uniquement à titre professionnel, Will. Considère que je suis une sorte de psy.

— Pour que tu divulgues les moindres détails d'ici le coucher du soleil à tout ce qui porte des oreilles à Trall ? Non. Contente-toi de savoir que tout allait à merveille avant que ce salaud ne débarque.

— Bon. J'ai bien quelques sorts qui pourraient convenir, tout dépend du résultat que tu espères.

— Je pensais à ta magie personnelle. Celle que *tu* produis sur les hommes. Tu sais, hésita-t-il s'éclaircissant la voix, il devrait te plaire. Il est beau gosse, apparemment aisé et plutôt sympathique. Il vaut la peine que tu y jettes un œil.

— Tu veux que je couche avec lui ? interrogea Sorcha.

— Mais non, tu es folle ! Je veux que tu t'occupes de lui, que tu flirtes un peu, que tu le séduises. Tu sais mieux que moi. Envoûte-le juste le temps que je puisse découvrir si Claire est toujours amoureuse de lui. Et moi, je vais lui proposer d'aller visiter un peu le reste de l'Irlande. J'inventerai une excuse, n'importe laquelle, pour ne pas revenir dormir ici. Cela te laissera le temps d'apprendre ce que ce fichu Eric a derrière la tête.

— Qu'est-ce que je gagne dans ce marché ? demanda Sorcha après un moment de réflexion.

— Fixe ton prix.

— Tu es désespéré, je vois. L'affaire est délicate, tu vas me devoir gros. Je ne sais pas trop ce que je veux, mais ce sera gros. Enorme, même. Oh, j'ai trouvé ! Je veux ton lit.

— Pourquoi ? Tu n'as jamais dormi dedans.

— Il me plaît. On dirait qu'il a été dessiné pour un druide.

— D'accord, mais seulement si je parviens à convaincre Claire de rester sur l'île.

— Pour toujours ? Quel pari absurde. Pourquoi voudrait-elle s'installer à Trall ?

— Pour un mois, alors. Un mois, et tu auras mon lit.

— Marché conclu, répondit enfin Sorcha, tendant sa main, qu'il serra.

— Katie s'occupera de l'auberge pendant mon absence. Fais-y un saut ce soir pour rencontrer notre nouvel hôte. Tu peux rester dormir, trouve-toi une chambre libre. Tu as vingt-quatre heures, Sorcha. Sois magique.

— Un beau célibataire à Trall, médita-t-elle. Tu as bien dit qu'il était beau, n'est-ce pas ?

— Je ne suis pas expert en la matière, mais oui, j'ai dit qu'il était beau. Et grand. Et très américain.

— Je n'ai encore jamais connu d'Américain. Je suppose que je mérite bien une petite gâterie exotique.

— Ce que tu décides de faire avec lui ne regarde que toi, sourit-il en marchant vers la porte. Non, ce n'est pas vrai. Je ne veux pas que tu sois blessée. Et je sais aussi que tu es moins légère que l'image que tu donnes. Drague-le juste un peu, Sorcha. Distrais-le. Fais-moi gagner du temps.

— Je sais faire cela, répondit Sorcha. Maintenant, sauve-toi. Je passerai à l'auberge dès que j'aurai fini ici.

Il sortit et se dirigea vers le Range Rover. S'il pouvait convaincre Claire de l'accompagner, il avait une chance.

Mais une chance pour quoi ? A quoi prétendait-il au juste ? Il avait plus qu'apprécié ces quatre derniers jours, certes. Claire était belle, leur attraction intense… sans parler de leur incroyable entente au lit. Mais à part cela, que pouvait-il attendre ? Etait-il à ce point seul et désespéré qu'il s'embarque dans une histoire avec une inconnue juste parce que ça se passait bien au lit ? Le désir pouvait aveugler. Il avait déjà été berné auparavant, même s'il n'avait jamais ressenti un tel besoin pour une femme.

Il ne se passait pas une minute sans qu'il pense à Claire, à eux deux ensemble, elle rendait ses fantasmes plus galvanisants dans la réalité qu'ils ne l'étaient dans ses rêves. Son esprit s'emplit des souvenirs de la nuit passée, de leur étreinte contre cette pierre du cromlech. Il n'aurait jamais osé faire une chose pareille auparavant. Le risque d'être surpris mêlé au plaisir d'être en elle lui avait procuré un plaisir inimaginable, l'orgasme le plus puissant qu'il ait jamais connu. Il voulait revivre cela de nouveau. Avec elle.

Arrivé devant l'auberge, il sauta du 4x4 et fila vers la porte d'entrée. Il s'attendait plus ou moins à tomber sur Claire et son fiancé dans le salon, en train de se bécoter devant la cheminée, mais la pièce était vide. Il gagna la cuisine pour y trouver Katie en train de frotter une poêle.

— Tout va bien ? demanda-t-il.

— L'Américain est dehors, répondit-elle, hochant la tête avec un grand sourire. Il téléphone sur son portable. Mlle O'Connor est toujours à l'étage. Les deux dames de Nottingham sont parties se promener dans l'île, et le couple d'Ecossais déjeune en ville.

— Je vais prendre le premier ferry de l'après-midi. Je voulais te demander de t'occuper de l'auberge pendant quelques jours. En principe, une fois que les clients seront partis demain matin, il n'y aura personne avant le week-end prochain. S'il y a du monde qui arrive à l'imprévu, tu peux toujours demander un coup de main à Sorcha, je lui en toucherai un mot. Pour le reste, tu connais la maison.

— Aucun souci, Will, répondit Katie.

Dès qu'il aurait emmené Claire loin de l'île, hors de portée de son ex, il pourrait mieux évaluer ses propres sentiments envers elle, pensa-t-il en regagnant l'escalier. Mais, alors qu'il montait les marches quatre à quatre, il ne put s'empêcher de se demander s'il ne les connaissait pas déjà très précisément et s'il n'avait pas, tout simplement, peur de les admettre.

6

Un hippocampe ou la trompe d'un éléphant ?

Allongée sur son lit, Claire imaginait des silhouettes d'animaux dans les irrégularités du plafond. Elle avait passé la matinée et le début de l'après-midi à se cacher pour éviter une nouvelle conversation avec Eric. Mais après s'être douchée, avoir épilé ses jambes et profilé ses sourcils, il ne lui restait plus rien à faire. Donc, elle regardait le plafond.

Pourquoi Eric était-il venu ? Il aurait dû savoir qu'elle n'aurait aucune envie de le voir ! Il était sacrément gonflé d'avoir cru qu'elle pourrait même considérer de retravailler avec lui. Certes, elle avait traversé l'Atlantique dans l'espoir de sauver leur relation, mais ça, il n'avait pas à le savoir. Maintenant qu'elle avait retrouvé une perspective pondérée des choses, elle s'apercevait qu'elle ne voulait plus qu'il fasse partie de sa vie.

Elle enfouit la tête sous un oreiller, comme si cela pouvait la protéger des questions qui assaillaient incessamment son cerveau fatigué. Cependant, le dilemme Will Donovan et l'Irlande contre sa carrière et New York la poursuivait dans sa cachette.

Comment avait-elle pu perdre à ce point le contrôle

de sa vie ? se demanda-t-elle pour la énième fois. Elle, la prévoyante et raisonnable Claire O'Connor. Elle avait couché avec Will dans l'idée de vivre une expérience unique qu'elle n'aurait pas la chance de renouveler, convaincue de pouvoir ensuite tourner les talons sans regret. Et maintenant que le départ approchait, elle s'apercevait qu'elle quitterait l'Irlande avec dans ses bagages un supplément de doutes et de nostalgie.

A la réflexion, la proposition d'Eric lui offrait un nouveau point de départ. Mais qu'attendait-il d'elle, au juste ? Elle n'était pas sûre de vouloir connaître la réponse.

On frappa doucement à la porte, et elle bondit du lit.

— Va-t'en, Eric, dit-elle. Je ne veux pas te parler.

— C'est Will.

Soulagée, elle lui ouvrit et l'attira à l'intérieur.

— Est-il encore en bas ? demanda-t-elle tout bas.

— Il vient de partir déjeuner au village. Il m'a demandé de te donner ceci, répondit-il en lui tendant une petite boîte en carton satiné blanc perle.

— Qu'est-ce que c'est ?

— Qu'est-ce que j'en sais ?

La voix de Will était froide, ses manières distantes. Il n'était plus l'homme chaleureux et passionné avec qui elle avait partagé tant de plaisir la veille.

— Je... je ne lui ai pas demandé de venir, expliqua-t-elle, confuse. Je ne voulais pas le voir.

— Alors dis-lui de partir, dit-il, la mâchoire crispée, le regard durci par une lueur de méfiance.

— Il m'a proposé du travail, dit-elle sans savoir si elle devait raconter la vérité. Un bon poste que je ne suis pas sûre de pouvoir refuser, dans une grande agence new-yorkaise.

— Une belle opportunité ! Tu devrais accepter, ta carrière est importante pour toi.

— Tu n'as pas l'air très convaincu, le taquina-t-elle, dans l'espoir de lui arracher un sourire.

Et pour bien montrer que l'affaire n'avait pas la moindre importance pour elle, elle balança la boîte sur le lit en le regardant dans les yeux.

— Tu ne comptes pas l'ouvrir ? s'enquit-il, sans changer son ton sec.

— Non, je me fiche du contenu.

— Ouvre-la, dit-il, prenant le petit paquet pour le lui remettre entre les mains.

Elle obéit et resta interdite devant la petite bourse en velours avec le pictogramme de la plus grande bijouterie de Chicago brodée en lettres dorées.

— Je n'ai pas besoin de l'ouvrir, répéta-t-elle.

Will s'empara du petit sac, relâcha les cordons et en sortit une bague couronnée d'un saphir bleu étincelant, cerclé de petits diamants.

— On dirait qu'il cherche à se faire pardonner son post-it dans la salle de bains, observa-t-il froidement.

— Donc c'était ça, réfléchit-elle à voix haute. Il voulait me demander en mariage.

Will saisit sa main et lui passa la bague à l'annulaire.

— C'est cela que tu veux ? Si c'est le cas, je n'ai rien à dire. Mais si ce type t'a larguée comme tu le dis, tu serais d'une naïveté stupide si tu acceptais ses excuses et son offre. Tu mérites mieux, beaucoup mieux.

— Je ne veux pas de lui, s'offusqua-t-elle, secouant sa main pour faire glisser la bague, qu'elle remit dans le petit sac. Mais je dois réfléchir à sa proposition professionnelle. Mes économies ne dureront pas éternellement. Que suis-je censée faire ? Rester ici, avec toi ?

Aussitôt les mots lâchés, elle regretta de les avoir prononcés, ou plutôt elle s'en voulut du ton rêche et sarcastique qu'elle avait employé. Ce serait tellement simple de rester ici avec Will et poursuivre ce qu'ils avaient commencé, songea-t-elle. Mais ensuite ? Le désir s'émousserait avec le temps, et ils pourraient très vite se retrouver dans un face-à-face morose, deux étrangers sans rien à partager.

— Je suis désolée, murmura-t-elle. Tu t'es montré si gentil envers moi. Sache que j'ai apprécié chaque moment...

— Arrête ça tout de suite, dit Will. Mets dans ton sac de quoi tenir un ou deux jours, on s'en va.

— Mais où veux-tu aller ? demanda-t-elle, interdite, comme il sortait une valise du placard.

— Je ne sais pas. En dehors de l'île, loin de ton fiancé.

— Il n'a jamais été mon...

— Peu importe. Quand tu auras fini, prends l'escalier de service à l'autre bout du couloir. Il débouche dans la cuisine, on va filer par l'arrière.

— Tu ne peux pas partir ! Et tes clients ?

— Je pars souvent, dit-il. Katie s'en occupera, elle a l'habitude.

Il serait plus sensé de refuser, pensa-t-elle. Si quitter l'Irlande lui apparaissait déjà maintenant comme un arrachement douloureux, quelques nuits de plus avec Will lui rendraient la tâche impossible.

— D'accord, accepta-t-elle cependant, incapable de refuser.

La tension qui avait durci l'expression de Will laissa place à un sourire détendu, avant qu'il ne l'embrasse avec une passion renouvelée. Ses caresses ramenèrent les souvenirs de la veille, si récents qu'elle sentit un frisson lui parcourir le dos à l'idée de le sentir de nouveau en elle. Ce soir, encore…

— Donne-moi une minute, dit-elle, j'arrive.

— D'accord, mais il faut se dépêcher, dit-il en quittant la chambre. Le dernier ferry ne tardera pas à partir.

Le cœur battant dans sa poitrine comme un oiseau impatient, elle s'habilla en vitesse et remplit son sac avec quelques affaires. Elle avait choisi un ensemble de lingerie en dentelle noire. S'ils devaient passer la nuit ensemble, autant se montrer à son avantage. Elle attrapa son sac, s'assura que le couloir était vide et dévala l'escalier de service, le pas léger comme une biche.

— Prête ? demanda Will qui attendait dans la cuisine, les clés de la voiture à la main.

— Où allons-nous ? s'enquit-elle.

— C'est une surprise, dit-il avec un sourire malicieux.

— En tout cas, s'il y a une cérémonie druidique, je me porte volontaire pour le rôle de la vierge sacrificielle.

— Je croyais qu'on avait déjà établi de façon définitive le fait que tu n'es plus vierge, dit-il, ouvrant pour elle la portière de la Mercedes.

— C'est qu'il y a différentes sortes de virginité, rétorqua-t-elle, une fois qu'il se fut installé au volant. Par exemple, puisque je n'avais jamais fait l'amour à la belle étoile jusqu'à hier, on aurait pu me qualifier de vierge dans ce domaine-là.

— Très intéressant. Parle-moi encore des choses que tu n'as jamais essayées.

— Il y en a beaucoup, dit-elle en le fixant à travers ses cils. Veux-tu une liste ou préfères-tu que je t'avertisse au fur et à mesure qu'on les abordera ?

Will lui lança un sourire complice et mit la voiture en marche. Malgré la vitesse à laquelle il roulait sur cette route éventrée, elle se sentait en sécurité avec lui. Avec une manœuvre habile, il plaça la Mercedes sur la couverte du ferry à peine quelques minutes avant le départ.

Dire qu'elle avait débarqué quatre jours plus tôt sur ce quai à la quête d'un miracle qui lui rende Eric et qu'elle fuyait maintenant celui-ci pour jouir en paix de la compagnie d'un autre homme !

Galamment, Will fit le tour de la voiture pour lui ouvrir la porte.

Enlacés par la taille sur le pont, ils regardèrent l'île se perdre dans la distance.

— A quoi penses-tu ? demanda soudain Will, les yeux fixés sur la ligne de l'horizon.

— Aux bouleversements dans ma vie en si peu de temps. Rien ne ressemble à ce que j'avais prévu, je ne sais plus ce que je veux... C'est un peu effrayant.

Il l'embrassa sur le front.

— Parfois, il vaut mieux oublier nos plans et prendre la vie comme elle vient.

— C'est ce qu'on est en train de faire ?

— Pour autant que je sache, oui. Mais on va éviter le sujet, car sinon on va déboucher sur une conversation beaucoup trop sérieuse. L'idée est plutôt de passer ensemble un moment de détente.

— Je vois. Et quel est ton plan, pour ce voyage sans plan ?

— J'ai plein d'idées, dit-il, se penchant vers elle pour lui mordiller l'oreille. Mais je te les dirai plus tard. Promis.

La nuit tombait lorsque le ferry accosta la petite ville portuaire de Fermoy, sur la péninsule de Dingle.

— C'est dommage, la lumière est partie, dit Will en

guidant la voiture le long du quai. Mais demain je te montrerai nos plus beaux paysages, tu verras.

— Et où m'emmènes-tu, maintenant ? demanda Claire en levant sur lui des yeux pleins de curiosité.

— Tout près, ne t'inquiète pas.

— J'ai une faim de loup. Je n'ai rien avalé de la journée, de peur de croiser Eric dans le couloir.

— Il y a à manger, là où nous allons, dit-il en lançant la voiture sur la route en lacets.

En se garant sur le perron de la grande demeure, il observa avec satisfaction que des lumières éclairaient l'intérieur. Ils marchèrent vers la porte d'entrée. Il composa le digicode et laissa Claire entrer en premier. Bien que la maison ait été fermée pendant trois mois, le feu allumé par le gardien dans la cheminée de l'entrée réchauffait agréablement l'ambiance.

— C'est magnifique ! déclara Claire en apercevant le somptueux hall d'entrée. C'est ici que nous allons séjourner ?

— Oui. En fait, c'est chez moi. Les pièces du rez-de-chaussée sont vides, mais la cuisine est équipée, et à l'étage, dans la chambre, il y a tout ce dont nous aurons besoin.

Il omit d'expliquer qu'il avait acheté le manoir après avoir gagné son premier million d'euros et qu'ensuite il avait investi un autre million dans sa restauration.

— Tu habitais ici ? demanda Claire, s'avançant dans la succession de pièces à peine meublées.

— Je le fais encore à l'occasion, lorsque des affaires me réclament à Killarney. Quand j'ai décidé de changer de vie, j'ai vendu les meubles peu à peu, mais j'ai gardé le manoir. C'est un bon placement. Je le loue parfois pour des mariages, l'extérieur est très beau. On a même tourné un ou deux téléfilms ici.

— C'est bizarre, dit-elle, observant le lustre en cristal qui éclairait la salle à manger. Ça ne te ressemble pas.

— Je sais, dit-il avec un rire amer. Mais à une époque, cette maison représentait ce que je voulais. Je tenais à ce que tout le monde sache à quel point j'avais réussi, et cette maison imposante était une façon de le crier haut et fort. Sauf que, lorsque je me suis installé ici, je l'ai trouvée effectivement énorme, mais aussi complètement vide. A l'image de ma vie.

— Mais tu avais réussi !

— Je ne suis pas sûr que réussir si jeune soit une bonne chose. En tout cas, pas pour moi. C'est arrivé tellement vite que rien ne semblait réel. On dit que l'argent ne fait pas le bonheur, non ? Bon, j'avais toujours cru que c'était une boutade de riche… Eh bien, ça s'est avéré : je nageais dans l'argent, et c'était triste à mourir.

— Tu as gagné une fortune grâce à un logiciel que tu as créé, n'est-ce pas ? C'est Annie Mulroony qui me l'a dit, avec ce sens du partage de l'information qu'on a à Trall, plaisanta-t-elle.

— A peu près, oui. J'ai créé tout un environnement informatique. Un coup de chance, en fait.

— Tout ne peut pas être dû à la chance.

— J'étais au bon endroit au bon moment. J'avais développé un système de reconnaissance faciale capable de modéliser un visage en 3D à partir d'une photographie, donc, capable de reconnaître un visage sous tous les angles, au moment où les aéroports cherchaient à renforcer leurs dispositifs de sécurité… J'avais ce dont ils avaient besoin, et ils n'ont pas lésiné sur le prix.

Entre-temps, le tour du propriétaire les avait amenés dans la cuisine, et il commença à sortir du frigo le repas commandé à son restaurant préféré à Killarney par le biais du gardien. Il avait aussi demandé à son employé de mettre au frais une bouteille de son meilleur champagne.

— Comme tu vois, le dîner arrive en boîte, mais pour compenser nous avons un cru merveilleux, dit-il en conduisant Claire vers la table.

Il déboucha la bouteille et remplit deux flûtes en cristal qu'il sortit du vaisselier.

— Nous sommes seuls ? demanda la jeune femme.

— Absolument.

— Alors, si tu permets…, dit-elle, enlevant veste et chaussures.

Le flot chaud du désir inonda soudain son corps, et il l'imita. Qu'il aimait avoir Claire dans cette maison, sa maison ! C'était la première fois, songea-t-il, qu'il se sentait vraiment chez lui dans cette imposante demeure.

— Un toast s'impose, je crois.

Claire leva sa coupe.

— Puisses-tu vivre aussi longtemps que tu le souhaites et voir tous tes vœux de bonheur comblés, déclama-t-il, touchant de sa flûte celle de Claire.

Ils burent leurs verres sans se quitter des yeux.

— Et si tu n'aimes pas le champagne, je crois que je pourrais trouver de quoi te concocter un Martini-chocolat.

— Plus jamais ! protesta Claire. Quoique… je pense que c'était plus le jeu que le Martini, j'avais l'impression qu'il n'y avait que moi qui buvais.

— A quel jeu jouiez-vous ?

— « Je n'ai jamais… » C'était drôle car il n'y avait pas de raison que je perde plus qu'un autre, mais ils n'arrêtaient pas de mentionner des trucs que je n'avais jamais faits.

— Cette tricheuse de Sorcha ! Ce n'est pas comme ça qu'on joue. Normalement, quelqu'un dit une chose qu'il n'a jamais faite, et si toi, tu l'as faite, alors tu bois. Comme lorsque tu as dit que tu n'avais jamais fait l'amour à la belle étoile. Si moi je l'avais fait, j'aurais dû boire.

— Et tu l'avais déjà fait ?

— Non. A moins que tu veuilles compter mes tentatives lorsque j'étais ado, hier c'était aussi ma première fois.

— Intéressant. C'est une très bonne façon d'apprendre à connaître quelqu'un, en fait. Nous devrions jouer.

— Maintenant ? s'étonna-t-il. Il serait plus judicieux de dîner d'abord, non ? Le champagne, l'estomac vide...

— Poule mouillée ! Je commence : je n'ai jamais sauté d'un avion.

— Moi non plus, donc je ne bois pas. D'accord, je n'ai jamais... escaladé une vraie montagne.

— Eric m'a traînée une fois sur je ne sais quel sommet du Colorado : j'en ai haï chaque seconde, dit-elle en prenant une gorgée. Je n'ai jamais... visité la France.

Ce fut le tour de Will de boire.

— Je n'ai jamais... rencontré une femme aussi belle que toi. De loin !

— Très malin, gloussa-t-elle. Si je ne bois pas, j'ai l'air prétentieux, et si je bois, tu penseras que je me trouve moche.

— Tu aurais tort. Tu es très jolie. Non, tu es belle, dit-il.

— Mais je connais beaucoup de femmes plus belles que moi, conclut-elle. Il va falloir que je boive une grande gorgée.

— Pas moi, dit-il, prenant une lampée tout aussi copieuse. Je n'ai jamais connu de femme plus belle que toi.

Le sourire radieux de Claire attisa encore son désir, qu'il croyait pourtant déjà à son point maximum. C'était dingue comme son envie d'elle semblait pouvoir se dilater à l'infini.

— C'était hors jeu, ça, mais c'était un très joli compliment.

Je n'ai jamais… Je n'ai jamais fait l'amour dans une cuisine. J'ai failli, mais pas conclu.

— Hier matin ? demanda-t-il en prenant une autre gorgée. Nous allons travailler là-dessus. Et moi… Je n'ai jamais léché du champagne sur les seins d'une femme…

— Oh, les enchères montent ! Et si nous remédions à cela tout de suite ? dit Claire en commençant à remonter son T-shirt.

Il la regarda se renverser sur la table, le dos cambré, lui offrant la beauté renversante de sa poitrine galbée, et ne se fit pas prier pour défaire l'agrafe frontale de son soutien-gorge en dentelle.

Elle saisit sa coupe et fit couler lentement le contenu sur sa poitrine.

Avec un grognement sourd, il se pencha sur elle et commença à effleurer de sa langue la peau baignée de champagne, s'attardant longuement sur chacun des tétons durcis, enhardi par les feulements d'anticipation de Claire, pourléchant avec gourmandise sa poitrine jusqu'à ce qu'il ne reste plus une seule goutte de champagne.

— Mm, c'était délicieux, murmura-t-elle. Pas mal du tout pour un novice en la matière.

— Maintenant, à toi de jouer.

— D'accord, dit-elle, se relevant, en appui sur ses coudes. Je n'ai jamais pratiqué un strip-tease devant un homme.

— Moi non plus. Enfin, on ne l'a jamais fait pour moi.

— Pour moi, non plus ! s'exclama-t-elle. Voilà l'occasion d'éliminer deux « je n'ai jamais » d'un seul coup.

Elle glissa de la table avec un rire léger. D'un roulement d'épaules, elle quitta son soutien-gorge qu'elle lui agita lascivement devant le visage, fredonnant d'un air coquin *You can leave your hat on*, de Joe Cocker.

Il en oublia qu'il était censé l'imiter. C'était tellement plus plaisant de concentrer toute son attention sur elle !

— Mais… dit-elle, comme elle descendait la fermeture de son jean. Pourquoi suis-je la seule à me dévêtir ?

— Parce que tu es la seule qui mérite d'être regardée.

Elle saisit le devant de sa chemise pour l'en débarrasser.

— Je ne suis pas du même avis. Si tu travaillais comme *chippendale*, tu finirais la soirée avec une bonne liasse de billets dans ton slip, crois-moi.

Bon joueur, il commença à faire glisser son jean sur ses hanches.

Ravie, Claire applaudit sans cesser de le regarder, avant d'aller chercher son portefeuille dans son sac. Avec un clin d'œil, elle courba son index vers lui pour lui ordonner de s'approcher. Il obtempéra, et elle introduisit d'une main excitée un billet de cinq euros dans son boxer.

Il l'enlaça par la taille et commença à lui mordiller l'oreille.

— Je n'ai jamais désiré une femme autant que je te désire, souffla-t-il.

— Je me rends, murmura Claire. Tu as gagné.

— Et c'est toi, mon prix ?

— Non, c'est toi, le mien.

Il s'empara des lèvres de la jeune femme pour descendre ensuite le long de son cou jusqu'à atteindre le pouls frémissant au creux de sa gorge, ébahi par la douceur tiède de sa peau crémeuse.

Ce baiser avait le goût pétillant du champagne. Le corps féminin l'avait toujours fasciné, mais il n'avait jamais connu une obsession comme celle qui le poussait à explorer chaque centimètre et dessiner chaque courbe de Claire, comme s'il voulait graver au fer rouge dans ses souvenirs le fait qu'un jour elle lui avait appartenu complètement.

Il fit courir ses mains le long de la cambrure de ses reins, rencontrant à son passage l'élastique en dentelle de son string, et son excitation augmenta à l'idée qu'elle avait choisi sa lingerie pour mieux le séduire.

Claire plaqua la main contre son torse et le poussa pour l'obliger à s'asseoir sur la table. Les yeux plongés dans les siens, elle continua son effeuillage. Les pouces à l'intérieur de la taille de son jean, elle joua à descendre le denim sur ses hanches et à le remonter ensuite, surveillant l'effet que son manège produisait sur lui.

Un effet dévastateur, pensa-t-il, tentant de garder au moins la tête froide, car si le bas de son ventre semblait sur le point d'entrer en éruption, il tenait à profiter jusqu'à la dernière miette de ces préliminaires à haut voltage.

Claire lui tourna le dos pour finir de descendre le jean le long de ses cuisses élancées.

La vision de son échine courbée et la rondeur naissante de ses fesses faillit lui faire oublier toute tempérance. Il se croisa les bras pour se retenir de la caresser, mais lorsqu'elle se retourna et revint vers lui, le besoin de la toucher fut le plus fort, et il tendit la main.

Gentiment, elle la repoussa et commença à lui enlever son boxer. Il s'abandonna avec volupté à son bon vouloir.

Du bout de ses ongles, elle lui titilla les tétons jusqu'à ce qu'ils durcissent, et lorsqu'il sentit ses lèvres se poser sur sa poitrine, il ferma les yeux, hors d'haleine.

C'était de la torture, pensa-t-il, une torture exquise.

— Mais qu'est-ce que tu me fais ? grogna-t-il, tandis que ses lèvres couraient vers le bas de son ventre.

— Veux-tu qu'on change de jeu ? On reprend « Je n'ai jamais… » ?

— Oh, non !

— Alors, cesse de te plaindre !

Elle se redressa, frottant, dans sa montée, le haut de ses jambes, son ventre, sa poitrine, ses seins veloutés contre ses pectoraux, son ventre plaqué contre son érection.

Il inclina la tête pour l'embrasser sur l'épaule, qu'il trouva froide, et il remarqua qu'elle grelottait.

— Tu es glacée !

— Mais non.

— Mais si, dit-il, en la tirant par la main jusqu'au grand foyer de l'entrée, qu'il alimenta de tourbe.

— Mieux ? demanda-t-il, en l'entourant de ses bras pour la réchauffer.

— Mm...

— Attends ici, dit-il.

En un clin d'œil, il alla prendre le plaid sur le canapé et sortit une boîte de préservatifs de son sac de voyage.

— Je n'ai pas l'habitude d'avoir des femmes nues dans cette maison, s'excusa-t-il en enveloppant Claire dans le cachemire. Allons dans ma chambre, à l'étage, on sera au chaud sous la couette.

— Non, j'aime bien ici. Je n'ai jamais fait l'amour face à un feu, dit-elle en s'agenouillant sur l'épais tapis oriental et en le tirant pour l'amener à sa hauteur.

Il prit son visage entre les mains, ses yeux perdus dans les siens.

En moins d'une semaine, cette femme avait réussi à le rendre captif de son charme. Comment allait-il réussir ensuite à vivre sans elle ? Il avait tenté de se convaincre qu'il ne s'agissait que d'une passion passagère, qui se refroidirait une fois assouvie, mais au contraire chaque minute qu'il passait avec elle semblait accroître son besoin d'elle. Des heures et des jours ne suffiraient pas, songea-t-il, il aurait besoin de mois ou d'années avant d'étancher sa faim d'elle.

Il l'embrassa comme si le monde allait s'arrêter le lendemain, et ils roulèrent sur le tapis, l'un contre l'autre. Il joua avec ses cheveux, qui brillaient comme de l'or à la lueur des flammes.

— Aime-moi, murmura-t-il. Juste pour la nuit.

— Mais je t'aime, répondit-elle. Juste pour la nuit.

Ils se laissèrent conduire par le désir, et ensuite il la pénétra, doucement, lentement.

Il gardait ses mots à l'esprit : aujourd'hui, à l'instant présent, elle l'aimait. Ils ne partageaient plus une simple relation érotique, ils faisaient l'amour. Pour la première fois depuis qu'il était adulte, le vide en lui était comblé, empli de ses sentiments pour Claire, de son odeur, de ses soupirs. Elle l'avait changé à jamais, et il ne savait pas comment il pourrait la laisser repartir.

Emerveillée, Claire admira le panorama.

Le loch de Learie s'étendait à ses pieds, embelli par une brume légère qui rendait le paysage délicat comme une aquarelle. Des rayons de soleil dardaient les nuages ici et là, habillant d'un éclat doré la surface du lac.

— Je n'ai jamais vu d'endroit aussi beau, dit-elle. On dirait le paradis sur terre.

— C'est l'un des plus beaux sites d'Irlande, en effet. Mais chez toi, il doit y avoir aussi de beaux paysages, non ?

— Tu as déjà vu Chicago ? Béton et acier. Même notre lac est tout gris.

— On continue le tour du pays ? Il y a à Killarney un restaurant que je voudrais te faire connaître, et il faut aussi qu'on te trouve un T-shirt orné d'un lutin.

Sur le chemin de la voiture, elle regretta pour la énième fois de ne pas avoir apporté son appareil photo. Ils avaient passé la matinée à arpenter le parc, et elle était tombée amoureuse de ce magnifique paysage lacustre, avec ses camaïeux infinis de verts, bleus et gris. Elle aurait adoré peindre cela, pensa-t-elle en prenant place à bord de la Mercedes.

— J'espère que tu passes un bon moment, dit Will, portant sa main à ses lèvres pour l'embrasser à l'intérieur du poignet.

— Merveilleux, dit-elle. Je n'arrive pas à croire que ma grand-mère a grandi ici ! Comment a-t-elle pu quitter un si bel endroit ?

—L'Irlande était un pays très pauvre jusqu'aux années 90, avec un taux de chômage catastrophique. Les gens partaient pour ne pas mourir de faim.

— C'est très étrange, j'ai l'impression d'appartenir à ce lieu. Comme si je le portais dans mon sang.

— C'est ton sang irlandais…

Ils traversèrent Killarney que Will dénigra comme excessivement touristique, mais qu'elle trouva absolument adorable avec ses rues étroites bordées de maisons aux façades colorées : l'image parfaite et idyllique de l'Irlande dont elle avait rêvé.

Will quitta le centre ville pour se diriger vers la banlieue et parvenir à ce qui ressemblait à un centre d'affaires. Lorsqu'il arriva à l'entrée, le vigile lui lança un sourire respectueux et hissa la barrière sans poser de questions.

— Où allons-nous ? demanda-t-elle.

— J'ai pensé que tu aimerais voir ça, dit-il en se garant devant un luxueux bâtiment de bureaux. Ceci m'appartenait. Bon, à moi et à quelques investisseurs avisés.

— Tout ça était à toi ?

— J'en possède encore un petit bout, car j'ai gardé un bon paquet d'actions, mais désormais je ne travaille plus ici. C'est la plus importante entreprise de la région.

— Je suis impressionnée, déclara-t-elle. J'ai du mal à t'imaginer en golden-boy. Je t'ai connu en tant qu'aubergiste dans une petite île ! Que tu aies décidé de changer de vie m'impressionne d'autant plus.

— C'est bien pourquoi je t'ai amenée ici, dit Will avec un sourire.

Il rebroussa chemin jusqu'à Killarney et la guida vers un charmant restaurant familial et coquet.

— Je voulais que tu goûtes à la véritable cuisine irlandaise, expliqua-t-il en lui tenant la porte.

Une serveuse les installa vers la fenêtre, à une table avec vue sur une petite cour très soignée. Elle commanda du thé, mais lorsqu'on le leur apporta, Will se releva.

— Où vas-tu ?

— Je reviens tout de suite. Promis.

Elle le regarda traverser le restaurant, non sans remarquer, avec une pointe de jalousie, les regards appréciateurs que lançaient les femmes sur son passage.

C'était dur de l'imaginer avec quelqu'un d'autre. Et pourtant, se dit-elle, elle ne pouvait pas prétendre que Will s'arrête de vivre lorsqu'elle partirait. Et il ne lui serait pas très difficile de trouver quelqu'un pour la remplacer. Allait-il sentir pour une autre femme un désir aussi volcanique, partager avec elle l'intimité de son lit et la chaleur de la cheminée au manoir ?

Elle se plongea dans le menu, pour chasser ces pensées insidieuses. A vrai dire, elle aurait préféré rentrer au manoir et manger les restes, que s'asseoir dans ce restaurant où elle ne pouvait pas l'embrasser comme elle le voulait. Heureusement, l'absence de Will ne dura qu'une dizaine de minutes.

— Où es-tu allé ?

— C'est pour toi, dit-il en posant une petite boîte devant elle.

— Tu n'aurais pas dû !

— Si. Tu peux l'ouvrir sans crainte, ce n'est pas une bague de saphirs et de diamants.

Elle le regarda, attendrie par le geste, mais aussi pour le sourire de satisfaction qu'il arborait.

— C'est adorable ! dit-elle, en découvrant à l'intérieur de la boîte un pendentif accroché à une fine chaîne en or.

— C'est un claddagh, expliqua-t-il. Tu connais ?

— J'en ai déjà vu, mais je ne connais pas sa signification. C'est religieux ?

— Plutôt romantique, je dirais. Le cœur signifie l'amour, les deux mains qui le tiennent, l'amitié, et la couronne sur le cœur, la loyauté. C'est pour que tu te souviennes de moi quand tu rentreras chez toi.

— Car tu crois que je pourrais t'oublier ?

— Je n'en sais rien, dit Will avec un sourire d'excuse. Je préfère ne pas y penser.

— Impossible, dit-elle en fixant le claddagh. Tu m'as offert la semaine la plus intense que j'aie jamais vécue de ma vie.

— Intense ?

— Et excitante. Dans tous les sens du terme.

Il prit sa main au-dessus de la table.

— Tu vas rentrer chez toi, n'est-ce pas ?

— Oui, Will. Ma vie est là-bas, et ma famille, et mes amis, et je ne crois pas que je puisse poursuivre ma carrière ici. Mais je reviendrai te voir, c'est sûr. Et tu pourrais me rendre visite à Chicago.

— Je pourrais, oui.

— Le feras-tu ?

— Je ne pense pas, Claire. Me séparer de toi une fois sera déjà assez éprouvant. Je ne me vois pas répéter l'expérience, ce serait masochiste.

— C'est bien qu'on en parle maintenant, dit-elle avec un rire soulagé. Comme ça, on n'aura pas à se le dire lors de mon départ. Je déteste les au revoir tristes.

Elle ouvrit la chaîne et l'attacha à son cou.

— Merci beaucoup, murmura-t-elle.

— De rien, dit Will en se relevant pour l'embrasser. Et maintenant, sortons d'ici. J'ai faim, mais j'ai surtout une envie folle de faire avec toi des choses que la bienséance interdit dans un restaurant.

Il laissa un billet sur la table pour régler le thé, et ils sortirent à la hâte. A mi-chemin vers la voiture, il sembla changer d'avis et la poussa à l'intérieur d'une allée, l'enveloppant dans ses bras pour l'embrasser avec passion. Elle sentit sa main se frayer un chemin sous ses vêtements, et lorsque cette main enroba l'un de ses seins, elle sentit monter en elle la même excitation qui l'avait submergée l'autre nuit au cercle de pierres. Lorsque le pouce savant de Will aguicha son téton déjà durci par le désir, elle gémit sans pouvoir se contenir.

— Je crois que j'ai fait le tour de l'exhibitionnisme, murmura-t-elle.

— Tu te trompes, haleta-t-il. Il y a encore beaucoup à voir.

— Je te prends au mot, dit-elle, en frottant son ventre contre l'érection qui enflait le devant de son jean. Allons visiter le reste de la ville.

— Ah, non ! On rentre à la maison.

Elle ne se rappelait pas avoir autant ri et embrassé un

homme en si peu de temps, pour tout et pour rien. Lorsque Will entama la route de retour, elle profita du fait qu'il avait les mains posées sur le volant pour lui prodiguer des caresses coquines. Son stoïcisme était remarquable, pensa-t-elle, mais la voiture n'était pas encore à l'arrêt qu'il commençait déjà à la déshabiller. Le pas chancelant, ils marchèrent jusqu'à l'intérieur de la maison sans se décoller l'un de l'autre.

— Tu ne sais pas à quel point tu me rends heureuse, souffla-t-elle dans sa bouche, commençant à lui arracher sa chemise.

— Follement heureuse ? Vertigineusement heureuse ?

— Au moins ! Et toi, qu'est-ce qui te rend heureux ?

— Maintenant ? Etre avec toi, ici. Te montrer l'Irlande. Plonger dans le lit avec toi.

— Alors, c'est le sexe qui te rend heureux ?

— Pour résumer, oui.

— C'est dingue, dit-elle, se libérant de son étreinte pour se sauver en direction de l'escalier.

Une fois à la porte de la chambre, elle se retourna vers Will.

Il la poussa vers l'intérieur et se jeta sur le lit avec elle dans ses bras.

— Et si nous restions ici à jamais ? demanda-t-elle.

— Nous y resterons aussi longtemps que tu le voudras, murmura-t-il, sa bouche déjà occupée à lui arracher des soupirs de plaisir.

7

Le dernier ferry de la journée arriva à Trall le lundi vers 6 heures du soir.

Claire, debout sur le pont à côté de la voiture, observa les manœuvres d'arrimage. Lorsqu'on descendit la passerelle, elle se tourna vers Will qui, appuyé contre le capot, la regardait en retour. Rien qu'à le voir sourire, une vague de bonheur lui réchauffa le cœur.

C'était incroyable, se dit-elle. Il suffisait que Will Donovan pose les yeux sur elle pour qu'elle ressente le même frisson d'émotion que lorsqu'il la regardait en lui faisant l'amour. Leur rencontre datait d'une semaine, mais il lui semblait le connaître depuis toujours. Ils étaient devenus si proches, si vite, que parfois elle prenait peur. Les doutes l'assaillaient. Dans quelle mesure la magie de l'eau qu'elle lui avait donnée à boire jouait-elle sur leur attraction ?

Quel paradoxe ! Elle avait porté tous ses espoirs sur cette source lorsqu'elle rêvait de reconquérir Eric, et maintenant elle priait de toutes ses forces pour que ce ne soit que de l'eau et que les sentiments de Will pour elle viennent vraiment de son cœur, et non de ce stupide stratagème qu'elle avait ourdi sans même y réfléchir.

Elle se rapprocha de lui, effrayée à l'idée que tout puisse s'achever aussi vite que cela avait commencé.

Il la serra contre sa poitrine.

— Tout va bien ? demanda-t-il en l'embrassant. Tu as l'air soucieuse.

— Ça va… Juste, j'espère qu'Eric est parti pendant notre absence, il me semble qu'il devait être de retour à son travail ce matin. Je n'ai aucune envie de le voir.

— Ne t'inquiète pas. S'il est encore à l'hôtel, je le fiche à la porte. Il n'aura qu'à dormir dehors et attendre le premier ferry de demain.

— Merci, mais je ne pense pas que ce sera nécessaire. Eric ne manque jamais une journée de travail.

Elle préférait taire les véritables raisons de son inquiétude soudaine. Le retour à Trall impliquait la fin des vacances, elle ne pourrait plus repousser le moment de rentrer à Chicago.

Eric lui avait proposé du travail, un bon poste qu'elle serait folle de refuser. En même temps, elle ne savait pas si elle aurait le courage de quitter sa ville. Elle pouvait toujours aller habiter avec sa grand-mère quelques mois, le temps de retrouver un travail ?

Après tout, se dit-elle, les yeux fixés sur la route, avec son réseau de relations et son expérience, il ne lui serait pas si difficile d'obtenir un emploi à la hauteur de ses capacités. Ce qu'elle ne pouvait en aucun cas envisager, c'était de rester indéfiniment à l'auberge et vivre aux crochets de Will.

Elle avait plongé dans cette relation sciemment. Pour le sexe, pour le fun. Will ne lui avait jamais rien promis et savait aussi que leur relation ne pouvait pas durer. Pour être réaliste, tomber amoureuse d'un bel Irlandais installé sur une île minuscule n'avait jamais fait partie de ses projets. Elle avait pensé à s'installer en Irlande, bien sûr, mais son bon sens la sommait de rentrer à la maison. Comment vivre à des milliers de kilomètres de sa famille et de ses amis ? Et, bon sang, elle sortait d'une relation longue de trois ans ! Will n'était qu'un homme de transition, et ce type de relation avait toujours des jours comptés. Sans parler de leurs cultures si différentes, malgré la langue commune. Un autre facteur qui les vouait à la catastrophe.

— Merci de m'avoir fait connaître ton pays, dit-elle pour briser le silence.

— On n'a pas vu grand-chose en dehors de ma maison, plaisanta Will. Que dirais-tu de quelques jours à Dublin ?

Le moment était venu d'aborder le sujet de son départ, résolut-elle. Une fois de retour à l'auberge, il trouverait le moyen de l'amener vers son lit, et toute tentative d'entamer une conversation serait inutile. C'était la stratégie dont il avait usé pendant tout le week-end, et ça marchait chaque fois.

— C'était censé être un voyage éclair, pour moi, répondit-elle. Veux-tu savoir pourquoi je suis vraiment venue à Trall ?

— A cause de l'eau, répondit-il.

— Tu le savais ? s'étonna-t-elle.

— Ce n'était pas difficile à deviner, avec ce que tu m'avais raconté sur Eric. Et puis, tout se sait, dans ce village.

— Le fait demeure : je dois rentrer chez moi. Je suis ici depuis une semaine déjà.

— Mais pourquoi *dois*-tu rentrer ?

— Parce que je n'habite pas ici, par exemple ?

— Tu n'as plus de travail ni de fiancé à Chicago, et dans deux mois plus de maison. Au nom de quoi ton retour est-il si urgent ?

— Au nom de ma vie, Will. Ta vie à toi est ici, j'y suis tombée par accident. Et crois-moi, je ne le regrette pas une seconde. Mais je ne peux pas continuer à vivre comme ça, en touriste. La vie, c'est autre chose.

Elle attendit une réponse qui ne vint pas, du moins pas tout de suite.

— Et si je te donnais une bonne raison pour rester ? demanda-t-il après avoir garé la voiture devant l'auberge.

Ciel, qu'allait-il proposer ? se demanda-t-elle, paniquée. Le sexe sans engagement, cela voulait dire, justement, pas d'engagement. Voulait-il les lier d'une façon ou d'autre ?

— Je ne suis pas sûre de..., balbutia-t-elle. Je ne peux pas quitter ma vie et déménager à l'autre bout du monde pour...

— Pour un homme que tu n'aimes pas ? finit Will.

— Non, le corrigea-t-elle. Pour quelqu'un que j'ai rencontré il y a une semaine.

— Je comprends, dit-il d'une voix égale. Trall n'a pas grand-chose à offrir à une fille comme toi.

Comme il se trompait là-dessus ! pensa-t-elle. Sur cette île perdue, il y avait deux ou trois choses qu'elle n'avait trouvées nulle part ailleurs. Un homme qui la faisait se sentir intéressante et belle et sexy, un immense lit accueillant et rassurant, un tas de gens adorables qui l'avaient accueillie comme une amie de longue date... Mais elle s'était tellement leurrée à propos d'Eric, avec qui elle avait passé trois ans. Comment engagerait-elle sa vie pour Will, qu'elle ne connaissait que depuis une semaine ? Ses sentiments pour lui n'étaient que désir, voilà tout, et elle devrait avoir assez de jugeote pour le reconnaître une bonne fois pour toutes, cesser de tergiverser et reprendre le cours normal de sa vie au plus vite.

— Je ne te demande pas de t'installer ici, reprit-il doucement. Reste encore une semaine, et tu décideras alors si tu veux rester encore. C'est aussi simple que ça, Claire.

— Il faut que j'y réfléchisse, répliqua-t-elle, forçant un sourire et sautant avec hâte de la voiture.

Elle sentait qu'un simple mot de plus pourrait la convaincre, car, dans son for intérieur, elle ne demandait qu'une bonne raison qui la libère de son carcan de raisonnements sensés.

— Promets-moi au moins que tu vas y penser, dit-il en portant les bagages vers l'intérieur de l'auberge.

— Bien sûr, je te le promets.

Le craquement du feu était le seul son qui s'entendait dans le hall d'entrée.

L'odeur piquante de la tourbe et la chaleur vivante des flammes allaient lui manquer, se dit-elle en s'approchant de la cheminée.

La tête de Sorcha surgit, comme propulsée par un ressort de derrière le canapé.

— De retour à la maison ? demanda-t-elle tout naturellement, coiffant à la va-vite sa chevelure emmêlée.

— Oui, à *ma* maison, Sorcha, rétorqua Will.

Le visage d'Eric apparut alors à côté de celui de Sorcha, un sourire d'excuse aux lèvres et les cheveux hirsutes.

Claire le regarda, stupéfaite. A l'évidence, ils interrompaient quelque chose. C'était la meilleure, celle-là !

— Tu n'es pas parti ? s'étrangla-t-elle.

— Je me plais ici, expliqua Eric, lançant un regard en coulisse à Sorcha. J'avais besoin de prendre des vacances.

— Mais, mais, mais… C'était aujourd'hui ton premier jour de travail.

— Je sais, dit-il d'une mine contrite. Mais il faut que j'arrête d'être obsédé par ma carrière. D'ailleurs, je te dois des excuses à ce sujet, Claire. J'imagine que je n'ai pas été facile à vivre, à l'époque. J'avais mal établi mes priorités.

— A l'époque ? s'insurgea-t-elle. Eric, c'était la semaine dernière, et il y a seulement trois jours que tu as atterri ici pour me demander de revenir avec toi. Et là, tout à coup, tu ne veux plus rentrer à Chicago ?

— Bon, le travail n'est pas tout dans la vie. N'est-ce pas, Will ? demanda Eric, prenant celui-ci à partie.

— Je l'ai toujours pensé, répondit Will à contrecœur.

— Basta, protesta-t-elle. Eric, ça ne te ressemble pas du tout, tu ne peux pas renoncer à ce poste. Je ne sais pas ce qui se passe, mais il faut que tu retournes illico à New York.

— Sorcha pense que je pourrais rester…

— En effet, intervint celle-ci. Il aime l'île, et je trouve fascinantes ses idées sur le développement touristique.

Claire serra les poings, dépassée.

— As-tu mangé ou bu quelque chose que Sorcha t'aurait donné ? Tu te rends compte que cette femme est une sorcière et que tu es sous son influence ?

Les mots sortirent comme ça, mais c'était la seule explication possible à ce changement soudain et radical : Sorcha avait dû ensorceler Eric.

Elle prit une longue inspiration, et tenta de se montrer calme.

— Ecoute-moi. Sorcha ne connaît rien au monde de la publicité, à quel point c'est compétitif, à quel point il est important de bouger au bon moment. Ne gâche pas tout maintenant, Eric, ou tu le regretteras toute ta vie.

— Du calme, Claire, répondit l'intéressé, se laissant tomber sur le canapé.

— Non, je ne veux pas me calmer. Demain, tu rentres.

Sur le premier vol qu'on pourra trouver. Où est ton billet ? Je vais appeler la compagnie…

— Mais non, je me plais ici, je te dis, protesta Eric, prenant Sorcha par la taille pour la faire asseoir sur ses genoux. Les gens sont vraiment chaleureux.

— Eric ! Tu n'es pas dans ton état normal ! se désespéra-t-elle. On est dans une île perdue, il n'y a pas de gymnase ici, ni de Starbucks ni de boutiques Prada ! Tu ne tiendras pas une semaine ici.

— J'ai changé, soutint Eric.

— Qu'as-tu fait ? demanda-t-elle à l'intention de Sorcha.

— Je n'y suis pour rien, se défendit la jeune femme.

— C'est bien toi qui lui as jeté un sort !

— Parce que Will me l'a demandé, voilà pourquoi.

— Quoi ? s'insurgea ce dernier. Je te jure qu'elle ment, Claire ! Je lui ai juste demandé de s'occuper d'Eric, mais il y a un monde entre lui montrer l'île et le mettre dans son lit !

— Mais pourquoi lui as-tu demandé une telle chose ?

— Pour avoir la voie libre avec toi.

— Quoi ? Ce fut au tour d'Eric de regimber. Parce que vous deux…

— Rien du tout, le coupa Claire. Cela ne te regarde pas. Quelle chambre occupe-t-il, Will ?

— La 6.

En deux foulées, elle passa derrière le comptoir de la réception et s'empara du double de la clé de la chambre.

— Je monte faire *ses* bagages, et ensuite je vais *nous* trouver un vol de retour, annonça-t-elle d'un ton qui n'admettait pas de réplique. Pour nous deux.

Le temps de gagner la chambre, elle avait décidé d'arrêter net ce délire. Elle allait rentrer dans son pays, accepter le travail qu'Eric lui proposait et continuer — ou recommencer, enfin, reprendre — sa vie. Et dans quelques mois, cette aventure avec Will Donovan ne serait rien de plus qu'un bon souvenir.

Elle commença à remplir la mallette d'Eric sans même octroyer un second regard au lit en désordre ni au soutien-gorge qui pendait du baldaquin. Elle ne se sentait pas jalouse, réalisa-t-elle, alors que celui qui était son homme la semaine dernière venait de coucher avec une autre femme. Pff, ça la gonflait de devoir s'occuper encore de lui.

— Que fais-tu ?

Au son de la voix de Will, elle ferma les yeux.

— Je regroupe ses affaires, il faut qu'il rentre. Je n'aurais jamais dû partir avec toi ces trois jours, mais m'assurer qu'il prenait bien son avion pour New York.

— Rien de ce qui arrive n'est de ta faute. Arrête de te flageller.

— Alors, c'est la faute de qui ? Toi ?

Il jura à voix basse.

— Il est grand, bon sang. Il peut bien ficher sa vie en l'air si ça le chante !

— Il rentre, un point, c'est tout. Je ne veux pas qu'il m'accuse dans dix jours de l'avoir laissé jeter sa carrière aux orties sans réagir.

— Et tu rentres avec lui, alors.

— Je crains que ce ne soit le seul moyen de m'assurer qu'il prend ce fichu vol, dit-elle en fourrant une dernière chemise dans le sac. Quelle idée, aussi, de lui envoyer Sorcha !

— Je te l'ai dit, je voulais qu'elle fasse diversion.

— Diversion et plein d'autres choses, n'est-ce pas ?

— Et alors ? dit Will en décrochant le soutien-gorge du baldaquin. Il n'y a pas mort d'homme ! Je voulais quelques jours seul avec toi, je m'en suis donné les moyens. Je sais que cette île ne peut pas t'offrir ce que tu veux, et j'aurais beau te promettre que ça peut changer, je ne suis pas sûr d'arriver à te convaincre. La vie est injuste. Quand j'avais tout ce qu'une femme peut désirer, je n'avais pas la femme que je désirais. Et maintenant, je n'ai rien de ce que tu voudrais, et je te veux, toi.

— Ce n'était pas censé durer ! s'énerva-t-elle. On était d'accord, t'en souviens-tu ?

— Eh bien, je suis désolé, dit calmement Will. J'ai voulu faire durer notre histoire, et je me suis servi de Sorcha. J'ai fait de mon mieux. Ou, en tout cas, tout ce qui était en mon pouvoir.

— C'est peut-être mieux comme ça, murmura-t-elle. Tant que je n'aurais pas eu une bonne raison pour partir, je serais restée, mais là… Je ne peux pas laisser Eric envoyer valser tout ce qui lui importe à cause d'une… sorcière.

— Et pourquoi ne penses-tu pas aux *bonnes* raisons que tu as de rester ?

— Ces mêmes raisons me feront revenir, le cas échéant, dit-elle. Tout cela ne veut pas dire que c'est fini entre nous, Will, nous nous reverrons.

— Comme tu voudras.

Elle trouva le billet d'avion d'Eric sur la table de chevet et le lui tendit.

— Mon billet est sur le manteau de la cheminée. C'est la même compagnie. Aurais-tu la gentillesse d'appeler pour voir si nous pouvons embarquer sur le premier vol demain ?

— Tu vas à New York avec Eric, ou tu rentres à Chicago ?

Elle réfléchit longuement avant de répondre.

— On verra, dit-elle. En tout cas, l'avion atterrit dans le New Jersey. Je me débrouillerai ensuite.

Will prit le billet et sortit de la pièce sans un mot.

Elle soupira. Il ne lui restait plus qu'à se convaincre qu'elle avait pris la bonne décision.

Installé à la table de la cuisine, Will se servit un verre de whiskey, abattu.

Le moment qu'il avait tant craint arrivait finalement, et il ne pouvait rien faire pour l'empêcher. Claire et Eric partaient le lendemain dans le ferry de l'aube pour prendre à 10 heures leur vol de retour vers les Etats-Unis. Il lui restait moins de douze heures auprès d'elle.

Il but une gorgée de liqueur.

— Trop peu, murmura-t-il, laissant le feu de l'alcool lui brûler la gorge.

— Je peux en avoir, moi aussi ?

Il se retourna à peine pour regarder Sorcha, qui semblait s'être matérialisée dans la pièce par magie.

— Sers-toi.

— Je suis désolée, dit-elle en versant une généreuse rasade dans son verre. Je n'ai pas pu résister. Il a un corps de mannequin, et il est intelligent et drôle, et...

— Tu fais ce que tu veux de ton corps, Sorcha.

—On peut savoir pourquoi tu fais la tête ? Tu t'es bien amusé avec ton Américaine, toi ! Alors, pourquoi... Oh, non, Will ! cria-t-elle, comprenant enfin. Tu es tombé *amoureux* ?

— Et alors, si c'était le cas ?

— Nom d'un chien, William. N'as-tu rien appris avec moi ? Le sexe, c'est quelque chose de merveilleux, et si en plus ça se passe bien, c'est encore mieux. Mais cela n'implique pas qu'on doive commencer à publier les bans et à acheter la vaisselle. Ce n'est que du sexe, voilà.

— Qu'est-ce que tu en sais ?

— Elle vit outre-mer. Je me trompe ? Et ne me dis pas que l'amour peut soulever les montagnes, car ce ne sont que des niaiseries pour midinettes.

— Je peux me passer de ton cynisme.

Elle l'étudia longuement.

— Tu l'aimes pour de bon, tu es sûr ? Tu ne confonds pas désir et sentiments ?

— Non, je sais faire la différence. Je l'aime.

— Tu dois le lui dire, alors.

Il avait passé le week-end à y penser. Sans oser le faire.

— Impossible. Je la connais depuis une semaine, j'aurais l'air ridicule. On ne tombe pas amoureux en si peu de temps.

— Bien sûr que si ! On appelle ça un coup de foudre, ça arrive tout le temps. C'est toi qui refuses d'admettre que tu es tombé amoureux si vite, c'est tout.

— Si elle en avait vraiment envie, elle resterait. Je le lui ai demandé plusieurs fois. Mais, comme tu l'auras remarqué, dès qu'elle a eu l'opportunité de rentrer chez elle avec son ex-fiancé, elle n'a pas hésité.

— Ils n'ont jamais été vraiment fiancés.

— C'est bien ce que je disais. Que diable, elle m'a même demandé de m'occuper de leurs billets.

— Et pourquoi n'irais-tu pas habiter avec elle, toi ? Tu es déjà allé aux Etats-Unis, cela t'avait plu, tu me l'as dit.

— Je n'y ai pas été invité.

Sorcha prit appui sur la table et se pencha vers lui.

— Par la barbe de saint Patrick ! Tu es le bonhomme le plus têtu que j'aie jamais connu ! Si tu aimes cette femme, prends-la. Ne réfléchis pas, agis !

— Si nous sommes destinés à vivre ensemble, cela

se fera. Mais je l'ai impression que nous ne le saurons qu'après avoir été quelque temps séparés.

— Comme tu voudras, gâche ta vie si tu veux, mais ne viens pas ensuite pleurer sur mon épaule ! dit-elle, finissant son verre d'un trait avant de se diriger vers la porte. Et maintenant, excuse-moi, je sors avec Eric : c'est notre dernier soir. Tu devrais aussi tenter de profiter du temps qui te reste.

Il se servit un autre verre qu'il vida d'un trait, jeta une autre bûche dans le feu et resta les yeux rivés aux flammes.

Sorcha était de bon conseil lorsqu'elle ne jouait pas la grande prêtresse, et il ne pouvait pas nier que son intuition frôlait parfois l'extraordinaire. Par exemple, le jour de l'arrivée de Claire, elle semblait savoir qu'un fait important ne tarderait pas à lui arriver à lui. Et Dieu savait qu'il n'attendait que ça, un événement qui vienne briser le calme assommant dans lequel sa vie s'était enlisée ! Eh bien, se dit-il, ce jour était arrivé : il pouvait l'ignorer et stagner jusqu'à ce qu'une nouvelle occasion se présente, ou bien il pouvait saisir sa chance avec cette femme différente de toute autre. Maintenant.

En quelques enjambées, il monta à l'étage, parcourut le couloir et poussa doucement la porte entrouverte de la chambre de Claire.

Assise sur le lit, elle programmait son réveil de voyage.

— J'ai parlé avec la compagnie aérienne, tout est résolu. Votre vol part à 10 heures, annonça-t-il. Vous ne devez pas manquer le ferry de 6 heures. Je vais appeler le taxi…

— Sorcha s'est proposée pour nous conduire. Et il faudrait aussi mettre Eric au courant de notre heure de départ. Je l'attendrai. Ou, non, c'est peut-être mieux de le prévenir tout de suite ? Tu sais s'il est encore dans sa chambre ?

— C'est bon. J'ai vu ça avec Sorcha. Ils partent dîner au pub. Veux-tu que je prépare quelque chose pour nous ?

— Merci, je n'ai pas faim, juste besoin d'une bonne nuit, s'excusa-t-elle. Ce week-end, nous n'avons pas tellement dormi…

Jolie périphrase pour lui annoncer qu'ils ne passeraient pas la nuit ensemble. C'était peut-être plus sensé, pensa-t-il, car il n'aurait pas pu la laisser partir après une autre nuit dans ses bras. Il valait mieux qu'ils commencent dès maintenant à se quitter, avant que d'autres sentiments ne viennent leur rendre les adieux encore plus difficiles.

— La cuisine est toujours à ta disposition, si jamais…

— Merci.

Il enfonça les mains dans les poches de son jean, à court de mots. Devait-il mettre son cœur à nu et dire à Claire qu'il ne pouvait pas vivre sans elle ? Se mettre à ses pieds, la prier de rester, lui demander quand ils se reverraient ?

— C'est l'heure des adieux, alors ? dit-il finalement.

La main de Claire trembla comme elle la portait au claddagh, tel un talisman magique qui l'aiderait à maintenir sa décision.

— Bien. Les adieux, alors, murmura-t-elle.

Elle fit quelques pas vers lui et lui ouvrit les bras.

Il sentit les siens lourds comme des pierres, mais il l'étreignit, les paupières closes. Qu'elle sentait bon et que la peau de son cou était douce, pensa-t-il, tentant de graver dans sa mémoire l'empreinte de son corps contre le sien. Oh, elle allait lui manquer cruellement.

Il déposa un baiser bref sur ses lèvres.

— Prends soin de toi, Claire.

— Toi aussi, dit-elle. Et si jamais tu viens à New York, n'oublie pas de passer me voir.

Avec un effort de volonté qui contrariait chaque cellule de son corps, il s'écarta d'elle et quitta la chambre.

Une fois en bas, il décida de sortir de la maison. Dehors, dans la nuit froide, la pluie tombait paisiblement.

Ça aussi, ça passerait, comme disait son grand-père. Il s'était trop vite habitué à la présence de Claire, ce pourquoi il ressentait cette sensation de grande perte. Lorsqu'elle serait partie, il faudrait qu'il se secoue, décida-t-il. Il allait voyager, rencontrer d'autres femmes… Il fallait que sa vie change.

Il prit sa voiture et commença à rouler sans but précis. Il choisit un CD, monta le volume et laissa les basses tonitruantes de U2 envahir l'habitacle de la Mercedes. En atteignant le croisement d'où partait le chemin vers le cromlech, il décida de s'y rendre.

La pluie tombait maintenant à verse sur le pare-brise, sans qu'il pense une seconde à ralentir, malgré la route cahoteuse et la boue qui éclaboussait les flancs de la voiture. Arrivé à sa destination, il éteignit le moteur et quitta la voiture, laissant les phares éclairer les piliers en pierre comme un décor de film d'épouvante.

Les rafales de pluie s'abattaient sur lui comme des coups de fouet, mais il continua d'avancer vers le centre du cercle. Il s'allongea sur l'autel en pierre. Il regarda le ciel noir et sans lune, et écouta au loin les vagues s'écraser contre les récifs. Peu lui importait d'être trempé de la tête aux pieds. Il resta là de longues minutes, espérant que la pluie vienne laver la douleur qui palpitait dans sa poitrine.

Peine perdue. Rien ne semblait pouvoir éloigner ses souvenirs avec Claire, la douceur de sa peau ni l'odeur de ses cheveux, le son de sa voix ni l'image de son corps nu. Il était amoureux d'elle jusqu'à la moelle, et il n'y avait rien qu'il puisse faire pour étouffer ce sentiment.

*
* *

Les lumières du rez-de-chaussée éclairaient l'intérieur de l'auberge lorsqu'il gara la Mercedes.

Il devait être minuit passé, calcula-t-il, sans arriver à déterminer combien de temps il s'était absenté. Il savait seulement qu'il était resté longtemps sous la pluie, jusqu'à ce que le froid devienne insupportable. Il songea à attendre que Claire soit partie avant de rentrer, il se sentait incapable d'aller au lit en sachant qu'elle dormait à l'étage. Mais il grelottait, ses cheveux ruisselaient, ses vêtements glacés lui collaient à la peau, et il pensa à la bouteille de whiskey qu'il avait laissée dans la cuisine. Si la liqueur ne l'aidait pas à s'endormir, au moins elle engourdirait son besoin de voir encore une fois Claire avant son départ.

Il marcha vers la cuisine, laissant une traînée de boue sur son passage. Sans s'encombrer de verre, il prit une longue lampée directement au goulot.

La chaleur procurée par l'alcool lui brûla la gorge et soulagea le froid qui raidissait ses membres, mais ne chassa pas pour autant Claire de ses pensées.

Sans réfléchir, il traversa le hall et monta l'escalier. La poignée de la porte de la chambre qu'elle occupait céda à la pression de sa main et il entra.

Claire avait oublié d'éteindre dans la salle de bains, et la lumière éclairait faiblement la pièce, assez pour qu'il puisse distinguer les traits de son visage et la silhouette de son corps sous les couvertures. Il s'accroupit à côté du lit et la regarda longuement.

C'était peut-être la dernière fois, se dit-il. Il aurait voulu la toucher, mais c'était comme si elle était devenue inaccessible, comme si la distance entre eux avait commencé à s'élargir à chaque seconde qui passait. Pourtant non, elle était encore là, il pouvait allonger sa main… Il posa la bouteille de whiskey sur la table de chevet et frôla les cheveux blonds. Ce n'était pas assez. Il se pencha sur elle et, très doucement, posa ses lèvres sur son front, laissant ses narines s'emplir de son odeur. Quand enfin, à contrecœur, il s'écarta, il tomba sur son regard bleu qui le fixait dans la pénombre.

Ils se dévisagèrent de longues secondes, figés et muets comme les personnages d'un tableau, jusqu'à ce que Claire se redresse sur un coude et pose ses lèvres sur les siennes. Elle plissa le front, surprise par l'humidité glacée de ses vêtements. Toujours en silence, elle s'assit sur le lit et commença à déboutonner sa chemise.

Il grelottait, sans pouvoir discerner si son corps tremblait à cause du froid ou de l'excitation d'être avec elle de nouveau. Il se laissa dévêtir sans bouger, les bras ballant le long du corps, sans oser la toucher, de peur que la magie ne se brise et qu'elle change d'avis et lui demande de partir.

Lorsqu'elle eut fini, Claire s'étendit de nouveau dans le lit et lui ouvrit les couvertures, en une invitation tacite à la rejoindre.

Il vint se coucher à côté d'elle tandis qu'elle faisait passer sa propre chemise de nuit par-dessus sa tête. Allongée face à lui, leurs fronts joints, elle se mit à lui frictionner les bras, ensuite le dos, et elle finit par l'attirer tout contre elle.

Une tiédeur délicieuse l'enveloppa. Il grelotta de plus belle comme le froid quittait son corps par bordées, laissant place à cette chaleur enivrante. Il caressa la jeune femme avec timidité, mais très vite le désir eut raison de sa réserve. Il l'embrassa avec une passion mâtinée de regrets. Il ne demandait rien, rien d'autre que cette dernière nuit avec elle.

Roulant sur Claire, il vint nicher ses hanches entre ses cuisses, qu'elle ramena contre sa poitrine. Il pressa son sexe gonflé de désir contre le sien, enserré par ses jambes longues et souples. Dieu, qu'elle était douce, et chaude, et prête ! La sensation retrouvée de sa peau le rendait fou, et il n'avait plus qu'une pensée en tête : plonger en elle, se perdre dans sa chair.

Sauf qu'il n'avait pas de préservatif, se rappela-t-il soudain, et qu'il fallait quitter la pièce pour s'en procurer, et que rien au monde ne pourrait lui faire quitter ce lit.

Tant pis, il y avait moult façons d'assouvir leur désir autrement.

Il frotta son membre dur comme un roc entre les lèvres juteuses de sa chair la plus tendre. Elle se cambra contre le matelas, la respiration haletante. Ils ondulaient en parfaite cadence, et il ferma les yeux. Rien que ce frôlement ressemblait déjà au paradis. Un déhanchement brusque de Claire les éloigna momentanément, et lorsqu'il revint vers elle, il glissa dans son sexe. Il tressaillit, pris au dépourvu par ce qu'il croyait être un faux mouvement de Claire, et encore plus par la moiteur délicieuse qui l'enserrait. Mais lorsqu'elle ondula des hanches de nouveau, il comprit qu'il ne s'agissait pas d'une erreur. Claire savait exactement ce qu'elle faisait, elle le voulait en elle, sans barrières !

Un râle sauvage surgit de sa gorge, poussé par les sensations démentes qui lui parcouraient le corps. Il n'y avait rien entre eux, la dernière frontière était franchie, ils se donnaient l'un à l'autre de la façon la plus intime qui soit. Les muscles souples du sexe de Claire enveloppaient le sien, et son excitation grandissait à chaque coup de reins.

Elle commença à gémir en crescendo, et lorsque son corps se raidit contre le sien, il sut qu'elle se trouvait prête à jouir. Il sortit de son corps et recommença à se frotter contre sa toison dorée avant de la pénétrer de nouveau. Il voulait faire durer le moment.

La respiration de Claire devint une succession saccadée de gémissements et elle s'agrippa à lui, enfonça ses ongles dans la chair de son dos, emportée dans la spirale ascendante du désir.

Alors, et seulement alors, il cessa de se retenir.

Le tourbillon de la passion s'empara de leurs mouvements, de plus en plus frénétiques. Chaque poussée arrachait à Claire des râles de plaisir, et il sentit son sexe se serrer une dernière fois autour du sien, suivi des spasmes puissants de l'orgasme. Il plongea en elle encore une fois, au plus profond d'elle, avant de succomber lui aussi aux délices de la jouissance.

Ils continuèrent à bouger en cadence, doucement, le temps de revenir sur terre, leurs corps ramollis par une détente sublime. En fait, pensa-t-il, il aurait pu continuer à lui faire l'amour toute la nuit, toute la vie. Mais le moment qu'ils venaient de partager était tout simplement parfait, et il ne le gâcherait pas avec des mots.

Il glissa sur le côté et se colla contre son dos de son amante, le menton appuyé sur son épaule. Claire se serra contre lui et lui prit les mains, qu'elle embrassa sur chaque paume avant de s'endormir de la sorte, pelotonnée contre lui. Il tenta de l'imiter et ferma les yeux, mais les pensées qui assaillaient son cerveau l'en empêchèrent.

Il avait vécu cette semaine comme s'il s'agissait d'un rêve, évitant soigneusement de penser à l'avenir. Et maintenant, cet avenir pointait son vilain nez. Quoi ? se demanda-t-il. Qu'était-il censé faire par la suite ? Allait-il un jour ressentir le type de passion qu'il éprouvait par Claire ? Il fallait qu'il trouve une réponse à ces questions, ou il allait devenir fou !

Il ne ferma pas l'œil de la nuit. Il attendit que les lueurs de l'aube commencent à s'insinuer dans la pièce, et lorsque le réveil marqua les fatidiques 5 heures qui sonnaient la fin de leur temps ensemble, il décida de disparaître. Sorcha allait venir chercher Claire et Eric dans moins d'une heure et il n'avait aucune envie d'être le témoin de leur départ.

Avec un dernier baiser sur l'épaule de Claire, il glissa hors du lit et ramassa ses vêtements imbibés. Il la regarda encore une fois puis quitta la pièce, éprouvé mais prêt à tourner la page. Frissonnant, il se dirigea vers sa chambre pour enfiler sa tenue de sport avant de retourner dans la cuisine. Il se rendit compte qu'il n'avait pas préparé la note pour Eric. Tant pis, pensa-t-il avec un haussement d'épaules. Il n'allait rien demander non plus à Claire. Comment chiffrer le prix d'un bonheur éphémère ou d'un cœur brisé ?

Il sortit à l'air libre et commença à courir, comme s'il fuyait ses souvenirs.

Machinalement, il suivit le trajet habituel de son jogging quotidien qui longeait la plage et remontait ensuite par les rues du village, et, comme d'habitude, il fit une halte à la boulangerie pour acheter deux scones aux raisins encore chauds.

Il continua sa course sur la butte qui surplombait le port, en direction du point de vue d'où l'on pouvait observer les bateaux qui partaient et revenaient. La petite Volvo rouge de Sorcha ne tarderait pas à arriver.

Lorsqu'il aperçut le véhicule, son cœur sursauta. Il ne quitta pas la voiture des yeux jusqu'à ce que le ferry entame sa traversée de chaque matin, la voiture rouge sur le pont.

Claire pensait à lui, il pouvait le sentir. Elle était en train de se demander si elle avait bien fait de partir, pourquoi il n'était pas venu dire au revoir, s'ils se verraient de nouveau…

Ses lèvres se courbèrent en un sourire mélancolique.

— Adieu, Claire, murmura-t-il. Mène une vie heureuse.

Il retourna vers l'auberge, s'apercevant que, sans même y réfléchir, il avait déjà pris une décision : Katie pouvait s'occuper de l'hôtel, il n'avait qu'à prendre sa valise et partir par le prochain ferry. Il ne pouvait pas rester là, il ne pouvait pas non plus retourner à la maison de Killarney. Il ne pouvait que partir en voyage. Loin, quelque part où les souvenirs de Claire ne pourraient pas l'atteindre.

Et peut-être, alors, il arriverait à imaginer une vie sans elle.

8

Claire vérifia de nouveau son billet sur le tableau qui affichait les vols au départ.

Assis à côté d'elle, les bras croisés sur la poitrine, Eric lui lança un regard noir.

— Qu'est-ce qu'il y a ? demanda-t-elle. On dirait que je viens d'écraser ton chien.

— Tu n'avais pas le droit de m'obliger à partir ! Je suis grand, tu sais, rouspéta-t-il, évidemment en courroux. Je serais parti quelques jours plus tard, c'est tout.

— Non, je ne pense pas. Tu ne connais pas l'emprise que Sorcha peut exercer sur un homme.

— Et alors ? Elle est incroyable au lit, c'était une raison plus que suffisante pour rester en Irlande.

— Je ne veux rien entendre, répliqua-t-elle, se bouchant les oreilles avec les mains. Nous ne sommes plus ensemble, mais ça ne fait qu'une semaine. Epargne-moi les détails.

— Désolé. Cela dit, tu ne m'as pas pleuré longtemps avant de te jeter dans les bras de Will.

— Tu as raison. Et je suis obligée de l'admettre, on n'était pas fait pour vivre ensemble, toi et moi. Tu nous as évité beaucoup de chagrin à tous les deux. A moi, en tout cas.

— A moi aussi, crois-moi. Je n'ai jamais voulu te

blesser, Claire. Mais lorsqu'on s'est mis à parler mariage, j'ai paniqué. Je m'y suis très mal pris avec toi, et… j'en suis navré.

— Tu l'as tellement répété ces temps-ci que je vais finir par te croire.

— Assez pour accepter ce poste à New York ? demanda-t-il, le regard brillant. Nous ferions une équipe du tonnerre !

L'offre était tentante, songea-t-elle, d'autant plus que l'accepter mettrait fin à la plupart de ses soucis. Elle allait bien gagner sa vie, découvrir une ville fantastique et avoir tellement de boulot qu'elle aurait à peine le temps de penser à Will Donovan.

— J'y réfléchis. J'aimerais voir l'agence, rencontrer les gens, passer un peu de temps à New York…

Le sourire enchanté d'Eric lui fit presque oublier les raisons qu'elle avait de le détester. Ils pourraient finir bons amis, pensa-t-elle. Ce serait chouette de pouvoir compter sur quelqu'un à New York.

— Je vais chercher quelque chose à boire, annonça-t-il. Que veux-tu ?

— J'ai tout ce qu'il me faut, merci.

Elle le regarda se faufiler parmi les voyageurs vers la cafétéria.

Comment était-il possible que ses sentiments pour lui aient changé à ce point ? se demanda-t-elle. Il n'était plus son prince charmant, juste un homme avec ses qualités et ses défauts. Il ne fallait pas oublier qu'elle n'aurait jamais mis les pieds en Irlande ni rencontré Will si lui, Eric, ne l'avait pas quittée de façon si brutale. Voilà une chose dont elle lui était redevable : dans ce pays, elle avait découvert sa véritable personnalité, cette Claire impulsive et audacieuse qui écoutait son cœur plus que les lois implacables de la raison.

— Quand est-ce qu'on embarque ?

Elle écarquilla les yeux en voyant Sorcha devant elle, alors que celle-ci les avait quittés une heure plutôt, après un long et spectaculaire baiser d'adieu à Eric.

— Mais que fais-tu ici ?

— Eric m'a invitée à visiter New York, et j'ai décidé d'accepter sur-le-champ, répondit Sorcha avec un naturel désarmant. J'ai toujours voulu connaître cette ville.

— Mais… et ta boutique ? Et ta famille ? Ta vie à Trall ?

— J'avais envie d'aventure, et ça se trouve rarement sous son propre paillasson, tu ne crois pas ?

— Es-tu sûre de ce que tu fais ? insista-t-elle.

— Mais oui, bien sûr que… Attends, s'interrompit la magnifique rousse. Eric et toi, vous allez… ?

— Rassure-toi. Nous ne comptons pas nous réconcilier.

— Ouf ! Tant mieux. Et comme ça, tu peux donner une chance à ton histoire avec Will ! Il t'aime à la folie, tu sais.

— Tu exagères, il…

— Il m'a dit qu'il t'aimait, Claire. Sauf que c'est une tête de lard incapable de le dire. Ce que les hommes peuvent être têtus, parfois ! Des gros bébés.

— Sorcha, a-t-il vraiment dit qu'il m'aimait ?

— Mais oui. Sauf que, comme il t'a donné à boire de l'eau de la source du Druide, il pensait que c'était à cause de cela que votre relation était si passionnée. Et dire qu'il n'a jamais cru à la magie ! Drôle de moment pour commencer…

— Moi aussi, je lui ai fait boire de l'eau de la source, avoua-t-elle. Nous sommes quittes, alors.

— Je vais être honnête avec toi, dit Sorcha, prenant place à côté d'elle. Et c'est la prêtresse druide qui parle. Pour autant que je sache, l'eau de la source n'est rien d'autre que de l'eau, et je doute qu'elle ait un quelconque pouvoir. Ce qui se passe entre Will et toi n'appartient qu'à vous.

Ça alors ! Si Sorcha, prêtresse ès ensorcellements, ne donnait pas crédit aux pouvoirs de la fontaine, elle ferait mieux de revoir son avis sur la question...

— Je ne sais pas quoi faire, fit-elle, confuse.

— Tiens, dit Sorcha, lui mettant dans les mains un trousseau de clés. Je vais m'assurer qu'Eric atterrit bien à New York, et toi, tu vas à Trall retrouver Will. Tu peux rester chez moi, à l'étage de la boutique. Tu peux même t'en occuper un peu, si tu veux. Et si tu as besoin de mixer une potion, mon cahier de recettes se trouve sous la caisse. Les clés sont sur le trousseau.

Claire ferma les yeux et commença à se répéter mentalement toutes les raisons pour lesquelles elle ne pouvait pas retourner sur l'île. Sauf qu'elle n'était plus cette fille responsable et prude, mais une femme qui écoutait son cœur. Et là, son cœur lui criait de suivre le conseil de Sorcha.

Elle serra les clés dans son poing.

— Merci ! dit-elle. Je prendrai bien soin de la boutique, ne t'inquiète pas. Quand est-ce que tu reviens ?

— Je n'en sais rien, dit Sorcha. L'avenir le dira !

— Tu expliqueras tout à Eric ! cria-t-elle en s'éloignant. Et promets-moi qu'il ira travailler demain !

— Promis !

Un sentiment d'excitation inconnue l'envahit comme elle traversait le hall de l'aéroport. Elle devrait partir sans sa valise, qu'elle avait déjà enregistrée, mais Sorcha avait raison, la vie était une aventure, après tout ! Quant à la réaction de Will lorsqu'il la reverrait... Eh bien, elle n'avait qu'à attendre d'être devant lui pour s'en inquiéter.

D'un pas décidé, elle chercha le comptoir de la compagnie

aérienne où elle informa les hôtesses de son changement de plans.

Par chance, le vol avait été retardé, et vers midi elle se dirigea vers le parking, sa valise à la main. Là, elle regretta l'ancienne Claire, qui aurait pensé, elle, à demander à Sorcha dans quelle zone se trouvait la voiture. Après une longue heure de recherche, elle tomba enfin sur la Volvo rouge avec l'autocollant « Druides Unis » sur le pare-choc arrière.

Conduire avec le volant à droite, penser aux sens inversés et retrouver l'itinéraire au milieu de ce pays aux noms impossibles, tout cela l'obligea à rouler doucement, mais aussi, et c'était un avantage, l'empêcha de se torturer à propos de l'énorme coup d'Etat qu'elle venait d'assener à sa vie. Lorsqu'elle arriva à Tralee et traversa les rues en direction du port, toutes sortes d'émotions se mêlaient dans son esprit. Elle avait hâte de revoir Will, et en même temps elle appréhendait la rencontre. Elle brûlait d'envie de lui ouvrir son cœur, mais elle craignait que ses sentiments ne soient pas réciproques. Elle était prête à commencer une nouvelle vie en Irlande, mais, sans Will, cela ne rimait à rien.

Avant d'embarquer sur le ferry, elle s'obligea à chasser toute pensée négative. Ce retour impromptu était un acte de foi, pensa-t-elle en caressant son claddagh. Elle naviguait à vue, sans plan préétabli ni liste d'objectifs, mais elle sentait dans son cœur qu'elle devait le faire. Et si elle avait appris quelque chose en Irlande, c'était à suivre l'appel de son cœur.

Will fixait sans le voir l'écran de son ordinateur au milieu d'un cybercafé du centre de Dublin. Le goût du café refroidi le ramena à la réalité. Il n'y avait pas de serveuse à l'horizon, seulement quelques étudiants qui passaient l'après-midi à surfer sur le Web.

Il avait envisagé de partir en Suisse ou en Italie, mais finalement Dublin lui était apparu comme le meilleur endroit où passer la convalescence de son histoire avec Claire. S'il était entouré de sa famille, et notamment de ses neveux, cela serait plus facile de commencer à l'oublier.

Elle était partie depuis maintenant une semaine, et malgré sa consultation compulsive de mails et de répondeur, il n'avait toujours pas reçu de nouvelles de sa part. Pas un message pour lui dire qu'elle était bien arrivée à New York, pas un mot qui puisse lui laisser espérer qu'elle pensait aussi à lui. Car il pensait à elle, constamment.

Il savait cependant qu'il devrait rentrer bientôt à Trall, du moins dans un premier temps. Ensuite, il étudierait comment réorienter sa carrière. Sa sœur et son mari avaient évoqué l'idée de retourner sur l'île, et dans ce cas ses parents les suivraient. Ils reprendraient la gestion de l'auberge, et il pourrait alors partir sans souci.

Son téléphone vibra, et encore une fois il s'interdit d'espérer que ce soit Claire. Mais son cœur cessa de battre en voyant s'afficher sur l'écran un numéro avec l'indicatif des Etats-Unis.

Et si c'était elle ?

— Bonjour, monsieur Donovan. Devine qui je suis ?

— Sorcha ? s'étonna-t-il, car il n'avait pas revu la jeune femme depuis la veille du départ d'Eric et de Claire. D'où m'appelles-tu ?

— A ton avis ? La Grande Pomme, mon grand !

— De New York ? Que fais-tu là-bas ?

— Mais je suis venue avec Eric, la semaine dernière ! Claire ne t'a rien dit ?

— Je ne lui ai pas parlé depuis son départ.

— Et comment fais-tu pour l'éviter ?

— L'éviter ? De quoi parles-tu, Sorcha ?

— Où es-tu, Will ?

— A Dublin, chez mes parents. Je suis parti de Trall le même jour que vous.

— Tu ferais mieux d'y rentrer, alors ! s'exclama Sorcha. Claire n'a pas pris l'avion avec nous. Elle est retournée à Trall avec ma voiture et je lui ai donné les clés de la maison. Si tu ne rentres pas dare-dare, elle risque de partir pour de bon.

— Mais pourquoi diable ne m'as-tu pas prévenu ?

— Je croyais que tu étais au courant ! J'avais imaginé qu'elle avait filé direct à l'auberge en arrivant, pour te voir.

— Elle est à Trall ? murmura-t-il.

— Puisque je te le dis ! J'ai tenté de la joindre maintes fois, mais elle ne me rappelle pas, elle n'a pas dû voir qu'il y avait des messages sur le répondeur. Je voulais lui expliquer comment payer les fournisseurs.

— Es-tu sûre qu'elle est en Irlande ?

— Elle n'est pas à New York, je le saurais. Mais en revanche, elle peut aussi bien être rentrée à Chicago.

— Il faut que je file, Sorcha. Je te rappelle dès que je l'ai vue.

Yeux clos, il prit un instant pour digérer la nouvelle.

Claire n'avait pas pris l'avion, mais était retournée à Trall, où probablement elle l'attendait.

Il appela à l'auberge sans obtenir de réponse. Qui pouvait-il contacter ? Mary Kearney ? Oui, la boulangère était toujours joignable.

— Mary ? C'est Will Donovan.

— Salut, Will. Comment ça va à Dublin ?

Il ne prit même pas la peine de lui demander comment elle était au courant. Toute l'île devait le savoir.

— J'avais une question, Mary. As-tu vu Claire O'Connor, ces jours-ci ?

— Ce matin même. Elle passe chaque jour acheter des scones. T'as mal choisi ton moment pour quitter l'île, mon petit.

— A ce qu'il paraît, dit-il. Si tu la vois, peux-tu lui dire que je suis sur le chemin du retour ?

— Bien entendu, je ferai la commission.

Il ramassa ses affaires à la hâte et sortit du cybercafé en direction de sa voiture.

Il avait quatre heures de route jusqu'à Fermoy, plus l'heure que prenait la traversée sur le ferry. Si tant est qu'il l'attrapait ! Il songea à louer un hélicoptère, mais décida de profiter du temps du trajet pour remettre de l'ordre dans ses idées avant de revoir Claire.

Il commença à rouler, nerveux, dans les rues populeuses de Dublin, repensant à sa première rencontre avec Claire, à l'attraction puissante et soudaine qu'il avait ressentie pour elle. Pourquoi cette femme exerçait-elle sur lui un si fort attrait ? Etait-ce sa vulnérabilité ou sa force ? Ou le mélange des deux ? De prime abord, elle semblait claire et lisse comme son nom, mais pendant la semaine qu'ils avaient passée ensemble, il avait découvert une femme passionnée, tour à tour raisonnable et impulsive, retenue et spontanée. Une femme avec qui passer toute une vie sans s'ennuyer.

La nuit tombait lorsqu'il arriva à Fermoy, dix minutes avant que le ferry ne largue les amarres. Il reconnut chaque visage qu'il croisa sur le pont, une sensation un peu étrange, après l'anonymat dont il avait joui à Dublin.

Mais c'était bon de rentrer à la maison, et meilleur encore de savoir qu'il rentrait pour retrouver Claire.

Il se posta à la proue et fixa l'horizon, où peu de temps après il distingua les lumières de Trall, le quai, la façade blanche du Fermier Jovial, les maisonnettes qui longeaient la côte. Il quitta le bateau le premier et conduisit jusque chez Sorcha, sans passer par l'auberge.

Il coupa le moteur avec une longue inspiration. Son avenir dépendait de ce moment. Qu'allait-il dire à Claire, que devait-il lui dire ? Il lâcha tout l'air contenu dans ses poumons, et quitta la voiture.

Le carillon de l'entrée tinta lorsqu'il poussa la porte de la boutique. Quelques secondes plus tard, Claire fit son apparition depuis l'arrière-boutique, un pinceau à la main. Lorsqu'elle le reconnut, son sourire se figea.

Ils se regardèrent longuement en silence.

— Tu étais ici, murmura-t-il enfin.

— Oui, dit-elle, encore plus bas.

— Je ne suis pas sûr de comprendre ce qui se passe, dit-il, s'efforçant d'adopter un ton léger.

— Je ne suis pas sûre de pouvoir te l'expliquer, répondit-elle. Je sais juste que j'ai été incapable de prendre ce vol. Donc, Sorcha a pris ma place à côté d'Eric. Et me voilà.

— Pourquoi ici ? Pourquoi n'es-tu pas retournée à l'auberge ?

— J'avais besoin d'un endroit où me poser, je voulais comprendre ce qui m'arrivait avant de te revoir.

— Et ça y est, tu as compris ?

— Non, loin s'en faut. Mais je ne lâche pas l'affaire.

— Y a-t-il quelque chose que je puisse faire pour t'aider ?

— Je n'en sais rien.

En deux foulées, il traversa l'espace qui les séparait et

prit son visage entre ses mains. Il commença à l'embrasser doucement, mais très vite ses baisers devinrent brûlants et passionnés. Il avait tant attendu ce moment depuis qu'elle était partie qu'il avait peur qu'elle ne soit qu'un produit de son imagination.

Quand enfin il s'écarta pour regarder son joli visage, il remarqua une trace de peinture bleue sur son menton.

— Tu peignais ? Qu'est-ce que tu peignais ? demanda-t-il.

Elle le saisit par la main et l'emmena vers la réserve, où il découvrit de nombreux châssis appuyés contre le mur et un chevalet près de la fenêtre.

— La lumière est très belle ici, expliqua-t-elle.

— Tu n'as pas chômé, plaisanta-t-il.

— Je voulais mettre à profit mon séjour ici, et puisqu'il n'y a pas d'agence de pub à Trall, j'ai décidé de me remettre à la peinture. A une époque, j'adorais ça.

— Pourquoi avais-tu arrêté, alors ?

— Ce n'était pas très pratique, je n'étais pas sûre de pouvoir gagner ma vie et j'ai préféré me concentrer sur quelque chose qui puisse payer mes factures. Mais je crois avoir un peu de talent… C'était le moment de le vérifier.

Il étudia avec attention l'un des tableaux.

— Ce n'est pas mal du tout. C'est bon, même, dit-il.

— C'est un avis objectif, ou tu dis ça parce que tu as encore envie de m'embrasser ? demanda-t-elle.

— Qui a dit que j'avais envie de t'embrasser ?

Le sourire qui retroussa les lèvres de la jeune femme lui réchauffa le cœur, comme si quelqu'un avait allumé un feu de tourbe à l'intérieur de ses entrailles. Voilà l'image du bonheur, songea-t-il : un simple sourire sur le visage de Claire.

— C'est un avis objectif, je le trouve beau, insista-t-il.

— Merci, moi aussi. Je ressens une impression de justesse, comme si c'était exactement ce que je devais faire.

— Je me suis toujours laissé guider pour cet adage : « Si ça sonne juste, fais-le », dit-il en s'approchant d'elle. Et maintenant qu'on a établi que j'étais un bon critique d'art, puis-je t'embrasser ?

Elle secoua la tête.

— J'ai réfléchi…

— De grâce, non ! Une discussion à propos du sexe qui commence avec ces mots ne laisse rien présager de bon. Il ne faut jamais réfléchir, il faut juste se laisser aller.

— Nous ne devons pas faire l'amour, déclara-t-elle. C'est à ça que j'ai réfléchi. Lorsqu'on s'est rencontré, je me suis lancée dans cette aventure avec toi avec l'idée de prendre du bon temps avant de repartir. A l'évidence, les choses n'étaient pas aussi simples. Maintenant, j'ai besoin de savoir que je reste pour quelque chose de plus consistant qu'un caprice passager. Et… j'ai besoin de m'assurer que tout cela n'est pas arrivé à cause de l'eau.

— Qu'est-ce que l'eau vient faire entre nous ?

— Te souviens-tu de la nuit de Samhain, de la bouteille dans la voiture ? Je l'avais remplie à la source magique.

— Je sais. Mais ce que tu ne sais pas, c'est que j'avais pris cette eau la veille et que je m'en étais servi pour préparer le remède que tu as bu pour ta gueule de bois. Cela dit, je ne crois pas à ses vertus magiques. Je sais de source sûre — sans jeu de mots — que c'est mon grand-père qui a lancé la légende de la fontaine pour attirer les touristes.

— C'est vrai ?

— Bien sûr. Ce n'est pas que je veuille te pousser à sauter la phase « apprenons d'abord à nous connaître ». Sincèrement, je ne pense pas que l'eau ait pu avoir une quelconque influence sur nos sentiments mutuels.

— Mon côté le plus pragmatique aurait tendance à te croire, répondit-elle, mais depuis que je t'ai rencontré, je ne suis plus sûre de grand-chose. Sauf qu'il m'était impossible de prendre ce fameux avion.

— C'est un début, dit-il, en enlaçant ses doigts avec les siens avant de l'embrasser sur la joue. Et un début important pour moi. Je suis heureux que tu sois là, Claire.

Ils se dévisagèrent longuement, immobiles. Et soudain, comme si quelqu'un avait tourné un interrupteur, Claire l'attira contre elle, plaquant son corps contre le sien. Elle glissa avec une détermination fiévreuse sa langue dans sa bouche, et il ne prit pas le risque de lui demander où était passée sa décision de ne pas céder au désir.

Avec l'urgence qu'une semaine d'attente avait nourrie, il commença à déboutonner sa blouse tachée de peinture. En un clin d'œil, ils se débarrassèrent de leurs habits, chemises jetées, pantalons enlevés d'un coup de pied impatient, sous-vêtements ôtés par leurs mains empressées.

Il fit glisser sa main sur le ventre lisse de Claire, vers les replis de son sexe qu'il trouva déjà humides et gonflés par le désir. Il y introduisit un doigt, et elle commença à onduler du bassin à la rencontre de ses caresses.

Comment avait-il pu imaginer qu'il lui serait possible de se passer d'elle ? s'étonna-t-il. Son corps lui était aussi nécessaire que l'air qu'il respirait. Et ce n'était pas la détente que le sexe apporte qui le rendait accro à elle, c'était la sensation d'appartenance qu'il ressentait lorsqu'il entrait en elle. Il ne voulait pas la posséder, non. Au contraire, il voulait se rendre à son emprise et lui appartenir, cœur et corps.

D'un mouvement impatient, elle écarta sa main de son sexe, et il sentit la peau infiniment douce de son ventre frôler son membre en érection.

Incapable de résister plus longtemps, il empoigna ses fesses à la rondeur parfaite et la souleva contre le mur, l'obligeant à enlacer ses hanches avec ses jambes pour garder l'équilibre. Elle se cramponna à ses épaules et s'écarta de lui légèrement, juste assez pour pouvoir le regarder dans les yeux.

Dieu, qu'elle était belle, les joues enflammées par le désir, les cheveux décoiffés autour de son visage ! Et ce sourire qu'elle esquissait maintenant, en équilibre dans ses bras, comme si elle avait tout planifié…

D'un coup de hanches, sans le quitter des yeux, elle s'empala sur son sexe tendu à l'extrême.

Un râle de plaisir jaillit de sa gorge comme un flux de sensations brûlantes envahissait son corps. Pour ne pas jouir sur-le-champ, il se concentra sur son visage. Les mains rivées à ses hanches, il guidait leur balancement, la pénétrant de coups de reins profonds qui le portaient au bord du gouffre, avant de reculer et de recommencer, encore et encore. Il se regarda dans ses yeux grands ouverts, s'enfonçant en elle de plus en plus fort, sans cesse à la limite du point de non-retour. Ils s'emboîtaient à la perfection, et lorsqu'elle serra les paupières, le visage contracté par l'intensité des sensations, il devina qu'elle allait atteindre l'orgasme. Il augmenta la cadence de ses mouvements, se régalant des gémissements de reconnaissance qu'elle exhalait à chaque poussée. Il sentait les sucs de son corps dégouliner sur son sexe, les contractions de son vagin serrer toute la longueur de son érection. Aucune femme au monde, jamais, ne pourrait le combler comme Claire pouvait le faire.

Il s'aperçut alors qu'ils n'avaient pas pensé au préservatif.

Mais il s'en fichait. « Si ça sonne juste, fais-le », pensa-t-il. Et en cet instant rien ne semblait plus juste ni plus nécessaire que se donner l'un à l'autre, sans ambages et sans barrières.

Les battements de l'orgasme de Claire contre son membre déclenchèrent le sien. Il cessa alors de se retenir, et la foudre d'un orgasme d'une intensité sismique le dévasta, balayant à son passage les restes de la tension accumulée pendant la semaine.

Haletant, les jambes en coton, il aida Claire, qui tremblait entre ses bras, à glisser au sol.

— As-tu une idée de ce que tu me fais ? demanda-t-il, niché dans la tiédeur du creux de son épaule.

— C'est ta faute, répondit-elle, le souffle entrecoupé. Nous n'étions pas censés aller si loin.

— Je suis désolé, je n'ai pas pensé au préservatif.

— Pas de souci de ce côté-là, dit-elle. Mais c'est mon plan « apprenons d'abord à nous connaître » qui en a pris un sacré coup.

— J'ai une idée, dit-il avec un demi-sourire. A partir de maintenant, nous allons garder nos distances. Je te promets de ne pas te toucher, sauf si c'est toi qui commences. D'accord ?

— Je crois que c'est le seul moyen d'arriver à démêler la véritable nature de nos sentiments.

— Bien sûr, dit-il, reculant, les mains en l'air, pour preuve de ses bonnes intentions. Je vais me tenir. Promis.

— Oh, j'assume ma part de responsabilité dans ce qui vient de se passer. Il faut juste qu'on montre un peu plus de détermination.

Il lui tendit sa blouse, pointant du doigt le téton rosé qui débordait de son soutien-gorge en dentelle.

— Tu veux peut-être garder ça pour toi ? Je t'aiderais avec plaisir, mais je crains que cela n'implique de te toucher.

Il sentait déjà le désir bouillonner de nouveau en lui.

— Ça ne va pas être facile, en ce qui me concerne, soupira-t-il.

— Pense à autre chose, suggéra Claire en se rhabillant.

— Facile à dire. Je n'y peux rien si je te désire dès que je pose les yeux sur toi. On n'arrête pas net ses envies, surtout lorsque le sexe est si bon.

— Débrouille-toi tout seul, alors.

Ce ne serait pas compliqué, car il lui suffirait de se la représenter nue et excitée sur lui pour jouir sans besoin d'autre stimulation. Claire voulait être sûre de ses sentiments envers lui ? Aucun problème, il pouvait attendre aussi longtemps qu'elle le déciderait, elle le valait largement. Quant à lui, il n'avait aucun doute sur ce qu'il ressentait, mais il ne le lui dirait que lorsqu'elle serait prête. Ensuite, ils auraient le reste de leurs vies pour explorer l'étendue du désir qu'ils avaient entr'aperçu quelques minutes plutôt.

Le carillon de la porte sonna, et Claire leva les yeux du collier qu'elle enfilait.

— Bonjour, dit-elle à Mary Kearney qui venait d'entrer, une boîte en carton entre les mains.

— Bonjour, Claire, salua la boulangère. Will m'a chargée ce matin de vous apporter ceci. Il est charmant, notre Will, n'est-ce pas ?

Ah, la vie à Trall, où chaque voisin pensait bien faire en se mêlant de la vie des autres !

— Oui, admit-elle en souriant. Il est adorable.

— Tenez ! dit Mary en posant la boîte devant elle. Des scones aux raisins et au fromage.

— C'est très gentil, merci beaucoup.

— Remerciez Will, plutôt. Vous savez, votre retour a

beaucoup fait parler, ici, à Trall. On adore les cancans, nous autres.

— Et qu'est-ce qu'on dit, ici, à Trall ? demanda-t-elle, ouvrant la boîte pour attraper un petit pain.

— Eh bien, vous savez, nous l'aimons tous beaucoup, notre Will, et nous ne l'avons jamais vu aussi heureux. Oh, que non ! C'est bien à cause de vous, on se doute. Mais nous nous faisons aussi du souci.

— Je vois. Vous avez l'impression que nous ne nous voyons pas assez, c'est ça ?

— C'est tout à fait ça.

D'accord, elle comprenait maintenant le but de cette visite. Chacun au village avait pu les voir, elle et Will, au marché, dînant au pub, jouant aux fléchettes, se promenant sur la plage lorsqu'il faisait beau… Mais ces braves gens n'avaient pas manqué non plus d'observer qu'ils ne passaient pas leurs nuits ensemble.

Et dire qu'à Chicago elle connaissait à peine le visage de ses voisins de palier !

— Vous n'avez pas à vous inquiéter pour notre relation, je vous assure.

— Bon, bon, bon. Vous les aimez, mes scones ?

— Délicieux !

— Je fais aussi des gâteaux de mariage, très bons aussi à ce qu'on dit. Si jamais ça peut vous donner des idées ! Les jeunes ne restent plus ici, à Trall, c'est pourquoi nous sommes tous si contents pour Will et vous.

— Je garde ça dans un coin de ma tête, Mary, même si nous n'avons pas encore parlé de nous marier. Mais je vous assure que vous le saurez, le moment venu.

— Pour sûr que je le saurai ! répondit Mary avec un grand sourire. Je vais m'en aller, passez déjeuner un jour, cette semaine.

Claire soupira en regardant la porte se refermer. Il y avait des chances que les habitants du village fixent la date de leur mariage avant que Will et elle aient eu la moindre discussion à ce sujet. Sujet que d'ailleurs ils évitaient soigneusement, aussi soigneusement qu'elle tenait Will éloigné de son lit.

Elle ne put empêcher un sourire béat de lui monter aux lèvres. Will était adorable. Elle s'était demandé si leur relation allait se ressentir de sa décision de ne pas coucher avec lui pour un temps, mais au contraire ce n'était devenu que plus intense. Dès que Will lui frôlait la main, sa tête s'emplissait de toutes sortes de fantasmes inavouables.

Les clochettes de la porte tintèrent de nouveau.

— Coucou, Claire, salua Annie Mulroony.

— Bonjour, Annie.

— Je voulais te dire que Sorcha a appelé ce matin. Elle s'éclate à New York, d'après ce qu'elle dit. Elle m'a demandé tout un tas de choses qu'elle voudrait que tu lui envoies, si tu le peux.

Elle lut la liste qu'Annie lui tendait.

— Aucun souci, sauf pour ces herbes... Là-dessus je vais vous demander de m'aider, je ne m'y connais pas assez.

— Alors, tout va bien, avec Will ?

Oh, non. C'était reparti !

— Très bien, oui, répondit-elle, un peu sèche.

— J'ai remarqué que tu ne dormais pas à l'auberge. Je voulais te rappeler qu'en tant qu'infirmière je m'occupe aussi du planning familial, ici à Trall. Tu peux te confier à moi, si tu as des questions à ce sujet.

— Je n'ai pas de souci de ce côté-là.

— Tant mieux, tant mieux. Même si tout le monde sur l'île serait ravi de voir arriver un petit Donovan. Mais bon, si tu préfères accoucher dans une véritable maternité, la clinique de Limerick est vraiment très bien, et je t'assure, je ne me vexerai pas, même si j'ai aidé à venir au monde deux cent quatorze natifs de Trall.

— Je garde ça dans un coin de ma tête, Annie, dit-elle avec le meilleur sourire qu'elle arriva à composer. J'envoie tout ça à Sorcha.

Trop, c'était trop ! pensa-t-elle lorsque Annie prit congé. Si ça continuait comme ça, quelqu'un ne tarderait pas à passer cette porte pour lui expliquer comment fêter le dixième anniversaire de son fils !

Le carillon sonna une troisième fois un quart d'heure plus tard, et elle leva la tête, prête à dire à quiconque de s'occuper de ses affaires. Mais c'était Will qui se tenait devant elle, son sourire craquant aux lèvres.

— Je vais à la boulangerie. Veux-tu quelque chose ?

— Merci, dit-elle en lui montrant la boîte de scones, Mary est passée ce matin. Elle s'est proposée pour confectionner notre gâteau de mariage ! Ensuite, c'était Annie Mulroony qui voulait me conseiller sur les méthodes contraceptives.

— Ma pauvre ! compatit-il. Je suis désolé. C'est la vie de village, ça. Et tu sais la meilleure ? Le bruit court que nous avons des problèmes au lit.

— J'ai cru le comprendre, gloussa-t-elle. Toute l'île s'en inquiète !

Will contourna le comptoir pour venir l'enlacer par la taille. Il la serra contre lui d'une façon irrésistible, et sans pouvoir s'en empêcher elle se colla à lui.

Il lança un rugissement de frustration.

— Attention à toi, Claire O'Connor. Si tu veux que je respecte les règles, veille à ne pas réveiller la bête.

— Tu as raison, dit-elle en s'écartant. On a décidé de suivre un plan, maintenant il faut s'y tenir.

— On a décidé ? *Tu* as décidé ! protesta-t-il en glissant les mains sous sa chemise pour lui caresser le dos. Tu pourrais au moins me laisser aller jusqu'à la deuxième base ? Je pourrais même ignorer les règles, et sauter la troisième pour tomber direct sur la quatrième.

— Il n'y a pas de quatrième base, rectifia-t-elle.

— Coucher ensemble n'est pas la quatrième ?

— Non, ça c'est un *home-r*...

Elle ne put finir sa phrase, car les lèvres de Will vinrent l'étouffer. Ses grandes mains lui caressaient le visage et sa bouche chaude commença à tracer une ligne de baisers depuis sa bouche vers le lobe de son oreille...

— Je crois qu'il est temps que tu t'en ailles, dit-elle, malgré l'envie pressante de se laisser aller dans ses bras.

— Combien de temps allons-nous attendre ? demanda Will. Je n'en vois pas vraiment le besoin.

— Car tu ne penses qu'au sexe ! Je crois que nous devons nous en tenir au plan et apprendre à nous connaître un peu mieux avant de recoucher ensemble.

— Viens dîner ce soir à l'auberge, je veux discuter avec toi de cette histoire de la deuxième base. J'adore apprendre le base-ball avec toi, dit-il en lui déposant un baiser sur la pointe du nez. Je t'attends à 19 heures. Sois ponctuelle !

Elle l'accompagna jusqu'à la porte et ferma le loquet derrière lui.

Le grand jour était venu, décida-t-elle. Pourquoi continuer à faire attendre Will ? Ces quelques jours de réflexion n'avaient fait que confirmer ce qu'elle avait compris dès qu'elle l'avait revu : elle était amoureuse de lui, et coucher ou ne pas coucher ensemble ne changeait rien à ses sentiments. C'était absurde de passer leurs nuits loin l'un de l'autre.

Elle monta à l'étage. Elle allait faire un petit somme, afin d'être en pleine forme le soir, puis prendrait son temps pour se pomponner en bonne et due forme pour la nuit qui s'annonçait.

Il allait y avoir un sacré match, cette nuit à Trall, se dit-elle. Elle allait montrer à Will comment se prenait une fille de Chicago lorsqu'elle était décidée à marquer un *home-run.*

9

— Marmite aux saucisses ? Tu aurais pu trouver un menu plus romantique, grogna Katie, le nez plissé au-dessus de la cocotte. Ça, c'est bon pour une bande de gars devant un match de football à la télévision.

— Les saucisses aux oignons peuvent être très romantiques, si l'on sait les marier au bon nectar, répliqua-t-il, brandissant une bouteille de Guinness.

— Tu essaies de faire fuir Claire, ou quoi ? Nous l'aimons tous, Will Donovan, et si tu fais l'idiot avec elle, tu risques de te mettre toute l'île à dos !

— Je sais ce que je fais, répondit-il. Vous pouvez cesser de vous faire du souci pour ma vie privée.

— C'est juste que Claire et toi paraissiez si proches, et ensuite il y a eu toutes vos allées et venues... Et maintenant, vous ne... Bref, je ne fais plus qu'un côté de ton lit !

— Nous prenons un peu de temps, expliqua-t-il, excédé. Explique aux voisins que je fais mon possible pour convaincre Claire de s'installer avec moi.

— Tu as intérêt ! Mais je doute que tu y parviennes, avec ton plat de saucisses, ronchonna Katie en décrochant sa veste du portemanteau. Il y a une tarte aux pommes au réfrigérateur. Tu lui offriras au moins un dessert correct. Et allume quelques bougies, cette pièce n'a rien de romantique.

Il referma derrière elle et jeta un œil à sa montre. Claire devrait arriver dans dix minutes.

Juste le temps pour lui de passer son plus vieux jean et un T-shirt, songea-t-il.

Ces deux dernières semaines s'étaient apparentées pour lui à une longue période de torture. Si, sur le coup, il avait accepté le plan de Claire, très vite il avait compris que ce retour en arrière artificiel qu'elle prônait finirait par le rendre marteau. Après avoir partagé de tels moments d'intimité ineffables avec elle, sa seule envie, c'était de replonger la tête la première dans cette folie douce. Cependant, jour après jour, il s'était répété à longueur de temps que lorsqu'ils referaient enfin l'amour, ce serait incroyablement intense, et il s'était cramponné comme un naufragé à un seul espoir : au bout du chemin, Claire serait dans sa vie, dans ses bras, pour toujours.

Mais ce matin, son corps et son cœur avaient décidé que quinze jours suffisaient amplement. Ce soir, Claire dormirait de nouveau dans son lit, et cela, à sa demande à elle, il en faisait son affaire. Il comptait attiser son désir en lui laissant croire que le sexe ne l'intéressait plus. Un plan quelque peu retors, mais quinze jours à l'attendre, c'était éreintant.

Il alla dans sa chambre et fouilla à la recherche de vieux vêtements. Une fois habillé, il s'examina dans le miroir de la salle de bains, passa la main sur sa barbe qu'il n'avait pas pris la peine de raser depuis trois jours et s'ébouriffa les cheveux.

Pas rasé, pas coiffé… Satisfait de son apparence de parfait pantouflard ramollo, il retourna dans la cuisine pour ouvrir la bouteille de bière.

— Bonsoir ? Will ? appela Claire depuis l'entrée.

— Je suis là, répondit-il. Dans la cuisine.

Quelques secondes plus tard, elle pénétra dans la pièce, décoiffée et les joues rosies par les bourrasques.

Il s'approcha et l'aida à enlever son manteau. Il se pencha vers elle pour déposer un baiser chaste sur sa joue.

— Bonne journée ? demanda-t-il.

Claire se tourna pour le regarder, et il eut du mal à contenir son envie de s'offrir l'un de ces baisers longs, profonds et excitants qui précédaient leur envol vers le septième ciel. Mais il se contint. Pour étriper le plan farfelu de Claire, il fallait qu'il tienne bon.

— Très agréable, répondit-elle. J'ai fait un colis pour Sorcha, et quelques bijoux pour la boutique. J'ai commencé une nouvelle peinture, et ensuite je me suis préparée pour venir ici.

— Tu es magnifique, commenta-t-il, lorgnant sur son chemisier au décolleté orné de perles, dans un coton si léger qu'il reconnut par transparence le soutien-gorge affriolant qu'elle portait et auquel il lui était pourtant interdit de toucher, comme à ce qu'il y avait en dessous.

Pas pour longtemps, espéra-t-il en voyant les coins de la bouche de la jeune femme se relever timidement à son compliment.

— Merci, sourit-elle. Mais ce n'est pas à moi. Je l'ai trouvé dans l'armoire de Sorcha.

— Si tu prévois de demeurer sur l'île, tu devras certainement te faire envoyer des affaires, suggéra-t-il.

— Certainement. Que nous as-tu mijoté ? s'enquit-elle en allant jeter un œil dans les casseroles.

— Rien de spécial, dit-il, planté devant le frigo. Que veux-tu boire ? De la Guinness ?

— Aurais-tu du vin ? J'ai vu une bouteille de champagne au réfrigérateur. Des bulles, ça me dirait bien…

— Je la gardais pour une occasion particulière, lança-t-il.

Ouch, le goujat ! Mais à la guerre comme à la guerre, se dit-il pour étouffer ses scrupules.

Il prit une bouteille de vin déjà entamée et lui en servit un verre.

— J'ai pensé que l'on pourrait faire un jeu, pour passer le temps, annonça-t-il d'un ton nonchalant.

— Un jeu ? s'étonna-t-elle. Comme… « Je n'ai jamais », par exemple ?

— J'ai sorti le Scrabble. On pourrait en faire une partie avant le repas.

— Tu veux jouer au Scrabble ? demanda-t-elle, avec une lueur de déception visible dans ses yeux.

Excellent ! Si elle désirait changer le cours de la soirée, elle n'avait qu'à s'en donner les moyens.

— Tu m'avais dit que tu aimais, non ? Nous pouvons faire un backgammon, si tu préfères.

— Non, répondit Claire avec un sourire forcé. Un Scrabble, ce sera… amusant.

— Parfait, je suis prêt.

Ils passèrent dans le salon, où il avait installé le jeu sur une petite table près du feu.

— Tu sais, c'est vraiment agréable de pouvoir passer une soirée paisible sans penser à tu sais quoi, commenta-t-il.

— A quoi ?

— Au sexe, lâcha-t-il, tâchant de paraître détaché. A vrai dire, je n'y ai pas songé depuis des jours ! Grâce à ton plan, j'ai appris à réordonner mes priorités concernant notre relation.

— C'est vrai ?

Son manège commençait à déstabiliser Claire, observa-t-il avec satisfaction. La méthode n'était pas douce, mais après tout, il était temps qu'elle apprenne pour de bon à se laisser porter par ses désirs, sans suivre une feuille de route soigneusement établie au préalable.

— J'adore le Scrabble, reprit-il. Nous devrions peut-être en prévoir une pratique régulière. Par exemple, soirée Scrabble tous les samedis. Qu'en dis-tu ? C'est une bonne idée, non ?

— Peut-être pas tous les samedis, répondit-elle, effarée. D'autres activités pourraient nous intéresser, certaines fois.

— D'accord, mais s'il n'y a rien qui nous attire, nous jouerons au Scrabble, conclut-il en lui tendant le sachet de jetons. Le plus près du A commence.

Ce fut Claire qui y parvint, et ils piochèrent chacun sept lettres.

— « Dés » : cinq points, annonça-t-elle en plaçant ses pions sur le plateau. Dix avec le « mot compte double ».

— Et moi, j'ajoute un I et un R. « Désir » : sept.

— Hum. « Dent » : six.

— « Sexe », lança-t-il en prenant trois lettres de son jeu. Treize, le X vaut cher !

— Je vois ce que tu as derrière la tête, sourit-elle.

— Absolument pas, se défendit-il. C'est bizarre, mais je ne pense plus à cela. Ce sont juste les lettres que j'ai prises dans le sac.

— Tu ne penses plus au sexe ?

— A ton tour, répondit-il en remuant la tête négativement.

— Et pourquoi ? reprit Claire. Ce n'est pas parce que nous ne couchons plus ensemble que tu ne dois plus y penser !

— Tu sais, je me sens mieux depuis que ça m'est sorti

de la tête, répondit-il étudiant son jeu. Finalement, cela a été assez facile, et en fait cela ne me manque pas du tout.

Claire sembla reporter son attention sur son chevalet.

— « Rue », annonça-t-elle. Trois.

— « Orgasme », dit-il en alignant ses jetons. C'est bête, à une lettre près, je remportais les cinquante points de bonus. Mais oui ! J'avais deux S. Des orgasmes multiples ! Ça fait soixante-deux. Pas mal, hein ?

Il prit la feuille des résultats posée devant Claire.

— Tu as dix-neuf points. Et moi ? Quatre-vingt-deux !

— « Pin », annonça Claire, tentant de cacher son désarroi. Lettre compte triple. Huit.

— « Jouer », dommage que le I...

— Sinon tu aurais fait « jouir » c'est ça ? Je crois que je ne suis pas d'humeur pour un Scrabble, lâcha-t-elle en se levant.

— Tu préférerais le backgammon ? Les échecs ? Tu sais jouer aux échecs ?

— Nous pourrions juste nous détendre en discutant un peu, proposa-t-elle en allant s'installer sur le canapé.

Parler du temps, voilà un sujet qui devrait la mettre hors d'elle, songea-t-il. Rien de plus rasoir que la météo d'automne à Trall. Pluie, vent, pluie, brouillard, pluie...

— Il a fait beau, aujourd'hui, n'est-ce pas ? papota-t-il en étirant ses jambes devant lui. Pas trop froid. En général, il pleut plus à cette saison.

— Je ne sais pas, vu que c'est mon premier séjour ici.

— C'est vrai, acquiesça-t-il. Tiens, sais-tu que Mary Kearney repeint la boulangerie ? En bleu pâle, m'a-t-elle dit.

— Tu sais, j'ai un peu la migraine, tergiversa Claire en se massant les tempes.

— Veux-tu de l'aspirine ?

— Non, non. C'est sûrement le vin. Je crois que je suis juste fatiguée. Je devrais peut-être… aller me coucher.

Idée intéressante, songea Will. Espérait-elle qu'il l'invite dans son lit ?

— Oh, ma pauvre. Veux-tu que je t'accompagne chez toi ? offrit-il finalement.

— Non, trancha-t-elle. Je peux me débrouiller, merci.

— Veux-tu emporter une part du souper, pour plus tard ?

— Non, merci, murmura-t-elle, déboussolée. Je t'appelle demain.

Il la regarda filer vers la cuisine, et quelques instants plus tard la porte de derrière claqua. Un peu trop fort.

— Comme sur des roulettes, se dit-il.

C'était un coup bas dont il n'était pas très fier, mais, songea-t-il, sans un électrochoc le plan de Claire aurait pu se prolonger encore des mois. Et il refusait de gâcher leur temps avec des balivernes platoniques. Il adorait tout en elle, son corps inclus, et il n'y avait aucune honte à cela.

Il jeta un œil à sa montre. Elle allait revenir, il en était persuadé. Elle allait rentrer chez Sorcha, réfléchir à ce qui venait de se passer, et décider après une heure ou deux qu'elle en avait assez. Et alors, enfin, leur vie ensemble pourrait commencer.

Claire quitta l'auberge en faisant crisser les pneus de la Volvo, à mi-chemin entre le rire et les larmes. Elle était retournée à Trall dans le but de déterminer si sa relation avec Will pouvait durer, car après Eric elle ne pouvait imaginer pire que de replonger dans une histoire d'amour à sens unique. Et maintenant, ce qu'elle redoutait le plus était en train de se produire : Will ne s'intéressait plus à elle !

Elle devrait être contente, se fustigea-t-elle sur le chemin du village. Elle l'avait découvert avant que cela puisse lui briser le cœur.

Avant ? « Tu parles ! » Son cœur était déjà en ruines.

Qu'allait-elle faire ? Elle avait décliné le job de sa vie à New York pour demeurer sur l'île, et à part sa famille il ne lui restait plus rien à Chicago. Mais comment avait-elle pu être folle au point de déménager à l'autre bout du monde pour un homme qu'elle connaissait à peine ?

Une fois dans l'appartement, elle quitta sa veste, envoya valser ses chaussures et se réfugia sous les couvertures. Elle avait si bien planifié sa vie avec Eric qu'il l'avait quittée au bout de trois ans. Maintenait, Will se détournait d'elle à peine un mois après leur rencontre. A ce rythme, sa prochaine histoire d'amour devrait tenir trente secondes, grand maximum.

Elle se recroquevilla sous la couette et ferma les yeux.

Son esprit fut assailli d'images de Will, nu et excité. Ils n'avaient pas fait l'amour depuis deux semaines, des siècles en ce qui la concernait ! Et maintenant, au simple souvenir de ce qu'ils avaient partagé, son corps était submergé par une vague de désir. Tout, entre eux, avait été si… parfait.

Peut-être aurait-elle dû monter dans ce fichu avion pour New York ? Peut-être aussi son instinct ne s'était-il jamais trompé. Ce n'était qu'un flirt de vacances, une bougie soufflée aussi vite qu'elle s'était enflammée.

Elle gémit et enfouit sa tête sous l'oreiller. Malgré ces idées affreuses, elle refusait d'y croire. Ce qu'ils avaient vécu ensemble était plus qu'une histoire de sexe. Il y avait une attraction plus forte, plus profonde…

La sonnerie du téléphone vint rompre ces sombres pensées.

Et si c'était Will ? Non, sa grand-mère avait l'habitude de l'appeler vers 9 heures, le soir, entre son feuilleton et la préparation de son repas. Lui parler lui ferait du bien.

Elle s'extirpa du lit pour aller décrocher.

— Allô ?

— Claire ? Bonjour des Etats-Unis !

— Bonsoir, Sorcha, dit-elle en reconnaissant la voix.

— J'espère que tu ne dormais pas. Je ne voulais pas te réveiller.

— Il n'est que 9 heures.

— J'ai du mal avec le décalage horaire, reprit Sorcha. Voilà ce que c'est de n'avoir jamais voyagé.

— Alors, New York ?

— C'est merveilleux ! Il a neigé hier, et c'est bientôt Thanksgiving ! D'après Eric, je dois cuisiner une dinde farcie, donc j'ai pensé qu'il valait mieux t'appeler à l'aide.

— Bien sûr, dit-elle. L'année dernière, je ne m'en suis pas mal sortie du tout.

— Ah ! Et j'ai pris le métro, hier ! J'ai pu me promener partout. Eric m'a montré la statue de la Liberté et l'Empire State Building. Il est adorable avec moi. Et j'adore la pizza. Pourquoi les Américains n'en mangent-ils pas pour Thanksgiving !

— Et comment va Eric ?

— En pleine forme. Il m'a présenté ses amis, continua Sorcha. Et toi ? Raconte ! comment vont les choses avec Will ? Vous n'êtes pas déjà mariés, j'espère ? Je compte bien être votre demoiselle d'honneur, ou, mieux, célébrer moi-même la cérémonie. J'adorerais.

— En fait, les choses sont loin d'aller aussi bien que de ton côté, répondit Claire, la gorge serrée. Je crains de ne plus intéresser Will. J'aurais mieux fait de prendre l'avion avec vous.

— Will, se désintéresser de toi ? rit Sorcha. Allons, il est fou de toi ! Quand bien même une grosse verrue pousserait demain sur ton nez, il te considérerait encore comme la plus belle femme du monde.

— C'est que... Nous prenions juste un peu de recul afin de mieux apprendre à nous connaître.

— Mais quelle drôle d'idée, bon sang ! Pourquoi feriez-vous cela ?

— Je pensais que..., soupira Claire. C'était une idée idiote, je sais. Mais tout allait si vite... Et maintenant, il n'a plus envie ni de sexe ni de moi.

— Impossible, protesta Sorcha. Il doit être mal luné. Tu devrais le secouer, plutôt.

— Mais comment ?

— Va à l'auberge, déshabille-toi et rejoins-le dans son lit. Je suis sûre que tout s'arrangera. Sinon, j'ai une réserve d'eau du Druide dans l'armoire. Offre-lui une tasse de thé, et il sera à toi.

— Ah non, pas ça ! C'est cette eau qui m'a mise dans le pétrin.

— Comme tu veux. Mais si vous n'êtes pas faits l'un pour l'autre, alors je ne vois pas qui peut l'être.

— Peut-être devrais-je aller lui parler. Je ne supporte pas cette confusion. Et si vraiment tout est fini, je dois le savoir pour reprendre ma vie en main.

— Vas-y dès ce soir. Et après une nuit d'amour torride, peux-tu trouver mon manteau bleu et mes bottes noires et les donner à ma mère ? Elle va m'envoyer mon savon et ma confiture préférés, que je n'arrive pas à trouver ici.

— D'accord, je te prépare cela demain.

— Tu sais, je pourrais peut-être essayer un sortilège, mais je ne sais pas si ça peut marcher à distance.

— Non, merci, je vais me débrouiller avec mes propres moyens. Ecoute, pour la dinde…

Elle discuta encore quelques minutes avant de raccrocher.

De nouveau seule avec ses pensées, elle jeta un regard sur l'appartement, soudain froid et inhospitalier. Mais qu'est-ce qu'elle fichait ici, à broyer du noir ? se gronda-t-elle, en enfilant sa veste. Autant agir, tirer les choses au clair ! Si Will ne s'intéressait plus à elle, elle n'avait aucune raison de rester à Trall.

Elle roula à toute vitesse jusqu'à l'auberge.

A sa grande surprise, elle trouva la porte fermée à clé.

— Saleté de porte ! cria-t-elle en tambourinant dessus à s'en faire mal aux mains.

Elle n'attendit pas longtemps avant de voir Will apparaître sur le seuil, vêtu seulement d'un jean.

— Tu en as mis du temps, murmura-t-il, l'air ensommeillé, lui prenant la main pour la faire entrer.

— Il faut que nous parlions, lança-t-elle, sans parvenir à cacher les émotions qui la submergeaient.

— Non, il ne le faut pas, répondit-il avec un grand soupir.

Il prit son visage entre ses mains et l'embrassa, sa bouche tiède et humide sur la sienne dans un baiser langoureux qui la ramena à la vie.

— Voilà qui est mieux, dit-il en avançant vers l'intérieur. Tu viens ?

— Venir où ? demanda-t-elle.

— Mais au lit. C'est pour cela que tu es ici, n'est-ce pas ?

— Je suis ici pour parler avec toi. De nous.

— Non, non, non. Pas question de parler. Nous allons

nous coucher et tu parviendras à tes fins avec moi. Ou moi avec toi. Nous pourrons toujours discuter demain.

— Tu ne peux pas me forcer à coucher avec toi ! s'insurgea-t-elle.

— Je ne te force pas, je t'invite, précisa Will. Si tu viens, je te promets que tu ne le regretteras pas.

— Mais... et que devient notre plan ?

— *Ton* plan, tu veux dire. Je déteste *ton* plan. J'ai plein d'amis, Claire, et je vais boire une bière avec eux de temps à autre. Quand je pense à toi, je ne te vois pas en amie. Je vois la femme que j'aime.

— Tu m'aimes ?

— A ton avis ? Evidemment, que je t'aime. Crois-tu, sinon, que je me serais plié à ton plan stupide pendant deux fichues semaines ? Je te veux à mes côtés chaque jour et chaque nuit. Je ne veux pas jouer au Scrabble ni parler de la pluie et du beau temps. Je veux me coucher en te tenant dans mes bras et être complètement heureux ! Y a-t-il quelque chose qui cloche là-dedans ?

— Non, rien, souffla-t-elle.

— Parfait. Et à partir de maintenant, je pense que nous devrions décider de ne plus jamais rien planifier.

— Tu as raison, murmura-t-elle. Les choses allaient bien mieux lorsqu'elles étaient inspirées par la spontanéité. Je... je suppose que nous pouvons essayer.

— Viens au lit avec moi, Claire.

Tremblant à l'avance, bouleversée par le désir qu'elle pouvait lire dans ses yeux, elle se laissa guider docilement jusqu'à la chambre, sans opposer aucune résistance lorsqu'il l'assit sur le lit et commença à la déshabiller.

— Voilà comment ça doit être entre nous, dit-il, se penchant pour poser les lèvres sur le bout de son sein.

— Je suis désolée, murmura-t-elle, le souffle entrecoupé

par l'effet de ses caresses. J'ai eu peur. Et lorsque j'ai peur, je deviens complètement idiote.

— Dieu merci pour cela, répondit-il. Tu es venue à Trall avec l'idée la plus farfelue qui soit, mais c'est la meilleure chose qu'il me soit jamais arrivé.

— C'est vrai ?

— N'aies plus peur, Claire, dit-il en venant s'asseoir à côté d'elle. Je ne te blesserai jamais, je te le promets. Jamais.

— Je n'arrêtais pas d'envisager le pire, et en même temps je voulais y croire... Que nous deux, c'était pour toujours.

— Tu ne devrais pas réfléchir autant, chuchota-t-il aux creux de son oreille.

— Tu n'as pas pensé à nous ?

— Je pense à la douceur de ta peau, au plaisir d'entendre ton rire, de pouvoir t'embrasser dès que je le veux. A ta beauté quand tu es nue. Quand tu es habillée, aussi. Je pense à ta délicatesse, à ta façon unique de voir les choses, ce regard particulier qui me révèle qui tu es au plus profond de toi... Mais, le plus souvent, quand je suis près de toi, je ne pense pas, je ressens.

— J'ai failli tout ficher en l'air, n'est-ce pas ?

— Rien d'irréparable. Mes sentiments n'ont pas changé en quinze jours, la rassura-t-il. Et les tiens ?

— Non, répondit-elle en remuant la tête.

— Voilà, ce n'était pas si difficile. Si ? demanda-t-il en la serrant encore plus fort contre lui. Et dis-moi, lequel a eu le dernier mot : le Scrabble ou la météo locale ?

— A dire vrai, rit-elle, c'est ton commentaire au sujet de la façade de la boulangerie qui m'a atterrée.

— Je l'ai inventé, avoua-t-il dans un éclat de rire.

— Mais tu savais que je reviendrais ce soir, n'est-ce pas ? Tu m'attendais.

— J'espérais que tu reviendrais. Sinon, j'aurais débarqué chez Sorcha à minuit pour plonger dans ton lit.

— Ton lit est meilleur. Il est plus grand. Et plus confortable. Mais ne l'avais-tu pas promis à Sorcha ?

— Elle a pris Eric à la place, répondit-il, la prenant par la taille pour l'allonger.

Ses jambes emmêlées aux siennes, elle commença à frémir comme les mains savantes de Will parcouraient sa peau, et joua à imiter ses gestes, sidérée d'apprendre sous ses caresses que tout son corps était devenu érogène.

Enhardie, elle referma sa main autour du sexe dur et chaud de Will et se régala du râle contenu qu'il laissa échapper, sans cesser de le caresser de haut en bas, lentement, tentant de ne pas se laisser déconcentrer par les sensations affolantes que la main de Will lui procurait en s'enlisant dans les boucles humides de sa toison pubienne. Dieu, cet homme semblait posséder une carte de son sexe sur le bout des doigts, pensa-t-elle lorsqu'il frôla de son pouce une certaine zone.

Une envie urgente de le sentir en elle envahit son ventre, et elle se releva pour se hisser à califourchon sur ses cuisses. Will la regarda, les yeux noircis par le désir.

Elle fit onduler son bassin pour que l'orée humide de son sexe accueille millimètre à millimètre le gland tumescent de Will, et elle se laissa glisser très lentement sur toute la longueur de sa verge large et puissante.

— Oh, gémit-il. Ça, c'est nous ensemble. L'accord parfait.

Elle se mit à bouger au-dessus de lui, s'éloigna jusqu'à ce qu'il soit presque sorti d'elle, puis redescendit. Elle contrôlait le rythme et la profondeur de sa pénétration, même si son cœur cognait contre sa poitrine et qu'elle avait du mal à respirer. Sur le visage de Will, elle lisait les efforts qu'il déployait pour ne pas lâcher prise. Elle se pencha sur lui et, de sa langue, dessina sa lèvre inférieure.

Will enfonça ses mains dans ses cheveux et la maintint contre lui, dans un baiser profond et envoûtant qui parut l'amener plus près encore de l'orgasme. Il lui saisit les hanches pour essayer de l'immobiliser, mais elle l'en empêcha. Elle voulait le voir capituler.

— Claire, non, souffla-t-il comme elle bougeait toujours au même rythme. Mon Dieu, Claire, ralentis !

— Je ne peux pas, gémit-elle. J'ai trop besoin de toi.

Elle l'embrassa de nouveau et sentit alors tous les muscles de Will se contracter. Un instant plus tard, il explosa dans un orgasme puissant, son corps tendu et traversé de spasmes comme il éjaculait. Alors, et seulement alors, elle abandonna son corps à l'emprise de la jouissance, le visage enfoui dans la courbe de son cou, respirant à pleins poumons son odeur.

Jusqu'à cet instant, elle ne parvenait pas à imaginer qu'ils étaient ensemble pour la vie. A présent, elle pouvait y croire. Tous les rêves qu'elle avait faits — son gentil mari au salaire confortable, ses deux enfants en école privée, la belle maison dans la banlieue chic —, tout cela semblait appartenir à une autre vie, à une autre femme. Une femme qu'elle avait quittée en posant le pied sur l'île.

— Tout va bien, maintenant ? murmura Will, sa main caressant ses cheveux.

— Oui, dit-elle, radieuse, se redressant sur un coude et le regardant dans les yeux. Tout va très bien, maintenant.

Will remplit un verre de jus d'orange et étala de la confiture de fraises sur un toast.

Malgré ses discours en faveur du petit déjeuner irlandais

— œufs, saucisses, far au bacon et, bien entendu, pommes de terre —, Claire s'accrochait à ses habitudes américaines.

Il sourit pour lui-même.

Comme il aimait découvrir ces petits détails la concernant, sa manière de tapoter son oreiller avant de dormir, d'entortiller une mèche de ses cheveux quand elle lisait… Il découvrait aussi sa capacité à dormir comme un loir malgré l'heure avancée de la matinée. Lui, en revanche, il aurait pu courir dix miles sans s'arrêter, bien qu'ils n'aient dormi qu'une heure ou deux. Il se sentait vivant, revitalisé, prêt à dévorer le monde.

Leur nuit n'avait été que caresses, plaisir et jouissance qui renaissait comme un phénix des cendres du dernier orgasme. Il se demandait d'ailleurs combien de temps ils tiendraient à cette cadence folle avant de devoir faire appel au service de réanimation, mais il brûlait de le découvrir. Il s'étonnait de l'endurance de son propre désir. A chaque contact, il en voulait plus encore. Il lui semblait que sa soif d'elle ne s'étancherait jamais, qu'il ne pourrait jamais connaître son corps totalement, jamais savoir comment elle allait réagir à une nouvelle façon de lui faire l'amour. Il voulait un futur avec elle et ferait l'impossible pour y parvenir, se promit-il.

Son voyage à Dublin avait été une fuite, qu'il avait mise cependant à profit pour examiner les opportunités professionnelles qui s'y trouvaient. Bien qu'il ait de quoi vivre pendant plusieurs années, il avait besoin d'avoir une activité pour occuper son esprit, pour l'instant focalisé sur Claire nuit et jour.

Claire aussi, il le savait, avait besoin de satisfaire ses ambitions. Elle s'était lancée dans la peinture et était impatiente de mettre ses talents à l'épreuve. Mais l'île n'offrait que quelques jolis sites et une clientèle très restreinte. Ils devaient quitter Trall afin qu'elle puisse s'épanouir dans tous les domaines.

Il avait déjà réfléchi à toutes les options possibles. Dublin, s'ils voulaient rester en Irlande, avec des week-ends dans la maison du comté de Kerry. Il y avait Londres, aussi, si Claire souhaitait un lieu plus sophistiqué, ou même Paris, capitale internationale de l'art. Ils pouvaient également retourner aux Etats-Unis. Il serait plus qu'heureux de vivre à Chicago, du moment qu'il y vivrait avec Claire. Ou à New York.

Il avait fini de préparer le thé lorsque la sonnette retentit. A 10 h 30, un lundi matin ? Si Dickie O'Malley voulait prendre son bain mensuel, il devrait aller se faire voir ailleurs.

Mais, lorsqu'il ouvrit la porte, au lieu du redoutable profiteur de salles de bains, il tomba sur une dame âgée qui se tenait sur les marches, ses bagages à ses pieds.

— Bonjour, dit-il.

— C'est donc vous, n'est-ce pas ? interrogea l'inconnue sans autre préambule.

— Cela dépend, répondit-il.

— N'êtes-vous pas l'homme qui m'a volé ma petite-fille ?

— Ah, lâcha-t-il, le souffle coupé. Vous voulez parler de Claire ? Etes-vous Orla O'Connor ?

— Elle-même.

La grand-mère de Claire était une femme toute menue avec des cheveux blancs comme la neige. Mais malgré son physique de grand-mère de conte, sa façon de le fixer le fit frémir. S'il ignorait quelle serait sa réaction en découvrant Claire nue dans son lit, il y avait de fortes chances qu'elle désapprouve, jugea-t-il.

— Vous avez fait un long voyage, madame O'Connor, dit-il en s'écartant pour la laisser entrer.

— Je me suis arrêtée à la boutique en ville, mais Claire n'y était pas. Je ne pense pas qu'elle soit ici, n'est-ce pas ?

— Elle est ici. Voulez-vous que j'aille la chercher ?

— Non, je préférerais discuter avec vous d'abord.

— Je viens de faire du thé. Prenons-le dans le salon. Ensuite, je vous montrerai votre chambre. Vous restez quelque temps, n'est-ce pas ?

— Vous êtes charmant, remarqua-t-elle d'un ton sec. Je dois vous l'accorder.

Si c'était un compliment, songea-t-il, elle avait réussi à le faire sonner comme une insulte.

— Claire m'a beaucoup parlé de vous. J'étais impatient de vous connaître, dit-il en l'installant galamment à une table.

Il fila ensuite en cuisine pour s'emparer du plateau prévu pour Claire et le déposer devant la vieille dame, qui scrutait la pièce d'un œil critique.

— Où est Claire ? s'enquit-elle après une gorgée de thé.

Il eut un instant d'hésitation avant de décider que cette grand-mère-là était bien trop maligne pour être roulée dans la farine des fausses excuses.

— Elle dort encore, nous nous sommes couchés tard, hier. Je peux aller la réveiller, si vous le souhaitez.

— Je suppose qu'elle dort dans votre lit ?

— Vous supposez juste, reconnut-il, mal à l'aise.

— Je dois dire, reprit Orla O'Connor après une autre gorgée, que je ne sais pas si j'aurais résisté au charme d'un homme tel que vous si j'avais été plus jeune.

— Juste un tout petit peu plus jeune, plaisanta-t-il.

Victoire, elle avait souri !

Il voyait maintenant d'où Claire tenait sa beauté et sa nature directe : elle était taillée dans le même bois que cette grand-mère.

— Et je connais les effets de l'eau de l'île. J'y ai eu recours pour que mon mari me demande en mariage.

— Intéressant, commenta-t-il.

— Je vais droit au but, continua Orla. Quelles sont vos intentions, monsieur Donovan ?

Il ne les avait jamais formulées et prit un temps de réflexion avant d'opter pour une réponse sincère.

— J'ai l'intention d'épouser votre petite-fille dès que possible. Mais, après sa rupture avec Eric, elle a besoin de temps, et j'attendrai le temps qu'il faudra avant d'officialiser notre relation. Une fois marié, j'espère fonder une famille avec elle et la rendre heureuse pour le restant de ses jours.

— Et où comptez-vous vivre ?

— Là où Claire le décidera, répondit-il. Le lieu n'a aucune importance pour moi. Je peux m'installer n'importe où.

— Il semblerait que vous ayez toujours la réponse qui convient, remarqua Orla en hochant la tête.

— C'est bon signe, non ?

— Très bon signe, confirma-t-elle avec un deuxième sourire, plus chaleureux. A présent, j'aimerais me rafraîchir avant de retrouver ma petite-fille. Donnez-moi la meilleure chambre et réveillez Claire pour lui annoncer ma visite.

— Elle sera heureuse de vous voir.

— Bien sûr, répliqua Orla. Je suis sa grand-mère préférée.

Il la guida jusqu'à la première chambre que Claire avait occupée, alluma un feu dans la cheminée et déposa ses bagages près de la fenêtre.

— J'espère que vous serez confortablement installée, ici.

— Cela ramène des souvenirs, commenta-t-elle, s'asseyant sur le lit avec un sourire mélancolique. J'ai l'impression que c'était hier. J'étais si jeune, alors. J'avais toute la vie devant moi et je pensais que nous serions ensemble pour toujours.

Remarquant les yeux embués de la vieille dame, il alla s'asseoir à côté d'elle et lui prit la main.

— J'ai perdu mon mari il y a cinq ans, dit-elle. Et même quarante-cinq ans de vie commune, ce n'est pas suffisant. N'en gâchez pas un seul jour. Vous ne le rattraperez jamais.

— Donc, l'eau a fonctionné avec vous ? s'enquit-il.

— Il est des moments où toute histoire d'amour a besoin d'un peu de magie, monsieur Donovan. Réelle ou imaginaire, peu importe. Quand on est amoureux, on se raccroche à tout ce qu'on peut pour croire que ce sera éternel.

Il se pencha pour déposer un baiser sur la joue de la vieille dame. Grand-père O'Connor n'avait pas eu la moindre issue quand elle l'avait choisi, se dit-il. Si seulement Claire pouvait être aussi sûre de ses sentiments !

Il laissa Orla défaire ses valises et redescendit. De retour dans la chambre, il trouva Claire toujours pelotonnée sous la couette. Il monta sur le lit et s'allongea à ses côtés, l'embrassant une première fois, puis une autre.

— Va-t'en, grogna-t-elle. Il est trop tôt pour se lever.

— Tu disais que tu voulais parler. C'est le matin, et je pense qu'il est temps maintenant.

— Tu veux *parler* ? Maintenant ? demanda Claire, les yeux grands ouverts et l'air suspicieux.

— Je sais combien tu tiens à ta carrière. Quant à moi, je peux partir d'ici quand je veux. Donc, je pensais que nous pourrions envisager un déménagement. J'ai beaucoup de possibilités professionnelles, et je pourrais m'installer n'importe où. En plus…

— Stop, coupa Claire, inspirant en plissant le nez. Quelle est cette odeur ?

— Je ne sens rien. Tu sens le gaz ?

— Non, hum, on dirait… un plan.

— Je crois que tu as raison, rit-il. Je ne sais pas ce qu'il m'a pris. Le manque de sommeil, peut-être.

— Laissons faire la vie, formula Claire en lui caressant la joue. Je suis heureuse et comblée d'être ici avec toi, à l'auberge. Si quelque chose d'intéressant se présente, nous en discuterons alors. Je ne veux pas qu'un plan vienne de nouveau nous ruiner la vie.

— D'accord, pas de plan. Mais y a-t-il quelque chose que tu souhaiterais faire d'ici un mois ou deux ?

— Je voudrais retourner à Chicago. Je dois vider mon appartement, et j'aimerais te présenter à ma famille.

— J'en serais ravi, assura-t-il, bien que j'aie déjà fait la connaissance de ta grand-mère.

— Elle a appelé ? interrogea Claire en s'asseyant. Je lui ai parlé il y a quelques jours, elle n'était pas contente.

— Elle semble bien aller, à présent. Je lui ai donné la plus belle chambre, et elle s'y repose un peu. Je lui ai dit que tu monterais la voir dès que tu serais habillée.

— Ma grand-mère est *là* ? s'écria-t-elle.

— Débarquée avec le premier ferry et déterminée à te ramener à la maison sur le bateau suivant. Mais je lui ai expliqué que je ne capitulerais pas facilement. Finalement, nous sommes parvenus à un compromis.

— Et lequel, s'il te plaît ? susurra Claire.

— Tant que mes intentions sont honorables, elle ne tentera rien pour te convaincre de partir.

— Et tes intentions sont honorables ?

— Certaines, oui. D'autres sont absolument indécentes. Mais je te laisse les découvrir par toi-même, plaisanta-t-il. Tu dois t'habiller, maintenant. Ta grand-mère a fait un long voyage pour te persuader que je n'étais qu'une espèce de brute épaisse, tu dois la convaincre du contraire.

— Elle s'inquiète toujours pour moi. Je suis sa préférée.

— Nous avons un point commun, alors, conclut-il.

Il la suivit dans la salle de bains et attendit qu'elle sorte de la douche pour sécher son corps nu avec la luxure la plus tendre.

C'était exactement ainsi que la vie devait être, songea-t-il. Savourer les plus petits événements, en sachant qu'il était avec la personne idéale pour lui, et seulement pour lui. Peu importaient les circonstances qui les avaient poussés l'un vers l'autre. Puisqu'ils avaient pu se trouver dans ce vaste monde, ils sauraient construire leur vie ensemble.

Épilogue

Claire vérifia l'adresse que la réception de l'hôtel lui avait communiquée de la part de Will, dans le quartier résidentiel de Wicker Park, à Chicago, où ils passaient quelques jours pour rendre visite à sa famille. Elle s'était attendue à le retrouver dans un restaurant pour déjeuner en tête à tête, mais à sa surprise, il n'y avait rien d'autre à cette adresse que l'entrepôt désaffecté qui se dressait devant elle.

Depuis qu'elle s'était installée officiellement en Irlande, ils étaient retournés en Amérique pratiquement tous les trois mois. Même si elle adorait Trall, elle avait parfois le mal du pays, car il n'y avait pas sur l'île un seul endroit où manger une pizza décente, et la cuisine thaïe lui manquait presque autant que le double expresso qu'elle avait l'habitude d'acheter sur le chemin du bureau.

Mais, songea-t-elle, ces petites nostalgies ne pourraient jamais entamer le bonheur sans nuage qu'elle partageait avec Will. Chaque jour avec lui ressemblait à une nouvelle aventure différente et excitante, même quand il s'agissait de repeindre l'entrée de l'auberge ou de tondre le gazon. Cependant, ils voyageaient souvent, car Will tenait à lui faire découvrir l'Europe et à ce qu'elle l'accompagne lors de ses déplacements professionnels. Ils avaient ainsi visité le Japon et la Nouvelle-Zélande, passé des vacances aux Caraïbes et projetaient une escapade en Egypte pour le mois suivant. Et si cette vie sans obligations l'enchantait, l'envie de se marier et de fonder une famille commençait à la titiller sérieusement.

— Claire !

Elle se retourna vers la voix de Will, qu'elle découvrit devant une porte au coin de l'immeuble.

— Que se passe-t-il ? demanda-t-elle.

— Il faut que tu voies cet endroit, il est tout simplement parfait, dit-il en l'attirant vers l'intérieur.

— Puis-je savoir de quoi tu parles ?

— Attends et tu verras.

Elle se laissa guider dans une cage d'escalier poussiéreuse qui sentait le moisi, bordée de fenêtres aux vitres sales. A l'étage, un immense espace vide avec de grands piliers en brique qui montaient au plafond. Et rien d'autre. Elle ne voyait pas en quoi ce lieu pouvait être si captivant.

— Qu'est-ce que tu en penses ? demanda Will.

— De quoi ?

— D'ici !

— C'est une ruine, constata-t-elle. Que faisons-nous ici, Will ?

— Je voulais avoir ton avis. Allez, dis-moi, tu penses que ça fera l'affaire ?

— Mais l'affaire pour quoi ?

— Pour nous ! J'ai besoin d'un bureau aux Etats-Unis pour mon travail, tu as besoin d'un atelier pour peindre, et nous avons besoin d'une maison dans ta ville. Nous pourrions convertir l'étage en loft et nous servir du rez-de-chaussée pour travailler.

— Nous allons nous installer à Chicago ?

— Seulement si tu le veux, dit-il. Je sais que ta famille te manque, et rien ne nous empêche de passer plus de temps sur place. Je peux vivre n'importe où, pourvu qu'il y ait un aéroport à proximité. Je crois que nous pourrions être très heureux ici.

Elle décela une note d'anxiété dans sa voix.

— Et je crois que tu l'as déjà acheté, devina-t-elle.

— J'ai signé les papiers ce matin, avoua-t-il. Il y avait un autre acheteur, je n'avais pas le choix. Donc s'il te plaît, dis-moi que tu aimes. Sinon, je vais me trouver avec un entrepôt vétuste sur les bras au lieu d'une maison potentielle pour nous.

— J'adore, le rassura-t-elle, lui jetant les bras au cou pour l'embrasser. C'est parfait. Nous aurons notre petit nid à Chicago ! Fini les valises et les chambres d'hôtel !

— Juste notre chez-nous.

Un chez-nous ! se répéta-t-elle. Depuis un an et demi qu'ils étaient ensemble, elle avait considéré comme leur foyer tous les endroits où ils dormaient, car ils passaient rarement une semaine au même endroit. Mais peut-être le temps était-il venu de commencer une nouvelle étape dans leur relation.

— Ce sera parfait, dit-elle. Comme notre vie.

— Notre vie est merveilleuse, dit-il en l'embrassant sur le front, mais je connais une façon de la rendre vraiment parfaite.

— Ah, bon ? Comment ça ? dit-elle, blottie dans ses bras.

— Tu pourrais m'épouser, suggéra Will, se penchant pour la regarder dans les yeux.

Comment faisait-il pour deviner toujours ce qu'elle pensait, parfois même avant qu'elle ne l'ait formulé de façon précise ? C'était l'un des jeux préférés de Will de la demander en mariage pour les raisons les plus inconsistantes, et c'était l'un de ses jeux préférés à elle de refuser. Elle savait qu'il saurait réitérer sa proposition lorsque le bon moment arriverait. Et, juste la veille, elle s'était arrêtée devant un grand bijoutier de Michigan Avenue, se demandant laquelle de ces bagues elle choisirait le cas échéant. Mais maintenant que Will posait la question, cela lui semblait d'une importance absolument secondaire.

— Donc ? Vas-tu me donner une réponse ?

— Oui.

— Oui, tu vas me donner une réponse, ou oui, tu veux m'épouser ?

— Les deux, répondit-elle. Oui, je vais te donner une réponse, et oui, William Donovan, je veux t'épouser.

— Enfin ! hurla-t-il avec un large sourire incrédule. Enfin tu as dit oui ! Nous allons nous marier ! Nous avons un plan.

— Tu peux le dire, confirma-t-elle. Maintenant, on peut le dire sans crainte : nous avons un plan.

Il la souleva entre ses bras et tournoya comme une toupie jusqu'à ce qu'elle crie pour qu'il arrête.

— Moi aussi, j'ai une surprise pour toi, annonça-t-elle, perdue dans ses yeux débordant d'amour et de désir. Cherche dans la poche arrière de mon pantalon.

Il obtempéra.

— *Chicago Cubs ?* lut-il sur les tickets qu'il en sortit.

— Base-ball, expliqua-t-elle. Je pense qu'il est temps que tu te familiarises avec notre sport national. Aujourd'hui, c'est le coup d'envoi du championnat, un grand événement à Chicago. Un rituel, notre Samhain à nous.

— Ma belle, je connais le jeu, je n'ai pas cessé de marquer des *home-runs* depuis que je te fréquente !

— C'est du sérieux, là, l'admonesta-t-elle. Si tu comptes épouser une fille de Chicago, tu dois choisir ton camp.

D'abord l'équipe, *Red Sox* ou *Cubs* ? Ensuite, la pizza, pâte fine ou pâte américaine ? Hot-dog, ketchup ou moutarde ? Ce sont des choses que tu dois mettre au clair si tu prévois de me rendre heureuse jusqu'à la fin de mes jours.

— Et les *Bulls* ? Que faut-il en penser ?

— C'est une équipe de basket. Rien à voir.

— Je sais, mais puisque je crois déjà maîtriser le baseball, dit-il avec un regard diabolique, je me suis dit qu'on pourrait s'essayer à un autre sport, surtout s'il demande de marquer l'adversaire, viser et lancer franc.

— Tu ne penses qu'au sexe, n'est-ce pas ?

— C'est faux. Ces derniers jours, je me suis efforcé d'accorder quelques minutes d'attention à mon travail, protesta-t-il. Mais puisque tu en parles, pourquoi ne pas inaugurer cet endroit en bonne et due forme et célébrer notre statut de propriétaires ?

— D'accord, dit-elle, en commençant à déboutonner lentement le devant de sa blouse. Nous allons voir si tu as la main chaude, comme on dit.

Will lança un hululement de victoire.

— Tu vas voir, *baby*. Tu vas adorer ma version des sports américains.

MEGAN HART

Et bien plus si affinités

Sexy

HARLEQUIN

Titre original : INDECENT EXPERIMENT

Traduction française de ALBA NERI

Ce roman a déjà été publié en juillet 2013

83-85, boulevard Vincent-Auriol, 75646 PARIS CEDEX 13.
Service Lectrices — Tél. : 01 45 82 47 47
www.harlequin.fr

Mille dollars ! C'était beaucoup d'argent, se dit Melissa Standish. Pour elle, c'était carrément une petite fortune. Elle relut encore une fois l'annonce. Depuis ce matin, elle s'était arrêtée plusieurs fois devant le panneau d'affichage, et chaque fois elle avait passé quelques minutes à imaginer ce qu'une telle somme pouvait signifier pour ses finances.

Elle n'avait besoin ni de nouvelles chaussures ni de vêtements de marque. Elle ne rêvait même pas de voyages, même si elle en aurait eu fort besoin après vingt ans non-stop sur les bancs de l'école. Non, cet argent, elle le voulait pour des choses bien plus terre à terre, et surtout bien plus urgentes.

Elle avait besoin de payer le loyer et les factures, de remplir son Frigidaire. Il ne lui restait plus que deux mois à tenir, jusqu'à la fin du trimestre. Ensuite, elle commencerait son stage rémunéré chez Triple Smith & Brown. Elle avait déjà payé la caution pour un appartement, acheté le billet d'avion et engagé les services d'une société de déménagement. C'était un soulagement de savoir que, dans deux mois, elle aurait un revenu hebdomadaire assuré, et mieux encore, un poste à long terme en puissance.

Mais jusque-là, ces mille dollars pouvaient lui sauver la vie.

Elle avait fait des trucs fous pour de l'argent, auparavant. Vendre son plasma, par exemple, ce qui l'avait rendue si malade qu'elle avait décidé que ça n'en valait pas la peine. Elle avait travaillé comme serveuse. Livré des ballons de baudruche en dansant des claquettes déguisée en gorille. Aucun de ces jobs ne lui avait apporté aussi rapidement une somme si coquette.

Le *hic* ? C'était une « EXPÉRIENCE POUR LE DÉPARTEMENT DE PSYCHO », comme le criaient les grandes lettres rouges sur l'annonce. Ce qui pouvait vouloir dire tout et n'importe quoi.

Elle avait participé une fois à une étude au cours de laquelle elle avait dû regarder des films pornos branchée à un détecteur de mensonges et expliquer si les images l'excitaient ou pas. Cela lui avait valu quelque deux cents dollars pour seulement quelques heures de son temps. Une autre fois elle avait fait partie d'un essai clinique pour un nouveau médicament qui lui avait provoqué une irritation cutanée, et, bien qu'elle ait passé deux jours à se gratter, le dédommagement valait bien le désagrément. D'un autre côté, elle avait reçu moins de cent dollars pour tester pendant une semaine l'efficacité d'un déodorant contre la transpiration excessive, dont l'odeur était nauséabonde.

L'un dans l'autre, depuis quatre ans, elle encaissait pas mal de chèques du département de psycho de l'université de Winchester sans avoir jusque-là vécu de mauvaises expériences. Toutefois, on ne l'avait jamais payée plus de trois cents dollars en une seule fois.

Là, ils en offraient un millier.

Le chiffre, un charmant et svelte un suivi de trois

zéros bien ronds, l'attirait irrésistiblement. Mais, si elle continuait à tergiverser devant le panneau, elle allait arriver en retard, et M. Spane n'avait aucune pitié avec les étudiants retardataires. Alors, même si, en principe, il ne pouvait pas la recaler pour un retard, elle ne pouvait pas courir le risque.

Elle détacha l'un des bouts de papier prédécoupés sur le côté de l'annonce avec le numéro de téléphone et le rangea dans son portefeuille. Pour mille dollars, elle serait capable de faire presque n'importe quoi.

Carrément n'importe quoi.

Matt Ingram vérifia de nouveau la facturette que le guichet automatique venait de délivrer.

Aïe.

Comment pouvait-il ne pas avoir assez de crédit ? Ce n'était pas possible, il n'avait pas pu dépenser autant d'argent depuis la dernière fois qu'il avait consulté son compte, quinze jours plus tôt. La machine, évidemment, n'indiquait pas où se trouvait l'erreur, et tout ce qu'il savait, c'était qu'il ne pourrait pas retirer les quarante dollars dont il avait besoin pour une soirée avec ses potes. L'argent avait disparu, parti peut-être dans une dimension parallèle, un autre univers plus clément où il n'était pas fauché.

— Eh merde, grommela-t-il, l'estomac noué.

Pas de sortie avec les amis, pas de bière, pas de poulet frit. Autant rentrer réviser, se dit-il. Mais encore une soirée à bûcher, et il allait envisager sérieusement de se jeter d'un pont.

— Salut mec ! lui lança Damien avec une tape bien

sentie sur l'épaule. Tu sors avec nous ce soir, non ? Passer un peu de temps avec tes frères ?

Damien faisait partie de la fraternité Sig Epsilon que Matt avait rejointe en arrivant sur le campus. A l'époque, il avait cru que c'était la meilleure chose qui lui soit arrivée, et même aujourd'hui, il trouvait un certain plaisir à y assister à des fêtes quand l'envie lui prenait. Mais, au fond de lui, il sentait que sa période d'étudiant potache était révolue, contrairement à Damien qui vivait et respirait pour l'esprit de la fraternité alors que huit années s'étaient écoulées depuis leur année de « bleus » où ils avaient subi le bizutage traditionnel consistant à nettoyer des toilettes immondes et à accomplir d'autres corvées du même acabit.

Matt froissa la facturette dans son poing. Damien, lui, avait un compte en banque bien fourni grâce au fonds d'études ouvert par papa et maman lorsqu'il était encore bébé, sans parler de l'argent qu'il gagnait pendant les vacances en travaillant dans l'entreprise de son père, et il était sans doute prêt à lui payer une pinte et une assiette de poulet. Ce ne serait pas la première fois. En même temps, Matt ne voulait pas se sentir encore plus redevable envers lui, même s'ils étaient « frères ».

— Je ne peux pas, mec. Gros exam en vue.

Il n'avait même pas à feindre, sa déception était authentique. Il avait attendu toute la semaine la sortie de ce soir, il avait vraiment besoin de se distraire, regarder le match… se détendre, quoi.

— Mais il faut prendre un peu de bon temps, mon pote ! Sérieux. C'est l'année du diplôme et il faut se défoncer, mais franchement.

— Oui, je sais…

Matt était le premier à regretter de ne pas pouvoir sortir

ce soir-là, mais il préférait faire croire qu'il devait bosser plutôt que lui avouer qu'il était fauché de chez fauché.

— Bon, tant pis. Mais tu viens à Cancun pour les vacances de printemps, hein ? C'est ta dernière chance !

Matt n'était jamais parti, ni à Cancun ni ailleurs, pour le « spring break », cette semaine de débauche autour de Pâques devenue une tradition parmi les étudiants. Depuis huit ans, il passait ses vacances à travailler dans une usine. D'ailleurs, sa plus grande motivation pour mener à bien ses études, c'était d'échapper à une vie d'ouvrier dans cette usine, ou une autre semblable.

— J'aimerais bien, mais…

— Pas d'excuses, mec. On a un superdeal, huit cents dollars par tête de pipe pour le vol et le séjour dans un hôtel « tout inclus ». Tu vois ce que je veux dire, hein ? Bouffe et alcool à volonté. Plus les nanas, mec. Les nanas.

Damian arborait une expression extatique semblable à celle d'un saint homme qui approche de la grotte de Lourdes, sauf que lui, au lieu de joindre les mains pour prier, il avait accompagné ses mots d'une ondulation des mains qui suggérait une silhouette féminine toute en courbes. Une fille affublée d'un tel volume au niveau de la poitrine et des hanches aurait du mal à marcher, songea Matt sans pour autant rester insensible à l'argument.

— Je sais que j'avais juré que je venais, dit-il, mais c'était avant les vacances de Noël, je pensais qu'on me ferait bosser plus.

Les temps étaient durs et l'usine ne lui avait pas proposé autant de travail qu'escompté, et le reste du temps, il l'avait passé devant la télévision sur le canapé de ses parents.

— Mec, on t'a gardé ta place. Il me faut le fric avant la fin du mois, ou c'est pour quelqu'un d'autre. Mais franchement, tu ne veux pas rater ça, hein ?

Damien lui tapa encore sur l'épaule, cette fois-ci, avec une pression amicale des doigts. Il semblait tenir vraiment à sa présence.

— T'as raison.

Matt hocha la tête, soudain remplie d'images de sable, de soleil, et de cocktails et… de nanas. Il rêva d'une semaine d'éclate et de fête, la dernière de ce genre qu'il aurait l'occasion de vivre avant son passage au « monde réel », même si celui dans lequel il vivait depuis toujours n'avait rien d'un pays de merveilles.

— T'inquiète, mec, dit-il. Tu auras le fric, juré promis.

Il allait le trouver, l'argent. Coûte que coûte.

— Melissa ! Ravie de te voir !

Melissa ferma la porte de la petite salle où avaient lieu les entretiens et répondit avec un sourire à l'accueil chaleureux d'Ada.

— Installe-toi, dit celle-ci. Randy arrive tout de suite. Qu'est-ce que tu veux boire ?

— Ça fait partie de l'expérience ? demanda Melissa.

— Non, ne t'inquiète pas ! Ce n'est pas une étude sur les conséquences de l'addiction à la caféine dans la gestion du stress ni rien dans ce genre. Pas cette fois-ci, en tout cas.

— Dans ce cas, je veux bien un Coca aux frais du département, répondit-elle en s'installant sur la chaise, dure et inconfortable comme toutes les chaises de toutes les universités du monde entier.

— Coca, alors. Tiens, Randy, tu tombes à pic. Prends un Coca pour Melissa, s'il te plaît.

— Bien sûr, répondit son camarade.

Il revint un instant plus tard avec la boisson.

— Comment ça va, Melissa ? dit-il en lui tendant la canette. Tu vas bien ?

L'échange de politesses en resta là. Randy et Ada étaient des étudiants-chercheurs typiques et donc obsédés par leurs études, et, bien que leurs aptitudes sociales soient un peu meilleures que celles de leurs pairs, ils n'étaient pas du genre à perdre leur temps à bavarder. Deux minutes plus tard, Melissa avait dans les mains le dossier type qu'on devait toujours remplir avant de participer à ce genre d'expériences. Informations médicales, formulaire de décharge de responsabilité, coordonnées bancaires… Mais, aussi, un formulaire complètement inattendu.

— Ah. Hum. Quand même, dit-elle en survolant les questions.

C'était, de loin, le questionnaire le plus long qu'elle ait eu à remplir, dix pages, au lieu des trois habituelles. C'était aussi le plus… indiscret.

— Tu ne savais pas de quoi il retournait ? demanda Randy.

Elle haussa les épaules.

— Quand j'ai appelé pour prendre rendez-vous, on ne m'a rien dit et je n'ai rien demandé, parce que je vous connaissais bien… Et j'ai besoin de l'argent.

Ils se regardèrent, et Ada se redressa, puis, d'un ton sérieux :

— Melissa, si on t'a choisie, toi, parmi les candidats, et crois-moi, vous étiez bien plus nombreux que d'habitude, c'est parce que tu avais déjà travaillé avec nous.

Melissa hocha la tête tout en passant les questions en revue : nombre de partenaires sexuels, fréquence des rapports en ce moment, méthode de contraception, plus une demande de détails très précis sur des éventuelles MST dans le passé ou le présent…

— Oui, je me doutais bien, mais… Ceci est…

Randy toussota.

— Ce n'est pas tout à fait dans le même esprit que lorsqu'on t'a testée avec les films pornos, bien que l'expérience s'inscrive dans les recherches qui nourrissent notre future thèse. Cette fois-ci, Ada et moi nous voulons étudier les composants de l'attirance sexuelle et les réactions concomitantes. L'envie d'avoir des relations sexuelles avec quelqu'un a-t-elle une origine physique, psychique ou spirituelle ? Ou bien une combinaison de plusieurs facteurs ?

Melissa n'avait que faire du but final des tests, tout ce dont elle avait besoin, c'était de l'argent pour payer le loyer. Mais plus elle avançait dans la lecture du texte, plus son malaise augmentait.

— Vous voulez savoir quel est mon type d'homme ? Ses caractéristiques physiques, sa personnalité et ce genre de choses ? Mon attitude envers les aventures d'une nuit ?

Elle marqua une pause.

— Est-ce que l'expérience va au-delà de ce questionnaire ?

Les deux chercheurs hochèrent la tête, et elle décida de poser la question qui venait de lui traverser l'esprit, aussi loufoque soit-elle.

— Vous voulez que je couche avec quelqu'un pour votre test ?

Randy sourit.

— Ce que nous avons mis en place, c'est une série de rencontres intimes dans lesquelles nous voudrions que vous vous engagiez, toi et l'autre participant. On vous fournira le cadre pour ces rencontres, ainsi que des contraintes temporelles et des instructions pour que vous rapportiez de façon précise votre expérience.

Melissa n'en revenait pas.

— Vous voulez que je couche avec quelqu'un !

— Ce que nous essayons de déterminer, expliqua Ada, joues rouges, yeux brillants, c'est l'effet de certaines qualités prédéterminées et de l'anticipation sur l'attirance sexuelle. Et les réponses à cette attirance.

— En d'autres mots, continua Randy, tout excité, nous voulons t'associer à quelqu'un en fonction de tes informations et voir combien de temps s'écoule avant que vous passiez à l'acte.

Elle éclata de rire. Sauf que Randy et Ada la regardaient, et se regardaient, avec le sourire poli et un rien impatient de ceux qui attendent une réponse.

— Attendez, vous êtes sérieux ? demanda-t-elle.

Ils l'étaient ! Elle s'arrêta de rire, certaine qu'ils allaient lui dire qu'elle venait de passer la première partie de l'expérience, quelle qu'elle soit.

Mais, en voyant qu'ils se contentaient de la fixer au lieu de prendre des notes, elle voulut s'assurer qu'elle avait bien compris ce qui se passait.

— Vous allez me payer mille dollars pour que j'accepte de rencontrer quelqu'un et de coucher avec.

— Le choix final t'appartient, bien sûr, dit Ada. Evidemment, nous ne pouvons pas te payer pour que tu couches avec qui que ce soit, ce serait illégal. Nous te payons juste pour que tu t'engages dans, hum, une série d'échanges spécifiques voués, dans un temps donné, à inciter une réponse sexuelle.

— Et si une fois que j'ai rencontré le mec, je n'ai pas envie de coucher avec lui, qu'est-ce qui se passe ?

L'idée de coucher avec un inconnu sexy choisi pour coller à ses spécifications ne la repoussait pas tant que ça. Après tout, il lui était arrivé de sortir avec des garçons dans l'espoir que leur beauté intérieure compense le manque d'intérêt de leur façade. Et lors de périodes de disette, elle avait même envisagé de passer la nuit avec un ou deux d'entre eux.

— Ce que nous attendons de toi, expliqua Randy, c'est que tu consignes les sentiments et les émotions impliqués dans ta prise de décision, que ce soit de coucher avec lui ou pas. On attend la même chose de lui, car lui aussi doit décider s'il en a envie ou pas et expliquer le processus émotionnel qui l'a mené à prendre sa décision, qu'elle soit positive ou négative.

Melissa hocha la tête, de plus en plus perplexe. Randy avait rougi comme une pivoine, à l'évidence gêné de suggérer qu'un homme pourrait ne pas vouloir d'elle. D'après ses propres observations, elle était persuadée que la plupart des garçons de son âge étaient capables de coucher même avec un troll. Et elle était loin d'être un troll. Elle ne gagnerait peut-être pas un concours de beauté, mais cela ne lui donnait aucun complexe, car elle n'était pas non plus du genre à participer à ce genre de concours.

— Et combien de temps dure l'expérience ?

— Cinq soirées, expliqua Ada. Tu commencerais lundi en huit, ce qui te donne le temps de remplir le dossier et de mettre à jour ton histoire médicale. Ça se passe ici, au laboratoire, entre 18 et 22 heures. Pour être payée, il faudra que tu sois venue les cinq soirées et que tu aies dûment rempli les rapports, que tu devras nous rendre chaque jour avant midi. Bien sûr, ce qui se passera pendant l'expérience, dépend strictement de toi. Je veux dire, nous ne pouvons pas t'obliger, hum…

— Ce que nous cherchons à savoir, c'est le temps que vous mettrez à décider si vous voulez vous éclater comme des bêtes, expliqua Randy, plus terre à terre.

Melissa lut en vitesse la liste. Cinq séances avec des niveaux croissants d'« intimité ». Une fois, elle avait couché avec un homme qu'elle ne connaissait que depuis deux heures. Elle se demanda ce qu'elle aurait envie de faire après avoir passé vingt heures avec l'autre cobaye.

— Et si, à la fin, nous ne couchons pas ensemble ? demanda Melissa.

C'était une question qui avait son importance, il était hors de question qu'elle s'engage à faire tout cela s'il y avait le moindre risque qu'à la fin on ne la paye pas parce qu'elle avait refusé qu'un inconnu introduise son sexe dans le sien.

— Tant que tu auras été présente à toutes les séances et que tu auras rempli correctement les comptes rendus, tu seras payée.

— Et si c'est lui qui se dédit ? insista-t-elle pour essayer de couvrir toutes les éventualités.

— Tu serais payée aussi, tant que tu remplis ta mission, la rassura Randy.

Melissa fixa les documents, songea à l'état de ses finances et à ces mille dollars qui lui permettraient de souffler et de foncer sur la dernière ligne droite de ses études. En échange de quoi, finalement ? De prendre le risque qu'un type inconnu veuille coucher avec elle tout en sachant qu'elle pouvait toujours l'envoyer sur les roses si elle le décidait. Autant dire, le même qu'elle prenait chaque fois qu'elle sortait.

— Je vais le faire, annonça-elle en se mettant à écrire sur-le-champ.

« *Couleur de cheveux préférée* » ? Facile : blonds. « *Taille de soutien-gorge* » ? Matt s'arrêta. Allait-il avoir le courage d'admettre qu'il fantasmait sur les 95D ? Ou allait-il jouer le chic garçon qui ne s'arrêtait pas à ce genre de détail ?

Que diable… Il nota 95C pour ne pas passer pour un obsédé des gros seins. Poids, hauteur, hobbies. Il avait l'impression d'être l'un des héros d'*Une créature de rêve*, ce film où deux étudiants empotés cherchent à créer la femme parfaite à partir des photos de magazines, mais, tant qu'à faire, pourquoi pas ? Puisqu'on lui demandait ce qu'il voulait, il allait demander la totale.

Quelle importance accordez-vous au sens de l'humour ?

Il réfléchit. Randy et Ada l'avaient laissé seul pour remplir la paperasse, mais il n'arrivait pas à se défaire de l'impression qu'on le contrôlait. Même s'il ne connaissait pas grand-chose aux expériences psy, il préférait agir comme si on le surveillait de près tant qu'on ne lui avait pas prouvé le contraire. « Très important », écrivit-il.

La question suivante le fit rire, cependant.

Si vous rencontrez une femme évidemment intelligente et avec un grand sens de l'humour mais que son aspect physique ne correspond pas à vos attentes, lui demanderiez-vous tout de même de sortir avec vous ?

« Non. »

On lui avait demandé d'être sincère, non ? Et il ne voulait pas fausser les résultats.

Si lors d'un rendez-vous avec une femme, par exemple au cours d'une rencontre arrangée, cette femme, bien que dotée des traits de personnalité que vous recherchez chez une compagne potentielle a un physique qui diffère de vos critères, coucheriez-vous avec elle si l'occasion se présente ?

« Oui. »

Il hésita tout de même en pensant aux blagues dans la veine « lendemains qui déchantent », mais le fait était qu'il avait déjà dormi avec des filles pas trop belles tout simplement parce que l'envie de coucher avait pris le dessus sur tout le reste. Il ne l'avait pas fait depuis un bon bout de temps, mais il l'avait fait, et il était certain qu'il le referait si les circonstances le permettaient.

Répondre au questionnaire lui avait demandé quarante-cinq minutes et une activité intellectuelle aussi intense qu'un examen final. On lui avait expliqué ce que l'expérience entraînait, en insistant lourdement sur le fait qu'il n'était pas obligé de coucher avec l'autre personne s'il n'en avait pas envie mais qu'il devrait passer cinq soirées avec une nana choisie en fonction de ses réponses pour percevoir les mille dollars. Il voulait être certain qu'il avait fourni tous les renseignements nécessaires pour qu'on lui propose quelqu'un de bien.

Cependant, vingt-quatre heures plus tard, alors qu'il prenait une douche avant de sortir avec les « frères », une idée effrayante lui traversa l'esprit. Il se figea, les mains dans les cheveux pleins de mousse. Et si la fille ne lui plaisait pas *du tout* ? Il avait pourtant signé pour aller jusqu'au bout de ce qui pouvait s'avérer le pire rendez-vous à l'aveuglette de tous les temps…

Il y pensait encore en arrivant au bar où se trouvait Damian avec une bande de « frères », la plupart plus jeunes que lui, tous ou presque à moitié ivres et aux hormones plus révoltées que le peuple de Paris en juillet 1789. Ils encerclaient un groupe de jolies filles d'une sororité, toutes en débardeurs minuscules et aux sourires étincelants.

— Frérot, le salua Damian. Content que tu aies pu te

libérer. C'est sage : l'abus de travail est dangereux pour ta santé.

— Je sais, dit Matt en prenant une bouteille de bière dans le seau qui se trouvait au centre de la table. Le prochain seau, c'est moi qui l'offre.

Et c'était ainsi que la soirée avait commencé. Comment elle risquait de se finir, c'était une autre paire de manches. Damian avait jeté son dévolu sur une blonde au visage doux, une — très — forte poitrine et les cheveux plus brillants que l'intellect, si bien que Matt s'était trouvé à jouer les faire-valoir pour la copine de la blonde, une fille plutôt quelconque.

Au moins, songea-t-il, elle ne semblait pas s'intéresser à lui. C'était déjà ça. Ils burent une paire de bières en regardant l'émission de téléréalité qui passait à l'écran pour combler les vides dans la conversation pendant que Damian avançait à vitesse grand V dans sa mission de séduction de la blonde pompette, et si Matt ne le jugeait pas, il ne put s'empêcher de se demander où était l'intérêt de fourrer sa langue dans la gorge de quelqu'un au bout de vingt minutes.

Et en même temps, n'était-ce pas en gros à cela qu'il s'était engagé dans l'après-midi ?

Il s'ennuyait ferme. Il aurait pu essayer de lier une conversation avec l'amie de la blonde, mais elle risquait d'en déduire qu'il essayait de la draguer, ce qui n'était pas le cas, donc il se contenta de siroter bière sur bière et de manger quelques nachos. Devant eux, Damian jouait avec les cheveux peroxydés de sa conquête.

— Je parie dix dollars qu'ils vont rentrer ensemble, dit la jeune femme en montrant sa copine qui se trémoussait contre Damian. Quoique, c'est si évident que personne ne voudra parier contre moi.

Il lui lança un sourire, mais elle s'était déjà levée après avoir laissé de l'argent sur la table pour payer ses consommations. Elle lui accorda un hochement de tête poli et s'approcha pour dire quelque chose à sa copine, qui, en gros, l'ignora.

Quand il eut fini sa bière, il décida qu'il était temps de partir lui aussi. S'il se couchait trop tard, il risquait de s'endormir au cours de la première séance de l'expérience.

Et il ne voulait pas rater sa chance de gagner mille dollars.

Melissa avait relu la liste tellement de fois, elle avait plié et déplié la feuille tellement de fois, que l'encre avait blanchi le long des plis. Elle était si anxieuse que certains mots étaient même devenus flous à cause de ses mains moites. Pas terrible, les mains moites, songea-t-elle, quand on s'était engagée à se tenir par la main avec un inconnu pendant quatre heures.

Quelle était la pire chose qui pouvait arriver ? se demanda-t-elle en se regardant une dernière fois dans le miroir des toilettes avant de se diriger vers le laboratoire pour son premier rendez-vous avec son… Comment l'appeler ? Partenaire ? Futur amant ? Elle frémit à cette idée, qui, en même temps, ne lui déplaisait pas complètement.

Elle savait qu'Ada et Randy ne se trouveraient pas là pour faire les présentations, et que l'expérience débuterait de façon officielle dès qu'elle rencontrerait l'inconnu. En tête à tête. A partir de là, on ne leur donnerait plus aucune information supplémentaire, et tout ce qu'elle savait, c'était qu'ils ne devaient pas se retrouver hors du laboratoire et qu'ils étaient censés s'ignorer si par hasard ils se croisaient sur le campus. Elle ne pouvait pas imaginer quelque chose de plus bizarre que faire semblant de ne pas connaître quelqu'un dont elle avait — potentiellement — rencontré les amygdales au cours d'une de ces étranges séances. Elle se ravisa, cependant. Ce serait encore plus étrange que d'essayer de parler de la pluie et du beau temps comme si de rien n'était.

Elle arriva en premier. Tant mieux. Comme ça, elle aurait le temps de reconnaître le terrain, de se mettre à l'aise et, du moins symboliquement, de prendre possession du territoire. Un angle de la pièce était occupé par un grand lit, arrangé avec un joli jeté et des coussins assortis. Elle ne sut qu'en penser. C'était… pratique ? Prévisible ? Grotesque ? Elle sentit ses joues en feu et se gronda, en se trouvant bête. Ce n'était qu'un lit, après tout.

Il y avait aussi un canapé à l'air confortable sur un tapis moelleux, flanqué de deux petites tables avec une lampe sur chacune d'elles. Au départ, elle se demanda à quoi rimaient ces lampes jumelles étant donné que le néon du plafonnier éclairait la pièce comme si c'était un bloc opératoire. Mais très vite, elle comprit.

C'était pour procurer une lumière d'ambiance.

Tout à coup, la situation lui parut dingue, mais au lieu de prendre ses jambes à son cou, comme le lui criait son bon sens, elle prit une grande inspiration, se recoiffa avec les doigts et lissa ses vêtements. Avait-elle eu raison de mettre une jupe ? Elle s'était habillée avec soin mais de façon simple en prenant soin de ne rien porter de trop court ni cintré ni serré.

Seigneur, tout ça c'était…

La porte s'ouvrit et un homme entra.

La première chose qu'elle remarqua ce furent les épaules, plutôt larges, et ensuite, les yeux, qui étaient peut-être verts ou noisette, mais pas bleu intense, sa couleur de préférence, celle qu'elle avait inscrite dans le formulaire. Il n'avait pas non plus les cheveux bruns et un peu longs, mais châtains et en brosse. Cela dit, la coupe allait bien avec son visage, qui, bien qu'agréable, n'était pas le genre qu'elle aurait utilisé comme fond d'écran pour son ordinateur. Ce n'était pas non plus un visage qu'on aurait pu trouver sur la couverture d'un magazine de mode.

En revanche, c'était un visage qu'elle avait déjà vu quelque part… Elle mit quelques secondes à se rappeler où exactement. Au bar, la veille ! C'était l'ami du type que Gina avait dragué. Ils n'avaient même pas réussi à lier une véritable conversation, leur échange s'était limité à quelques phrases banales de pure politesse. Et c'était ce type-là qu'on avait choisi pour elle ?

Galère.

Il semblait aussi surpris qu'elle de la retrouver, ce qui ne l'empêcha pas de la regarder de la tête aux pieds de façon effrontée. Elle rougit, mais, ne voulant pas perdre la face, elle carra le menton et croisa les bras. Elle non plus n'était pas du genre à faire la une des magazines. Et alors ? Il allait s'enfuir ?

— Salut, je suis Matt.

Elle serra sa main avec une fermeté qu'elle trouva elle-même excessive.

— Melissa.

Ils se regardèrent quelques secondes en chiens de faïence. Et dire qu'elle avait souhaité rencontrer quelqu'un « ayant une conversation intéressante ». S'il était plus grand qu'elle, il mesurait tout au plus un mètre soixante-dix-huit alors qu'elle approchait le mètre soixante-quinze… En tout cas, il ne la dépassait pas de dix ou quinze centimètres comme elle l'aurait souhaité.

Bref, pour l'instant, il ne présentait aucune des caractéristiques qu'elle avait consignées dans ses préférences. A croire qu'Ada et Randy avaient fait exprès...

— Nous nous sommes rencontrés, non ? dit-elle pour lancer la conversation. Hier.

Il claqua des doigts.

— Mais oui, bien sûr. Waouh. Ton amie est bien rentrée ?

— Je ne sais pas, répondit-elle en riant. Et ton copain ?

— Tu as raison, je ne sais pas non plus. Euh...

Il laissa la phrase mourir.

Elle comprit que si elle ne prenait pas le taureau par les cornes ils n'allaient pas avancer.

— Donc, tu as lu les instructions, non ?

Il hocha la tête. Le regard en coin qu'il lança vers le lit en disait long. Comme l'effort — vain — qu'il faisait pour regarder sa poitrine de façon discrète. Elle se força à se tenir droite et décroisa les bras. Tant qu'à faire, qu'il sache à quoi s'en tenir. Elle faisait un bonnet A qu'elle assumait sans aucun complexe. Elle pouvait se passer de soutien-gorge si elle voulait. Et certains hommes appréciaient.

— Oui, dit-il. Tu as vu que nous devons rester ici jusqu'à 10 heures. Et nous tenir les mains.

— Ce soir, oui, juste nous tenir les mains.

— C'est tout de même tordu...

A sa grande surprise, elle rit. La glace était brisée, ou, tout au moins, elle commençait à fondre.

— Carrément, confirma-t-elle. Mais, mille dollars c'est mille dollars.

Il sourit. Il avait un beau sourire, en fait, même si ses incisives se chevauchaient. Il était assez éloigné de son idéal, mais ça aurait pu être pire. Elle aurait pu tomber sur un troglodyte. Ils étaient si nombreux sur le campus qu'on aurait pu y tourner un remake de *La Guerre du feu*.

— Un taux horaire imbattable.

— Je suis d'accord avec toi, dit-elle. Tu veux t'asseoir ?

Il s'installa sur le canapé, elle hésita. Mais, à quoi bon atermoyer ? Ils s'assirent face à face. Leurs genoux étaient tournés vers l'autre mais ne se touchaient pas. Elle se pencha un peu vers lui, il lui tendit les mains et elle les prit sans avoir eu l'occasion d'essuyer ses paumes avant.

Ils éclatèrent de rire à l'unisson.

C'était un rire nerveux, embarrassé. Matt aussi avait les mains moites, et si les mains moites ne figuraient pas non plus dans sa liste d'atouts, c'était un soulagement que de savoir que lui aussi était anxieux. Elle se sentit un petit plus à l'aise.

— La vache, dit-il. Qui aurait imaginé que ce serait si difficile ?

— On se tient juste les mains. Les enfants font ça tout le temps, c'est pour les adultes que ça semble compliqué, alors qu'il n'y a pas de raison, répondit-elle, surtout pour s'en persuader elle-même.

— Parfois, à l'église, on se met en cercle en se tenant les mains et on les serre tous en même temps, pour envoyer une sorte d'étreinte de paix au monde.

Ouh là là…

S'il était très religieux, cela risquait de la fatiguer, et elle n'était pas certaine de pouvoir écouter des grands discours sur la foi. Pourtant, elle hocha la tête.

Restons polis.

— Moi, ça me rappelle quand j'étais girl-scout. Il y avait ce jeu où tout le monde ferme les yeux…

— Et celui qui est au centre doit deviner qui serre ses mains ! Je m'en souviens !

Elle sourit parce qu'il souriait, mais sans trop d'enthousiasme.

Il hocha la tête en relâchant un peu ses mains.

— Pour être franc, j'ai horreur de ça.

Cette fois-ci, elle arriva à rire avec naturel.

— Ah bon ? Et pourquoi ?

— Je ne sais pas... Tenir la main à un inconnu, beurk !

— Tu veux dire, comme moi ?

— Non, là, c'est différent. Et tu n'es pas une inconnue à proprement parler, nous nous sommes rencontrés hier.

— Je ne vois pas où est la différence, moi.

Ils fixèrent tous les deux leurs mains jointes.

— Combien de temps sommes-nous censés faire ça ? demanda-t-il. Pendant toute la séance, tu crois ?

— La séance dure quatre heures, observa-t-elle avec une grimace. Sans vouloir t'offenser, quatre heures d'affilée à tenir la main de quelqu'un me paraît intenable.

— J'imagine que ça dépend de qui est ce quelqu'un.

Il souligna sa phrase avec un clin d'œil qu'en temps normal elle aurait trouvé gnangnan. Et qui était gnangnan, en fait, mais, curieusement, cela ne l'exaspéra pas.

— C'est peut-être ce genre de choses qu'ils veulent vérifier, dans leur étude, hasarda-t-elle.

— Tu as sans doute raison, répondit-il en posant le coude sur le dossier.

Elle fut obligée de l'imiter, de sorte que tous les deux se trouvèrent pelotonnés sur les énormes coussins du canapé. Se tenir les deux mains dans cette position ne serait pas tenable longtemps.

— C'est trop forcé, comme ça. Trop tendu. On essaye avec une seule main ? proposa-t-elle. On sera mieux.

— Bien sûr, fit-il en regardant autour d'eux. Tu crois qu'ils ont des caméras cachées ?

Elle y avait songé, mais le dossier n'incluait pas l'avertissement de rigueur dans l'esprit « Souriez vous êtes filmés. »

— Je ne pense pas, on ne nous a pas fait signer la permission de filmer, ce serait illégal. Parfois, ils le font, alors que la présence de caméras n'est même pas confirmée.

Matt serra les doigts, mais d'une façon si légère, qu'elle n'arriva pas à décider si c'était un geste intentionnel.

— On dirait que tu es une habituée de ce genre d'expériences.

Elle le dévisagea en tentant de deviner si elle pourrait éprouver quelque chose pour lui d'ici à la fin de l'expérience.

— J'en ai fait quelques-unes. C'est relativement intéressant, c'est très facile, et surtout, ils payent bien. J'en déduis que c'est ta première fois ?

— En effet. J'étais vierge jusqu'à aujourd'hui. Côté expériences psy, je veux dire.

Il s'était hâté d'ajouter la dernière phrase et il roula des yeux, comme s'il voulait s'en excuser. Elle contint un rire ironique. Etant donné la nature de l'étude, il aurait été étonnant qu'ils n'en viennent pas à parler de sexe. Mais c'était tout de même une chance d'avoir en face d'elle un type qui ne croyait pas que les blagues salaces soient une bonne entrée en matière.

— Et qu'est-ce qui t'a décidé à te laisser déflorer, si je puis dire ?

— J'ai vu l'annonce et je ne pouvais pas laisser passer cette chance. Avec l'argent qu'on va gagner, je pourrai pratiquement gagner la somme qu'il me faut pour partir à Cancun au printemps avec la fraternité. Ils ont trouvé un bon deal, l'appart est super, dans un complexe « tout inclus ».

L'aiguillon de l'envie la titilla sans qu'elle comprenne vraiment pourquoi. Après tout, elle n'avait pas le temps de prendre des vacances. Elle aurait le temps de voyager lorsqu'elle aurait ce poste à plein-temps et les avantages qui allaient avec. Ça valait la peine d'attendre.

— Tu t'es trouvé une expérience plutôt curieuse, pour débuter, dit-elle.

Il baissa la tête mais la releva pour la fixer avec ses yeux décidément pas-du-tout-bleus. Plutôt vert-marron. Noisette, en fait.

— Oui, je sais… Je veux dire, c'est dingue, non ? Enfin, que nous soyons censés finir…

Ils regardèrent tous les deux vers le lit, et ensuite, partout ailleurs sauf vers l'autre, leurs mains toujours collées et toujours moites.

Cependant, au contraire de ce qu'elle avait craint en abordant « la question », la conversation ne devint pas tendue. Matt avait une bonne réserve d'anecdotes assez drôles, une jolie voix, profonde et calme et un rire plutôt attachant.

Lorsque l'alarme bourdonna, annonçant la fin de la séance, elle avait même oublié qu'elle lui tenait la main. Enfin, pas vraiment oublié, puisque chaque fois que l'un ou l'autre bougeait ou se levait pour boire ou aller aux toilettes, ils devaient faire un effort conscient pour enlacer de nouveau leurs doigts. Mais elle avait oublié que c'était incongru, étrange et artificiel, songea-t-elle en s'étirant. Matt lui tendit son manteau avant d'enfiler le sien.

— Tu as entendu parler du « assag » ? demanda-t-elle alors qu'ils quittaient la pièce.

— Ça me dit quelque chose, fit-il en lui tenant la porte.

— C'était un rituel de l'amour courtois en Europe, au Moyen Age. Le chevalier avait le droit de coucher dans le même lit que sa dame, mais ils ne faisaient pas l'amour. A la Nouvelle-Angleterre, bien plus tard, il y avait le « bundling » : on permettait aux jeunes couples fiancés de dormir ensemble, surtout en hiver, pour qu'ils se tiennent chaud, mais on plaçait une planche de bois au milieu pour éviter les dérapages.

Le rire de Matt résonna dans le couloir du département, éclairé seulement par les lumières de sécurité. Leurs pas étaient le seul bruit qui résonnait, en dehors du « flop-flop » de la serpillière qu'un employé passait à quelques mètres d'eux. Melissa remarqua qu'ils marchaient au même rythme. De façon naturelle, Matt avait adapté ses foulées aux siennes.

— Hum, l'idée ne manque pas d'intérêt, dit-il. Et ce qu'on vient de faire t'y a fait penser ?

— Oui, il y a un lien, je trouve. Ces jeunes couples ne se connaissaient pas forcément avant de commencer, mais le but, à terme, c'était qu'ils finissent ensemble. Je veux dire, mariés à terme, non pas au lit. Enfin, tu vois ce que je veux dire…

Et là, décida-t-elle, il était temps qu'elle se taise.

En silence, ils arrivèrent dans le hall d'entrée. La main déjà sur la poignée de la porte, Matt se rappela qu'une fois sortis du bâtiment, ils n'auraient pas le droit de se parler.

Il regarda Melissa.

— Tu as une idée de ce qui va se passer par la suite ?

— Aucune. J'imagine qu'il faut attendre et… voir.

Bon, elle n'était pas blonde, elle n'avait pas les yeux bleus et elle était loin, mais très loin, du bonnet D. Mais il avait aimé sa façon de lui serrer la main, ferme mais cordiale. Elle avait des mains petites à la peau douce qu'elle avait abandonnées dans les siennes, de façon assez détendue, pendant leurs quatre heures de conversation.

En fait, songea-t-il le lendemain en se rasant avant de retourner au laboratoire, cela avait été un premier « rendez-vous » plutôt chouette. Il avait vécu pire, et même si Melissa ne lui avait pas tourné la tête lorsqu'il l'avait rencontrée au bar, la soirée avec elle s'était avérée fort agréable. Une autre raison qui le motivait pour y aller, c'était qu'il pouvait ainsi esquiver Damian et les autres « frères » qui allaient passer la soirée à taquiner des étudiantes de première année. Avec une sororité, ils avaient mis en place une « poker party », au cours de laquelle chaque participant recevait la moitié d'une carte et devait trouver la personne détenant l'autre moitié et passer le reste de la soirée avec. Matt n'avait pas la moindre envie de passer des heures à essayer de draguer une fille à peine sortie du lycée…

D'après la liste, il allait plutôt passer la soirée à tenir les mains de Melissa et aussi… à la prendre dans ses bras. Il n'avait aucune idée de la façon dont l'expérience allait se dérouler, mais il était motivé pour l'apprendre. En tout cas, il y avait fort à parier que la soirée serait mille fois plus intéressante que celles des dernières semaines, qu'il avait passées à travailler d'arrache-pied et à s'angoisser avec ce tas de factures qui allait bientôt toucher le plafond.

Melissa sentait très bon. Vraiment, un délice. Il sentit son parfum dès qu'il arriva, lorsqu'elle se leva pour l'accueillir. Il l'avait déjà remarqué la veille, mais ce n'était que maintenant qu'il y pensait consciemment. Après un petit instant d'hésitation, ils se prirent dans les bras. Il sentit ses petits seins fermes contre son torse. A l'évidence, son décolleté discret ne lui posait pas le moindre problème.

— Salut ! dit-elle avec un petit rire nerveux.

Elle s'écarta de lui aussitôt. Trop tôt, en fait, se surprit-il à penser.

— Salut, fit-il en l'enlaçant par la taille par pur instinct.

Après tout, c'était pour cela qu'ils étaient là. Avec un naturel désarmant, elle se laissa aller contre lui. Ils restèrent ainsi quelques secondes avant qu'elle ne se détache pour lui parler.

— Comment vas-tu ?

— Bien. Très bien. Et toi ?

Il se demanda ce qu'on attendait d'eux par la suite. Bien sûr, se prendre dans les bras, mais, quatre heures ? C'était infaisable. En même temps, jusqu'à la veille, il n'avait pas imaginé qu'on puisse se tenir les mains pendant quatre heures et ils y étaient parvenus avec un embarras, tout compte fait, minime.

— Super.

Avec un sourire qui exprimait à la fois la confusion et l'ironie, elle le prit par la main et le conduisit jusqu'au canapé. Elle s'y assit, une jambe pliée sous le corps, sans jamais lâcher sa main.

— J'ai eu un coup de fil de mon futur patron, expliqua-t-elle avec une pointe d'excitation. Ils veulent que je commence un mois plus tôt que prévu. J'allais prendre quelques semaines pour moi, mais à présent, je vais pouvoir commencer dès que j'aurai mon diplôme. Ça va être génial.

— Félicitations. Et qu'est-ce que tu vas faire ?

— Je commence un stage rémunéré chez Tripe Smith & Brown. C'est une boîte d'expertise comptable très importante.

Ça, il n'était pas sans l'ignorer. Tripe Smith & Brown était à la tête du secteur sur trois Etats à la ronde. Nombreux étaient les étudiants prêts à tout pour y trouver une place.

— Et après le stage, continua-t-elle, j'aurai presque à coup sûr un job à plein-temps. C'est top.

— Tu m'étonnes, tu as de la chance.

Il joua avec leurs doigts en remarquant encore une fois qu'elle avait une peau d'une douceur incroyable. Il l'envia. Lui n'avait rien de semblable en perspective. Quelques pistes, oui, pour des postes d'ingénieur, mais rien de ferme.

— Mais tu ne voudrais pas prendre un peu de vacances ?

Elle haussa les épaules.

— Dans l'absolu, c'était l'idée, mais j'avais prévu de m'occuper de mon nouvel appart, donner un coup de peinture, ce genre de choses. Ce n'est pas comme si j'avais une semaine à Cancun en vue.

— C'est vrai.

Il songea à la semaine de plage, soleil, filles et alcool que Damian lui faisait miroiter. C'était pour cela qu'il participait à l'expérience, justement.

— Alors. Des « étreintes », dit-elle avec ce sourire qu'il commençait à connaître. Je ne sais pas pourquoi, mais j'ai eu l'impression que c'était moins compliqué que de se prendre la main. Et toi ?

Il hocha la tête. Oui, cela avait été assez facile, mais qu'elle ait fait le premier pas avait aidé pas mal.

— On doit recommencer, tu crois ? demanda-t-il.

— C'est l'idée, on dirait. En revanche, je me demande combien de fois on est censé se prendre dans les bras pendant quatre heures.

Il lui tendit les bras en riant.

— A mon avis, beaucoup. Autant commencer tout de suite.

Leurs corps serrés, ils continuèrent à discuter. Ils essayèrent plein de choses. Debout. Assis. Debout mais en cuillères, ce qui consistait peut-être à prendre des libertés avec la notion de « se prendre dans les bras » mais qui était, Melissa argumenta, absolument approprié si on s'en tenait à la notion d'« étreinte ». Ce ne serait pas lui qui la contrarierait, parce que sentir tout l'arrière de son corps contre lui, tous les deux allongés sur le canapé était une sensation fort agréable. Et ils étaient tombés d'accord sur le fait que le but du jeu devait sans doute être que leurs corps aient le plus de surface de contact possible.

Donc, des étreintes. Par moments, ils parlaient. A d'autres, ils restaient silencieux. Puis la conversation reprenait, on aurait dit que leurs sujets de conversation flottaient dans le labo, et qu'ils n'avaient qu'à tendre la main pour en attraper un. Sans la pression de devoir « conclure », tout semblait plus simple, et la question ne se poserait pas avant la dernière séance. Si tant est qu'elle se posait. C'était dans deux jours seulement, et Matt savait que, le moment venu, il ne dirait pas non, mais il ne s'attendait pas à ce que Melissa partage cette attitude.

— Déjà 10 heures ! C'est passé hypervite, dit-elle alors qu'elle se trouvait blottie contre lui, les bras autour de sa taille.

Elle releva la tête pour le regarder.

— C'était… une chouette soirée, Matt. Merci.

Il la fixa en remarquant la constellation de taches de rousseur qui ornaient délicatement son nez. La couleur de ses iris changeait de façon surprenante, comme du miel traversé par un rayon de soleil.

— Merci à toi, j'ai aussi passé un excellent moment. Tu sais, sans pression, ni rien. Je crois que je vais en parler dans mon rapport.

— Moi aussi, dit-elle en souriant. Mais je ne suis pas sûre qu'on ait le droit d'échanger à propos de ce qu'on compte écrire.

— Tu as sans doute raison.

Il relâcha son étreinte, à contrecœur. C'était la réaction la plus normale, se dit-il. Son corps de mâle en âge de se reproduire était programmé pour chercher la douceur et la chaleur d'un corps féminin.

Pourtant, il avait l'impression que c'était plus que cela. Une sensation qui ne fit que croître lorsque chacun partit de son côté en sortant du bâtiment. Mais sans doute qu'il se faisait des idées. Ou non ? Il faudrait qu'il arrive à savoir ce qu'il ressentait au juste avant de plancher sur son rapport.

Il aurait donné cher pour lire ce qu'elle écrivait sur lui.

Des baisers.

Ce soir, ils étaient censés passer aux baisers. Melissa s'était brossé les dents en profondeur trois fois, usant et abusant du fil dentaire, avant de venir au labo, mais elle songeait à utiliser les toilettes pour le faire une quatrième fois lorsque Matt arriva. Elle croqua le bonbon à la menthe qu'elle avait dans la bouche. Et sourit.

— Salut, Matt.

Depuis le début de l'expérience, trois jours plus tôt, elle ne pensait qu'à une chose : allait-elle, ou non, coucher avec lui ? La question avait plané sur chacune des séances, du moment où ils s'étaient tenu la main pour la première fois aux câlins. Elle avait décrit par le menu ses sentiments et émotions ainsi qu'on le lui avait demandé, mais cela ne l'avait pas aidée à résoudre le dilemme. Au contraire, essayer de trouver l'enchaînement d'idées qui l'avait conduite à songer à la taille du sexe de Matt alors qu'il venait juste d'enlacer ses doigts n'avait fait que la plonger encore plus profondément dans la confusion.

— Salut, répondit-il avec un large sourire. Alors. Tu te sens prête pour le programme de ce soir ?

— Je ne sais pas. Je crois… En tout cas, j'ai évité l'ail aujourd'hui. Toi aussi, j'espère !

— Evidemment, fit-il en se penchant pour avouer sur un ton de confidence : J'ai dû me brosser les dents une dizaine de fois.

Elle rit en s'étonnant de la simplicité avec laquelle elle le laissait lui prendre la main pour aller se blottir avec lui sur le canapé, leurs membres emmêlés en toute confiance. Si les instructions dictées cherchaient à instaurer une intimité progressive entre eux, le but avait été atteint. La personnalité de Matt, aussi, y était pour quelque chose. Elle connaissait pas mal de types sur le campus avec lesquels, elle en était sûre, elle ne serait pas parvenue à se détendre.

— Je vais t'avouer un truc, dit-il en jouant avec ses doigts, si tu me promets de ne pas rire.

Elle éclata de rire.

Bravo.

— Oups, pardon.

Il hocha la tête, amusé.

— Je n'ai pas été aussi nerveux à l'idée d'embrasser quelqu'un depuis la quatrième quand on jouait au « septième ciel » enfermés dans le placard de la classe.

— Jamais joué. Pour moi, c'était « action ou vérité ».

— Mais, tu vois de quoi je veux parler ?

— Absolument. A moi de passer aux aveux : songer à embrasser quelqu'un ne m'a jamais mise dans un tel état. J'ai passé la journée sur les nerfs !

Il pressa sa main.

— Tu n'en as pas envie ?

Y avait-il une pointe de déception dans sa voix ou était-ce elle qui se faisait des idées ?

— Mais non, bien sûr que j'en ai envie. Je veux dire… Toi, tu veux ?

— Evidemment. Mille dollars, rappelle-toi.

Elle prit une longue inspiration.

— Tu as raison. Ce serait bête de s'arrêter en si bon chemin.

Ils hochèrent la tête à l'unisson.

Mais aucun ne fit le premier pas.

— On devrait peut-être se lancer en même temps, suggéra-t-il. Oh ! là là. C'est stupide. Tu me trouves bête ?

— Mais non, pas du tout, le rassura-t-elle en riant. Je suis aussi nerveuse que toi. Ce n'est franchement pas la façon la plus courante d'embrasser quelqu'un pour la première fois. Et en plus, j'essaie de me rappeler chaque détail pour pouvoir ensuite rédiger le rapport. Alors que pour un premier baiser, on est dans les sensations, pas dans l'analyse.

— On va compter jusqu'à trois, d'accord ? murmura-t-il, les yeux brillants. Et on y va.

— Allez.

Un. Deux. Trois…

Seigneur, que c'était mauvais. Avec acharnement. Leur baiser tenait plus de l'accrochage entre deux voitures qu'à quelque chose dans le domaine de la sensualité. Ils s'écartèrent, elle se tâta la bouche pour s'assurer qu'elle ne saignait pas. En tout cas, elle avait mal.

— Alors, là, c'était nul, dit Matt.

Elle rit encore.

— Je ne te le fais pas dire.

Il passa doucement la langue sur ses lèvres et s'approcha d'elle un rien, à peine quelques millimètres.

— On réessaye. Plus doucement, d'accord ? Et si… et si c'était toi qui commençais ?

— Moi ? Et pourquoi moi ?

Elle avait parlé d'une voix haut perchée. Mais quelle bécasse. Il rougit. C'était mignon, un garçon qui piquait un fard.

— C'est que… Je me disais que ce serait mieux, c'est tout.

— Pourquoi ?

Il fixa leurs mains jointes. Se tenir les mains était devenu comme une seconde nature, elle n'y pensait même plus.

— Parce que… Parce que tu es la femme et que je veux être sûr que tu… Tu vois. Que tu le veux vraiment, et tout ça.

— Mille dollars, rappelle-toi, le taquina-t-elle.

— Oui, bien sûr, mais à part les mille dollars. Je préfère être sûr que tu en as envie.

Sa prévenance la toucha, et elle se surprit à hocher la tête même si l'idée de faire le premier pas pour l'embrasser lui nouait l'estomac.

— C'est adorable, Matt.

— Bien sûr, je suis un type adorable.

— Et modeste, avec ça.

— Alors ? Tu commences ?

Elle ferma les yeux et inspira profondément.

— Bien sûr. Allez. Je m'y colle.

Jamais auparavant, pour autant qu'elle puisse s'en souvenir, elle n'avait fait le premier pas. De tous ses « premiers baisers », celui-ci commençait à lui apparaître comme le plus mémorable. Et pour cela même, elle décida qu'il fallait qu'il soit inoubliable, et pas seulement parce qu'il avait lieu au sein d'une expérience farfelue, mais juste parce… parce que.

Parce qu'elle pouvait le faire.

Elle se détacha de Matt, s'agenouilla sur le canapé et entoura son visage de ses mains. Il s'était rasé de près, mais elle pouvait sentir sa barbe qui grattait un peu. Elle lui caressa le menton du bout du pouce.

Il ouvrit la bouche, à peine, sans rien dire, ses yeux chevillés aux siens. Ils avaient passé des heures et des heures, les mains enlacées, leurs corps enlacés, ils avaient discuté de toutes sortes de sujets, du plus sérieux au plus léger ; par intervalles de quatre heures, mais c'était la première fois qu'il plongeait son regard aussi profondément dans le sien.

C'était… renversant. Comme un coup de poing dans l'estomac, mais sans la douleur. Oui, la situation était on ne peut plus artificielle, songea-t-elle en étudiant ce visage, mais cela ne la rendait pas moins réelle pour autant.

Puis, il ferma les yeux. C'était vraiment un type adorable, même si elle s'était moquée quand il l'avait dit. Ce n'était plus le Matt de Sig Epsilon qui rêvait d'une semaine de fêtes alcoolisées à Cancun. Mais un autre Matt, beaucoup plus sensible. Vulnérable.

Et, elle ne pouvait s'en empêcher, les garçons vulnérables la faisaient craquer.

A la vérité, elle aussi se sentait assez vulnérable, sur ce canapé, avec ce quasi-inconnu et la responsabilité de prendre l'initiative, forcée de réfléchir intensément à quelque chose que l'on fait en général dans un élan du cœur. Ou au moins du corps. En même temps, songeat-elle, elle pouvait aussi s'arrêter de penser et agir. Voilà. Arrêter de ruminer et se lancer.

Elle pencha la tête, et les yeux fermés entrouvrit la bouche et frôla les lèvres de Matt avec les siennes. Doucement. Elle s'écarta à peine et les frôla de nouveau.

Il frémit, elle put le sentir. Elle allait rouvrir les yeux

pour savoir si tout allait bien, lorsqu'il posa les mains sur ses hanches pour la retenir. Le baiser devint plus profond. Ce n'était pas un baiser enflammé et turbulent comme dans les films, ce n'était qu'une pression légère d'une bouche contre l'autre, mais c'était assez pour qu'elle comprenne qu'ils avaient dépassé ce fameux et compliqué premier pas. Matt répondait à son geste. Il était en train de l'embrasser.

Cela ne dura que quelques secondes, et ils s'écartèrent en même temps. Le souffle tiède de Matt contre ses lèvres mouillées lui indiqua que sa respiration s'était accélérée. Elle avait encore son visage entre ses mains, toujours à genoux sur les coussins. Elle pouvait toujours plonger son regard dans le sien.

— Waouh, souffla-t-il.

— Oui, hein ?

— On devrait recommencer.

Elle acquiesça. Et agit. Un peu plus longtemps cette fois-ci.

Matt avait les yeux embrumés lorsqu'elle le regarda de nouveau. Elle posa les mains sur ses épaules pour dissimuler le tremblement de ses doigts, mais elle ne trouva aucun subterfuge pour masquer le fait qu'elle avait le souffle court. Encore heureux, se dit-elle, que Matt ne pouvait savoir que son cœur battait à tout rompre.

Et il ne risquait pas de se calmer, avec ces baisers délicieux. La langue de Matt se glissa entre ses lèvres, sensuelle, insinuante. Presque sans s'en rendre compte, elle se trouva à califourchon sur lui, une jambe de chaque côté de ses cuisses. Il serrait encore ses hanches.

— Ça… ça va ? demanda-t-il entre deux baisers.

— Oui, c'est bon.

— Bien.

Ils continuèrent à s'embrasser, elle pencha la tête, lui aussi, mais de l'autre côté, et même si leurs nez butaient l'un contre l'autre de temps en temps, dans l'ensemble ils bougeaient de concert. Et il était délicat, elle n'avait pas l'impression, comme parfois avec d'autres garçons, qu'il voulait lui dévorer le visage ou l'étouffer avec sa langue.

C'était une très agréable découverte : Matt savait embrasser. Vraiment bien.

— Je n'avais pas fait ça depuis longtemps, dit-elle lors d'une pause.

— Embrasser quelqu'un ?

Matt avait les yeux qui brillaient, les lèvres humides. Et de nouveau, il avait les joues en feu.

— Non, je veux dire, j'ai embrassé des garçons, mais pas comme ça, dit-elle. Pas juste des baisers.

Elle trouva plus sensé d'ignorer que quelque chose avait bougé, et durci, dans le pantalon de Matt.

Il rit doucement, la tête contre les coussins.

— Juste s'embrasser sans aller plus loin, tu veux dire.

— C'est ça.

Elle songea à bouger, mais elle avait peur de briser l'instant. Et puis, elle était bien, là.

— Tu sais que tu embrasses bien ? dit-elle.

— C'est vrai ?

— C'est vrai.

Il déposa un baiser bref sur ses lèvres.

— Toi aussi. En fait, tu embrasses *très* bien.

— Merci, monsieur.

Il remua, mais c'était évident qu'il cherchait juste à être plus confortable, ce n'était pas une manœuvre dans le genre « J'en profite pour me frotter contre toi. »

— Je ne sais pas comment le dire, Melissa, mais… Il

faut regarder les choses en face : c'est un truc carrément tordu, ces instructions.

— Je suis d'accord, mais c'est propre aux expériences psychologiques, tu sais.

— Tu regrettes de t'être engagée dans celle-ci ? demanda-t-il avec un demi-sourire.

— Non. Et toi ?

— Non. Carrément pas.

Il l'attira contre lui et chercha sa bouche.

— Appelle-moi pervers, mais passer des heures comme ça à s'embrasser, c'est le pied.

Cette fois-ci, ce fut elle qui rougit, et tout à coup elle eut l'impression que la température de la pièce avait doublé. Mais elle savait que ce n'était qu'une impression, comme elle savait que l'enthousiasme de Matt s'appliquait aux baisers sans fin et pas forcément, de façon spécifique, à la part qui revenait à sa petite personne. N'empêche, c'était rassurant. Elle le laissa l'embrasser. A présent, c'était lui qui menait la danse. Elle s'abandonna aux sensations.

Ils s'embrassèrent. Encore et encore. Doucement et avec plus de fougue, de plus en plus de passion. Ils essayèrent toutes les variations possibles, de la même façon qu'ils l'avaient fait les jours précédents quand il fallait se prendre par la main ou se câliner.

Je n'avais jamais embrassé personne aussi longtemps, murmura Matt contre sa bouche. Tu sais, sans essayer d'aller…

— Je sais, répondit-elle. De franchir d'autres…

Le bourdonnement qui annonçait la fin de la séance se fit soudain entendre, et ils sursautèrent tous les deux.

Elle se demanda si elle allait être capable de tenir debout. L'expression « jambes en coton », songea-t-elle, avait dû être inventée par quelqu'un qui avait passé quatre heures à embrasser et à se faire embrasser sur un canapé. Mais en fait, tout son corps semblait électrisé, hypersensible au moindre frôlement. Le bout de ses seins pointait sous son pull, une boule de chaleur humide embrasait son ventre. Si elle ne se frotta pas contre Matt comme une chatte en chaleur, ce ne fut pas par timidité, mais parce qu'elle se rappela juste à temps que tout cela, ils le faisaient au nom de la science, ou plutôt, de leur compte en banque.

— C'est l'heure, apparemment, dit-il d'une voix rauque.

— Je sais, j'ai juste besoin d'un petit instant, répondit-elle.

Chaque mot qu'elle prononçait portait encore le goût de Matt.

— Je vais avoir beaucoup à écrire, fit-il en la serrant contre lui brièvement avant de se redresser.

— Moi aussi.

Finalement, ils parvinrent à se relever. Une fois debout, ils durent remettre leurs vêtements et leurs cheveux en ordre. Elle fit quelques pas pour s'assurer que ses jambes lui obéissaient et réprima un sourire en voyant que Matt lui tournait le dos. Ah, les garçons et leur trouble, c'était toujours moins discret.

Sans rien dire, ils regagnèrent la porte d'entrée, et il ne dit rien non plus lorsqu'il lui tint la porte, comme il l'avait fait la veille et l'avant-veille. Elle sortit avec un pincement au cœur. Une fois dehors, ils n'auraient plus le droit de s'adresser la parole.

La voix de Matt l'arrêta alors qu'elle s'avançait seule sur le trottoir.

— Melissa !

Elle se tourna.

— Oui ?

— On se voit demain soir.

— Oui, répondit-elle, soulagée. Demain soir.

*
* *

Matt ouvrit la porte du laboratoire avec un sourire impatient en s'attendant à y trouver Melissa comme les trois autres fois. Son sourire se changea en une moue déconfite lorsqu'il découvrit la pièce vide. Il s'avança et regarda autour de lui tout en sachant que s'il ne la voyait pas, c'était qu'elle n'était pas là, il n'y avait nulle part où se cacher.

Elle n'allait pas venir.

Il n'y avait aucune raison pour que son absence lui donne envie d'envoyer son poing contre le mur, et pourtant. Après tout, ce n'était qu'une expérience à la noix, non ? Ce n'était pas comme s'il n'y avait pas d'autres filles qui auraient envie qu'il leur prenne la main et les embrasse, ou qu'il couche avec elles, non pas pour de l'argent ou parce que les gens du département de psychologie étaient des tarés. Il n'y avait rien de plus facile que d'aller passer la soirée avec la fraternité et de choisir une nana de première année qui mourait d'envie de visiter la chambre d'un étudiant plus mûr…

La porte grinça et il se tourna, le cœur battant à tout rompre dans sa poitrine. C'était sans doute Randy ou Ada qui venait le prévenir qu'il pouvait rentrer chez lui.

C'était Melissa.

En moins de temps qu'il ne faut pour le dire, elle était dans ses bras, sa bouche contre la sienne, ses bras autour de lui. Il ne savait plus qui avait embrassé l'autre en premier, tout ce qu'il savait c'était que, au moment précis où il l'avait pressée contre lui, les mains sur ses fesses, elle s'était hissée d'un petit saut sur lui.

Ce genre de choses n'arrivait jamais dans la vie réelle. En tout cas, pas dans la sienne. Aucune femme ne lui avait jamais sauté au cou, comme ça, littéralement. Ni enlacé ses jambes autour de sa taille, ni pris sa langue dans sa bouche avec une douceur telle qu'il crut qu'il allait jouir sur-le-champ rien que pour ça. Mais tout cela était bel et bien en train de lui arriver, et c'était bel et bien lui qui avait dans ses bras une femme toute douce et qui sentait bon comme le printemps. C'était lui aussi, aucun doute là-dessus, qui avait une érection à faire pâlir d'envie une star du porno.

Non, pas « une femme ». Melissa. Ses bras, sa bouche et son corps étaient submergés par Melissa, et cela, se rendit-il compte, abasourdi, faisait toute la différence.

— J'ai cru que tu n'allais pas venir, dit-il contre sa bouche en marchant à reculons, ses bras bien serrés autour d'elle, vers ce lit où ils ne s'étaient même pas assis.

— J'étais en retard, désolée, fit-elle, les yeux étincelants.

En quelques secondes, ils étaient sur le lit, elle sur lui, le chevauchant. Il chercha ses hanches, elle se pencha sur son visage, ses cheveux longs formèrent un rideau autour de leurs visages. Elle l'embrassa avec cette douce violence qui le rendait fou.

Aujourd'hui, le programme voulait qu'ils passent aux « câlins poussés ». Lorsqu'il avait lu ces mots sur la feuille de route, il les avait trouvés ridicules, mais à présent, il ne voyait pas une autre façon de décrire ce qui les attendait. Des câlins, des caresses, des étreintes… que des choses qu'il voulait faire avec Melissa. Mais il y avait encore des limites. Ils ne pouvaient se toucher que SUR les vêtements, c'était spécifié, noir sur blanc et en lettres capitales. Il avait ricané en lisant ça aussi. Mais là, il ne riait plus.

Il tendit la main pour rassembler sa chevelure soyeuse dans son poing.

— Melissa.
— Mmm ?
Elle souriait.
Comment avait-il pu croire que la taille de ses seins avait de l'importance ? Comment avait-il même pu se dire que le fait qu'elle *ait* des seins pourrait lui donner envie de coucher avec elle ? En seulement quatre jours, toutes les idées qu'il avait sur le sexe avaient été complètement chamboulées.
— J'ai pensé à toi toute la journée, dit-il d'une voix sableuse qui ne ressemblait pas tellement à sa voix habituelle.
Elle hocha la tête, ses lèvres frottant les siennes.
— Moi aussi. C'est fou, hein ?
— Dingue.
— Embrasse-moi, souffla-t-elle.
Il ne se fit pas prier. Il roula et la fit rouler, de sorte qu'il était pratiquement sur elle, sa jambe entre les siennes. Il aurait pu jurer qu'il sentait la chaleur de son sexe à travers le jean. Il frémit en s'imaginant poser sa main dessus.
Que diable, sa bouche.
Elle murmura son prénom à son oreille, glissa le long de son menton, mordilla la peau si sensible de son cou. Savait-elle que cela le mettait dans tous ses états ? Randy et Ada ne lui avaient communiqué aucune des réponses que Melissa avait fournies, donc, a priori, elle ne connaissait pas non plus les siennes. Et pourtant, elle semblait savoir. Quand sa langue titilla sa chair, il ne put contenir un grognement.
Son sexe était dressé et durci à l'extrême contre son boxer. En homme averti, il avait enfilé le caleçon le plus serré qu'il possédait. Mais ça n'avait servi à rien. Au contraire, il avait l'impression que son sexe avait triplé

de volume dans son boxer. Il avait pratiquement passé la journée à bander, après une nuit de rêves érotiques de laquelle il s'était réveillé frustré et endolori. Sous la douche, il avait commencé à prendre les choses en main, mais bien que les règles de l'expérience ne lui interdisent pas de se soulager, il s'était finalement ravisé, parce que… il avait décidé qu'il ne voulait pas gâcher un orgasme dans la solitude de sa douche. Pourquoi ? Il n'en savait rien. C'était comme ça.

— J'ai rêvé de toi, dit-il.

— C'est vrai ? fit-elle en parsemant son cou de baisers avant de redresser la tête et de le regarder.

— Oui.

Elle sourit. Oh ! Il voulait plonger dans ce sourire. Le lécher, l'embrasser, écrire un livre de poèmes tout autour de ce sourire. Il pourrait se mettre à genoux devant elle et l'adorer rien que pour ce sourire.

Des poèmes ? Bon sang, je perds la boule.

Elle fit courir ses doigts dans ses cheveux et tira dessus, à peine, juste ce qu'il fallait pour qu'il la regarde dans les yeux.

— Et il se passait quoi, dans ton rêve ?

— Ça. J'étais avec toi, je t'embrassais, je te caressais.

Elle émit un petit bruit de gorge, un son si sexy qu'il aurait bandé rien qu'en l'entendant s'il n'avait déjà été sur le point d'exploser dans son pantalon.

— Oh ! Matt…

Il l'embrassa sur les lèvres et continua le long du menton jusqu'au creux de son cou.

— Tu veux que je te caresse ?

— Oui, fit-elle dans un murmure où se mêlaient excitation et embarras.

Des sentiments qu'il partageait.

Il posa une main sur l'une de ses hanches et la remonta jusqu'à son buste, mais il hésita avant d'envelopper son sein, même s'il en crevait d'envie. Ils se regardèrent dans les yeux. Il savait qu'il n'avait rien à se reprocher, l'expérience avait été sciemment conçue pour les amener là, mais tout à coup il n'était pas sûr d'avoir le droit de continuer.

— Ça va, Matt ? demanda-t-elle, douce.

— Et toi, ça va ? Tu es sûre ?

Du bout du doigt, elle dessina le contour de son oreille.

— Oui, je suis sûre. Et toi ?

— Oh ! que oui, grommela-t-il. Tu vois, non ? Je bande comme…

Il ne finit pas la métaphore, c'était assez clair de toute façon.

— Quand j'étais en train de rédiger mon rapport hier soir, fit-elle, j'avais vraiment du mal à trouver les mots pour décrire tout ce que cette expérience suscite chez moi. Non pas parce que je n'avais pas les idées claires, ni parce que j'étais gênée, ce n'est pas ça. C'est de la science, après tout.

— Alors, pourquoi ?

Il remonta sa main de quelques millimètres, le dos de sa main frôlait à peine la courbe du sein de Melissa.

— Parce que, quand j'ai commencé l'expérience, je n'avais pas imaginé une seconde que ça puisse se passer comme ça, avoua-t-elle. Ne te vexe pas, mais si on m'avait dit, quand tu es entré dans la pièce, que j'allais avoir envie de me blottir contre toi et de faire tout ce que j'ai envie de faire en ce moment, j'aurais ri.

Sans savoir pourquoi, ces mots le soulagèrent.

— Ah, non ?

Elle éclata de rire, et… Dieu qu'il aimait qu'elle soit capable de rire dans un instant pareil.

— Pas vraiment, non. Pas toi ?

— J'ai toujours su que j'arriverais à le faire, dit-il, mais le vouloir vraiment, comme ça… C'est une autre paire de manches.

Elle l'embrassa doucement.

— Je ne sais pas quelle hypothèse ils cherchent à confirmer ou à infirmer avec nous. Je sais seulement que je ne peux pas arrêter de penser à toi, que je veux que tu me caresses partout, et que je veux aussi te caresser partout.

Il enfouit le visage contre son cou avec un grognement de plaisir.

— Moi, c'est pareil.

— Alors, ne te prive pas, l'invita-t-elle en se cambrant. Touche-moi, Matt. Où tu veux.

Sa voix avait changé, elle était un peu rauque, essoufflée. Terriblement sexy.

Il n'avait pas été aussi excité à l'idée de toucher une fille depuis… il ne pouvait plus se rappeler depuis quand. Lorsqu'il fit glisser sa main et enveloppa le sein dans sa main, elle frémit. Oh. Elle ne portait pas de soutien-gorge. Elle ne portait pas de soutien-gorge. Non. Elle n'en portait pas. De soutien-gorge. Il déglutit avec difficulté en même temps qu'il jouait avec un mamelon en maudissant la règle « SUR les vêtements ».

Elle l'embrassa à pleine bouche, il pouvait sentir le bout de son sein se dresser et devenir un petit bouton tout dur. Par pur instinct, il le pressa doucement et le roula entre ses doigts. Elle ronronna comme un chat et le serra contre son ventre en lui passant une jambe à la taille.

De façon tacite, ils jouaient sur la lenteur des baisers comme s'ils avaient banni le mot « effréné » de leur vocabulaire. Savoir qu'ils ne pourraient aller plus loin était très frustrant, mais surtout terriblement érotique. Matt comprit tout à coup la portée du concept « se concentrer sur l'instant » : n'étant pas distraits par le pas suivant, ils pouvaient savourer pleinement chaque caresse, le moindre geste, le mouvement le plus infime. Qui devenait affolant, non pas en tant que préliminaire, mais par lui-même.

En même temps, il risquait de jouir comme un gamin dans son pantalon s'il ne faisait pas gaffe.

Il plaqua sa cuisse contre l'entrejambe de Melissa, elle poussa un petit gémissement, sexy en diable. Il sourit, aux anges. Doucement, il enveloppa ses fesses d'une main et la serra contre lui. Elle ouvrit les yeux.

De si près, il pouvait apprécier le camaïeu de tons allant du caramel au miel dans ses iris, détailler chaque tâche de rousseur avec sa forme unique.

— Je ne crois pas avoir déjà regardé quelqu'un comme ça.

— Non ?

Il secoua la tête et berça leurs deux corps sur le matelas. Elle gémit encore en baissant les paupières, elle ploya la tête en arrière en une invite muette qu'il accepta sans se faire prier. Il embrassa et mordilla son cou comme elle l'avait fait, et elle recommença à onduler des hanches.

— Non, dit-il, sans ajouter aucune autre explication.

Les quatre heures qui le premier jour avaient semblé interminables passaient à présent à une vitesse vertigineuse. Ils évoluaient sur le lit, tantôt roulant l'un sur l'autre, tantôt allongés face à face, en cuillère. En s'embrassant tout le temps, tout le temps. Leurs mains ne s'arrêtaient jamais.

Il pencha la tête et frotta sa joue contre un de ses seins, puis en aguicha le bout avec le nez avant de le presser doucement entre ses lèvres par-dessus le tissu.

— J'adore tes…

Il s'arrêta juste à temps.

— Nichons ? finit-elle en éclatant de rire. Tu allais dire nichons ? C'est bon, je connais le mot.

— Oui, admit-il en pressant ses lèvres de nouveau. J'ai eu peur que tu te fâches.

— Mmm, ça ne risque pas tant que tu continues à faire ça…

Ce qu'il fit. Sur un sein, puis sur l'autre. Ses petits seins fermes qui défiaient la loi de la gravité lui tournaient complètement la tête. Comment avait-il pu passer toute sa vie à négliger la beauté des petits seins ? Il descendit en baisers vers le ventre, le T-shirt de Melissa ayant remonté, il y trouva une parcelle de peau nue. Sa bouche s'y attarda, oh zut, par pur accident. Par définition, un accident ne pouvait pas être évité, non ? Ce n'était pas une entorse aux règles.

En murmurant son prénom, Melissa enfouit les doigts dans ses cheveux, joua avec eux, tira doucement dessus. Il sentit son sexe se durcir encore, il avait mal, mais mal, et une envie animale de se frotter contre elle, contre le matelas, peu importait. Son désir était monté à un point insoutenable.

Dieu qu'elle était sexy, la chevelure éparse, la bouche entrouverte, avec cette bande de peau découverte qui soulignait la finesse de sa taille. Il glissa une main entre ses cuisses et en couvrit son sexe. Elle poussa encore ce gémissement qui le rendait fou en se pressant contre sa paume, rouvrit les yeux et tira sur sa chemise pour qu'il vienne sur elle. Il s'allongea en essayant de ne pas peser trop lourd, et son sexe alla se nicher très exactement entre ses cuisses. Un cri brisé sortit en même temps de leurs bouches.

— Embrasse-moi, demanda-t-elle.

Il obtempéra. Ils commencèrent à bouger en cadence.

Se frotter l'un contre l'autre, encore habillés, ce n'était pas vraiment romantique et il avait l'impression d'être retombé en adolescence mais… c'était si excitant qu'il se fichait de tout le reste.

Il donna des coups de reins moins puissants que s'il avait été en elle tout en s'imaginant y être. Ils portaient encore tous leurs vêtements et son sexe était sur le point d'exploser, mais comme ersatz, ce n'était pas si mal que ça, cette pression intermittente, ces caresses… Et cette façon qu'elle avait de se déhancher contre lui doucement en jouant avec sa langue, qu'elle absorbait dans sa bouche par intermittence, suscitant une décharge électrique qui l'électrisait de la tête aux pieds.

— C'est… de la folie, fit-elle. C'est vraiment dingue, Matt.

— Je sais, je sais. Tu crois qu'on doit arrêter ? Tu veux que je…

— Non, oh, non, reste. Reste. Je suis si excitée que je crois que je vais… oh, oui, fais ça, c'est…

Ses mots étaient entrecoupés par son souffle affolé. Et lui, qui n'avait pas éjaculé dans son pantalon depuis le lycée, commença à craindre de ne plus pouvoir se retenir.

Bzzzz.

Ouf. La séance était levée. Et pas que la séance.

Lorsque la sonnerie retentit, Melissa avait stoppé net et avait ouvert de grands yeux. Il s'arrêta aussi, frustré mais soulagé d'avoir tenu jusqu'au bout. Encore à la lisière de l'orgasme, il se concentra pour recouvrer ses esprits.

— Ne bouge pas, dit-il en souriant. Sérieux. Je suis trop près…

Elle écarquilla les yeux, s'humecta les lèvres.

— C'est vrai ?

Il se sentait un peu bête, mais il ne put que confirmer

en hochant la tête. Son sexe était dur et tendu comme une corde d'amarrage. Il se demanda comment il allait pouvoir se relever, et surtout marcher sans boiter de façon ridicule. Et le sourire amusé mais tendre de Melissa n'arrangeait pas les choses.

Heureusement qu'elle eut pitié de lui et se releva après avoir déposé un baiser léger sur ses lèvres. Il se tourna à plat ventre et la regarda tout en jurant en son for intérieur contre son sexe, lequel semblait doué de volonté propre et parfaitement indifférent à son embarras.

— A demain ? demanda-t-elle.

— Oh que oui. A demain, Melissa.

Il aurait été plus facile de taper son rapport sur l'ordinateur, se dit Melissa en se mordillant la lèvre. Elle s'arrêta parce qu'elle avait les lèvres hypersensibles après le marathon de baisers. Mais c'était une sensation agréable. Plus qu'agréable, en fait. Mais qui la distrayait de la tâche à accomplir, à savoir finir de remplir la paperasse liée à l'expérience.

Elle avait coché toutes les cases, répondu à chacune des questions. Avec une honnêteté sans faille : ce qu'elle avait pensé la première fois qu'elle avait vu Matt, ce qu'elle avait éprouvé, comment ses sentiments avaient évolué depuis.

Mais, ses intentions ?

Quelles étaient-elles, au juste ? La veille, en rentrant, elle était allée se coucher directement, mais elle avait passé une bonne heure à se tourner et retourner dans le lit avant de sombrer dans un sommeil agité par les désirs accumulés dans son corps. Au milieu de la nuit, elle avait pris une douche bouillante, qui ne l'avait aidée en rien.

Elle aurait peut-être pu se détendre si elle s'était caressée, mais quelque chose l'avait arrêtée, elle ne savait pas quoi.

La dernière question continuait à la narguer, encre noire sur papier blanc, franche et même osée. Mais simple et directe, et, en théorie, pas plus difficile à compléter que les précédentes.

Après ces quatre premières séances, envisagez-vous à présent d'avoir des rapports sexuels complets avec votre partenaire dans l'expérience ?

Une réponse positive ne voulait pas dire qu'elle était obligée de le faire, ça, elle le savait. Ils ne pouvaient pas l'obliger à coucher avec Matt, et tant qu'elle avait assisté à toutes les séances et rempli les formulaires, ils étaient obligés de la dédommager pour son temps. Sauf que tout à coup l'argent avait beaucoup moins d'importance que de découvrir comment ce serait d'avoir Matt en elle. Ou le bruit qu'il ferait en jouissant. Ou s'il allait trembler de plaisir dans ses bras.

Il fallait qu'elle arrête d'y penser. Elle inscrivit sa réponse rapidement, rangea les feuilles dans l'enveloppe prévue à cet effet, la ferma et la mit à côté de son sac. Elle la déposerait au bureau de Randy et Ada à l'heure du déjeuner.

Et ensuite… ce soir. Oh ! ce soir. Elle serra les cuisses et frémit à la pensée de ce qui pouvait — allait ? — se passer. Elle éclata de rire. C'était une drôle d'expérience, ridicule et très formatée en principe, mais si surprenante et excitante à l'arrivée. Et parfaite par son côté sensuel.

Toute la journée, ses efforts pour se concentrer sur les cours firent chou blanc. Rien à faire, Matt s'était installé pour de bon, indélogeable, dans ses pensées.

Lorsqu'elle arriva au laboratoire, il se trouvait déjà

devant la porte, elle le vit depuis le bout du couloir. Ses épaules larges, ses cheveux couleur sable qui n'étaient ni bruns ni rebelles. Il se tourna, ses yeux noisette plissés comme s'il était contrarié.

— Matt ?

Il désigna la porte. Elle s'approcha pour lire la feuille qu'on y avait affichée. Sous l'en-tête du laboratoire, comme les feuilles du rapport, elle lut ce qu'on y avait imprimé dans la même police que les documents. Ce n'était pas une question, cette fois-ci, mais une affirmation. Brutale.

Expérience conclue.

— Oh ! non, s'exclama-t-elle, déçue.

— Tu peux le croire ? fit-il avec un geste exaspéré. Ils se fichent de nous, ou quoi ?

— J'imagine qu'ils ont recueilli toutes les données dont ils avaient besoin. Ça arrive qu'ils arrêtent avant la fin programmée de l'expérience, dans ce cas.

— Eh bien, ce n'est pas cool, fit-il.

Oui, c'était le moins qu'on puisse dire, songea-t-elle. Elle relut l'affichette, mais, sans surprise, elle disait toujours la même chose.

Elle se tourna vers lui, qui la dévisageait.

— Donc, dit-il, j'imagine que ça veut dire que tu avais répondu « oui ».

— A la dernière question ? Oui, j'ai répondu oui. Et toi aussi, non ? Ou alors tu ne serais pas ici.

— Bien sûr que j'ai dit oui ! Même si je n'étais pas sûr que tu répondes oui aussi.

— Pourquoi ?

— Juste… comme ça. Je n'en étais pas sûr.

Ils longèrent le couloir comme ils l'avaient fait les

quatre soirs précédents. Sauf que cette fois-ci, après avoir franchi la porte du bâtiment, ils ne se séparèrent pas. Matt s'arrêta et la regarda, en passant le poids de son corps d'un pied à l'autre.

Etait-il… nerveux ?

Elle, en tout cas, l'était. La fébrilité qui ne l'avait pas quittée de la journée s'estompait de seconde en seconde. Elle ferma les yeux et laissa la brise du printemps caresser son visage. Voilà, elle avait participé à une expérience scientifique qui venait de s'achever. Pas de quoi fouetter un chat.

— Je peux te raccompagner chez toi ? demanda-t-il.

Et la température grimpa d'un coup.

— Oui, bien sûr.

Ils marchèrent du même pas par les allées du campus. Lorsqu'il lui prit la main, cela sembla si naturel qu'elle se dit qu'il ne fallait pas qu'elle se fasse des idées… Pourtant, ses pensées s'emballèrent.

Ils avaient passé des heures ensemble à discuter, mais à présent qu'ils avaient quitté le labo, ce n'était plus la même chose. Matt était toujours drôle et franc, il prêtait la même attention que toujours à ses histoires sur sa famille ou ses amis. Et pourtant, une tension indéniable s'était installée, une tension qui n'était pas là pendant les séances lorsqu'ils savaient à quoi s'attendre et ce qui pouvait ou non arriver.

Là, dans la vie réelle, devant la porte de la maisonnette qu'elle louait, il n'y avait pas de liste pour leur indiquer le comportement à tenir ou les buts à atteindre. Il n'y avait que Matt et elle, et le souvenir des quatre soirées qu'ils avaient partagées.

— Merci de m'avoir raccompagnée, c'est sympa, fit-elle, trop polie à son goût.

— Oh ! De rien. Ç'aurait été bête de feindre de ne pas se connaître. J'aime mieux comme ça.

Elle introduisit la clé dans la serrure. Ouvrit la porte. Puis, elle se retourna.

— A bientôt ?

— Oui, à bientôt, répondit-il sans bouger.

— Ça aussi, ça serait bête, fit-elle en lui tendant les bras. Viens par là.

Ils se serrèrent tendrement, même si elle sentait son cœur soudain affolé. Ce simple contact avait mis toutes ses cellules en alerte. Ils allaient si bien ensemble, leurs corps s'entendaient si bien…

Matt l'embrassa alors.

Un frôlement léger des lèvres, insinuant mais en rien agressif. C'était un baiser, mais aussi une question. A laquelle elle répondit en l'embrassant en retour.

Il n'eut pas besoin de plus. Sans rompre leur étreinte, il avança dans l'entrée et ferma la porte d'un coup de pied. Il commença à la caresser de ses mains impatientes en l'embrassant. Fougueux, affamé.

Elle lui ouvrit sa bouche et s'empara de la sienne, défit la boucle de sa ceinture, sa braguette, et glissa la main à la recherche de son sexe qui l'avait tant fait fantasmer. Il frissonna et poussa un grognement rauque. Ravie de son effet, presque fière, elle s'écarta pour ôter son chemisier qu'elle laissa tomber par terre, et, avec une audace qu'elle ne se connaissait pas, elle bomba la poitrine et prit ses seins pour les lui offrir.

Il eut un sourire débordant et, les yeux brûlant de désir, il l'attira contre lui. Cette fois-ci, il l'embrassa avec une lenteur délibérée en même temps qu'il cajolait ses seins comme il l'avait fait la veille. Seulement, ce soir il n'y avait aucune barrière entre ses doigts et sa chair si sensible. Elle savoura la sensation. La bouche de Matt descendit le long de sa gorge, s'attarda à la base de son cou un instant avant qu'il ne plonge pour embrasser ses seins. Elle cria lorsqu'il prit dans sa bouche un mamelon, le ventre en feu.

— Chambre, murmura-t-elle.

— Dis-moi où c'est, répondit-il avec urgence.

Heureusement, la chambre n'était qu'à quelques pas. Elle lui prit la main et l'y conduisit, et elle avait à peine franchi la porte qu'elle avait déjà commencé à déboutonner son propre pantalon. Sans s'encombrer avec les boutons, il tira sur sa chemise pour la passer par-dessus sa tête. Elle s'arrêta pour le regarder, charmée tout à coup par ce geste si naturel qui était aussi la chose la plus sexy qu'elle ait vue de sa vie.

Non, il n'avait pas des muscles sculptés et bronzés comme ceux d'un surfeur, et son torse n'était pas imberbe, comme elle avait dit les préférer. Un duvet doré le couvrait uniformément et se concentrait au centre en une ligne suave qui allait se perdre derrière la taille ouverte de son pantalon. Et si son ventre n'était pas quadrillé d'abdos en tablette de chocolat, elle le trouva si appétissant qu'elle eut envie de le lécher. Et même de le croquer, aussi.

Rien dans tout ce qui se passait ne ressemblait à un lent rituel de séduction. Ni l'un ni l'autre, elle le savait, ne pourrait supporter d'attendre plus que les secondes qu'il leur fallait pour se déshabiller complètement. Lorsqu'ils se furent débarrassés en vitesse de leurs vêtements, ils se regardèrent, face à face. Debout. Nus. Et elle s'aperçut qu'il se passait quelque chose d'inédit pour elle depuis le début de sa vie sexuelle.

— C'est fou, murmura-t-elle.

— Qu'est-ce qu'il y a ?

— Je ne suis pas gênée, dit-elle en se caressant le ventre et les seins. A propos de mon corps, je veux dire.

— Evidemment que non, quelle idée. Tu as un corps à tomber.

Elle rit, joyeuse, flattée, les mains sur ses seins encore humides des baisers.

— Je veux dire que je ne suis pas nerveuse, alors que je suis nue pour la première fois avec toi.

— Tant mieux, fit-il en l'enlaçant.

Il l'embrassa, ses grandes mains entourèrent ses fesses. Elle sentit son sexe dur contre son ventre. Elle frémit.

— Lit, dit-elle.

Il chercha ses yeux.

— Melissa, tu es sûre-sûre ? Il n'y a pas d'obligation…

— Tu dois être le seul homme qui m'ait jamais demandé si j'étais sûre, fit-elle, touchée une fois de plus par sa délicatesse. C'est vraiment, vraiment adorable.

— Que veux-tu que je te dise ? Je suis un amour, dit-il d'un ton plein d'autodérision. Je veux dire, je veux faire ça. Dieu sait que je le veux. Je vais finir par exploser si je ne viens pas en toi mais…

Elle plissa les yeux et hocha la tête en riant, les joues rouges de plaisir. Qu'il exprime son désir de façon si directe était excitant au plus haut point.

— Je sais, dit-elle.

— C'est juste que je veux être sûr que tu te sens prête. Parce que… on n'est plus dans une étude scientifique.

— Oui, je sais ça aussi.

Elle lui passa les bras autour du cou et se frotta à lui pour sentir contre sa peau la preuve tangible de son désir, son sexe en érection. Ça la rendait toute chose.

Il fit ce geste qu'il répétait depuis le deuxième jour : repousser ses cheveux en arrière et y enrouler sa main.

— Tu ne m'as pas donné l'impression d'être amatrice d'aventures d'une nuit.

— Non, mais je n'ai pas l'impression non plus que ce soit ça. Toi si ?

Une telle conversation lui aurait paru surréaliste avec n'importe lequel des hommes avec lesquels elle avait couché, mais avec Matt, cela semblait naturel. Ils avaient pris le pli d'analyser et de partager leurs émotions.

— Non, pas du tout.

— Lit, répéta-t-elle, de façon plus ferme. Je veux le faire, Matt. Vraiment, je le veux.

Et il lui donna ce qu'elle demandait. Il la fit tomber en arrière, sur le lit, sans cesser de l'embrasser. Elle prit le temps de graver dans sa mémoire la sensation grisante de l'avoir sur elle, grand, solide. Elle poussa les hanches pour épouser les siennes, et lorsqu'il roula sur le côté, elle émit un grognement frustré qui se transforma un gémissement lorsqu'il glissa la main entre ses cuisses.

C'était aussi bon qu'elle l'avait imaginé. Mieux, en fait. Parce qu'il savait très bien ce qu'il faisait. Il trouva son clitoris qu'il aguicha d'abord doucement, de façon plus appuyée ensuite, avant d'introduire deux doigts en elle. Mais il continua à jouer avec le point le plus sensible de son anatomie, ce qui était un contrepoint parfait à la sensation intense de le sentir en elle. Elle tremblait de la tête aux pieds.

— C'est bon ? murmura-t-il contre sa bouche.

— Très, fit-elle en accompagnant les mouvements de sa main avec ses hanches. Mais tu peux aller plus loin.

Encore une fois, il lui donna ce qu'elle voulait. Ce dont elle avait besoin. Ce qui la torturait depuis le début de la semaine. Ils avaient eu quatre longues soirées de préliminaires, sans compter qu'elle avait passé toute la journée à imaginer comment ce serait de faire l'amour avec lui. Elle était si près de jouir après cette subtile exploration de son corps qu'elle saisit son poignet et l'arrêta.

— Je te fais mal ? demanda-t-il, inquiet.

— Au contraire, c'est juste que je suis… prête.

Il lui décocha une moue à craquer.

— Je préfère te prévenir, Melissa, j'ai peur de ne pas être très… endurant, ce soir.

Elle rit.

— C'est sérieux, fit-il en l'embrassant dans le cou.

Il descendit vers ses seins, vers son ventre en traçant une ligne de baisers, s'attarda pour explorer son nombril du bout de la langue, la main toujours contre sa toison.

Elle chercha son regard.

— Je te promets que je ne te jugerai pas en fonction du temps mais en fonction de l'intensité, d'accord ?

— C'est bon à savoir, fit-il en mordillant l'arête de sa hanche. Donc, si je finis en, disons, moins de deux minutes, ça ira ?

— J'aurais tendance à… oh…

Elle oublia ce qu'elle allait dire parce qu'il avait recommencé à tracer des cercles autour de son clitoris. Elle serra les cuisses sur sa main, comme pour contenir la marée de sensations qu'il déclenchait.

— Oui ?

— C'est flatteur, résuma-t-elle, incapable de former des phrases longues.

— Je veux savoir quel goût tu as, dit-il tout bas.

— Fais-toi plaisir.

En même temps qu'elle parlait, elle avait écarté les jambes pour lui.

Sans peur, sans gêne, sans anxiété. Aucun de ses sentiments parasites qu'elle croyait inévitables lors d'une première fois avec quelqu'un. Il plongea le visage entre ses cuisses et commença à l'embrasser. Elle s'agrippa au couvre-lit, déjà au bord de l'orgasme.

Il passa une main sous ses fesses pour la relever et aspira son clitoris dans sa bouche, en même temps qu'il y donnait des petits coups de langue. Elle se redressa un peu pour le regarder, il avait les yeux fermés, et il émettait des petits grognements, comme s'il n'avait jamais rien goûté d'aussi bon. Elle sentait la spirale du plaisir se dérouler dans son ventre, monter et monter…

L'orgasme explosa dans son ventre. La tête rejetée en arrière, elle cria son prénom. Son clitoris palpitait sous sa langue, ses hanches ondulaient en un mouvement incontrôlé. Derrière ses paupières closes un feu d'artifice déploya des gerbes d'étincelles.

Il ne cessa pas ses caresses mais en diminua la pression, comme s'il savait quand elle avait atteint ses limites, puis il s'écarta lentement en parsemant de baisers l'intérieur de ses cuisses, jusqu'à ce qu'elle cesse de trembler. Elle avait encore le souffle court lorsqu'il posa le visage tout près du sien.

— Waouh, souffla-t-elle, comblée et défaite.

Il rit doucement.

— Ça allait ?

— Mmm… Oui, dit-elle en roulant les yeux. Plus que ça. C'était incroyable.

Elle crut qu'il allait, d'une façon ou d'une autre, demander qu'elle s'occupe de lui, mais il parut se satisfaire de la garder blottie contre lui et de lui caresser le dos. La joue contre sa poitrine, elle rouvrit les yeux. Elle avait une vue imprenable sur son sexe qui semblait dressé pour attirer son attention.

Il lâcha un juron lorsqu'elle le frôla avec les doigts.

Ce qui ne l'arrêta pas. Elle serra sa main autour de lui, doucement, et la bougea de bas en haut.

— J'aimerais te rendre la politesse…

— Je vais finir trop vite, la prévint-il d'un ton plutôt léger. Crois-moi, je n'ai pas l'habitude de refuser une bonne…

— Comment peux-tu être sûr que ce sera bon ? demanda-t-elle, taquine, tout en enrobant ses testicules.

— J'en suis même certain. Mais je sais aussi que je risque de partir au quart de tour. Au huitième de tour, même.

— Tu étais là il y a quelques minutes, non ? Donc tu sais que, moi aussi, je peux être une rapide.

Ils rirent ensemble, avec une pointe de nervosité tous les deux.

— C'est bon, avec toi… Je ne parle pas que de l'orgasme, même si c'était, hum, historique.

Il feignit de polir ses ongles sur son torse.

— Merci, merci, cher public.

— Je voulais dire, c'est vraiment un plaisir, d'être avec toi, finit-elle.

Il redevint sérieux.

— Oui, pour moi aussi.

— Je veux faire l'amour avec toi, dit-elle. Peu m'importe que tu finisses trop vite, je veux juste te sentir en moi.

Il grogna, mais à l'évidence, il était ravi.

— Mais tu m'as dit que tu regarderais l'intensité, et non la durée. C'est promis, hein ?

Elle roula vers la table de chevet et sortit du tiroir une boîte de préservatifs qu'elle n'avait pas touchée depuis longtemps, sauf pour cet après-midi, lorsqu'elle en avait pris quelques-uns pour les apporter avec elle au laboratoire.

— Des préférences, pour la couleur ?

— Aucune, dit-il.

— Bleu, alors.

Elle déchira l'enveloppe et se pencha sur lui. Les yeux rivés à son sexe, elle y déroula le préservatif sans pouvoir s'empêcher de sourire en entendant les protestations — faibles — de Matt.

— Voilà, fin prêt.

Il lui était arrivé, lors d'une première fois, que son partenaire, à force d'étaler son prétendu savoir-faire en matière de positions, lui donne l'impression d'être un contorsionniste voulant éblouir un impresario de cirque, aussi décida-t-elle d'opter par la simplicité. Se plaçant à califourchon sur lui, avec sa main, elle le guida doucement dans son corps. Elle descendit sur son sexe, lentement, très lentement. Ils gémirent à l'unisson.

Enfin. La sensation était… incroyable. Elle pouvait le sentir en elle, et encore une fois, c'était mieux que dans ses fantasmes. La pression que son membre exerçait à l'intérieur de son ventre se répercutait sur son clitoris, qui commença de nouveau à s'impatienter. Comme s'il l'avait deviné, il glissa la main entre leurs corps pour la caresser.

Il avait les pupilles dilatées, les lèvres humides, entrouvertes.

— Tu aimes ça ?

— Oui, fit-elle en commençant à se bercer sur lui.

De la même façon qu'elle s'était déshabillée sans crainte de ne pas lui plaire, elle n'avait aucun doute sur le plaisir qu'elle pourrait lui procurer. D'ailleurs, elle n'y pensait plus. Elle bougea. Parce que c'était bon. Très bon. S'il réagissait plus spécialement à un mouvement, en gémissant, ou en augmentant la cadence, elle recommençait.

Leurs corps s'entendaient à merveille. Elle se soulevait lorsqu'il se retirait, descendait lorsqu'il la pénétrait plus loin. D'abord lentement, puis de plus en plus vite. La main de Matt contre son sexe semblait aussi bouger exactement de la façon qu'elle aimait, au moment où il le fallait.

— Je veux te voir jouir encore, dit-il entre ses dents.

— Ça ne saurait tarder.

Il continua à la pénétrer, en murmurant des mots doux. Cette fois-ci, l'orgasme ne fut ni fulgurant, ni explosif et soudain, mais arriva par des vagues successives qui la laissèrent pantelante. Elle ne cria pas son prénom, non plus, le mot glissa de sa bouche empreinte de la douceur de la jouissance qui l'envahissait.

En revanche, cette fois-ci, Matt dit le sien.

Quelques instants plus tard, sans trop savoir comment, elle se retrouva pelotonnée contre lui, enveloppée par ses bras, bercée par sa respiration tiède contre ses cheveux, protégée par la chaleur que son corps irradiait.

— Melissa…

— Oui ?

Il la serra un peu plus fort.

— Tu crois que l'expérience a été un succès ?

Elle leva la tête pour l'embrasser.

— Oui, Matt. Je le crois.

— Margarita et poulet frit pour tout le monde, annonça Matt, en portant un toast avec la bouteille de Corona en direction de la vue qui se déployait sous ses yeux.

Sable blanc. Eaux turquoise. Et cocktails. Le paradis sur terre que Damien lui avait promis. Quant aux nanas…

— Merci, mon cœur, dit Melissa en l'enlaçant par-derrière pour déposer un baiser sur son épaule. Je meurs de faim.

Eh bien, la seule nana qui l'intéressait l'avait accompagné à Cancun. Et c'était le bonheur.

KIT TUNSTALL

Les confidences d'Amy

HARLEQUIN

Titre original : RED-HANDED

Traduction française de ALBA NERI

Ce roman a déjà été publié en juillet 2009 et octobre 2011

83-85, boulevard Vincent-Auriol, 75646 PARIS CEDEX 13.
Service Lectrices — Tél. : 01 45 82 47 47
www.harlequin.fr

1

Amy, les yeux agrandis par la peur, regarda Kevin miser tous ses jetons sur un seul chiffre. De nouveau. Elle feignit un bâillement et couvrit sa bouche de sa main, afin de parler à son cousin à travers l'émetteur radio dissimulé dans sa montre, dont le récepteur se trouvait dans l'oreillette que portait Kevin.

— Arrête ça tout de suite ! murmura-t-elle d'une voix pressante. Un tel pari va attirer l'attention de la sécurité !

Kevin ignora son conseil, et Amy n'eut d'autre choix que de continuer à fixer l'ordinateur de poche qu'elle cachait sous son bras. C'était elle qui avait conçu le système électronique qui permettait de contrôler le point d'arrêt de la roulette, mais puisque c'était son cousin qui le détenait en ce moment, elle en était réduite à le regarder, impuissante, arrêter encore une fois la roue sur son numéro pour rafler une somme de quelques centaines de milliers de dollars. Il n'avait pas écouté un seul mot de ses conseils, à savoir : varier les numéros à chaque partie, et ne jamais miser plus de quelques milliers de dollars d'un seul coup. A présent, cet inconscient avait accumulé une telle somme d'argent en un laps de temps si court que seul un miracle empêcherait la sécurité de le repérer.

Avec un soulagement infini, Amy observa Kevin récupérer le ticket indiquant ses gains et se diriger vers la caisse. Heureusement, se dit-elle, il avait remporté une somme suffisamment importante pour qu'ils n'aient plus jamais à répéter ce manège infernal.

Elle le vit franchir la sortie du casino d'un pas nonchalant, avec l'air d'un homme n'ayant pas le moindre souci à l'esprit, et aussitôt, elle glissa le petit ordinateur dans la manche de sa veste over-size, prête à son tour à quitter les lieux au plus vite. Elle rabattit la casquette sur son visage, et s'assura que pas une mèche de ses cheveux n'en dépassait. Avec cette tenue masculine, elle était sûre de passer incognito si jamais elle croisait l'un de ses élèves. Ou de ses collègues. Sans parler des vigiles qui tuaient le temps en matant les jolies filles.

Elle n'avait pas parcouru plus de trois mètres que deux hommes, dont la carrure suggérait qu'ils pourraient la mettre K.-O. d'une pichenette, lui barrèrent la route. Avec leur costume noir, leur chemise blanche et leur cravate grise, ils se ressemblaient comme des clones. Même leur froncement de sourcils semblait coulé dans le même moule, et ils ne se différenciaient qu'à la nuance de leurs cheveux, observa Amy, le ventre serré par la peur.

— Excusez-moi, murmura-t-elle cependant d'une voix indistincte, tentant de se faufiler entre les deux molosses.

— M. Cavello aimerait vous rencontrer, annonça le blond, en posant une main menaçante sur son épaule.

Amy le regarda d'un air innocent, comme si elle ne comprenait pas ce qu'on attendait d'elle. Mais elle ne le savait que trop bien. Roan Cavello était le propriétaire du casino Le Nabab où Kevin venait, avec son concours, de rafler une somme indécente dans la plus parfaite illégalité.

— Je suis désolée, mais je dois y aller vraiment. J'ai

rendez-vous avec un ami. Un… un inspecteur de police, ajouta-t-elle, sentant le désespoir l'envahir.

— M. Cavello insiste, monsieur.

Amy songea un instant à résister, mais abandonna aussitôt l'idée. Ce serait une action stupide, et de toute façon, personne ne viendrait lui porter secours. Et pour l'instant, son déguisement marchait, c'était déjà ça. Quand bien même elle hurlerait à tue-tête, aucun client ne délaisserait son jeu pour s'interposer entre elle et les gars de la sécurité.

Elle haussa les épaules, affectant une nonchalance qu'elle était loin de ressentir et se mit à marcher entre les deux hommes. Ils se gardaient bien de la frôler, remarqua-t-elle, mais elle était certaine qu'ils s'empareraient d'elle dans la seconde si elle tentait le moindre mouvement suspect.

« Privé », lut-elle sur la plaque de la porte devant laquelle ils venaient d'arriver. Les deux vigiles la franchirent sans hésiter, et Amy sentit la peur s'abattre si fort sur elle qu'elle dut contenir un haut-le-cœur. D'après ce qu'elle savait, on allait l'enfermer dans une pièce qui ressemblait à la salle d'interrogatoires d'un commissariat, où elle resterait jusqu'à ce qu'on décide de la remettre aux agents de la Commission des jeux du Nevada. Peut-être y aurait-il des caméras de vidéosurveillance dans la salle, peut-être pas, cela dépendait de chaque casino. Et, pensa-t-elle, sans témoin ni enregistrement, elle se trouverait complètement à la merci des hommes de main de Cavello…

Amy se laissa guider le long d'un couloir aussi banal qu'un couloir puisse l'être, avec des murs jaune pâle et des dalles blanches sur lesquelles ses baskets crissaient à chaque pas, chaque grincement augmentant l'angoisse qui l'oppressait. Enfin, on l'introduisit dans une pièce aux murs en béton brut, éclairée par une ampoule nue qui pendait du plafond. Sans la moindre protestation, elle s'assit sur la chaise que lui indiquait le gorille brun, derrière une table métallique cabossée. Nerveusement, elle passa la pièce en revue, et découvrit aussitôt une caméra vissée dans un angle du plafond, braquée dans sa direction. Son cœur cessa de battre un instant. Au moins, pensa-t-elle, il y aurait une trace de ce qui allait se passer dans ce cachot.

Elle attendit en silence, les mains serrées entre ses cuisses pour dissimuler leur tremblement. Ce n'était pas la peine d'essayer de négocier avec ces deux hommes, ils n'auraient pas pu l'aider, même s'ils en avaient eu l'envie, ce qui n'était pas le cas. Ils n'obéissaient qu'aux ordres de Roan Cavello, comme tous les autres employés du casino.

Elle retint un soupir. Est-ce qu'au moins, Kevin avait réussi à s'en tirer sans être pris ? L'inquiétude qu'elle éprouvait pour le sort de son cousin tempéra quelque peu la colère qu'elle ressentait à son égard pour l'avoir embarquée dans cet affreux cauchemar. Cependant, Kevin n'occupa que quelques secondes ses pensées, car sa propre situation lui semblait beaucoup plus inconfortable. A quoi devait-elle s'attendre face à Roan Cavello ?

Comme si le fait d'avoir pensé à lui l'avait fait venir, le grand patron en personne entra à cet instant dans la pièce. Il marchait d'un pas silencieux et presque furtif, comme un chasseur à l'affût d'une proie. Amy déglutit avec difficulté en apercevant la lueur hostile qui éclairait le regard froid de ses yeux d'un bleu métallique. Et pourtant, malgré l'angoisse qui l'étreignait, l'incroyable présence de cet homme lui coupa le souffle. Si elle l'avait rencontré dans des circonstances moins effrayantes, elle l'aurait trouvé attirant.

Il semblait grand et solide, même à côté des deux

vigiles qui l'épaulaient, et la coupe impeccable de son costume soulignait les lignes athlétiques de son corps avec une élégance hors du commun. Le tissu anthracite mettait en valeur ses cheveux blonds, qui encadraient un visage viril aux angles affûtés. Amy frissonna lorsque leurs regards se rencontrèrent. Roan Cavello savait qu'elle avait triché, et elle n'avait pas le moindre espoir qu'il se montre indulgent à son égard.

Il s'assit en face d'elle, et les deux gorilles reculèrent pour prendre place de chaque côté de la porte. Amy ne put s'empêcher d'admirer la beauté de ses mains, qui, en dépit de ses ongles soignés, dégageaient une impression de force.

— Tu m'as volé, mon garçon, dit-il.

Sa voix était lisse, avec juste une once d'acrimonie.

Amy ne prit pas la peine de nier l'accusation, sachant qu'elle manquerait de conviction. Elle n'avait pas volé directement l'argent, certes, mais elle seule avait conçu le dispositif qui avait permis à Kevin de gagner à la roulette.

— Je… j'ai vraiment besoin d'y aller, balbutia-t-elle pour toute réponse.

— Son ami, le flic, l'attend, ricana le blond.

— C'est peut-être lui qu'il faut appeler pour qu'il t'arrête, alors, suggéra Cavello en se penchant davantage sur elle. La surveillance électronique a détecté le signal d'un PDA dans le casino. Ils ont isolé l'algorithme, et c'est ainsi qu'ils ont su que tu contrôlais l'un des jeux. Nous n'avons pas pu trouver l'autre émetteur, mais c'est juste une question de temps avant que nous mettions la main sur ton partenaire. Si tu nous donnes un nom et une adresse, je suis prêt à te rendre les choses plus faciles.

Amy serra les poings. Jamais elle ne pourrait trahir

Kevin, trop de choses dépendaient de l'argent qu'il avait emporté. Des choses essentielles.

— Je n'apprécie pas qu'on m'accuse de tricher, dit-elle enfin, avec un regard ulcéré. Laissez-moi partir ou appelez la police, mais ne me menacez pas.

Cavello se leva d'un bond, repoussant la chaise d'un coup de pied lorsqu'elle se renversa avec un bruit sourd. Il traversa la pièce en trois foulées pour aller ouvrir un placard métallique, tandis que le vigile blond s'avançait vers la caméra et la débranchait. La nausée qu'Amy avait réussi à tenir à distance revint avec force.

Cavello regagna la table, une caisse en acier entre les mains. Dans un état second, Amy le regarda l'ouvrir, et son sang se glaça à la vue d'un set de couteaux aux manches ouvragés, comme ceux qu'un prestidigitateur utiliserait dans un spectacle. Elle ferma les yeux, en proie à une panique bleue, et le temps d'une seconde, elle s'imagina attachée à une roue géante, cible humaine de cet homme à la colère froide qui lancerait ses lames sur elle sans vraiment se soucier de l'atteindre ou de la manquer.

Cavello se saisit d'un des couteaux, et Amy se força à regarder la mince lame enchâssée dans un manche en ivoire, longue d'une dizaine de centimètres. C'était un bel objet, qui aurait pu sembler inoffensif sans l'étincelle cruelle que la lumière jaune de l'ampoule arrachait au métal.

Elle déglutit avec effort.

— C'est censé m'effrayer ? balbutia-t-elle. Car si vous me faites quoi que ce soit, vous irez en prison.

— Et qu'est-ce que cela changera pour toi, petit malin, lorsque tu te trouveras au fond d'un trou dans le désert ? demanda Cavello d'un ton ironique, tout en passant son doigt sur le tranchant de la lame. C'est ce que méritent les types dans ton genre.

Il n'allait quand même pas s'en prendre à une femme, tenta-t-elle de se rassurer. A moins que… A moins que ce type n'ait pas encore compris qu'elle était une femme ? Malgré la situation dramatique dans laquelle elle se trouvait, Amy ne put s'empêcher de se sentir blessée dans sa fierté féminine. D'accord, elle portait une casquette de base-ball, des lunettes de soleil et un pull à capuche trois fois sa taille, mais quand même, on ne pouvait pas la confondre avec un homme dès qu'on la regardait deux fois ! Elle inspira profondément pour contenir l'envie de relever son pull et montrer ses seins à ce goujat. C'était stupide de se vexer à cause d'une méprise à propos de son sexe alors que ce type était en train de la menacer de mort ! Non, il fallait avant tout qu'elle parvienne à reprendre la situation en main.

— Des gens m'ont vue entrer ici. Et vous avez des caméras partout qui ont tout enregistré.

— Mais pas dans cette pièce.

— Peu importe. Il y a des témoins et des enregistrements, dit-elle en haussant fièrement le menton.

— Et pour qui, à ton avis, travaillent ces témoins ? rétorqua-t-il en ébauchant un sourire inquiétant.

Amy resta une seconde interloquée, moins par la menace contenue dans ces paroles que par l'incroyable effet que ce sourire produisait sur elle. L'espace d'un instant, elle avait eu envie de faire toute sorte de vilaines choses, des choses qu'une fille comme elle, élevée dans une ferme de l'Oregon, n'était pas censée connaître. Pourquoi diable réagissait-elle comme cela ? se demanda-t-elle, interdite. Comment pouvait-elle éprouver un désir d'une telle force alors qu'elle était sur le point d'avoir de gros, de très gros ennuis ?

— A ton avis, qui paie le salaire des vigiles qui surveillent les enregistrements ? demanda Cavello en reposant le couteau dans l'étui et en se saisissant d'un autre.

Ses gestes méthodiques effacèrent toutes les émotions d'Amy à l'exception de la peur.

— Penses-tu vraiment être le premier à avoir tenté de tricher dans ce casino, mon gars ?

Amy le regarda s'avancer vers elle, les yeux rivés au couteau. Elle avait beau se répéter que tout cela n'était qu'une mise en scène destinée à lui délier la langue, la terreur l'empêchait de s'en convaincre. Lorsque Cavello fut tout près d'elle, la longue lame étincelante à la main, la peur prit le dessus sur la raison, et Amy s'élança d'un bond sur la table, dans une tentative de fuite désespérée. Le bras puissant de Cavello l'attrapa aussitôt par la taille. Sans penser une seconde à ce qu'elle faisait, mue seulement par l'instinct de survie, elle tenta de s'en défaire, giflant Cavello de toutes ses forces. Il lâcha un sifflement exaspéré à travers ses dents serrées, mais avant qu'elle ait pu deviner si elle lui avait vraiment fait mal ou si Cavello était simplement surpris, elle vit, comme au ralenti, le poing de Cavello fuser vers son visage. Ce fut sa dernière vision avant de tomber inconsciente.

Roan Cavello jura entre ses dents lorsque le garçon heurta la table avec un bruit sourd qui retentit dans la pièce. Il serra son poing d'un air absent pour soulager la douleur, et laissa tomber le couteau pour vérifier le pouls du môme.

— Sacré bordel, grommela-t-il, cherchant un battement dans le cou de sa victime.

Une longue mèche châtaine s'échappa alors de la casquette qui couvrait la tête du jeune homme. L'appréhension s'empara de Roan, et il enleva le couvre-chef et les lunettes qui cachaient le visage de l'inconnu. Il jura de nouveau. Le visage qu'il avait sous les yeux appartenait sans l'ombre d'un doute à une femme, et non à un homme, comme il l'avait présumé depuis le début.

— Et merde ! s'exclama-t-il avant de soulever la jeune femme dans ses bras.

— Monsieur ? demanda Tim Duffy, le vigile blond. Quelque chose ne va pas ?

— Non, rien. Sauf que notre petit escroc est une nana.

Il grimaça en imaginant la réaction de son père si jamais il venait à apprendre qu'il avait frappé une femme. Le fait que Roan ait ignoré au moment de la bagarre qu'il s'agissait d'une fille ne constituerait pas une circonstance atténuante pour son géniteur, et il n'hésiterait pas à rosser son fils pour avoir enfreint l'une des règles fondamentales qu'il lui avait inculquées. « Un vrai homme ne doit jamais, sous aucun prétexte, lever la main sur une femme. »

Etouffant un nouveau juron, Roan marcha vers l'ascenseur, l'inconnue dans ses bras, légère comme une plume.

— Restez en bas, ordonna-t-il à ses employés, lesquels s'apprêtaient à l'accompagner. Et prévenez la sécurité pour qu'ils déverrouillent les portes de ma suite.

Il pressa avec son coude le bouton du dernier étage, où se trouvait sa suite privée. Pendant que la cabine de l'ascenseur s'élevait, Roan observa l'inconnue avec attention. Elle possédait un visage intéressant, pensa-t-il, avec un front haut, des pommettes saillantes et un nez fin et bien dessiné. La bouche, pleine et sensuelle, apportait à ses traits effilés douceur et féminité, et la blancheur crémeuse du teint contrastait avantageusement avec les mèches chocolat et miel de la chevelure.

Roan sortit de l'ascenseur sans accorder le moindre regard au vigile qui surveillait ses quartiers privés. La sécurité avait suivi ses ordres, et il n'eut qu'à pousser la porte d'un coup d'épaule pour entrer dans sa suite.

Il contint son souffle lorsque la fille se blottit contre lui et qu'il sentit ses seins pressés contre son torse. Il pouvait dire qu'ils étaient petits, en tout cas pour son goût, mais aussi qu'ils étaient ronds et fermes. Il eut soudain une envie irrépressible d'ouvrir sa veste pour avoir un aperçu plus précis de ce qui se trouvait en dessous, mais il repoussa l'idée d'une brusque secousse de la tête, pris au dépourvu par cette étrange étincelle de désir. Cela ne lui ressemblait pas, de sentir cette attirance soudaine pour une femme, encore moins pour une voleuse qui avait tenté de tricher dans son établissement. Il déposa la jeune femme sur un canapé et appela le médecin du casino. Il ne pensait pas l'avoir blessée grièvement, mais il préférait s'assurer que cet hématome qu'il voyait déjà pointer sur son menton n'aurait pas de conséquences importantes.

Alors qu'il venait de raccrocher, l'inconnue remua faiblement, et il contint son souffle. Allait-elle reprendre conscience ? Lorsqu'il comprit qu'elle avait simplement changé de position, et qu'elle n'était pas près de se réveiller, Roan ne put résister à la tentation de l'observer de plus près. Il se pencha sur elle et, le plus doucement qu'il put, déboutonna sa veste. En dessous, elle portait un débardeur en coton blanc voilant à peine les mamelons rosés qui pointaient sous le tissu côtelé. Chassant l'impression qu'il avait de se comporter comme un pervers, à s'attarder sur ce genre de détail, il fit glisser son regard sur le reste de son corps. Elle avait la taille fine et les hanches étroites comme celles d'un garçon. En revanche, observa-t-il sans pouvoir s'en empêcher, elle possédait un petit derrière rond et galbé qui n'avait rien de masculin et qui semblait fait sur mesure pour épouser les paumes de ses mains. Il humecta ses lèvres, soudain asséchées, tandis que l'image fugace de ses mains agrippées à ces hanches pendant qu'il glissait lentement dans la moiteur de son sexe s'imposait à son esprit.

Son sexe durcit instantanément, et il ferma les yeux, respirant à fond pour regagner le contrôle de ses sens. Bon Dieu, que faisait-il à bander comme un âne devant cette inconnue ? Il n'aimait pas se retrouver dans la peau d'un pervers, à mater une femme inconsciente et à s'imaginer avec elle au lit alors qu'elle avait tenté de l'arnaquer. Il n'avait rien contre les femmes vénales, si elles assumaient leur cupidité, en revanche, il ne pouvait pas supporter les voleuses.

Partagé entre la culpabilité et la curiosité, il ne put s'empêcher de continuer son examen. Sous ce jean trop grand et informe, devina-t-il, elle devait avoir de jolies jambes. Accoutrée de la sorte, il ne l'aurait jamais remarquée dans la rue, mais avec une tenue plus seyante, elle était tout à fait le genre de fille qui lui faisait tourner la tête.

Tant qu'il avait cru qu'elle était un homme, il n'avait pas eu de doute sur la marche à suivre. Apeurer ce petit escroc jusqu'à ce qu'il avoue le nom de son complice, où le trouver et la somme exacte qu'ils avaient empochée. Ensuite, il aurait remis le type à la Commission des jeux. Son petit numéro d'intimidation avec les couteaux avait fait ses preuves par le passé, et, à part pour délier les langues récalcitrantes, il n'avait jamais eu à utiliser sa collection de poignards anciens. Mais il ne pouvait pas appliquer sa tactique habituelle, maintenant qu'il savait avoir affaire à une femme. Ce n'était pas seulement la culpabilité qu'il ressentait pour l'avoir frappée qui le faisait hésiter à la remettre aux autorités. Ce n'était pas non plus la première fois qu'il prenait une femme en flagrant délit, donc il ne s'agissait pas non plus d'un vieil instinct protecteur de gentleman.

Non, il y avait quelque chose chez cette femme qui le poussait à la protéger de la justice sans pour autant lui ôter l'envie de la punir. Car en dépit de l'attirance magnétique qu'elle exerçait sur lui, cette fille n'en restait pas moins une voleuse, et il tenait à lui faire payer son forfait. Personne ne volait impunément au Nabab.

2

Amy se réveilla avec un mal de tête lancinant, mais soulagée à l'idée que tout n'ait été qu'un mauvais rêve. Kevin n'était pas venu frapper à sa porte quelques jours plus tôt, lui demandant, désespéré, de venir à son secours. Elle n'avait jamais consenti à l'aider, pas plus qu'elle n'avait conçu un dispositif électronique à cet effet, et, encore moins, qu'elle avait été coincée en train de tricher au casino.

Elle ouvrit les yeux, prête à se lancer dans sa journée, et la réalité la frappa comme un coup de poing : elle n'avait pas rêvé, ou alors, le cauchemar continuait. Elle n'avait jamais vu de sa vie la pièce d'un luxe inouï où elle se trouvait. Des draps en coton égyptien enveloppaient son corps comme une caresse, et l'oreiller sur lequel sa tête reposait semblait empli de plumes d'ange. Les murs de la chambre, gris foncé avec des veines argent, fournissaient une toile de fond de choix à une épaisse moquette cendrée et aux meubles de bois grège. Au mur étaient suspendues plusieurs toiles, une série de camaïeux de gris qui avaient sans doute rendu indécemment riche l'artiste qui les avait peints.

Pas de doute, pensa Amy, la décoration correspondait à

la chambre d'un homme. D'un homme riche. Se trouvait-elle dans la chambre de Roan Cavello ?

— Je vois que tu es réveillée.

Elle sursauta en entendant la voix, et tourna la tête. Roan Cavello était en train de se lever d'un fauteuil, où sans doute il avait attendu son réveil.

En frissonnant, Amy se redressa pour affronter ce visage à l'expression pénétrante.

— Où suis-je ? demanda-t-elle.

— Tu vas avoir un vilain bleu, dit Cavello en frôlant du bout des doigts sa mâchoire meurtrie. J'en suis désolé.

A son contact, Amy sentit sa respiration devenir plus lourde. Désir ou crainte ? se demanda-t-elle fugacement, sans parvenir à identifier la cause de son trouble.

— Ce n'est pas grave. Laissez-moi partir, et nous serons quittes.

Roan Cavello émit un rire rocailleux comme la texture de sa voix.

— Poupée, tu es bien loin du compte, avant d'être quitte avec moi.

— Je n'aime pas qu'on m'appelle poupée, crâna-t-elle, malgré la boule de peur qui venait de se former dans sa gorge.

Cavello la prit par le menton et l'obligea à le regarder dans les yeux.

— Je t'appellerai comme je voudrai, petite tricheuse, riposta-t-il d'un ton soudain brusque, avant de relâcher son visage. Tu es une voleuse.

Amy se tut, incapable de réfuter l'accusation. Ce n'était pas la peine de nier, alors qu'elle avait été prise sur le fait, et qu'elle se trouvait à la merci de cet homme.

— Sais-tu ce qui t'attend en prison ? demanda-t-il, d'un ton impassible et glaçant. Même si tu es moins jeune que tu ne le parais, on va t'y manger crue, avec cet air innocent. Je devrais appeler la police sur-le-champ.

— Et pourquoi ne pas l'avoir fait, au lieu de m'amener chez vous ? demanda Amy, surprise, malgré l'angoisse qui lui serrait le ventre, de s'entendre parler d'un ton aussi insolent.

Cavello haussa les épaules.

— Je voulais m'assurer que tu n'étais pas blessée, dit-il. Les idées vieux jeu que mon père m'a inculquées ont la peau dure, j'imagine.

— Je me porte bien, comme vous voyez. Vous pouvez les appeler, dit-elle.

Pourtant, elle redoutait plus que tout d'affronter la police. Jusqu'à présent, son seul souci avec les forces de l'ordre avait été causé par un léger excès de vitesse, et, naïvement, elle avait cru qu'il en serait de même jusqu'à la fin de ses jours. Soudain, elle mesura la gravité de la situation : une fois que son casier judiciaire ne serait plus vierge, elle perdrait le droit d'enseigner. A cette idée, elle sentit les larmes lui monter aux yeux.

— Je te sens très impatiente d'appeler la police, dit-il en la toisant de toute sa hauteur. Pourtant, tu as beaucoup à y perdre, poupée. J'ai pensé qu'on pourrait s'arranger entre nous, et les laisser en dehors de tout cela. Qu'en dis-tu ?

Amy écarquilla les yeux, avant de regarder instinctivement vers ses jambes, pour vérifier qu'elle se trouvait encore habillée. Mais bien sûr ! comprit-elle soudain, ahurie. Voilà pourquoi il l'avait conduite dans sa chambre : il s'attendait à ce qu'elle couche avec lui !

— Vous êtes ignoble !

Il fronça les sourcils et la dévisagea, l'air énervé.

— J'essaie d'être généreux et tu m'insultes. Tu es vraiment…

Soudain, il s'interrompit, et Amy vit sa bouche se tordre en une drôle de grimace, avant de l'entendre lâcher un éclat de rire sonore.

— Oh, je comprends ! Tu penses que je cherche à abuser de toi, c'est ça ? demanda-t-il, riant de plus belle.

— Qu'est-ce qui vous amuse tant, je peux savoir ? s'enquit Amy, désarçonnée.

Cavello mit quelques secondes à se ressaisir, mais, lorsqu'il se calma, Amy se demanda si elle n'avait pas rêvé l'interlude comique tant le ton de sa voix était impassible.

— J'allais juste te demander de me rendre mon argent dans les vingt-quatre heures, poupée. Pas de coucher avec moi. Désolé, ajouta-t-il avec un sourire sarcastique, mais tu ne vaux pas une telle somme d'argent. Ne vois rien de personnel là-dedans, je ne paierais pas des centaines de milliers de dollars pour une nuit, avec aucune femme.

— Et si c'était plus d'une nuit ?

Les mots avaient surgi de sa bouche sans qu'elle s'y attende, la prenant autant au dépourvu que lui.

— C'est-à-dire ? demanda-t-il, l'air intrigué.

Bonne question. Qu'était-elle en train de suggérer, au juste ? se demanda Amy. Etait-elle vraiment prête à s'offrir à Roan Cavello en échange de l'argent que Kevin avait gardé ? Lorsqu'elle avait cru qu'il osait lui proposer un tel marché, elle en avait été outrée. Mais maintenant qu'elle y pensait, elle découvrait que c'était peut-être là que se trouvait la solution à ses problèmes. Elle pesa le pour et le contre. Que valait-il mieux, devenir la maîtresse de cet homme pendant un court laps de temps, ou perdre à jamais la carrière qui lui avait coûté tant d'efforts, sans oublier, détail non négligeable, le passage par la case prison ? La réponse lui sembla évidente.

— Eh bien ? s'enquit Roan.

Amy humecta ses lèvres soudain desséchées.

— Je pourrais être votre… compagne ? Pour… quelque temps ? Jusqu'à ce que la dette soit payée ?

Roan vint s'asseoir sur le bord du lit, et elle ne put s'empêcher de tressaillir.

— Juste pour un temps ?

Roan la considérait avec un regard d'une intensité nouvelle, et Amy eut l'impression qu'il la déshabillait des yeux, mais d'une façon plutôt froide. Comme s'il estimait en homme d'affaires les avantages de sa proposition.

— Je ne pense pas, répondit-il finalement.

Amy le regarda, bouche bée.

— Comment ça ? Qu'avez-vous à me reprocher ?

Il s'écarta légèrement, sans cesser de la fixer, quoique moins intensément.

— Pour commencer, tu sembles avoir dix-sept ans. Etre majeure est une condition *sine qua non* pour devenir mon… amie.

— J'ai vingt-huit ans.

C'était humiliant de devoir insister pour qu'il accepte son offre, se dit-elle. Elle était plutôt jolie, sans compter que la plupart des hommes auraient sauté sur l'occasion d'avoir une femme à leur disposition en CDD.

— Tu n'es pas mon genre, expliqua-t-il sans la moindre délicatesse tout en s'adossant contre l'encadrement du lit.

— Et quel est donc votre genre ?

— Le genre soumise. J'aime dominer mes partenaires, expliqua-t-il devant l'expression surprise d'Amy. Le sexe à la papa, bien classique, ne me satisfait pas, et bien que l'idée d'acheter tes services pour un temps ne manque pas d'un certain attrait sulfureux, cela ne m'amuserait pas longtemps.

Agitée par un mélange dangereux d'excitation et

d'anxiété, Amy sentit son cœur se mettre à battre à tout rompre. L'idée de devenir le jouet de cet homme l'émoustillait à un point qu'elle n'aurait pas su décrire. Sans le vouloir, l'image de Roan Cavello en train de la dominer s'imposa dans son esprit et son corps s'éveilla aussitôt. Elle inspira profondément pour chasser le trouble que cette étrange vision avait provoqué.

— C'est dans mes cordes, affirma-t-elle.

Il quitta son abandon nonchalant pour venir se pencher sur elle avec l'agilité d'un léopard, son visage à seulement quelques centimètres du sien.

— Tu veux être mon esclave ? Et pour combien de temps ?

Amy s'écrasa contre la tête de lit, troublée par sa proximité.

— Je ne sais pas.

Il se tut quelques instants, le regard concentré de celui qui s'adonne à de savants calculs.

— Trois mois, proposa-t-il finalement.

— Impossible, dit-elle sans devoir réfléchir. A la fin du semestre, je dois reprendre mon poste de professeur à la faculté d'Informatique.

— Hmm. Six semaines, alors, la durée des grandes vacances. Le jour de la rentrée tu seras libre de partir, ta dette sera payée.

— Comment être sûre que vous tiendrez parole ?

— Qui de nous deux a le plus de raisons de se méfier de l'autre ? C'est moi qui devrais poser la question, poupée.

— Je resterai jusqu'à ce que ma dette soit remboursée.

Un écho grave sembla accompagner ses mots, songea-t-elle, comme si elle venait de signer un pacte avec le diable.

— Tu n'as pas à t'inquiéter, petite tricheuse. Tu vas apprécier ton séjour ici, beaucoup plus que tu ne le mérites.

Encore une fois, Amy aurait voulu le contrecarrer, et encore une fois, elle s'en abstint. Aussi insensé et inopportun que cela fût, elle se sentait terriblement attirée par cet homme, et c'était avec plus d'excitation que de crainte qu'elle envisageait la perspective de ces six semaines sous la domination passionnée de Roan Cavello.

Sauf qu'elle n'avait pas prévu que cela prendrait effet sur-le-champ. Elle laissa échapper un cri de surprise lorsque Roan saisit ses poignets et s'allongea sur elle, l'emprisonnant contre le matelas.

— Scellons ce pacte par un baiser, murmura-t-il.

Amy tourna la tête pour esquiver ses lèvres, décontenancée par la tournure imprévue des événements.

— Lâchez-moi.

— Tu ne vas nulle part, poupée, dit Roan en glissant sa jambe entre les siennes. Mais tu n'as pas vraiment envie de t'échapper, n'est-ce pas ?

Amy nia d'un geste muet, se demandant, désespérée, comment se tirer de cette situation. Roan s'allongea entre ses jambes, et elle sentit son membre durci collé contre son sexe. Seulement quelques couches de tissu séparaient leurs deux corps, songea-t-elle, et la pensée fit monter en flèche son excitation. D'instinct, elle se cambra contre lui pour resserrer leur étreinte.

— S'il te plaît, pria-t-elle, d'une voix affaiblie.

— S'il me plaît, quoi ? « Laisse-moi aller » ? murmura-t-il, frôlant sa bouche avec le bout de sa langue. Ou s'il te plaît, « baise-moi jusqu'à ce que j'oublie mon nom » ?

La sensualité qui se dégageait de cette caresse humide eut raison de sa résistance et elle ouvrit les lèvres avec un gémissement éperdu. En même temps qu'il explorait sa bouche avec une langue hardie et savante, Roan pressa davantage son sexe entre ses cuisses.

Amy balbutia des propos incohérents, consciente que son corps l'avait trahie avec une réponse plus explicite que tous les mots. Elle sentait le bout de ses seins se dresser contre son T-shirt, et son sexe gonflé comme un fruit mûr, impatient d'accueillir celui de Roan. Il devait sans doute deviner à quel point elle était troublée. Oui, il le savait, son regard satisfait le prouvait.

— Ce qui serait fort embêtant, continua-t-il. Si tu oublies ton nom, aucun de nous ne le saura.

Il s'interrompit pour l'embrasser de nouveau, avec des baisers légers et badins.

— Je crois qu'il vaut mieux que tu me dises comment tu t'appelles, dit-il. Au cas où.

— Amy, répondit-elle d'une toute petite voix.

Elle eut du mal à prononcer son propre prénom, car les seuls mots qui semblaient vouloir surgir de sa bouche étaient des demandes impérieuses pour qu'il finisse ce qu'il avait commencé. Et toutes les raisons pour lesquelles cela serait dangereux s'étaient effacées de son esprit. Jamais elle n'avait éprouvé un désir aussi étourdissant, et tout ce qu'elle voulait en ce moment, c'était se plonger sans délai dans ce gouffre vertigineux qui semblait s'ouvrir à ses pieds…

— Amy, répéta-t-il en l'obligeant à soulever les bras qu'il tint d'une seule main au-dessus de sa tête, contre le matelas. C'est délicat et féminin.

— Pourtant, tu as cru que j'étais un garçon, lui reprocha-t-elle, encore vexée.

Roan enroba un de ses seins avec sa main libre, jouant du pouce avec son mamelon enhardi, à travers le débardeur de coton.

— J'avais tort.

Il l'embrassa, sans cesser de caresser son sein. Il semblait apprécier ses gémissements de plaisir, à en juger par ses caresses de plus en plus appuyées.

— Cela veut dire bien-aimée, expliqua-t-elle, le souffle entrecoupé.

Roan posa la main à plat sur son sein, le serrant doucement.

— Bien-aimée..., susurra-t-il. Ma petite tricheuse bien-aimée.

Amy vit l'expression de son visage s'assombrir soudain, en même temps que la main sur son sein comprimait sa chair avec brutalité. Elle étouffa un cri de douleur et de surprise. Et la surprise, s'aperçut-elle, venait avant tout de la décharge de plaisir qui avait accompagné la douleur.

— Tu m'as fait mal, protesta-t-elle.

— Je sais, dit-il en plongeant ses yeux dans les siens.

Amy soutint son regard, sentant qu'un duel de volontés se jouait dans leur défi silencieux. Roan continuait à torturer son sein avec l'étau de sa main, et à son grand dam, son mamelon se dressait durci contre sa paume, comme un chien qui réclame l'attention de son maître.

— Ton corps sait déjà qui est son nouveau maître, dit Roan, comme s'il avait lu dans ses pensées. Ton esprit devrait suivre l'exemple.

— Provoquer une réponse physique, c'est facile, dit-elle, en s'efforçant d'effacer toute émotion de sa voix. Mais tu ne peux pas contrôler mon esprit. Cela ne fait pas partie de notre accord.

Roan rit, comme si la réponse l'amusait franchement.

— L'important, c'est d'en être convaincu, poupée.

Amy lui lança un regard peu amène, mais la surprise remplaça son courroux lorsqu'il la relâcha et se releva. Décontenancée, elle croisa les bras sur sa poitrine, pour dérober à son regard les preuves de son excitation. Comment pouvait-il se comporter avec autant de détachement après ce moment de tension sexuelle insoutenable ?

— Tu es restée inconsciente un long moment, dit-il en consultant sa montre. D'habitude, je dîne à cette heure-ci. Rejoins-moi.

Elle mourait de faim, s'aperçut alors Amy, et elle repoussa l'envie puérile de refuser l'invitation pour le simple plaisir de le contrarier. D'autant que son estomac venait de la trahir, émettant un gargouillis inopportun.

— D'accord, concéda-t-elle enfin.

— Il faut d'abord que tu te changes.

— Me changer ? Mais je n'ai pas d'autres vêtements !

— Je te veux à ma table dans ton plus simple appareil, dit-il en fixant sa poitrine. Je veux avoir un accès facile au dessert.

— C'est absurde ! Je ne vais pas dîner nue, s'exclama-t-elle, sans cacher l'irritation que sa demande insensée lui causait.

Elle savait que, depuis tout à l'heure, tout ce que Roan faisait avait pour but de tester sa résolution, et bien qu'elle soit décidée à honorer sa part du marché, elle ne comptait pas accéder à cette sorte de caprice débile. Le sourire en coin qu'il arborait lui apprit que sa réaction l'amusait.

— Je te fournirai des vêtements lorsque l'occasion le requerra, et tu porteras ce que je voudrai quand je le voudrai. Et en l'occurrence, je veux que tu sois nue.

— Non, s'opposa-t-elle. Je... Tu ne peux pas m'obliger... C'est indécent !

Roan haussa les épaules.

— Tu ne sembles pas encore avoir compris les règles du jeu, donc je vais te clarifier la situation. Tu feras ce que je veux en toute occasion, comme tu t'es engagée à le faire. Et comme je sais que la journée n'a pas été facile, dit-il ensuite, d'une voix à peine plus douce, je veux bien me montrer indulgent pour ce soir. Je te laisse le choix pour cette fois, si tu ne veux pas dîner nue, tu peux ne pas manger, je ne compte pas te traîner de force dans la salle à manger.

Amy acquiesça en silence, ne se faisant pas confiance pour ne pas l'insulter si elle ouvrait la bouche.

— Si tu as vraiment faim, tu viendras me rejoindre selon mes conditions. Et sinon, tu peux rester ici, conclut-il en prenant le chemin de la porte.

— Attends, dit-elle, énervée de voir qu'il ne se retournait pas pour l'écouter. Tu ne peux pas me laisser mourir de faim !

Il ne se tourna pas non plus pour lui répondre.

— Je peux faire de toi ce que je veux, Amy, répliqua-t-il avec un rire froid qui lui donna des frissons. Et tu devrais le savoir, puisque c'est toi qui t'es mise dans cette situation en proposant de te mettre à ma merci.

Incapable de contenir sa colère, Amy saisit un oreiller et le lança de toutes ses forces contre Roan. Le coussin tomba mollement au pied de la porte qui venait de se fermer derrière lui.

— Va en enfer, cria-t-elle en espérant qu'il l'entende derrière l'épais panneau de bois.

Plutôt se faire hacher menu que se mettre à table nue avec ce sombre crétin, pensa-t-elle, bouillonnant de rage. Il pouvait mourir d'indigestion, elle n'en avait que faire. Et tant pis si elle mourait de faim : jamais au grand jamais, elle ne se plierait à ses conditions à la noix.

3

Au bout d'une heure, Amy quitta son lit, vaincue par les cris de famine de son estomac. De toute façon, Roan Cavello ne pouvait pas raisonnablement penser la laisser dépérir parce qu'elle refusait de s'attabler nue avec lui. Elle tendit l'oreille, tentant d'écouter ce qui se passait de l'autre côté de la cloison, mais aucun bruit ne lui parvint. Après s'être rafraîchie dans la salle de bains, elle traversa la chambre pour ouvrir d'un geste précautionneux la porte qui communiquait avec le reste de la suite. A pas de loup, elle traversa le luxueux salon où trônait un écran géant entouré de canapés noirs surdimensionnés. Personne. Elle avança encore vers la salle à manger, où elle découvrit une table, dressée pour deux convives. Roan avait déjà pris son dîner, déduisit-elle des plats empilés soigneusement à un bout de table, mais à l'autre, elle trouva une assiette couverte d'une cloche en argent.

Elle jeta une œillade par-dessus son épaule. Toujours personne. Sans plus s'encombrer de précautions, elle s'assit et souleva la cloche. Une appétissante entrecôte garnie de légumes primeur attendait qu'elle lui règle son sort. Elle attaqua l'assiette avec appétit, se rappelant à peine entre deux bouchées que Roan pouvait revenir d'un moment à l'autre. Quand elle eut fini, elle souleva une autre petite cloche. Des fraises à la chantilly. Parfait.

Avec gourmandise, elle picora un fruit qu'elle laissa fondre dans sa bouche, savourant avec délices la texture aérienne de la crème. Le mélange était aussi simple qu'exquis, et Amy ne put contenir un petit grognement de plaisir non dissimulé.

— Exactement le son que je voulais entendre.

Elle ouvrit grand les yeux et tourna la tête. Adossé contre le mur, sans veste ni cravate, Roan Cavello fixait sa bouche d'une manière parfaitement impudique. Elle avala de travers et se servit une longue gorgée d'eau, tandis qu'il la regardait s'étouffer sans bouger le petit doigt. Lorsqu'elle put de nouveau respirer librement, elle faillit s'étrangler en remarquant le renflement indécent qui bombait le pantalon de Roan.

Il s'approcha de la table, mais au lieu de s'installer en face d'elle, il vint se tenir dans son dos et posa les mains sur ses épaules.

— As-tu apprécié le dîner ?

Elle acquiesça en silence, incapable de parler, tétanisée par sa présence.

— Je sais, dit-il. Je t'ai regardée déguster chaque bouchée. J'ai remarqué aussi ton petit sourire satisfait. Tu étais ravie de m'avoir défié et de t'en tirer sans être punie, n'est-ce pas ?

Amy se retourna pour le regarder, les yeux agrandis par la surprise. Comment diable pouvait-il l'avoir vue ?

— Ceci est un casino, Amy. Je peux t'observer à chaque instant, vingt-quatre heures sur vingt-quatre, expliqua-t-il en pressant légèrement ses épaules. Mais quand tu as savouré ces fraises, je n'ai pas pu résister à l'envie de te rejoindre.

Elle baissa la tête, le cœur battant à tout rompre. Le contact avec Roan la troublait au plus haut point, mais cette fois-ci, la peur l'emportait sur l'excitation. Elle n'osait pas imaginer quelle serait sa punition de ne pas s'être déshabillée avant de passer à table.

— J'espère que tu as apprécié et le dîner et la provocation, ma petite tricheuse, parce qu'il est temps que tu payes pour les deux.

— Que veux-tu de moi ? s'enquit-elle, le visage tourné vers lui.

— Tout.

D'un seul geste assuré, Roan déchira le débardeur et glissa la main dans l'encolure en lambeaux pour entourer l'un de ses seins. Elle frémit.

— Je veux que tu te rendes à moi sans conditions, Amy. Je vais te faire oublier tout ce que tu es aujourd'hui, pour te tailler à la mesure précise du moindre de mes souhaits.

C'étaient des propos effrayants, pensa Amy. D'ailleurs, elle en était effrayée, mais… pas seulement. Ces mots éveillaient en elle un flux de désir obscur et inquiétant qu'elle n'avait jamais connu auparavant, qui la poussa à offrir son cou lorsque Roan plongea le visage dans le creux de son épaule. Il enfonça les dents dans sa chair, et elle laissa échapper un cri affolé, se cramponnant à la serviette qu'elle tenait à la main comme si cela pouvait l'aider à garder pied dans cette mare de sensations contradictoires.

— Pour apprendre à me plaire, murmura-t-il, il suffit d'une seule chose, très simple.

Amy humecta ses lèvres sèches.

— Et c'est… ?

— Obéissance.

Amy ferma les yeux, s'abandonnant aux étincelles de

plaisir que les morsures de Roan envoyaient dans tout son corps. Elle sentit son sexe brûler avec toute l'excitation frustrée qu'elle avait dû contenir une heure plus tôt. Roan la fit se lever, face à lui, et lui ôta sans façon ce qui restait de son débardeur. Elle le laissa faire, et lorsqu'il s'agenouilla et l'attira vers lui, elle n'opposa pas non plus la moindre résistance.

Le seul geste qu'elle exécuta, ce fut d'enrouler la main autour de son cou pour glisser les doigts dans ses cheveux.

Roan l'embrassa d'un baiser affamé et exigeant. Il se comportait déjà en maître de son corps, pensa Amy, troublée par son assurance. Elle entrouvrit les lèvres pour lui donner satisfaction, timidement d'abord, jusqu'à ce que le désir la pousse à lui offrir sans plus de résistance la tiédeur de sa bouche. Elle répondait à ses baisers, de plus en plus enhardie. Avec un gémissement profond, elle l'attira contre lui, en un baiser encore plus vorace. Le gémissement de Roan se confondit avec le sien un bref instant, avant qu'il ne décide de rompre leur étreinte.

Il fit traîner sa langue le long de son menton et de son cou, s'arrêtant pour la mordre de nouveau sur ce point sensible qu'il avait éveillé un peu plus tôt, avec plus de force cette fois-ci, et elle ploya la tête, s'offrant encore davantage à lui.

— Tu aimes ça, n'est-ce pas ? dit-il.

Amy reconnaissait à peine les gémissements qui sortaient de sa bouche, de plus en plus forts selon que Roan augmentait la succion de sa bouche sur sa chair. Elle ondula des hanches, frustrée par la pression douloureuse de son jean contre son clitoris enflé.

— Tu es un nouveau jouet très cher, mais je pense que tu en vaux le prix, chuchota-t-il en penchant le visage sur ses seins.

La brutalité de ses propos la blessa plus que celle avec laquelle il happa le bout de son sein, mais elle ne répondit pas à la provocation. Roan Cavello n'avait que faire des raisons qui l'avaient poussée à tricher, comme elle se fichait des raisons pour lesquelles elle se trouvait dans ses bras.

Il avala son mamelon, dont il agaça la pointe avec des coups de langue affolants. Sans savoir comment il avait fait, elle se retrouva bientôt nue dans ses bras, frémissante et hors d'haleine. Alors, avec une dextérité qu'elle ne se connaissait pas, elle déboutonna la chemise de Roan et griffa du bout de ses ongles ses tétons durcis. Il accueillit son audace avec un grognement sauvage, et, enhardie, elle laissa une main glisser sous sa ceinture, surprise de sa propre témérité.

Lestement, Roan se redressa pour la renverser sur la moquette, ne s'écartant d'elle qu'un bref instant pour envoyer valser sa chemise au fond de la pièce. Amy sentit son corps musclé couvrir le sien, et sa bouche qui traçait une ligne humide en direction de ses hanches. Tout son corps tremblait d'anticipation, et elle enfonça davantage ses mains dans la chevelure blonde. Lorsque le souffle chaud de Roan frôla son clitoris, elle s'arc-bouta pour mieux s'offrir à lui, oublieuse de toute pudeur.

— S'il te plaît, Roan.

Il souleva la tête lentement pour la regarder.

— Tu as un sexe magnifique, Amy.

Il plongea la tête et frôla très légèrement la commissure de son sexe du bout de la langue.

— J'ai envie de goûter à ta chatte…

— S'il te plaît, le supplia-t-elle avec un sanglot de frustration, fais-le…

— Pas tout de suite. Je préfère attendre que tu sois lisse comme la soie.

— Pardon ? demanda-t-elle, bouche bée.

— Ce joli duvet doit disparaître, poupée, dit-il en frôlant sa toison avec la paume de sa main. Mais ne t'inquiète pas, je m'occuperai des détails pratiques sans tarder, j'ai hâte d'y goûter.

Il souffla de nouveau sur son clitoris, glissant un doigt à l'intérieur de son sexe humide. Amy gémit, suffoquée par les sensations qui se déchaînaient en elle. Elle enfonça ses ongles dans l'épaisse moquette, les yeux fermés, remuant des hanches pour accompagner les va-et-vient de plus en plus rapides de sa main, fébrile d'atteindre l'orgasme qui montait en elle de façon imparable. Soudain, Roan retira sa main.

Elle rouvrit les yeux, ulcérée.

— Mais je n'ai…

Il lui mit sur les lèvres le doigt qui venait de quitter son corps brûlant de désir.

— Shut, dit-il. Tu vas jouir, je te le promets, mais tu es tellement mouillée, que je veux être en toi.

Il se pencha pour ôter son pantalon, et Amy sentit soudain la crainte l'envahir. Qu'était-elle en train de faire ? Elle aurait voulu protester, trouver quelque chose à dire, mais avant qu'elle ait réussi à rassembler ses idées, Roan s'allongea de nouveau entre ses cuisses.

Il glissa les bras sous sa taille pour la soulever légèrement, et elle sentit le duvet de sa poitrine chatouiller la peau sensibilisée de ses seins. Tout cela était nouveau pour elle, et malgré son excitation, toutes les raisons pour lesquelles elle devait se refuser à lui refirent surface. Cet homme ne la considérait pas comme une personne mais comme un objet, un jouet sexuel à sa merci, qu'il utilisait pour se rembourser d'une somme d'argent.

Ses bonnes intentions tombèrent à l'eau lorsque le membre durci de Roan s'insinua à l'orée de son sexe. Elle contint son souffle. Il avança de quelques millimètres, avec une lenteur calculée, sadique. D'instinct, elle enlaça ses jambes autour de sa taille pour mieux répondre à ses mouvements, et Roan la pénétra complètement, portant tout le poids de son corps sur elle pour la plaquer contre le sol.

— Oh, c'est… c'est…

La sensation était si puissante qu'Amy n'avait pas de mots pour la décrire. Elle enfonça ses ongles dans le dos musclé de Roan et hissa son bassin pour qu'il puisse entrer encore plus loin en elle. Dans cette position, le ventre de Roan frottait contre son clitoris à chaque mouvement, et elle sut qu'elle ne finirait jamais la phrase qu'elle essayait d'articuler. Ses cris étaient devenus des râles animaux, qui redoublèrent lorsqu'il s'empara de ses fesses d'une poigne de fer pour la soulever et la pénétrer encore plus profondément. Le plaisir fut si violent qu'il se confondait avec la douleur, et, sans qu'elle comprenne ce qui se passait, la sensation déclencha un orgasme foudroyant. Elle sentit les muscles de son sexe se contracter autour de Roan, et ses cris de délivrance retentirent dans la pièce.

Roan grommela quelque chose d'incompréhensible en atteignant l'orgasme à son tour, et il donna encore quelques coups de reins avant de s'écrouler sur elle. Ils restèrent alanguis, leurs membres emmêlés, pendant quelques minutes, ou quelques siècles, Amy n'aurait su dire.

Allongée contre lui, la tête enfouie contre son torse, elle se laissa bercer par les battements de son cœur qui reprenaient peu à peu un rythme normal. Finalement, Roan roula sur le côté, et se leva.

Amy le regarda enfiler sa chemise avec des gestes mécaniques. Elle sentait son corps si repu de plaisir qu'elle aurait pu s'endormir sur place, et dut faire appel à toute sa volonté pour se redresser. Roan n'avait pas encore dit un seul mot.

— J'ai besoin d'une douche, dit-elle en se levant enfin.

Il ne répondit pas et, sans rien ajouter, elle se dirigea vers la chambre.

Une fois dans la salle de bains, elle ferma le loquet et s'abandonna à la volupté de l'eau chaude. Elle se savonna longuement, comme pour effacer toutes les traces de l'expérience, et ce ne fut qu'alors qu'elle reconnut cette sensation de vide qui l'envahissait. C'était de la déception, mais pas sur un plan physique, non. De ce côté-là, elle avait atteint des sommets qui dépassaient tous ses fantasmes. Mais d'un point de vue émotionnel, cela faisait mal. Il n'y avait rien entre Roan et elle que cette attraction intense, et la certitude arrogante qu'il détenait de pouvoir faire d'elle ce qu'il voudrait.

Et ce qui la vexait le plus, c'était qu'il avait probablement raison. Il y avait quelque chose en Roan Cavello qui la poussait à vouloir lui plaire à tout prix, aussi insensés que fussent ses caprices. C'était une facette d'elle-même qu'elle découvrait avec lui, et, à vrai dire, elle était plus excitée qu'effrayée de voir jusqu'où Roan Cavello pourrait l'emmener.

4

Après une nuit de sommeil profond, Amy se réveilla reposée et en pleine forme. Son inconscient avait dû travailler à marche forcée, songea-t-elle, parce que, sans savoir vraiment comment elle en était arrivée là, elle se sentait relativement en paix avec sa nouvelle situation. Tant mieux, se dit-elle en enfilant un peignoir imprégné de l'odeur de Roan qui lui rappela tout ce qui s'était passé entre eux la veille. D'un pas léger, elle quitta la chambre à la recherche d'une tasse de café.

Son insouciance s'évanouit aussitôt qu'elle mit un pied dans le salon. Sur l'un des canapés, deux femmes superbes sirotaient un thé à petites gorgées. Le raffinement de leurs tenues respectives les classait d'emblée comme des habituées des lieux, et Amy ne put s'empêcher de se trouver quelconque face à leur beauté sophistiquée. Elle avança timidement vers elles, se sentant comme une lycéenne appelée dans le bureau du Principal.

— Bonjour ?

Les deux inconnues l'examinèrent lentement de la tête aux pieds, sans daigner lui rendre ses salutations, bien que, apparemment, elles aient plein de choses à se dire à son sujet en français.

Amy supporta leur impolitesse pendant trente secondes avant de décider qu'assez était assez, et d'avancer vers la cuisine, alléchée par l'odeur du café chaud. L'une des femmes claqua des doigts, mais Amy refusa de tourner la tête. Si elles voulaient attirer son attention, qu'elles apprennent d'abord les bonnes manières. Elle n'était pas un chien, bon sang, même si elle était le nouveau jouet du patron et que ces deux-là semblaient en être déjà au courant.

— *Mademoiselle* ? dit l'une des inconnues.

Voilà qui était mieux. Amy se tourna vers la femme qui condescendait à lui adresser la parole.

— Oui ?

— M. Cavello nous a demandé de vous *refaire.*

— Pardon ? demanda Amy, déconcertée.

L'autre Française lança un éclat de rire aigu.

— Charlène, le mot est *relooker,* comme chez nous, corrigea-t-elle, dans un anglais beaucoup plus clair.

— *Mademoiselle,* nous sommes chargées de revoir avec vous *les principes basiques de la beauté.*

Amy écarquilla les yeux.

— Merci, mais non, répondit-elle sèchement. Je me trouve bien comme je suis.

— Je vois, commenta la dénommée Charlène, haussant un sourcil parfait. Mais M. Cavello nous a bien recommandé de ne pas accepter un « non » comme réponse.

Amy tenta de faire bonne figure, malgré la colère qui l'animait. De la colère contre lui, mais surtout contre elle-même. Comment avait-elle pu imaginer un seul instant qu'elle aurait le pouvoir de s'opposer à un ordre de Roan Cavello ?

— Comme vous voudrez, marmonna-t-elle enfin, mais j'ai quelque chose à faire d'abord.

Et elle tourna les talons vers la cuisine, ravie de voir la moue pincée des deux pimbêches obligées de patienter. Elle chercha dans les placards une grande tasse, qu'elle remplit du café odorant et encore chaud. Ce fut alors qu'elle vit le téléphone fixé au mur. Elle posa la tasse et se saisit du combiné, sauf que… elle n'avait personne à appeler. Joindre Kevin à son hôtel risquait de mettre Cavello sur sa piste ; l'étudiante à qui elle avait prêté sa chambre d'amis pendant le dernier trimestre était partie, et elle n'avait pas d'ami proche à Las Vegas… Personne ne l'attendait nulle part, à l'exception de son oncle et sa tante, qu'elle ne voulait inquiéter sous aucun prétexte. Ils avaient déjà assez avec leurs propres soucis, songea-t-elle, ce n'était pas la peine d'ajouter à leur fardeau.

Avec un soupir de défaite, Amy reposa le combiné et finit son café, avant de retourner dans le salon, déterminée à en finir avec cette « réfection » aussi vite que possible. Et inutile de se voiler la face, pensa-t-elle, pour cela, il fallait qu'elle permette à ces deux femmes de la façonner au goût de Roan.

Pendant un temps qui lui parut interminable, Amy se soumit sagement aux soins que les deux femmes lui infligeaient : elle se laissa couper les cheveux, appliquer des mèches ambrées, épiler les sourcils. Dans son emploi du temps serré de professeur d'université, c'était le genre de choses qui passaient à la trappe, mais, en tant que maîtresse soumise de Roan Cavello, se raisonna-t-elle, il s'agissait sans doute d'une priorité essentielle.

Mais c'était tout de même une position peu flatteuse, pensa-t-elle, allongée sur la table de massage que les deux femmes avaient dépliée, vêtue seulement d'un soutien-gorge ivoire. Dix minutes plus tôt, lorsqu'elles lui avaient accordé une petite trêve, elle en avait profité pour retourner dans la chambre, à la recherche de quelque chose pour se couvrir et cesser de se balader en peignoir à côté de leurs tenues dignes d'un magazine de mode. A sa grande surprise, elle avait trouvé dans le dressing de Roan un tiroir empli de vêtements de femme exactement à sa taille, dont quelques ensembles de lingerie sans doute très chers. Elle avait enfilé l'un d'eux, en dentelle ivoire, ainsi qu'une robe légère qui semblait avoir été taillée sur mesure. Peine perdue, avait-elle compris lorsqu'elle était retournée dans le salon, car les deux femmes avaient insisté pour qu'elle se déshabille de nouveau. Et maintenant, tandis que l'une d'elles s'occupait de sa manucure, l'autre vaquait à l'épilation du maillot.

Pour rajouter à son humiliation, Roan choisit ce moment pour entrer d'un pas nonchalant dans la pièce. Amy lui en voulait terriblement pour cette matinée de torture, mais avant qu'elle ait pu lui faire le moindre reproche, l'esthéticienne arracha une bande de cire d'un coup sec et rapide. Amy cria de douleur. Impassible, sa tortionnaire s'attaqua au duvet qui couvrait ses zones intimes, et Amy hurla de plus belle. Sans exprimer la moindre gêne, et d'ailleurs sans dire un seul mot, Roan vint prendre place exactement en face de ses jambes écartées. Amy sentit ses joues brûler. Il fit glisser ses doigts sur sa peau traumatisée, et elle contint sa respiration. Malgré le picotement cuisant qui agaçait sa peau, son clitoris s'éveilla au contact de la main de Roan.

— Très agréable, Estelle, approuva-t-il d'un air satisfait.

La dénommée Estelle lui offrit un sourire mielleux.

— C'est toujours un plaisir pour moi, de satisfaire vos demandes, monsieur.

Et à la façon dont l'esthéticienne se pencha vers son

patron, Amy n'eut aucun doute quant à la véracité de ses propos.

— Nous avons fait de notre mieux, monsieur, mais ce n'était pas facile d'arriver au résultat que vous souhaitiez. Quand vous avez parlé d'un diamant brut, nous ne pouvions pas imaginer à quel point vous aviez raison.

— Je croyais que l'impolitesse des Français n'était qu'un mythe, intervint alors Amy en lui lançant un regard assassin. Jusqu'à aujourd'hui.

Sa petite pique n'attira l'attention d'aucune des personnes dans la pièce, remarqua-t-elle, agacée. Estelle était trop occupée à aguicher Roan, tandis que lui l'examinait d'un œil critique de la tête aux pieds. Après un long moment, il hocha la tête.

— C'est stupéfiant. Elle est belle, dit-il.

— *Elle* est présente, siffla Amy entre ses dents.

Charlène se leva de son tabouret.

— J'ai fini la manucure, Estelle. Désirez-vous autre chose, monsieur ? dit-elle, avec un sourire suggestif à l'intention de Roan.

Roan leva les yeux vers Amy, qui soutint son regard avec une expression furieuse. Il esquissa un sourire diabolique.

— Un peu d'intimité seulement, mesdames, dit-il, d'un ton plein de sous-entendus.

Ahurie, Amy le regarda plonger la tête entre ses jambes. Un cri suffoqué d'embarras lui échappa lorsque Roan se mit à embrasser son sexe alors que les deux femmes se trouvaient encore dans la pièce et ne perdaient pas une miette de ce qui se passait. Elle tenta de serrer ses cuisses, mais il l'obligea sans effort à les garder écartées. Elle sentait les caresses humides qui tournaient autour de son clitoris, l'aguichant avec des coups de langue affolants, et finalement le plaisir l'emporta sur la pudeur. Oublieuse de toute autre chose que ces sensations qui s'emparaient de sa volonté, Amy se cambra pour qu'il ait un accès total à son corps. Roan continua à la lécher, enflammant encore son excitation.

Un geignement étouffé attira son attention, et elle entrouvrit les yeux pour apercevoir Charlène et Estelle, dont l'expression trahissait la jalousie. Bien fait pour elles, pensa Amy, ouvrant ses jambes davantage pour qu'elles puissent mesurer de façon certaine ce qu'elles rataient. Quelque chose de sauvage s'éveilla en elle, un sentiment étrange de jouissance de les savoir spectatrices du plaisir que Roan lui procurait. Elle aimait sentir qu'elles voulaient être à sa place, oui, mais elle savait aussi que si les deux femmes n'avaient pas eu cette attitude cavalière, elle n'aurait pas ressenti cette joie mauvaise à les voir vertes d'envie.

Ou peut-être qu'en n'importe quel cas, lui souffla une petite voix, elle aurait été excitée par cette incartade exhibitionniste…

Alors qu'elle était déjà suspendue dans les limbes du plaisir, Roan releva soudain la tête et se tourna vers les deux femmes.

— Mesdames ?

Avec un petit sursaut, Charlene et Estelle quittèrent la pièce sur-le-champ. Le temps d'une seconde, Amy fut tentée de les rappeler. Sans qu'elle sache d'où venait cette pulsion, une part d'elle aurait voulu qu'elles regardent Roan lui faire l'amour, et savoir que leur sexe gonflait d'envie alors que c'était elle qu'il prenait.

Mais elle ne se laissa pas distraire longtemps par les deux voyeuses. Maintenant qu'elle se trouvait seule à seul avec Roan, elle pouvait se concentrer sur ce qu'il lui faisait.

Mmm. Roan jouait avec sa langue autour de son clitoris,

et Amy découvrait des sensations inédites chaque fois que ses lèvres frôlaient la peau nue de son sexe. Il absorbait dans sa bouche son clitoris avec une ferveur gourmande et désordonnée qui la rendait folle, et elle l'accompagnait avec d'impatients mouvements de hanches.

Roan rit tout bas, et son souffle chaud contre son petit bouton tout dur la fit frissonner. C'était tout simplement divin. Enfonçant ses doigts dans les cheveux de Roan, elle pressa son visage entre ses jambes, pour l'aider à aller plus loin. Mais il résista à sa pression, s'amusant à aguicher son clitoris avec la pointe de sa langue. Elle sentit son sexe frémir au bord de l'orgasme et gémit de plaisir, mais son gémissement se mua en un cri de reproche lorsque Roan s'écarta d'elle, au lieu de terminer ce qu'il avait commencé.

— Je n'ai pas..., protesta-t-elle.

— Je sais. Viens avec moi, répondit-il en lui tendant la main, avec son sourire de mauvais garçon.

Perplexe et contrariée, Amy ignora son geste et se releva toute seule. Elle se sentait plus nue que jamais, maintenant qu'elle n'avait même plus sa toison pour cacher son intimité. C'était comme si son sexe avait doublé de volume, mais c'était sans doute dû à l'état de surexcitation dans lequel Roan l'avait laissée de façon si cavalière...

Malgré ses protestations, il prit sa main et avança vers une partie de la suite qu'elle n'avait pas eu le temps d'explorer. Quand ils furent arrivés au bout d'un couloir, il poussa une porte et la fit entrer dans une pièce. Amy regarda autour d'elle, trop choquée par ce qu'elle voyait pour dire quoi que ce soit. Des chaînes pendaient aux murs, ainsi qu'un vaste assortiment de cravaches et fouets. Une table assez élevée, dont le plateau était doublé de cuir matelassé trônait au centre de la petite pièce. Un cachot, il n'y avait pas d'autre mot, songea-t-elle, paniquée. Dans quel enfer était-elle venue se fourrer ? Elle tenta de se dégager de l'étreinte de Roan, sans succès.

Sans faire le moindre cas de sa résistance, il la souleva lestement et la posa sur la table, avant de s'allonger sur elle pour la dominer de son poids pendant qu'il immobilisait l'un de ses poignets à l'aide d'un bracelet métallique vissé à la table. Elle le repoussa avec sa main libre, qu'il maîtrisa sans effort, l'attachant aussitôt avec l'autre bracelet. Elle s'agita violemment, tentant d'ébranler ses attaches, sans succès, en même temps qu'elle tentait de le frapper avec ses jambes, avec le même résultat. Elle secoua sa tête pour repousser les cheveux qui couvraient son visage.

— Mais qu'est-ce que tu fais ? cria-t-elle. Qu'est-ce qui se passe ?

Sans répondre, Roan se tourna vers le mur, caressant les instruments qui s'y trouvaient accrochés. Avec un petit grognement de satisfaction, il arrêta son choix sur une fine cravache en cuir et revint vers elle.

— Tu sais très bien ce qui se passe, dit-il d'une voix suave. Je veux le nom de ton complice.

— Tu n'as pas le droit ! protesta-t-elle. Je n'ai pas accepté ce type de pratiques.

— Comment ça ? Bien sûr que si, répondit-il, sans changer de ton, caressant son mollet avec le bord plat de la cravache.

— Non ! J'ai consenti à devenir ta maîtresse, mais je ne me suis jamais engagée à… ce genre de trucs.

Il rit de bon cœur.

— Tu aurais dû spécifier à quoi tu étais prête à consentir lorsque tu t'es engagée à devenir mon esclave, Amy. J'ai détecté un grand potentiel de soumission en toi, tu sais, et j'entends le faire éclore. Je t'avais dit que je le ferais, et tu as choisi de rester.

— Je n'ai pas choisi, protesta-t-elle. Je n'avais pas le choix !

Elle écarta sa jambe pour se dérober au contact de la cravache, troublée de découvrir que le doux grincement du cuir sur sa peau ne lui déplaisait pas du tout. Au contraire.

— Tu aurais pu opter pour la police, répliqua Roan, caressant maintenant l'intérieur de sa cuisse. Donc par défaut, tu as choisi… ça. D'ailleurs, c'est toi qui l'as suggéré.

— Jamais je ne l'aurais fait si j'avais su exactement ce que tu avais en tête.

— Si, tu l'aurais fait, dit-il, remontant la cravache un peu plus haut.

A son grand dam, Amy se sentit fondre sous la caresse insidieuse du cuir. Elle lutta pour maîtriser la réponse fébrile de son corps, mais elle ne put contenir un gémissement lorsque Roan écarta doucement ses lèvres avec l'instrument pour aguicher son clitoris.

— Mais ne t'inquiète pas, poupée. Cela ne te fera pas mal. Enfin, pas trop, ajouta-t-il en frappant soudain son sexe d'un coup léger.

Amy tressaillit. Elle aurait voulu protester, mais la sensation était aussi cuisante que… voluptueuse.

— Que veux-tu de moi ? balbutia-t-elle.

— Tu es en train de payer ta dette, mais tu ne m'as pas encore donné l'information que je te demande.

Il frappa de nouveau, lui arrachant un nouveau cri étouffé.

— Donne-moi ce que je souhaite, et tu obtiendras ce que tu veux, dit-il en effleurant la commissure de son sexe avec le bord de la cravache.

— Ce que je veux ? dit-elle dans un souffle.

— Oui, Amy. Tu veux jouir.

— Je peux m'en passer, le brava-t-elle.

— C'est ce que nous allons voir.

Il se mit alors à caresser son clitoris avec le plat de la cravache, doucement, en un mouvement terriblement excitant. Amy s'efforçait d'ignorer les sensations affolantes qui l'envahissaient, mais son corps semblait en avoir décidé autrement. Elle luttait contre le plaisir, serrant les dents pour ne pas laisser échapper le moindre soupir, mais elle ne pouvait pas contenir le déhanchement instinctif de son bassin, qui ondulait au rythme des caresses de plus en plus appuyées et profondes de Roan. Ses poumons lui semblaient sur le point d'exploser, mais elle ne céda pas à l'envie de crier. Elle se savait au bord de l'orgasme, et peut-être qu'elle arriverait à jouir avant que Roan ne s'en aperçoive. Sauf qu'il retira la cravache à ce même moment, lui en ôtant la possibilité. Avec rage, elle ravala les larmes de frustration qu'elle sentait poindre. Elle ne donnerait pas cette satisfaction à ce monstre sadique.

— Salaud !

— Allons, un peu de sang-froid, dit-il en claquant d'un coup sec la cravache contre sa hanche.

Elle cria et tenta de l'atteindre d'un coup de pied.

— Puisque tu le prends comme ça…

La poitrine opprimée par la peur, Amy le regarda poser la cravache et contourner la table. Il se saisit de sa cheville, mais elle se débattit comme elle put pour échapper à son emprise.

Peine perdue.

Il était en position de force, et ne tarda pas à l'attacher avec un troisième bracelet qui pendait au pied du lit. Elle jura et l'insulta, dépitée.

Il caressa son pied libre.

— C'est plus facile pour moi si je ne dois pas t'attacher celui-ci aussi, mais je le ferai si tu m'y obliges. Maintenant, sois gentille et tourne-toi. A quatre pattes.

Amy fixa ses yeux, le temps de décider s'il valait la peine de résister davantage. La détermination froide qu'elle lut dans son regard pencha enfin la balance en faveur de l'obéissance, et avec un soupir agacé, elle obtempéra. Ce n'était pas facile, avec trois membres entravés, mais elle finit par adopter la position ordonnée par Roan et, le cœur serré, elle attendit, sans vouloir songer à ce que l'avenir immédiat lui réservait.

La cravache claqua contre ses fesses dans un coup sourd, comme la douleur qui crispa ses terminaisons nerveuses. Son cri fut couvert par la voix menaçante de Roan.

— Qui était ton complice ?

— Je ne te le dirai pas.

Sa réponse lui valut un autre coup, et une larme solitaire coula sur sa joue.

Roan répéta la question, et elle s'enferra dans sa réponse. Il la fessa, encore et encore. Pendant les quelques minutes qui suivirent, on n'entendit dans la pièce que les claquements du cuir sur sa chair, et les râles étouffés qu'elle ne parvenait pas à contenir. Finalement, les coups cessèrent.

— Nous allons devoir essayer une nouvelle approche, l'entendit-elle dire dans son dos.

Elle aurait voulu se rouler en boule et l'oublier, c'était horrible d'être ainsi attachée sans même pouvoir frotter son derrière meurtri, mais elle dut se contenter de fixer le mur devant elle en attendant dans un silence obstiné. Elle ne pouvait pas voir ce qu'il faisait, et tenta de se convaincre qu'elle s'en fichait, mais elle sursauta, tous les sens en alerte, lorsqu'il posa la main sur sa hanche avec une douceur caressante.

— Brave fille, dit-il. Tu n'as pas cédé. C'est bien.

Amy sut qu'il était penché sur elle à l'haleine tiède qui frôla le bas de son dos. Roan déposa un baiser au creux de ses reins.

— Je suis impatient de passer à la suite, dit-il.

— Tant mieux pour toi, répondit-elle, la voix pleine de larmes.

Oh, mais qu'est-ce qu'elle avait à craquer maintenant ? se désola-t-elle. D'accord, elle avait mal, mais elle n'était pas douillette. Ce qui la blessait le plus, comprit-elle, c'était le sentiment de trahison qu'elle éprouvait, ce qui, d'un point de vue rationnel, était parfaitement stupide. Roan ne lui avait rien promis, donc il ne manquait à aucune parole donnée. Sauf qu'après l'expérience de la veille, elle avait bêtement cru que son rôle de soumise allait être une partie de plaisir. Et cette séance de jeux scabreux brisait désormais ses espoirs. Maintenant, en dépit de ses sens en éveil, elle avait peur.

Elle entendit les pas de Roan autour de la table, et il apparut dans son champ de vision. Elle refusa de le regarder, et il souleva son visage pour l'obliger à affronter ses yeux.

— Je serai honnête avec toi, dit-il. Tu vas aimer ce qui vient ensuite, mais je ne te cacherai pas que certains passages seront, hum, douloureux. Es-tu sûre de vouloir continuer ? Ne préfères-tu pas me donner le nom de ton complice ?

Elle écarta la tête pour se libérer de sa main. Elle ne parlerait pas. Roan tapota sa tête comme on félicite un chien.

— Brave fille, répéta-t-il. C'était exactement la réaction que j'espérais.

Amy tenta encore de se débattre lorsque Roan la poussa

doucement pour la remettre sur le dos. Sans grand effort, il réussit à l'allonger comme il voulait, et lorsqu'il prit sa cheville libre pour l'enchaîner aussi à la table, elle n'eut plus la force de batailler. Même dans ses pires cauchemars, elle n'avait imaginé se trouver un jour attachée à une table, bras et jambes écartés, à la merci d'un homme pratiquement inconnu. Elle aurait même préféré ne pas porter ce soutien-gorge, qui semblait souligner de façon encore plus humiliante sa nudité et son sexe à découvert.

Roan dessina avec son doigt le contour de ses seins.

— Il est beau, ce soutien-gorge.

— C'est toi qui l'as choisi, répliqua-t-elle sèchement.

— Non, ce n'était pas moi, dit-il avec un sourire. J'ai téléphoné à la boutique du casino et demandé à Marlene de faire monter dans ma suite une sélection de vêtements à ta taille.

Il poussa un soupir faussement contrit.

— C'est vraiment dommage, d'ailleurs. Il va être fichu.

— Quoi ?

Sans qu'elle ait eu le temps d'anticiper son geste, elle sentit les mains chaudes sur ses seins et entendit le crissement du tissu déchiré. L'élastique s'enfonça dans sa chair comme une morsure brûlante avant de tomber comme une peau morte sur les côtés.

Roan s'éloigna quelques secondes, et elle entendit un cliquètement indéfinissable au fond de la pièce. Des glaçons, comprit-elle lorsque Roan revint et appliqua quelque chose de très froid sous la courbe de son sein. Elle tressaillit sous la caresse glacée.

— C'est agréable, n'est-ce pas ? dit-il. C'était une bonne idée d'installer dans cette pièce un petit Frigidaire.

Incapable de former la moindre phrase cohérente, Amy se sentait chamboulée par la nuée de sensations contradictoires qui traversaient son corps. Sa respiration était devenue une suite irrégulière de halètements. Roan fit alors glisser un deuxième glaçon autour de son autre sein, et y traça des cercles sans lui laisser de répit. Le froid contractait sa peau, elle sentait ses mamelons se rétracter à un point qui devint insoutenable lorsqu'il plaqua longuement les deux cubes glacés sur la pointe de ses seins. Elle tenta de se dérober.

— Arrête, supplia-t-elle.

— Si seulement tu y tenais vraiment, répondit-il, sans bouger d'un iota. Amy, tu sais que tu peux cesser tout ceci quand tu veux. Il suffirait de dire un mot.

— Salaud, siffla-t-elle.

— Pas ce mot-là, dit-il avec un petit rire.

Des gouttes glacées coulaient sur ses seins avec une lenteur atroce, tandis que la froideur pénétrait sa chair au point de l'insensibiliser : elle ne sentait plus ses mamelons. Au bout d'un temps qui lui sembla interminable, les glaçons finirent pour fondre et elle prit une longue inspiration. C'était à la fois l'expérience la plus humiliante qu'elle ait jamais vécue et la plus excitante. Malgré la douleur, malgré la frustration, la morsure du froid sur ses seins avait éveillé en elle un étrange plaisir, et en prendre conscience ne fit qu'augmenter son trouble. Mon Dieu, avait-elle réellement aimé ça ?

Mais avant qu'elle puisse réfléchir plus avant à la signification de ce qui venait de se passer, Roan revint vers elle avec quelque chose dans la main qui produisait un léger tintement métallique. Qu'allait-il inventer cette fois-ci ? N'en avait-il pas assez ?

Apparemment, non. Et une petite voix au fond d'elle lui criait que sa propre curiosité n'était pas non plus assouvie.

Elle ne put distinguer l'objet qu'il tenait, d'ailleurs,

elle avait l'impression qu'il faisait exprès de cacher son jeu, et elle tenta de se préparer au pire lorsqu'il frôla de nouveau ses seins.

Le bout de ses seins était encore engourdi, mais pas au point qu'elle ne puisse sentir que Roan avait posé quelque chose autour d'un mamelon d'abord, ensuite de l'autre. Il recula et contempla son œuvre avec un petit sourire de satisfaction.

— J'imagine que pour l'instant c'est supportable, mais nous allons attendre que tes seins récupèrent leur sensibilité. Tu me diras alors ce que tu penses de ces pinces.

Elle lui lança un regard noir, refusant de parler, mais sans le quitter des yeux pendant qu'il se saisissait d'un coussin allongé qu'il fit glisser sous ses hanches. Amy regarda vers son ventre et son sexe, exposé comme prêt au sacrifice.

— En ce qui me concerne, dit Roan, tout va pour le mieux. Tu peux continuer à te taire, car ce joli minet va me dire autre chose que je veux savoir.

Il glissa un doigt le long de sa fente, s'attardant sur son clitoris enflé.

— Tu vois ? Ceci me dit que tu as aimé ces petites punitions, commenta-t-il d'un ton désinvolte, posant sa main en coupe sur son sexe. Tu as aimé les menottes... La fessée... Les pinces...

Il rythmait son énumération avec des tapes de plus en plus appuyées sur son sexe. Amy tressaillait à chaque impact.

— Tu vois ? continua-t-il en lui montrant sa main luisante des sucs de son corps, avant de la frotter contre son ventre. D'ici à ce que tu aies acquitté ta dette, j'aurai pu mesurer ce que tu es capable d'endurer.

Il marcha vers un petit placard d'où il sortit une boîte

qu'il posa sur la table. Amy suivait ses mouvements d'un œil nerveux. Roan souleva le couvercle et lui montra le contenu, et elle tressaillit.

— Ça, c'est pour tes fesses, dit-il en lui montrant un godemiché court et trapu, long d'à peu près dix centimètres, qu'il posa sur son ventre.

Elle secoua la tête, sentant la panique s'emparer d'elle.

— Mais non, mais non, dit-il d'un ton paternel. Tu ne devrais pas te montrer si rétive. Un de ces jours, je vais prendre ton joli petit cul, et tu seras bien contente de m'avoir laissé t'y préparer.

Amy le regarda enduire copieusement ses doigts d'un fluide épais et brillant. Du lubrifiant. Bon sang, jusqu'où comptait-il aller ? se demanda-t-elle, les yeux agrandis par l'appréhension. Ce n'était pas possible, non. Cela ne pouvait pas être en train de lui arriver, à elle, dans sa vie de prof bien rangée. Non, pensa-t-elle, serrant les dents.

Mais si.

— Détends-toi. Laisse-toi aller, cette partie va te plaire, tu verras.

Elle ravala ses protestations. Par crainte d'empirer sa situation, mais aussi, et peut-être surtout, parce qu'au fond d'elle, la curiosité la titillait. Jamais encore elle n'avait essayé ce genre de choses, jamais elle n'avait laissé un homme venir entre ses reins, et l'idée même de ce qu'il allait lui faire la troublait et l'excitait, même si elle se serait fait tuer plutôt que l'avouer.

— Vraiment, une fois que tu auras dépassé ta peur, tu vas apprécier, j'en suis certain, insista Roan en un murmure velouté.

En même temps qu'il parlait, il glissa un doigt entre ses fesses et commença à la caresser. Lentement. Avec délicatesse. Puis, après quelques secondes, son doigt s'insinua en elle.

Oh, Dieu.

La sensation, agréable ou désagréable, elle ne savait pas encore, lui donnait des frissons. Roan avança prudemment, elle ne pouvait pas voir sa main, mais elle le sentait au plus profond de son ventre. Il rebroussa chemin et répéta le processus. Une fois, et encore une autre.

Puis, avec l'air d'un bijoutier qui s'empare d'un bijou précieux, il saisit le godemiché et le couvrit généreusement de gel. Amy le regardait, fascinée, comme un papillon irrémédiablement attiré par la bougie où il va se brûler les ailes. L'objet était deux fois plus large que le doigt de Roan, et le corps d'Amy résista d'instinct lorsque Roan l'insinua entre ses fesses. Mais il continua à presser, doucement, sans la brusquer, mais sans jamais céder, gagnant de haute lutte chaque millimètre d'avancée.

Enfin, comme chaque fois depuis leur rencontre, Roan eut gain de cause. Le jouet se trouvait à présent profondément inséré dans son corps, et malgré ses grognements de protestations, une fois qu'elle fut arrivée à se détendre, elle s'aperçut que la sensation n'était pas si désagréable qu'elle avait pu le penser. Loin de là, même. Sa propre réaction la choqua. Non, elle ne voulait pas aimer ce genre de pratiques, et elle voulait encore moins que Roan ait raison lorsqu'il disait qu'elle était une soumise dans l'âme…

— Et maintenant, je vais trouver quelque chose pour cette jolie chatte impatiente.

Amy porta ses yeux sur sa braguette, qu'une érection indiscrète tendait. Il lança ce rire taquin qu'elle commençait à connaître.

— Non, ce ne sera pas moi, pas encore, dit-il.

Il sortit un autre vibromasseur de la boîte. Ciel, mais où allait-il chercher tout cela ? se demanda-t-elle, sans pouvoir dissimuler un gémissement lorsque Roan aguicha son clitoris avec le sex-toy, avant de l'introduire d'une seule poussée dans son sexe.

— Oh, Dieu, gémit-elle, tressaillant lorsque le jouet commença à vibrer.

Son cerveau lui semblait sur le point d'éclater, vaincu par le trop-plein de sensations, comme son corps, d'ailleurs. Ce n'était pas douloureux, cet écartèlement de sa chair, c'était… trop, tout simplement. Ou alors, c'était que le plaisir, au-delà d'un certain point qu'elle venait de franchir, se muait en ce mélange inquiétant de tourments et délices. Les vibrations devenaient des ondes de plaisir qui se répercutaient partout dans son corps. Jusqu'à quand Roan allait-il s'amuser à l'aguicher sans la faire jouir ?

— Dis-moi ce que tu ressens, murmura Roan, la voix rauque.

Amy se contenta de secouer la tête, non pas tant par obstination que parce qu'elle doutait de pouvoir articuler un seul mot.

— Dis-le-moi, insista-t-il.

— Non… c'est… trop.

Les mots peinaient à quitter sa gorge.

— Qui te donne tout ce plaisir ?

Amy se tut encore, déterminée à ne pas céder à ses demandes… du moins pas du premier coup.

— Qui ? répéta-t-il, remuant insidieusement le sex-toy dans son corps.

La stimulation supplémentaire la poussa au bord de l'orgasme. Qui avait donné à ce type les clés de son corps ? se demanda-t-elle. Comment arrivait-il à contrôler de façon si précise le niveau de son plaisir ? Pourquoi savait-il mieux qu'elle comment maîtriser son orgasme ?

— Toi, chuchota-t-elle enfin, vaincue.

— Dis mon nom. Dis que c'est moi qui joue de ton corps comme d'un violon, susurra-t-il en se penchant tout près de son visage, que c'est moi qui te dévoile tes désirs les plus obscurs. Qui te contrôle ?

— Roan, confessa-t-elle dans un soupir contrarié.

— Très bien, approuva-t-il, augmentant l'intensité des vibrations. Donne-moi maintenant le nom de ton complice.

Elle se mordit la lèvre, de peur que, dans son trouble, le prénom de son cousin ne se glisse entre ses gémissements. Aussitôt, Roan diminua la cadence, l'éloignant de nouveau de la jouissance. Elle s'arc-bouta et tortilla des hanches, tentant d'atteindre l'orgasme par ses propres moyens. Avec fierté, elle sentit que le plaisir revenait en vagues de plus en plus fortes... plaisir qui éveilla soudain la sensibilité de ses seins torturés. Elle cria de douleur, et Roan resserra les pinces, l'écartant de nouveau du point de non-retour. Tandis que le bas de son corps se débattait dans un tumulte de sensations sans nom, elle sentait la chair de ses seins à l'agonie. Entre martyre et jouissance, son corps balançait.

— Je vais retirer ces pinces, murmura-t-il, et tes mamelons seront si endoloris que tu auras envie de pleurer lorsque je les lécherai.

— Pourquoi me le dis-tu ? fulmina-t-elle. Je croyais que tu aimais par-dessus tout me laisser dans l'incertitude.

Roan l'embrassa brièvement sur les lèvres.

— Parce que peut-être que si tu sais ce qui t'attend, tu voudras l'éviter en me disant le nom de ton complice.

Amy ferma les yeux, pour tenter de se préparer à la suite, aussi bien pour elle-même que pour la sécurité de

Kevin, même si, à présent, ses raisons pour le protéger étaient de plus en plus floues. Kevin avait sans doute quitté Las Vegas et il se trouvait déjà en route vers l'Oregon.

La douleur lancinante provenant de ses seins écarta toute autre pensée de son esprit lorsque, comme annoncé, Roan retira les pinces. Elle mordit sa langue, car le soulagement était si intense qu'il ajoutait à son supplice, mais elle ne put s'empêcher de gémir en sentant la langue de Roan sur sa peau. C'était insoutenable et… étourdissant. Des larmes emplirent ses yeux, plus de rage que de douleur. Il pressa ses lèvres autour du bourgeon meurtri, et un orgasme fulgurant se déclencha dans son ventre. La délivrance envoya partout dans son corps des secousses jouissives qui effacèrent le monde autour d'elle.

Elle cria son plaisir, ondulant instinctivement des hanches, en même temps qu'elle arquait son dos pour mieux offrir ses seins aux caresses de Roan. Elle planait si haut dans le plaisir qu'elle s'aperçut à peine qu'il s'était écarté d'elle. Une dernière secousse la laissa alanguie et repue, avec juste assez de forces pour entrouvrir les yeux. A ses pieds, Roan était en train de se déshabiller à la hâte, et elle n'avait pas eu le temps de deviner ses intentions qu'il avait déjà ôté les jouets de son corps.

Elle contint un accès de rire nerveux lorsqu'il défit les chaînes qui la retenaient d'une main impatiente, aussi impatiente que le geste avec lequel il jeta le traversin au sol. Ainsi, songea-t-elle avec un petit sursaut de satisfaction, elle n'était pas la seule à avoir perdu le contrôle. Elle devinait l'urgence qui dictait ses mouvements à la façon dont il se hissa sur la table et s'allongea entre ses cuisses.

D'instinct, Amy enlaça ses jambes autour de sa taille lorsque son membre durci se glissa en elle d'une seule poussée. Son propre sexe, encore palpitant par l'orgasme récent, se serra autour de son érection, embrasant son ventre de nouvelles sensations délicieuses.

— Bordel, grommela-t-il, enfouissant le visage dans ses cheveux. Oh, Amy, tu es…

Elle ne sut jamais ce qu'il voulait dire, car le reste de la phrase se mêla à des râles éperdus. Il la pénétrait aussi profondément que possible, et elle accompagnait ses coups de reins avec un déhanchement vorace, voulant encore plus, et encore davantage. Les quelques notes douloureuses qui accompagnaient ses mouvements ne faisaient qu'ajouter à son plaisir, et elle se blottit contre la poitrine de Roan, honteuse de prendre tant de plaisir dans cette situation qu'elle aurait dû juger humiliante. Un nouvel orgasme balaya ses scrupules et la contenance de Roan, qui jouit avec elle dans une dernière poussée qui sembla le terrasser.

A sa grande surprise, Roan resta longuement dans son corps après avoir joui, et elle n'avait pas eu le temps de reprendre son souffle, qu'il commença de nouveau à bouger en elle, doucement cette fois-ci.

Elle accompagna ses mouvements d'un doux balancement de hanches, qui s'intensifia en cadence avec le rythme qu'il lui imposait. Abasourdie, elle accueillit une nouvelle décharge de plaisir qu'il partagea, leurs râles animaux résonnant à l'unisson. Leur écho vibrait encore dans la pièce lorsque Roan quitta son corps et glissa au sol, lui tournant le dos aussitôt. Elle le regarda sans le voir, toute son attention concentrée sur les sensations contradictoires qui emplissaient son corps, satisfait et meurtri en même temps.

Roan se tourna enfin vers elle pour la dévisager. Il avait le visage en feu, mais sa voix ne trahissait aucune émotion lorsqu'il parla.

— Je t'ai sous-estimée, poupée, dit-il.

C'était un compliment ou un trait d'ironie ? se demanda Amy, n'osant pas répondre avant de connaître la suite.

— Tu encaisses la douleur beaucoup mieux que j'aurais pu l'imaginer, continua-t-il avec un sourire en coin. Et avec volupté, au-delà de mes soupçons. Il se pourrait même que tu sois plus intéressante que je ne l'avais prévu.

Il se rapprocha d'elle et prit son visage entre ses mains, s'emparant avec voracité de ses lèvres. Elle ferma les yeux et résista une fraction de seconde, avant de le laisser l'embrasser à pleine bouche, comme s'il cherchait quelque chose au fond de ce baiser. Elle n'arrivait pas à deviner quoi, au juste. Et peut-être qu'il ne le savait pas non plus, songea-t-elle, lorsque Roan s'écarta brusquement avec un grognement de frustration.

— Je pense que nous allons essayer autre chose.

Elle sortit aussitôt de sa torpeur. Que pouvait-il encore avoir imaginé ? se demanda-t-elle, fixant sur lui un regard craintif tandis qu'il ouvrait les bracelets qui tenaillaient encore ses poignets.

— Quel genre de chose ?

— Tu verras en temps voulu.

Amy se tint devant lui, hésitant quant à l'attitude à adopter. Enfin, en voyant qu'il n'agissait pas, elle osa porter son regard sur la porte.

— Avons-nous fini, maintenant ? demanda-t-elle.

— Pour l'instant, dit-il, avec un sourire mécanique.

Amy préféra quitter le donjon avant qu'il ne puisse changer d'avis. D'un pas pressé, elle regagna la suite et se réfugia dans la cabine de douche. Mais toute l'eau chaude du monde, pensa-t-elle avec détresse, n'arriverait pas à laver le souvenir de cette facette obscure d'elle-même que Roan venait de révéler.

Roan laissa Amy partir sans tenter de l'arrêter. A quoi cela aurait-il servi, d'ailleurs, sinon à montrer qu'il se trouvait à court d'idées pour lui soutirer l'information qu'il convoitait ? Lorsqu'elle ne s'était pas laissé intimider par ses premières menaces, il avait décidé de tenter la manière forte. Ce qui, pensa-t-il, irrité contre lui-même, s'avérait à présent une grossière erreur de jugement. Mais en même temps, comment aurait-il pu prévoir qu'elle répondrait à ses agissements avec autant de flamme, au lieu de craquer et donner son complice, comme il s'y attendait ? Qu'elle ait encaissé la douleur avec autant de courage était déjà sidérant, mais à la réflexion, c'était sa propre attitude qui lui donnait du fil à retordre. Il s'était jeté sur elle sans la moindre retenue. Comment avait-il pu perdre le contrôle de la sorte ? se demanda-t-il, courroucé. Il avait pourtant l'habitude de maîtriser parfaitement ses émotions aussi bien que ses réactions. Aucune femme ne lui faisait perdre la tête comme aucun comportement ne le surprenait, parce que c'était ainsi qu'il le voulait. Des années d'aventures sexuelles, des plus classiques aux plus licencieuses, lui garantissaient une indéfectible possession de ses moyens. Ou du moins, c'était ce qu'il avait cru jusqu'à présent. Jusqu'à ce qu'Amy porte sur lui ce regard troublé par le désir qu'elle se surprenait d'évidence à éprouver. Moment où il avait compris qu'elle pouvait aller aussi loin que lui-même mais qu'elle l'ignorait encore. C'était à cet instant-là qu'il avait lâché les vannes de son désir, oubliant à dessein toute retenue. L'intimidation, son complice et les menaces avaient disparu de son esprit, et il n'avait plus pensé à rien d'autre qu'à lui donner tout ce qu'elle ne savait pas vouloir.

Il n'y avait rien de plus beau à ses yeux qu'une soumise

en train d'éclore à la lumière sombre de ses désirs les plus secrets.

Il était passé maître dans l'art de façonner les femmes en jouant avec leurs craintes et leurs pulsions, et c'était bien pour cela que, depuis des années, aucune femme n'avait pu le pousser en dehors des limites qu'il s'était lui-même imposées. Aucune femme… depuis Julia. Et l'expérience, bien que très troublante, se révélait aussi, d'une certaine manière, libératrice. Car pour la première fois depuis toutes ces années, le sexe lui avait offert quelque chose d'inattendu.

Ce qui était, après tout, une bonne nouvelle. Ces temps-ci, il s'était désolé de trouver la vie avare de surprises avec lui. Amy arrivait comme un pied de nez du destin à son désabusement, et il ne comptait pas bouder son plaisir.

En revanche, il ne fallait plus qu'il oublie qu'elle était là pour satisfaire ses moindres désirs. Elle ne devait être rien d'autre que de la cire malléable entre ses mains habiles. Rien d'autre. Il ne la laisserait pas deviner à quel point elle pouvait le troubler, et encore moins, permettre qu'elle l'excite au-delà d'une certaine limite. Tout simplement, il allait, comme toujours, garder le contrôle.

5

Après sa douche, Amy se blottit dans le lit de Roan, vaincue par la fatigue. Lorsqu'elle s'éveilla, le soleil ne brillait plus derrière les stores. Elle avait dû dormir plus de trois heures, déduisit-elle de la pénombre douillette de la pièce. Elle sentit alors qu'elle n'était pas seule et se tourna avec précaution.

A côté d'elle, Roan dormait paisiblement. Dans l'abandon du sommeil, son visage semblait différent. La dureté qui d'habitude tendait ses traits avait disparu, et Amy s'étonna de le trouver plus jeune et moins intimidant. Vulnérable, presque. Mue par une envie irrépressible, elle caressa doucement sa joue, frôlant au passage la ligne gourmande de ses lèvres. Enhardie par le manque de réaction de Roan, elle dessina du bout des doigts son nez et ses sourcils, son front et ses tempes. Quel âge pouvait-il avoir ? se demanda-t-elle en observant les fines rides qui sillonnaient du coin de ses yeux.

Soudain, des dizaines de questions fusèrent dans son esprit, des plus banales aux plus intimes, et elle s'aperçut avec étonnement qu'elle avait partagé avec un quasi-inconnu des moments d'une intimité et d'une intensité rares.

Roan ouvrit alors les yeux, la prenant au dépourvu.

Troublée, elle voulut retirer sa main, mais il l'en empêcha et déposa un baiser tendre sur sa paume. Ce geste aussi doux qu'inattendu lui sembla plus érotique que tout ce qui s'était passé entre eux dans le cachot. Son cœur battit la chamade et elle sentit son sexe se liquéfier. La réaction fulgurante de son corps à ce simple geste de Roan la laissa déconcertée.

— Tu as bien dormi ? demanda Roan, avec un sourire ensommeillé.

Elle haussa les épaules, intimidée. Elle ne savait plus ce qu'elle ressentait après cet après-midi de douleur et de plaisir, elle n'avait pas eu le temps d'analyser les événements, et encore moins, de réconcilier ses réactions avec l'image d'elle-même qu'elle avait jusqu'à présent. Et Roan ? Qu'avait-il déduit de son comportement ? Quelle idée avait-il conçue d'elle ? Après tout, il l'avait prise en flagrant délit de triche et ensuite, elle avait consenti à coucher avec lui pour essuyer sa dette.

Des drôles de prémices pour juger une femme…

— A quoi penses-tu avec ce visage soucieux ? s'enquit-il.

— Au peu que je sais de toi, et vice versa. C'est bien étrange de savoir ce que nous savons l'un de l'autre alors que nous sommes de parfaits inconnus en même temps.

Roan lança un bref éclat de rire.

— Tu as raison. Je ne connais même pas ton nom.

— Je n'ai pas menti, je m'appelle Amy.

— Ton nom de famille, je voulais dire.

— Oh, dit-elle en reprenant sa main, qu'il ne chercha pas à retenir cette fois. Gerard. Amethyst Gerard.

— Rien que ça ! Qu'avaient en tête tes parents ?

— Ma mère n'avait que quinze ans quand elle m'a eue. Je crois qu'elle a dû penser que c'était un nom très cool.

Je l'ai à peine connue, elle s'est fatiguée de pouponner lorsque j'avais trois ans, et m'a laissée chez sa sœur.

— Et ton père ?

— Jamais eu le plaisir de le rencontrer, dit-elle en haussant de nouveau les épaules. Et tes parents ?

Roan sourit, mais sur son visage planait l'ombre d'un sentiment ambigu.

— Mon père est le légendaire Robert Cavello, l'un des fondateurs de Las Vegas. A une époque, il possédait six casinos, mais c'était avant la banqueroute historique de la ville. Lorsqu'il a pris sa retraite, il y a deux ans, il n'en possédait plus que deux. Le Nabab, qu'il ma légué, et Le Roi de Pique, qui appartient désormais à mon demi-frère Rhys. Quant à ma mère… C'était une show-girl de vingt-deux ans. Elle voulait épouser mon père, et n'a trouvé de meilleur stratagème que de tomber enceinte. De moi. Je n'ai pas de souvenirs de mon enfance, mais Rhys m'a raconté que la relation entre mes parents était plutôt houleuse. Ils se sont séparés quand j'avais deux ans. Lorsque j'en avais cinq, ma mère a quitté Las Vegas pour tenter sa chance à Hollywood.

Amy hocha la tête, étonnée d'apprendre ces points communs dans leurs passés.

— Et es-tu encore en contact avec elle ?

— Non. Elle est morte dans un accident de la route peu de temps après.

— Je suis désolée, dit-elle en caressant sa main dans un geste plein d'empathie.

— Oh, il n'y a pas de quoi. Je n'ai aucun souvenir d'elle. Et toi, tu as de bonnes relations avec la tienne ?

— Aucune. Nous n'avons plus jamais eu de ses nouvelles. Mon oncle et ma tante m'ont élevée comme si j'étais leur fille, et je considère mon cousin Kevin comme un frère…

Elle s'interrompit soudain, sentant qu'elle avançait sur un terrain dangereux.

— Mais tout cela est bien ennuyeux, reprit-elle d'un ton guilleret. Parlons d'autre chose.

Un éclat indéfinissable éclairait les yeux de Roan au moment où il roula sur elle pour la chevaucher. Il s'empara de ses poignets qu'il tint fermement au-dessus de sa tête, son sexe durci fermement pressé contre son ventre. Toujours prêt, apparemment, pensa Amy.

— De quoi, par exemple ?

— De ceci, dit-elle en allongeant le cou pour l'embrasser.

Les yeux fermés, elle s'abandonna à un baiser long et langoureux. Sa stratégie de distraction avait bien marché, pensa-t-elle, soulagée, en s'abandonnant aux sensations grisantes que les lèvres de Roan éveillaient sur sa peau. Elle tressaillit lorsqu'il mordilla le lobe de son oreille, frissonnant sous son souffle tiède et elle tenta de changer de position pour que son sexe bandé vienne se nicher entre ses cuisses. Mais, comme s'il voulait lui rappeler que c'était à lui de prendre ce genre d'initiatives, Roan serra davantage ses poignets contre le matelas. Alors que ses mains fourmillaient d'envie de le toucher.

— Roan…

Mais elle perdit la force de protester lorsqu'il pressa son genou contre son sexe moite et brûlant. Cet homme semblait avoir sur les lèvres un détecteur de points érogènes, songea-t-elle, enivrée par les frissons qui partaient de chaque point de son cou où il posait la bouche. Et dans les mains, car il avait libéré les siennes pour pouvoir caresser ses seins qu'il pétrissait avec une rudesse qui contrastait de façon affolante avec les baisers humides qu'il ne cessait de lui prodiguer.

Amy glissa la main entre leurs deux corps pour

s'emparer du sexe de Roan. Elle voulait le toucher, sentir la texture de sa peau, la force animale qui s'en dégageait.

— Oui, touche-moi, murmura-t-il contre sa bouche.

Elle le prit entre ses doigts, parcourant les yeux fermés le bord du gland, pour presser avec délicatesse le V inversé qu'elle savait être l'un des points les plus sensibles de l'anatomie masculine. Avec un sourire de satisfaction, elle entendit le râle de plaisir que Roan poussa en réponse à sa caresse. Enhardie par son petit succès, elle commença à le masser lentement, de haut en bas, attentive au rythme croissant que les mouvements de Roan imprimaient à ses gestes. Elle allongea le bras pour caresser ses testicules. Ce fut alors qu'elle comprit pourquoi depuis la veille quelque chose la perturbait. C'était la peau de son pubis, si lisse, si douce. Roan s'épilait? L'étonnement arrêta ses mouvements, et il s'écarta d'elle pour la regarder, une lueur amusée dans les yeux.

— Surprise?

— Euh... Je ne savais pas que les hommes... Bien sûr, j'ai dû en entendre parler, mais je n'avais jamais rencontré d'homme qui...

— Combien d'hommes as-tu connus? demanda-t-il, rembruni.

Ah, non, pas cela. Elle n'était pas obligée de lui livrer ce genre d'information.

— Assez pour savoir ce que je suis en train de faire. C'est ce qui compte, n'est-ce pas?

— D'accord, dit-il.

Il changea de position pour se tenir en appui sur le matelas à bout de bras. Leurs deux poitrines se frôlaient, mais elle dut le lâcher de peur de lui faire mal.

— Je croyais que tu avais envie que je te...

— Non, je veux venir en toi. Mais ne t'inquiète pas,

j'aurai l'occasion de jouir dans tes mains… ou dans ta bouche, conclut-il, avec un sourire averti.

Elle humecta sa bouche, surprise du sursaut d'excitation que sa suggestion avait provoqué en elle, mais elle n'eut pas le loisir de s'attarder sur cette image. Le sexe de Roan entra en elle d'une seule poussée, infligeant à sa chair malmenée une tension douloureuse qui ne tarda pas à disparaître lorsqu'il répéta le mouvement doucement, une fois, et une autre. Elle souleva ses hanches pour l'enlacer de ses jambes, mais il secoua la tête.

— Non, reste comme ça, dit-il. Ça peut être très agréable pour toi…

Elle obéit et resserra ses cuisses.

Mmm… Roan avait raison. Le contact de leurs peaux glabres était un délice, et dans cette position, la base de son sexe dur frottait contre son clitoris chaque fois qu'il entrait en elle. Le poids de son corps massif la plaquait contre le matelas, comme une preuve de la force de son désir. Très vite, la spirale de l'orgasme commença à tourbillonner dans son ventre. Roan enfouit son visage contre son cou, et elle pencha la tête sur le côté. Allait-il mordiller sa chair, se demanda-t-elle avec un frisson d'anticipation ?

— C'était Kevin ? murmura-t-il alors au creux de son oreille.

— Par… pardon ?

Les pensées troublées par la passion, elle n'arrivait pas à mobiliser ses neurones pour donner une réponse satisfaisante à sa question.

— Ton complice, c'était ton cousin, non ? insista-t-il.

Son sexe se contracta une dernière fois autour du membre de Roan, et ballottée dans les remous de la jouissance, elle perdit toute capacité à penser rationnellement.

— Je… oh, mon Dieu ! Oui, c'était lui, avoua-t-elle, tandis que son cerveau embrumé lui criait qu'elle venait de commettre un faux pas crucial.

Mais pour l'instant, elle était incapable d'en mesurer les conséquences.

Roan la pénétra une dernière fois avant de se laisser tomber sur le côté, l'entraînant dans ses bras du même élan. Amy se laissa aller et resta immobile, à califourchon sur lui, blottie contre sa poitrine. son pouls battant contre ses oreilles dans un martèlement assourdissant. Comment était-il possible que l'homme qui venait de lui faire l'amour avec la délicatesse d'un orfèvre soit le même qui l'avait rudoyée quelques heures plus tôt dans le cachot ? C'était sidérant. A moins qu'elle ne soit devenue l'amante du Dr Jekyll, et donc, aussi, celle de Mr. Hyde.

En tout cas, son corps réagissait avec la même intensité à chacun, pensa-t-elle. Sauf que…

Sauf qu'elle lui avait avoué le nom de son cousin ! comprit-elle soudain. Indignée, elle releva la tête pour lui lancer un regard noir, des reproches au bord des lèvres.

— Pourquoi ? demanda-t-il, anticipant sa réaction.

— Pardon ? répondit-elle, prise au dépourvu.

Roan enfonça la main dans ses cheveux et la tira doucement vers le haut pour l'amener à son niveau. Elle ne résista pas et suivit le mouvement, tout en se demandant s'il avait encore envie d'engager un de ses jeux. Mais, à sa grande surprise, il se contenta de déposer un doux baiser sur son menton.

— Je veux savoir pourquoi tu as décidé de me voler.

— Je…

Amy s'interrompit, troublée. Lorsque Roan l'embrassait dans le cou, tout près de son oreille, elle perdait tous ses moyens. Elle venait de jouir, et pourtant, tout son corps répondait avec ferveur à son toucher. C'était fou. Avec cet homme, sa capacité au plaisir se révélait un puits sans fond. Elle fit un effort pour se concentrer sur la discussion.

— Mon oncle et ma tante risquent de perdre leur ferme. Il fallait que je trouve de l'argent. Très vite.

— Mais pourquoi moi ? dit-il en s'écartant légèrement pour la regarder dans les yeux. Pourquoi mon casino ?

Le mélange de colère et de désir qu'elle lisait dans ses yeux l'excita davantage, même si elle aurait préféré lui opposer un minimum de résistance, autant par fierté que par défi. Elle s'en voulait d'avoir cédé à la tendresse alors qu'elle avait si courageusement résisté à ses manœuvres d'intimidation.

— C'était le plus proche de chez moi.

Roan la regarda, les yeux écarquillés, avant d'éclater de rire.

— Suis-je donc une victime de la géographie ? dit-il en se redressant dans le lit. Allez, viens.

Elle s'assit sur le lit, frustrée dans son envie de lui et en même temps contrariée de ressentir ce désir incessant.

— Où ça ? demanda-t-elle.

— Prendre une douche, dit-il, debout à côté du lit.

— Juste une douche ? ne put-elle s'empêcher de demander d'une voix languide tout en prenant la main qu'il lui tendait.

— Oui, juste une douche. Car nous allons sortir. J'ai envie de t'acheter quelque chose de joli.

Ce « quelque chose de joli » n'était absolument pas ce à quoi Amy s'attendait. Il s'agissait d'un tatouage, un papillon pourpre et doré de la taille d'une pièce de monnaie, qui ornait désormais le triangle entre ses jambes. Qu'était-il en train de lui arriver ? se demanda-t-elle une heure et demie plus tard, tandis qu'elle traversait le hall de l'hôtel à côté de Roan. La transformation était effarante. Alors que la veille, elle ignorait tout de ses désirs les plus secrets, à présent, elle commençait à se penser comme une initiée aux délices de la soumission. Tatouée, de surcroît ! Tante Mel s'évanouirait si jamais elle apprenait ce qu'elle avait fait. Et ce qu'elle comptait continuer à faire, jusqu'à ce que Roan se lasse d'elle.

La perspective provoqua en elle un pincement au cœur inattendu. Bon sang ! Elle devrait plutôt compter les heures, et croiser les doigts pour que Roan s'ennuie au plus vite de jouer avec elle. Et pourtant, son cœur s'accélérait immanquablement dès qu'il la frôlait. A quoi bon se voiler la face ? En dépit des circonstances qui l'avaient amenée à cette situation, elle était en train de prendre du bon temps avec lui. Même dans ses fantasmes les plus débridés, jamais elle ne s'était imaginée avec un amant aussi doué que Roan. Après tout, ne fallait-il pas prendre la vie comme elle venait, et profiter de l'expérience tant que cela durait ?

D'autant que l'attitude de Roan avait changé depuis qu'il avait obtenu le renseignement qui l'intéressait. Il semblait plus calme, plus serein, et elle aurait voulu croire qu'il avait baissé la garde, tout en sachant que c'était un vain espoir. Seul le sexe les liait, se répéta-t-elle, et ce serait insensé de se projeter au-delà.

— Tu es bien silencieuse, dit-il, lorsqu'ils se retrouvèrent seuls dans l'ascenseur.

Elle répondit d'un petit grognement qui ne l'engageait en rien.

— Ça fait mal ?

— Un petit peu, dit-elle avec un haussement d'épaules.

— Tu boudes à cause du tatouage ?

— Non, j'étais perdue dans mes pensées…

— Et tu pensais à quoi ?

Elle se tut un instant.

— A la déception de ma famille s'ils apprenaient ce que je suis en train de faire.

— Tu te sens honteuse ? s'enquit-il en soulevant son menton pour l'obliger à le regarder dans les yeux.

— Oui, murmura-t-elle en essayant de détourner le regard.

— Pourquoi ?

— Je… j'ai l'impression d'être une… traînée. Je… je ne suis pas celle que je croyais être.

— Cela nous arrive à tous, un jour ou l'autre, dit-il avant de se pencher sur elle pour l'embrasser brièvement sur les lèvres. Mais tu aurais préféré ne vivre qu'à moitié, vieillir en passant à côté de ce qui t'excite vraiment ?

Elle se blottit contre lui pour lui dérober son visage.

— Oui, dit-elle si bas qu'elle douta qu'il l'ait entendue.

— Menteuse…

Il fit glisser ses mains le long de ses cuisses et les remonta en retroussant sa robe.

— C'est tellement meilleur de découvrir qui on est maintenant, à ton âge, murmura-t-il. Moi, j'ai mis longtemps avant de découvrir mes… penchants.

— C'est vrai ? fit-elle en renversant la tête pour le regarder.

— Oui. J'avais plus de trente ans lorsque j'ai rencontré la femme qui a su m'affranchir, dit-il, les yeux soudain ombrés de tristesse. Malheureusement, elle tenait moins à moi qu'à sa liberté, notre histoire n'a duré qu'un temps.

— Tu l'aimes encore ?

Les mots lui avaient échappé avant qu'elle ne puisse

les retenir. Pourquoi cette idée lui oppressait-elle soudain la poitrine et lui donnait envie de pleurer ?

Roan secoua la tête, retrouvant son expression habituelle.

— Non, j'ai cessé de l'aimer, il y a longtemps. Cependant, je lui serai toujours reconnaissant de m'avoir dévoilé ma véritable nature. Et par ailleurs, continua-t-il d'un ton désinvolte, cela n'aurait pas marché entre nous. Nous nous ressemblions trop pour être compatibles, car elle était une dominatrice, et une fois que j'ai compris que j'étais aussi un maître, il n'y avait pas de retour en arrière possible.

La franchise de ses propos poussa Amy à lui confier ce qu'elle n'avait pas osé encore s'avouer à elle-même.

— Je n'ai pas cette envie en moi. Je ne m'imagine pas dans le rôle de la dominatrice.

— Je sais, tu es une véritable soumise, murmura-t-il en la serrant contre lui longuement. Il n'y a pas de honte à avoir. Je trouve cela très beau, en fait. Tu es ce que tu es, je suis ce que je suis. Il faut l'accepter, tout simplement.

— L'accepter, oui…

Avec délicatesse, Roan la fit pivoter et elle se retrouva face à son reflet dans le miroir de l'ascenseur. Elle fixa longuement les mains habiles qui caressaient ses seins, avant de chercher le regard de Roan dans la glace. Sans la quitter des yeux, il pressa le bouton d'arrêt d'urgence. La cabine resta suspendue à mi-chemin, et son cœur manqua un battement.

Lorsqu'ils atteignirent la suite privée de Roan, vingt minutes plus tard, d'autres sensations lui avaient fait oublier la douleur laissée par le tatouage.

6

La passion abolit le temps, songea Amy lorsqu'elle s'aperçut que près d'une semaine s'était écoulée depuis son arrivée au casino. Lorsque Roan ne travaillait pas, il venait la rejoindre, et ils exploraient ensemble les possibilités infinies que son corps semblait déceler. Tout comme son esprit, d'ailleurs. Roan lui avait expliqué que s'abandonner complètement était libérateur d'une certaine manière. Et il avait raison. Malgré l'étrange point de départ de leur relation, elle avait à présent une confiance totale en lui, il se montrait toujours attentif à ses envies et à ses limites, sans jamais chercher à la pousser au-delà. Elle qui ne s'était jamais vue comme une femme soumise, cette nouvelle facette de sa personnalité ne manquait pas de l'intriguer, mais dès que Roan la touchait, tous ses doutes et ses interrogations s'évanouissaient.

Tous… sauf un. Malgré ses efforts pour protéger son cœur, elle se sentait de plus en plus attachée à Roan. La veille, ils avaient assisté à un match de boxe et ensuite, il l'avait prise sauvagement dans les vestiaires en attendant de rencontrer les boxeurs. Pas un instant, elle ne s'était inquiétée d'être surprise, et au contraire, elle avait même eu un pincement au cœur en pensant qu'une fois que

Roan lui aurait rendu sa liberté, personne ne saurait lui offrir des expériences aussi grisantes.

Elle sentait qu'aucun homme ne pourrait l'égaler et elle se demandait, affolée, comment elle allait faire lorsqu'il sortirait de sa vie. Etait-elle donc vouée à un avenir de solitude ? Roan n'avait pas pu se libérer ce soir, et elle se sentait déjà dans un état de manque atroce. Une seule nuit sans lui, une seule, et elle broyait déjà du noir. Qu'adviendrait-il d'elle lorsque les six semaines toucheraient à leur fin ? Amy ne voulait plus y penser et pourtant, elle ressassait la question en boucle.

Roan jeta un autre jeton de cinquante dollars sur le tas déjà considérable qui se trouvait au milieu du tapis de jeu, bien qu'il fût incapable de se rappeler s'il avait ou pas une bonne main. L'image d'Amy gémissant sous ses caresses le hantait, et il n'avait qu'une envie en tête, rentrer au plus vite pour la prendre contre le mur. En lui-même, il pestait contre cette partie de haut vol, prévue de longue date, et qu'il n'avait pas pu annuler car les participants étaient des habitués triés sur le volet qui jouaient plus d'un million de dollars à chacune de leurs visites au Nabab. S'il avait eu le choix, il aurait passé la nuit à prendre Amy jusqu'à plus soif.

— Et qui était la pétasse qui t'accompagnait hier au match ? demanda Steve Delminico à brûle-pourpoint, comme s'il avait lu dans ses pensées.

Roan réprima l'élan de colère que le terme avait soulevé d'instinct chez lui. Après tout, Steve était un rustre notoire et ne pensait pas à mal en parlant de la sorte. Autant rester poli.

— C'est une amie, dit-il d'un ton neutre.

— J'ai entendu dire qu'elle vivait avec toi, commenta Kahlil Ahmed, le patron d'une compagnie pétrolière aux bénéfices mirobolants, qui s'amusait à brouiller les pistes en s'habillant comme un DJ sans le sou.

Roan haussa les épaules sans répondre. Mieux valait laisser courir. Après tout, les blagues potaches étaient un rituel dans ces soirées, et, à l'exception de Delminico, il appréciait sincèrement la compagnie des autres joueurs.

— Concentrons-nous sur le jeu, dit-il.

— Eh bien moi, insista Steve, je n'aurais rien contre une « amie » de ce genre, je suis même prêt à payer pour ! D'ailleurs, et si on la mettait sur le tapis ? Ma main contre la tienne, le gagnant emporte le tout.

Roan dut faire appel à tout son sang-froid pour ne pas bondir sur la table et lui ficher son poing dans la figure, mais ce fut davantage la violence de sa propre réaction qui l'aida à rester impassible sur sa chaise. D'habitude, rien n'ébranlait son calme olympien… Que diable lui arrivait-il ?

— Je n'en vois pas l'intérêt, dit-il d'un ton las.

— A d'autres, ricana Steve. Je vais te faire une offre irrésistible. Tu te souviens de ce jet privé que tu attends depuis un moment ? Eh bien, je vais te l'apporter sur un plateau, personnalisé selon tes instructions et livré dans la semaine sur le tarmac de ton aérogare.

— Es-tu en train de miser un avion contre une femme ? demanda Roan d'une voix froide.

— Pour le jeu, bien sûr. Je ne dis pas que ça le vaut, grommela Steve et, devant le silence embarrassé de l'assemblée, il se ravisa. Mais non, mais non, je te fais marcher, Roan.

— Evidemment, Steve.

L'affaire semblait réglée, et c'était tant mieux, pensa

Roan. Après tout, on était à Las Vegas, où chaque chose avait son prix pourvu qu'on sache le fixer. Et, d'après ce qu'il savait d'Amy, il ne pouvait pas mettre sa main au feu qu'elle aurait refusé l'offre alléchante de Steve, dont le look d'acteur hollywoodien cachait bien la grossièreté… Après tout, n'avait-elle pas accepté de coucher avec lui contre de l'argent ? Alors, pourquoi refuserait-elle la même chose de la part de ce crétin ?

Il secoua la tête, ne voulant pas s'attarder sur l'image d'Amy dans les bras de l'autre imbécile. Austin abattit alors son jeu, un poker de dames, Roan vérifia ses cartes, dont il avait oublié la valeur : un pauvre couple de huit. Décidément, la chance ne l'accompagnait pas ce soir, ou pas au jeu. Mais peut-être que le vent tournerait lorsqu'il remonterait dans sa suite.

Le lendemain, Roan passa son après-midi à tenter de se concentrer sur les livres de comptes du Nabab. Peine perdue, un épais brouillard semblait s'interposer entre ses pensées et les colonnes de chiffres. Et ce n'était pas à cause des deux magnums de champagne qu'il avait partagés avec Amy au cours de la nuit, car le liquide avait en réalité moins coulé dans leurs veines que sur leur peau. C'était Amy, et rien qu'elle, la responsable de son manque de concentration, s'avoua-t-il enfin.

Avec un soupir découragé, il lâcha son stylo et tourna sur sa chaise face au mur de verre qui lui permettait de surveiller tout ce qu'il se passait dans la salle principale du casino. L'activité était fébrile bien qu'il ne fût que 3 heures de l'après-midi, mais Roan ne prêta guère attention à la scène fourmillante qui se déployait à ses pieds, regardant sans les voir les joueurs défier les machines. L'image d'Amy effaçait toutes les autres. Amy et ses cris éperdus, Amy et son corps trémulant. Jamais auparavant il n'avait rencontré une femme capable de tirer autant de plaisir des jeux où se mêlaient la cire chaude et le champagne.

— Mais qu'est-ce qui m'arrive ? grommela-t-il en retournant son fauteuil pour reprendre ses comptes.

Pourquoi n'arrivait-il pas à l'écarter de ses pensées ? Pourquoi son odeur semblait-elle encore imprégner sa peau, pourquoi entendait-il sans relâche ses soupirs troublés ? Qu'avait-elle de spécial pour que ses doigts se rappellent à chaque instant la courbe de ses hanches, la cambrure de son pied, chaque parcelle de sa peau qu'il avait frôlée ? Sa présence semblait l'accompagner même lorsqu'ils étaient séparés.

Et Roan n'aimait pas cela. La douleur qu'il avait ressentie lorsque Julia l'avait quitté lui avait appris à ne pas succomber aux charmes des femmes qu'il avait croisées depuis. Il avait fait de cette attitude une règle de vie, et, jusqu'à présent, il n'y avait pas dérogé. Mais Amy ne ressemblait en rien à ces autres femmes qui se disaient expérimentées. Elle venait seulement de prendre conscience de ses penchants, et pourtant, elle n'avait rien d'une soumise fraîchement affranchie. Pas une seule fois, elle n'avait semblé apeurée, pas une seule fois, elle n'avait rechigné à assouvir ses désirs. Au contraire, elle s'abandonnait avec joie et délices à toutes ses suggestions, en tout lieu et en toute occasion.

Non, ça n'allait pas, se répéta Roan. Il était en train de s'attacher à cette femme, il pensait à elle en termes de possession exclusive. Alors qu'il savait d'amère expérience qu'amour ne rimait pas avec toujours. Par chance, ils avaient un accord très précis qui délimitait parfaitement la teneur de leurs relations. Ce serait dommage de le gâcher avec des dérives romantiques. D'autant plus qu'un jour pas très lointain, il se lasserait d'elle et de son enthousiasme de nouvelle convertie. Car c'était toujours le cas, non ?

Le bourdonnement de l'Interphone le tira de ses pensées et il pressa le bouton pour répondre à son assistant.

— Je t'écoute, Brad.

— Le fax que vous attendiez vient d'arriver, monsieur.

— Apporte-le.

Il remercia d'un geste le jeune homme qui posa un dossier sur la table pour repartir aussitôt. D'un œil rapide, Roan examina le document, et sentit la colère monter en lui au fur et à mesure qu'il prenait connaissance des informations qu'on venait de lui fournir.

Cette petite menteuse.

Le pouls battant à tout rompre contre ses tempes, il saisit le dossier et quitta son bureau.

— Annule mon rendez-vous, ordonna-t-il à Brad en passant devant lui.

Il imagina la surprise de son assistant, car personne n'osait poser un lapin aux représentants de la Commission des jeux. Lui-même, d'ailleurs, trouvait sa propre réaction sidérante et même irresponsable. La colère n'avait jamais été bonne conseillère, il le savait, mais en ce moment, il n'en avait que faire.

L'ascenseur monta au rythme habituel vers sa suite, mais Roan trouva le trajet d'une lenteur exaspérante, et la relecture du fax ajouta à sa fureur. Tant mieux. Il ne voulait pas que la moindre once de réflexion ait apaisé sa rage lorsqu'il se trouverait face à Amy.

Comment avait-il pu se montrer si naïf ? Il avait gobé sans hésiter ce bobard à propos de la banqueroute de sa famille, une excuse vieille comme le monde, bon sang ! Il avait ressenti de la peine pour elle, et même, conçu de l'admiration pour sa loyauté. Il avait baissé la garde pour ses beaux yeux innocents, et il était tombé dans son panneau comme un pauvre pigeon. Et cette voleuse en avait tiré parti tout du long !

Il sortit de l'ascenseur et franchit la distance qui le séparait de sa suite à grandes enjambées rageuses, sans se soucier de ce que le vigile toujours en poste pourrait en conclure. Il ouvrit la porte d'un coup violent et la ferma de la même manière, ravi de voir Amy sursauter. Cette garce, elle jouait bien les innocentes, lovée sur le canapé, un livre posé sur les genoux. Une sacrée professionnelle, voilà ce qu'elle était ! Sinon, comment aurait-elle pu le berner, alors que son métier lui avait enseigné depuis belle lurette à démasquer les faussaires ?

— Roan ? Quelque chose ne va pas ? demanda-t-elle d'un ton surpris.

— C'est une façon de le dire, répondit-il en avançant vers elle, le dossier serré dans son poing.

— Il y a un changement de plans ? J'avais cru comprendre que tu ne reviendrais pas avant 7 heures.

— Un changement, en effet, dit-il en lui mettant le dossier sous le nez. *Ça*, ça change tout !

Et tu n'imagines pas à quel point. Pour l'instant…

— Qu'est-ce que c'est ?

— Ouvre-le.

Amy lui lança un regard inquiet avant d'ouvrir la chemise en carton. Roan l'observa parcourir le document, à l'affût du moindre changement dans son expression.

— Mais qu'est-ce que c'est ? répéta-t-elle.

— Des renseignements sur la situation de ton oncle. Je voulais m'assurer que le bénéfice de ton escroquerie suffisait à éponger leurs dettes, dit-il en empoignant avec rage les cheveux d'Amy pour l'obliger à le regarder dans les yeux. Apparemment, tu as eu plus que le compte, n'est-ce pas ?

Et tu as failli avoir mon cœur, pensa-t-il, avant de noyer ce sentiment dans une mare de ressentiment.

— Je ne comprends pas, balbutia Amy.

— Ce document prouve que la ferme de ton oncle est une exploitation assez rentable. Florissante, même. Depuis dix-huit ans, il n'y a pas eu l'ombre du moindre souci. Ta famille est loin de la faillite !

Il serra davantage la main qui emprisonnait la chevelure brune, satisfait devant la grimace atterrée d'Amy.

— Alors, vas-tu me dire pourquoi tu es venue me voler ?

— Kevin m'a dit que ses parents frôlaient la ruine, je le jure, dit-elle, les yeux pleins de larmes. S'il te plaît, Roan, je ne t'aurais pas menti.

— Bien sûr que non, ricana-t-il. Tu voles, tu escroques, mais tu ne mens jamais.

— Pas à toi, répéta-t-elle.

— Ah, quelle sacrée comédienne tu fais ! Je pourrais presque croire à tes pleurs, même maintenant que je sais à quel point tu trompes ton monde. Lève-toi, dit-il en tirant ses cheveux vers le haut d'un coup sec.

Il commença à traverser le salon sans lâcher un instant sa prise et sans permettre que les larmes silencieuses qui coulaient sur les joues d'Amy l'émeuvent. Il n'allait pas laisser les émotions prendre le dessus sur sa colère, se dit-il, tout en sachant que la violence de sa réaction trahissait à quel point le mensonge avait blessé ses sentiments.

Amy tremblait comme une feuille lorsqu'il s'arrêta devant la porte du cachot.

— S'il te plaît, Roan, ne fais pas ça, pria-t-elle. Je ne t'ai pas menti.

Il ouvrit la porte et la poussa dans la pièce, malgré la résistance d'Amy à avancer.

— Roan, c'est mon cousin qui m'a menti, à moi ! S'il te plaît, crois-moi.

— Bien sûr, dit-il en regardant ailleurs pour ne pas affronter ces yeux agrandis par la peur. Déshabille-toi.

— Mais…

Impatienté par son entêtement à le prendre pour un pigeon, il tira sur la robe avec tant de force qu'il la déchira. Amy se tint nue devant lui. Malgré sa fureur, il ne put s'empêcher d'être satisfait en constatant qu'elle avait suivi ses consignes en s'abstenant de porter des sous-vêtements à tout moment, même en son absence.

— Mets-toi à genoux.

— Pour te sucer ? *Maintenant ?*

Il ricana devant son expression de surprise, sans que le rire cependant tempère son courroux.

— C'est la dernière des choses que je risque de vouloir, répondit-il en appuyant d'une main lourde sur l'épaule gracile pour l'obliger à s'agenouiller. Reste là.

Il décrocha un jeu de fers et de chaînes de son établi et retourna près d'elle pour l'attacher.

— Tu ne peux pas faire ça, protesta-t-elle d'une voix faible. Pas quand tu es en colère…

Mais malgré ses paroles, le corps d'Amy semblait avoir abandonné toute idée de résistance.

— Regarde-moi, lui intima-t-il, étonné de son manque de résistance. Tu ne vas pas te battre ?

— A quoi bon ? Tu n'auras de cesse tant que tu n'auras pas le dessus.

Comment osait-elle anticiper ses réactions ? songea-t-il, furieux de se sentir percé à jour alors qu'il s'était trompé sur son compte. Il serra les fers plus que nécessaire, et recula pour observer le résultat. Il hocha la tête, satisfait. Attachée dans la plus classique des positions de soumission, mains liées par une chaîne qui passait sous ses chevilles, Amy se trouvait complètement à sa merci, et il pouvait sentir ses muscles tendus, non pas d'impatience comme tant d'autres fois, mais de crainte. Elle l'avait bien cherché, se dit-il, refusant d'écouter la voix intérieure qui réprouvait sa conduite.

— Vas-tu encore nier que tu m'as menti ?

Amy ne répondit pas et garda la tête fléchie. Dans l'esprit de Roan, la confusion le disputait à la colère, et ce fut cette dernière qui eut gain de cause. Enragé, il décrocha le martinet du mur. C'était son jouet fétiche, une belle pièce au manche en acajou, pourvue de nombreuses lanières en cuir. Un objet qui lui avait procuré des moments de jouissance ineffable, le bois s'était patiné à l'usage et s'adaptait à sa main comme s'il était la prolongation de son bras. Et pourtant, il avait la sensation que cet outil de plaisir répugnait à servir d'instrument de torture. Il secoua la tête pour se débarrasser de ces pensées qui ne reflétaient que ses propres scrupules.

Décontenancé et irrité d'avoir tant d'égards pour cette femme qui l'avait volé et abusé, il abattit le fouet sur le dos d'Amy d'un mouvement sec. Elle tressaillit, sans laisser échapper la moindre plainte et Roan laissa s'écouler quelques secondes, en espérant que la peur et la douleur viendraient à bout du mutisme opiniâtre d'Amy. En vain, comprit-il, honteux en découvrant les six lignes cramoisies, traces des six cordelettes du martinet, qui se dessinaient sur la peau crémeuse.

Avec un grognement contrarié, il abandonna le fouet sur la table. Il n'avait pas le droit d'infliger un châtiment corporel à Amy, car il y avait un monde, et il l'avait su dès le départ, entre fouetter une femme lors d'un jeu érotique, et la punir pour assouvir sa soif de vengeance. D'autant plus qu'Amy, en tant que soumise novice, risquait de développer une aversion permanente pour ces pratiques. Et quoi qu'elle ait pu lui faire, rien ne justifiait qu'il saccage sa sexualité naissante.

Pourtant, il fallait qu'il trouve un exutoire à sa rage. Mais, lequel ? se demanda-t-il, sans savoir que faire de la colère qui coulait dans ses veines. Sans ménagement, il détacha Amy et l'aida à se relever en la tirant par le bras. Le silence qui les cernait était froid et coupant comme le bord d'une falaise, et il devina qu'elle s'attendait à de nouveaux sévices. Toujours en silence, il relâcha sa prise et se mit à faire les cent pas dans la pièce. Amy ne tenta pas le moindre mouvement, ce qui éveilla en lui la satisfaction du maître obéi au doigt et à l'œil. Mais il s'empressa d'étouffer ce sentiment : Amy ne devait plus rien signifier pour lui.

Les pensées les plus contradictoires se succédaient dans son esprit, sans qu'il puisse prendre parti pour une seule d'entre elles. Certes, Amy lui avait menti, mais, étant donné qu'au départ déjà elle avait essayé de l'arnaquer, ce mensonge n'avait aucune espèce d'importance, n'est-ce pas ? Mais alors, d'où venait cet accès de fureur qui lui brûlait le ventre ? Pourquoi diable avait-il l'impression d'avoir été trahi ?

Soudain, une idée s'imposa au-dessus des autres, avec une force si violente qu'il cessa de marcher, pris à la gorge par le goût âpre de la nausée.

Mais quel imbécile, bon sang ! Quel crétin !

Il secoua la tête, abasourdi. Comment avait-il pu baisser la garde au point de ne pas s'apercevoir qu'il commençait à éprouver pour cette femme des sentiments qui dépassaient le simple attachement sexuel ? Car s'il n'avait pas relâché son attention, ainsi qu'il l'avait toujours fait, son cœur n'aurait pas accusé avec autant de douleur ce bobard, somme toute bien prévisible.

Avec un sourire froid figé aux lèvres, Roan se retourna pour regarder Amy, laissant planer à dessein l'incertitude sur ce qu'il comptait faire par la suite.

D'ailleurs, lui-même l'ignorait.

Il tira son téléphone portable de sa poche. Il fallait agir, vite, pour qu'Amy ne devine pas une seconde à quel point il avait été chamboulé par leur liaison.

— S'il te plaît, Tim, dit-il, s'adressant au chef de la sécurité. Envoie-moi un homme pour accompagner Mlle Gerard.

— M'accompagner, moi ? Où ?

— Dans *ta* chambre, répondit Roan d'un ton détaché. J'en ai ma claque de toi, mais il faut que je décide comment te punir pour m'avoir menti avant de te congédier pour de bon.

Même s'il se serait fait hacher menu plutôt que l'avouer, la vérité était qu'il voulait s'éloigner d'Amy avant que la passion ne prenne le pas sur la raison. Il aurait pu la gifler, il aurait pu l'étreindre avec tendresse, il… il ne savait pas ce qu'il voulait. Le mieux était d'agir avec le peu qu'il lui restait de sang-froid, décida-t-il.

— Non, c'est hors de question, dit Amy, le regard soudain hardi. Je ne m'en irai pas comme ça.

— Je ne veux plus de toi.

— Menteur ! contrecarra-t-elle avec aplomb.

Il ricana.

— Il n'y a qu'un menteur ici, poupée, et nous le connaissons tous les deux. Ou si tu préfères, je peux appeler la police pour qu'elle m'aide à élucider le fond de l'affaire…

— Si tu ne me fais pas confiance, tu peux les appeler.

— Te faire confiance ? A toi ? demanda-t-il avec un faux éclat de rire. Drôle d'idée, franchement. Tu l'ignores sans doute, mais la confiance *se mérite*.

Une larme roula avec une lenteur hypnotique sur la courbe parfaite de sa pommette. Roan détourna son regard.

— Jusqu'à aujourd'hui, j'avais confiance en toi, murmura Amy.

— J'imagine alors que nous avons été les dindons de la farce. La vie sait être ironique, n'est-ce pas ?

Amy courba la tête, comme si elle avait abandonné toute velléité de le convaincre de son innocence. Enfin quelque chose qui ressemblait à un aveu, pensa-t-il. Mais alors, pourquoi au lieu de crier victoire, son cœur semblait serré par l'étau d'une tristesse indicible ?

7

Amy se laissa tomber, désorientée, sur l'immense lit de la chambre où Tim l'avait conduite. Roan l'avait renvoyée avec tant de hâte qu'elle avait eu à peine le temps d'enfiler une nuisette pratiquement transparente, et le vigile ne s'était pas privé de se rincer l'œil. Le court trajet en sa compagnie lui avait laissé une sensation de malaise qui s'ajoutait au chagrin que lui causait cette volte-face de Roan.

Quelqu'un frappa discrètement à sa porte. Roan ? espéra-t-elle, son cœur se mettant à battre à coups redoublés. Mais avant qu'elle ait eu le temps de demander qui c'était, elle vit la porte s'ouvrir sur un homme en kimono de soie noire qu'elle ne connaissait pas. Alarmée, elle se couvrit avec le drap. Ayant refermé la porte derrière lui, l'inconnu lui lança un sourire qui se voulait sans doute éblouissant, tout en dents d'une blancheur éclatante. Avec ses cheveux blonds et ses yeux bleus, il était indéniablement un bel homme, songea-t-elle, mais cela ne justifiait en rien sa présence cavalière dans sa chambre.

— Qui êtes-vous ? Et que faites-vous ici ? demanda-t-elle, d'une voix affirmée malgré sa surprise.

— Steve Delminico, un ami de Roan, répondit-il, en

s'avançant vers le minibar comme si sa réponse expliquait tout. Que veux-tu boire, ma belle ?

Amy secoua la tête, si choquée par son attitude désinvolte qu'elle n'arriva pas à protester.

— J'insiste, dit-elle enfin. Que faites-vous dans ma chambre ?

— Il semblerait que Roan ait finalement décidé d'accepter mon deal, non ? Un avion en échange de sa charmante amie…, dit Delminico, en vidant d'un trait le verre qu'il venait de remplir.

— Mais qu'est-ce que vous racontez ? demanda-t-elle, ahurie.

— Il aurait eu tort de s'en priver, franchement, continua-t-il, comme si elle n'avait pas parlé. Pourquoi sinon t'aurait-il installée dans la chambre face à la mienne, hein ? La porte convenablement ouverte, de surcroît. C'est évident, non ?

Amy déglutit avec difficulté, tentant de donner un sens à ce qu'elle venait d'entendre. D'après ce type, Roan l'aurait vendue en échange d'un avion ? Non, impossible, pensa-t-elle, sentant cependant ses yeux s'emplir de larmes.

— Ce n'est pas vrai, dit-elle à voix haute, avant tout pour tenter de s'en convaincre.

— Oh, ma belle, tu sais bien comment les choses se passent à Las Vegas. Je suis un très bon client du Nabab, et Roan est aux petits soins avec moi. J'ai eu ce matin une baraka d'enfer, il ne me manque plus que toi pour être l'homme le plus heureux de la terre, dit-il en posant bruyamment le verre qu'il avait encore vidé.

C'était bel et bien vrai, comprit Amy, sentant son sang se glacer. Roan cherchait à l'humilier en l'offrant à cet homme pour lui montrer à quel point elle comptait peu pour lui. Elle sentit la nausée l'envahir. Alors que, pendant ces jours passés avec Roan, elle s'était attachée de plus en plus à lui, il ne l'avait jamais considérée autrement que comme un jouet sexuel. Ni elle, ni la passion qu'ils avaient partagée ne signifiaient rien pour lui... Non, se corrigea-t-elle, mortifiée, la passion qu'*elle seule* avait crue qu'ils partageaient.

Delminico s'approcha du lit et retira le drap, malgré la résistance farouche qu'elle tenta de lui opposer. Il promena sur elle un regard lubrique.

— Superbe, observa-t-il. Tu es encore plus jolie que dans mon souvenir, tu sais ?

Son accent texan l'agaça plus que de raison, ainsi que ses mots douceâtres qui cachaient, elle le craignait, les pires intentions. Son cœur peinait à battre, serré comme un poing dans sa poitrine, mais elle sentit qu'il fallait qu'elle boive la coupe jusqu'à la lie. Elle voulait savoir comment Roan en était arrivé là, comment elle était tombée dans ce piège sans même s'en apercevoir.

— Quel souvenir ? Quand est-ce que vous m'avez vue ?

— Au match de boxe. Tu étais jolie comme un cœur au bras de Roan, étincelante comme un bijou dans ta petite robe dorée, mais je crois que je te préfère comme ça, dit-il, en se penchant sur elle pour caresser son dos. Mmm, pas de soutien-gorge, j'aime ça.

Amy sentit sa main glisser vers l'un de ses seins, qu'il pressa avec complaisance.

— Il n'y a pas à dire, Roan Cavello sait fidéliser le client.

Ce contact outrageux la sortit enfin de sa stupeur. D'un bond, Amy quitta le lit et se réfugia à l'autre bout de la chambre, tentant de mettre autant de distance que possible entre elle et ce sale type.

Loin de changer d'attitude, Delminico lança un sifflement amusé.

— Oh, je vois que nous n'allons pas nous ennuyer ensemble. Roan t'a dit que j'aime qu'on me résiste, hein ?

D'un geste hâtif, il se débarrassa de son kimono noir, et s'approcha d'elle, nu comme un ver. Amy sentit son haleine alcoolisée contre son visage, et comprit qu'il était déjà dans un état d'ivresse avancée lorsqu'il était entré dans sa chambre.

Delminico l'entoura de ses bras musclés et colla son visage contre son cou, tentant de la déshabiller de ses mains maladroites. Amy lutta pour se dégager de son étreinte, et le fin tissu de sa nuisette se déchira dans un crissement dramatique.

— Oh, un si joli emballage, commenta Delminico. C'était une idée de Roan de te faire te balader à moitié à poil dans les couloirs de son hôtel ? Il a dû bander comme un âne en y pensant.

Amy accusa le coup en serrant les mâchoires. Elle n'y avait pas songé une seconde, mais sans doute, Roan avait effectivement voulu ajouter à son humiliation en l'envoyant à peine couverte à l'autre bout du bâtiment. Par chance, elle n'avait croisé que deux joueurs japonais sur le chemin, trop distraits ou trop polis pour ciller en sa présence.

— Salaud ! Bas les pattes ! cria-t-elle, laissant enfin sa colère exploser. Va-t'en, sors d'ici !

— Vas-y, continue, ça m'excite, marmonna Delminico. J'aime les tigresses dans ton genre, on va s'éclater.

Il plaqua sa bouche sur la sienne, et son souffle acide donna un haut-le-cœur à Amy.

— Je vais te défoncer ta jolie chatte, tigresse. Et tu vas aimer.

La panique s'empara d'Amy. Rien n'arrêterait cette brute épaisse qui haletait à son oreille, et n'avait rien à faire qu'elle soit consentante ou pas. Elle se rebiffa contre lui avec toute la force de sa peur, mais malgré l'alcool, Delminico n'eut pas de mal à la traîner vers le lit, où il la poussa sans ménagement. Sa tête rebondit violemment contre le matelas.

Elle n'allait pas pouvoir se débarrasser de ce monstre, comprit-elle, le souffle coupé par l'impact. Ce cauchemar était bel et bien en train de lui arriver *réellement*.

Non.

Croyant sans doute pouvoir la retenir avec le poids de son corps, Delminico relâcha sa prise pour libérer ses mains, qu'il balada fébrilement sur son corps. C'était maintenant ou jamais, pensa Amy en le repoussant sur le côté avec toute l'énergie du désespoir avant de rouler hors du lit pour courir vers la porte.

— Où tu vas, salope ? hurla Delminico.

Il s'élança vers elle, le visage déformé par la rage maintenant qu'il avait compris qu'elle ne jouait pas au chat et à la souris pour l'exciter. Elle tenta d'ouvrir la porte. Oh, Dieu, cet animal avait verrouillé le loquet.

— Tu aimes allumer les mecs, hein, salope ? C'est ça ton truc, hein, ça t'excite ? Mais je ne suis pas un pigeon, moi. Tu vas finir ce que tu as commencé, sale garce.

Il l'attrapa par la taille avant qu'elle ait réussi à ouvrir la porte de ses mains tremblantes. Delminico la retourna contre lui, et Amy constata, effarée, que sa grimace colérique s'était muée en un sourire lascif.

— Ah, mais je vois le genre, ricana-t-il. Très bonne comédienne, ma parole.

— Mais de quoi tu parles ? cria-t-elle, au bord de la crise de nerfs, s'agitant contre lui avec plus de désespoir que de résultats.

— Ces marques sur ton dos. Tu aimes quand ça fait

mal, n'est-ce pas, tigresse ? dit-il, avec un rire réjoui. J'ai été trop gentil, c'est ça ?

— Non, ce n'est…

Sans crier gare, il attrapa entre ses doigts le bout d'un de ses seins, qu'il tordit sans aucune délicatesse.

— Ouais, c'est ça, tu n'es qu'une pauvre fille innocente, hein ? ironisa-t-il en emprisonnant ses mains avec une seule des siennes. Et je suis le grand méchant loup qui ne va faire qu'une bouchée de toi… En commençant par ton sexe rasé de près qui ne demande que ça…

Amy s'arc-bouta et tenta de lui porter un coup de genou bien placé. Sans effet. Pire, comprit-elle, sa résistance ne servait qu'à attiser l'excitation de ce sauvage. Hors d'haleine, elle sentit le courage l'abandonner et supporta, immobile et en larmes, la langue poisseuse qui lapait déjà son nombril.

Lorsqu'elle vit soudain Roan s'élancer vers elle, Amy songea d'abord à un effet de son imagination ébranlée par la panique. Ce ne fut qu'en le voyant écarter Delminico d'une poussée violente qu'elle put croire qu'il était réellement venu la sauver. Infiniment soulagée, elle sentit qu'il la soulevait dans ses bras protecteurs et se blottit contre sa poitrine, oubliant un instant dans sa gratitude toutes les raisons qu'elle avait de lui en vouloir. Delminico criait et jurait à leurs côtés, mais elle percevait sa voix comme un bourdonnement lointain qui ne la concernait pas. C'était à peine si elle distinguait la voix de Roan. Comme dans un rêve, elle se laissa porter hors de la chambre, à peine consciente de sa nudité.

Dans l'ascenseur, elle garda obstinément les yeux fermés, ne consentant à les ouvrir que lorsqu'elle fut sûre d'être arrivée dans la suite de Roan.

— Je te déteste, murmura-t-elle en le regardant dans les yeux.

Un sanglot saccadé accompagna ses paroles.

— Je n'ai rien à voir avec le fait que ce détraqué soit venu dans ta chambre, si c'est ce que tu crois. Je peux être un salaud, mais pas à ce point, répondit Roan en se laissant tomber sur le canapé avec elle encore entre les bras. Laisse-toi aller, ma chérie, c'est fini, maintenant.

Amy sentit un flot de larmes brûlantes couler sur ses joues. Elle pleura et l'insulta, il l'avait mise en danger, il l'avait humiliée… Elle frappa de son poing contre sa poitrine et dans la même seconde, se blottit contre lui à la recherche de réconfort. Roan l'écoutait en silence, caressant ses cheveux d'une main rassurante. Comment pouvait-elle éprouver autant de gratitude et le détester en même temps ? Il l'avait sauvée, oui, mais s'il ne l'avait pas renvoyée, elle n'aurait jamais subi l'attaque de l'autre dingue…

Amy resta longtemps accrochée au cou de Roan, se laissant bercer comme un enfant, et se convainquant peu à peu qu'il n'y était pour rien dans l'incident avec Delminico. Il avait été dur, certes, et il avait cherché à la punir en l'éloignant de lui, mais elle ne pouvait pas le blâmer pour la tentative de viol.

Si elle avait si mal, si elle sentait son cœur brisé, c'était parce qu'elle devait accepter qu'il n'était pas du tout amoureux d'elle. Non, elle ne haïssait pas Roan Cavello. Elle l'aimait beaucoup trop pour cela.

Roan écouta les reproches d'Amy sans relâcher un instant son étreinte, et la garda longuement serrée contre lui jusqu'à ce qu'elle cesse de parler et se détende dans ses bras. Ses larmes avaient mouillé sa chemise au point qu'elle lui collait à la peau, mais peu importait. Au bout d'un moment, le souffle lourd d'Amy lui indiqua qu'elle s'était endormie. Il scruta son visage. Les cernes bleutés sous ses yeux prouvaient à quel point cette journée l'avait éreintée, et même dans son sommeil, elle laissait encore échapper quelques sanglots épars.

La colère qu'il ressentait contre Delminico le disputait dans son esprit au souci que la détresse d'Amy lui causait, et s'il n'avait pas trouvé plus important d'éloigner son amante de la chambre où elle avait vécu un cauchemar, il aurait démoli ce sale type à coups de poing.

Il laissa glisser doucement le corps d'Amy sur le canapé, la couvrit d'une couverture et resta assis à côté d'elle, caressant son dos pour la réconforter même endormie. Elle s'agita mollement, mais il pouvait sentir que la tension qui braquait ses muscles laissait peu à peu place à un relâchement confiant.

Steve Delminico pouvait s'estimer heureux de s'en tirer avec une simple expulsion musclée de son casino, se dit Roan. Comment avait-il pu se méprendre à ce point sur ce type ? Certes, il ne l'avait jamais trouvé bien net, mais pas une seconde, il n'aurait pu imaginer qu'il soit capable de violer une femme. Il repensa à la manière dont cette ordure avait tenté de se justifier. Il avait conclu, en trouvant la porte ouverte, qu'Amy était une « faveur » du casino. Ça ne tenait pas debout ! Comment Delminico pouvait-il avoir pris cela pour une invitation à se glisser dans son lit ? Roan secoua la tête, écœuré.

L'attitude d'Amy, cependant, dépassait aussi son entendement. Pourquoi n'avait-elle pas appelé à l'aide alors qu'un inconnu entrait dans sa chambre ? A moins qu'elle n'ait eu l'intention de coucher avec Delminico, mais alors, s'interrogea Roan, pourquoi l'avait-elle repoussé ensuite ? Car lorsqu'il avait repéré la bagarre dans la chambre grâce aux caméras de surveillance, la façon dont elle se défendait, bec et ongles, ne laissait aucun doute sur le fait qu'elle ne voulait pas du Texan.

En quête d'une réponse, il alluma l'ordinateur qui se trouvait sur son bureau. Il tapa le code d'accès au système de sécurité et chercha les images enregistrées une heure plus tôt. L'estomac retourné, il regarda Tim raccompagner Amy dans la chambre et la laisser seule, sans, en effet, penser à verrouiller la porte. Le vigile ne semblait pas s'être aperçu que quelqu'un l'avait observé tandis qu'il escortait la jeune femme. Roan cliqua sur le fichier de la caméra qui surplombait le couloir de cet étage. Delminico apparut sur l'écran, debout sur le seuil de sa suite, l'air hésitant. Ensuite, Roan le vit approcher de la chambre d'Amy et, à en juger par son expression, être surpris que la porte ne soit pas fermée à clé. C'était à cet instant, devina Roan, qu'il avait imaginé qu'il pourrait coucher avec elle.

Il chercha ensuite l'enregistrement à l'intérieur de la chambre à la même heure. Il ignorait comment la bagarre avait commencé, car après avoir laissé Amy entre les mains de Tim, il avait lutté contre son envie de la surveiller, et lorsqu'il avait cédé à la tentation, elle subissait déjà l'attaque de Delminico. Avec une attention douloureuse, il écouta la conversation entre Delminico et Amy, et il sentit un long frisson le parcourir. Il était évident qu'elle avait gobé l'interprétation biaisée que Delminico lui avait donnée de la situation, et encore plus évident, qu'elle avait été blessée au-delà des mots. Roan eut soudain l'impression d'être le dernier des derniers. Amy avait vraiment cru qu'il l'avait trahie.

Au début de leur relation, se rappela-t-il avec un goût

amer dans la bouche, il avait dit à Amy qu'il « lui ferait oublier tout ce qu'elle était pour la tailler à la mesure précise du moindre de ses souhaits ». Ne venait-il pas d'avoir l'affreuse preuve qu'il avait failli parvenir à ses fins ? Il se prit la tête entre les mains et soupira. Si Delminico n'avait pas été aussi répugnant, Amy se serait pliée à ce jeu obscène, persuadée d'exaucer l'un des souhaits de Roan car c'était ainsi qu'il l'avait façonnée. Bon sang, qu'avait-il fait avec elle ?

Il fallait que cela cesse. D'une façon ou d'une autre, il devait mettre fin à leur relation avant que son goût de la domination ne les détruise tous les deux, décida-t-il. Il lui faudrait faire appel à toute sa volonté, songea-t-il, la mort dans l'âme. S'il voulait pouvoir se regarder sans honte dans la glace, il devait délivrer Amy de son influence et la rendre, libre et indépendante, à la vie qu'elle menait avant leur rencontre.

Il devait s'éloigner d'elle, il le savait. Et pourtant, il ne put résister à l'envie de retourner auprès d'elle, de la prendre dans ses bras, et de la regarder dormir.

8

Amy se réveilla brusquement, dérangée par une douleur tenace dans le cou. Pas étonnant, comprit-elle en s'apercevant qu'elle avait dormi sur le canapé, blottie contre Roan. Et apparemment, comprit-elle en voyant la lumière du matin percer à travers les stores, ils y avaient passé la nuit.

Elle tourna les yeux vers Roan. Il était déjà éveillé, à moins qu'il n'ait passé une nuit blanche, songea-t-elle, sans oser lui demander s'il avait bien dormi tant l'expression de son visage demeurait insondable. Il la contempla en silence pendant de longues minutes, jusqu'à ce qu'Amy, l'estomac noué par une tension croissante, se lève et aille chercher refuge dans la salle de bains.

Tremblante comme une feuille, elle ouvrit au maximum le robinet d'eau chaude, dans l'espoir que le jet brûlant lave le souvenir des mains de Delminico sur son corps. Elle se frotta compulsivement, jusqu'à ce que sa peau rougisse, et lorsque les derniers vestiges de mousse disparurent par la bonde, elle se remit à pleurer en silence. Mais, comprit-elle, l'angoisse qui tenaillait sa poitrine n'avait plus rien à voir avec ce qui avait failli arriver avec ce salaud de Delminico. Elle pleurait à cause de Roan.

Il ne lui avait pas adressé la parole ce matin, et hier, il n'avait murmuré que quelques vagues mots de réconfort. Elle n'arrivait plus à savoir ce qu'elle avait pu lui dire au milieu de sa crise de nerfs, mais elle espérait de tout son cœur que, malgré son agitation, elle avait su garder assez de jugeote pour ne pas lui avouer ses sentiments.

La porte de la cabine de douche s'ouvrit dans son dos, la tirant de sa confusion. Elle se frotta le visage pour que Roan ne voie pas qu'elle avait encore pleuré, et, lorsqu'il posa les mains sur ses épaules, elle se laissa aller contre lui sans opposer de résistance. Qu'attendait-il d'elle à présent ? se demanda-t-elle en penchant la tête pour recevoir ses baisers au creux de son cou. Roan la désirait encore, sans l'ombre d'un doute, son sexe durci qui se pressait contre ses fesses en était la preuve, mais cela ne signifiait pas grand-chose. La veille, lorsqu'il l'avait accusée de mentir et expulsée de sa chambre, il avait clairement exprimé qu'elle ne comptait pas pour lui. Elle devait s'y résoudre : elle n'aurait jamais son amour.

Certes, ils pouvaient encore partager quelques moments de cette passion qui ne ressemblait en rien à ce qu'elle avait connu auparavant. Ce n'était pas assez, mais, elle le savait, c'était tout ce qu'elle pouvait attendre de lui. Repoussant les protestations de son amour-propre qui s'indignait à cette idée, Amy se tourna dans les bras de Roan pour s'accrocher à son cou et l'embrassa fébrilement. Elle lutta pour repousser les larmes qui lui montaient à la gorge à la pensée que leurs baisers, comme leurs jours, étaient comptés. Mais cela, elle l'avait su dès le début. Une question cependant la taraudait. Comment allait-elle faire ensuite pour vivre sans lui ?

Les mains de Roan enveloppaient son corps avec une efficacité érotique redoutable, et malgré le poids du chagrin, Amy fut bientôt en proie à une excitation croissante. Qu'il l'aime ou non, cet homme jouait de son corps comme un virtuose…

Roan la souleva de ses bras puissants pour embrasser ses seins, et elle se cramponna au rebord de la cabine pour garder l'équilibre. La tenant fermement par les hanches, il la plaqua contre le mur de verre et s'accroupit devant elle tout en l'aidant à passer les genoux par-dessus ses épaules. Le souffle entrecoupé, elle sentit sa langue s'insinuer entre les replis de son sexe, traçant des cercles de plus en plus étroits autour de son point le plus sensible. Ses hanches ondulaient au rythme hypnotique de ces caresses. Quand Roan aspira son clitoris, sa respiration haletante se mua en un cri surpris. Tout son corps vibrait à l'orée de l'orgasme, et elle contint son souffle, se préparant à accueillir l'explosion du plaisir.

Mais Roan lui refusa la délivrance en s'écartant d'elle au moment critique. Il dégagea ses épaules et la fit descendre sur son ventre avant de quitter la douche avec elle enroulée à sa taille comme une liane. Amy sentait son sexe palpitant et humide, impatient d'accueillir celui de Roan, et la froideur du marbre du lavabo sur le bord duquel il venait de la poser contrasta de façon affolante avec la chaleur qui se dégageait de leurs deux corps. Dieu que c'était bon, songea-t-elle avec un râle éperdu lorsqu'il la pénétra.

Elle agrippa les épaules de Roan et le pressa plus étroitement contre elle, et cette fois-ci, il la laissa marquer la cadence de leur étreinte, les mains fermement rivées à ses hanches. Les jambes croisées autour de ses reins, elle allait et venait contre lui, encore et encore, tandis que le frôlement de son clitoris contre son ventre musclé la poussait plus loin dans la spirale du plaisir. Leurs regards se rencontrèrent, mais l'étincelle de complicité, qu'en d'autres occasions, elle avait trouvée dans les yeux de Roan lorsqu'il la fixait pendant l'amour, n'était pas au rendez-vous. Elle attendait un signe, un mot de Roan car elle pensait en avoir déjà trop dit la veille, et elle voulait que ce soit lui qui rompe le silence. Mais tout ce qu'elle put obtenir ce fut le râle déchiré qu'il poussa au moment de l'orgasme. Son sexe se raidit, déclenchant son propre orgasme. Son corps tressaillit sous les secousses de la jouissance qui se répandit en de longues ondes dans tout son corps. Mais aussi fort que le plaisir ait pu être, elle n'arriva pas à se sentir comblée. Elle appuya sa tête sur l'épaule de Roan pour se dérober à son regard perçant, serrant les dents pour repousser les larmes qui lui tenaillaient la gorge.

Il déposa un baiser tendre sur sa tempe.

— Je suis désolé, murmura-t-il tout près de son oreille. Je suis désolé que cet abruti t'ait agressée, car si je ne t'avais pas envoyée dans cette chambre, cela ne serait jamais arrivé. Je ne ferais jamais rien de tel de façon délibérée. Et j'espère que tu sais que je tiens à toi.

— Je sais, souffla-t-elle.

Ce n'était pas les mots qu'elle voulait entendre, mais pour l'instant, cela suffisait, se raisonna-t-elle, s'efforçant de ne pas écouter la voix qui, au plus profond de son être, réclamait quelque chose d'autre, d'une nature complètement différente. Mais cette chose, elle le savait, elle ne l'aurait jamais. Et c'était l'amour de Roan.

Roan semblait déterminé à ne plus mentionner l'incident avec Delminico, ni les circonstances qui l'avaient entouré, et, au bout de quelques jours, Amy finit par penser que c'était mieux ainsi. Elle se demandait souvent ce que Roan pensait d'elle et surtout, s'il croyait toujours qu'elle lui avait menti sciemment, mais, à aucun moment, il ne se départit de son mutisme. Au fur et à mesure que les jours passaient, elle se sentait de moins en moins le courage d'aborder le sujet.

Cet après-midi-là, désœuvrée, elle flânait dans les boutiques situées au rez-de-chaussée du casino et, comme tant d'autres fois, elle observa à travers les portes vitrées le mythique Strip, le grand boulevard de Las Vegas. Des centaines de personnes sortaient du Nabab chaque heure, et si elle avait été capable de choisir ce qui était bon pour elle, elle aurait franchi ces portes sans un seul regard en arrière. Peu importait qu'elle se soit adonnée avec un enthousiasme sincère à ses jeux de domination ou qu'elle ait satisfait le moindre de ses caprices sexuels, car Roan ne lui donnerait jamais rien d'autre que du plaisir physique. Et, se rappela-t-elle malgré son dépit, elle ne pouvait pas lui en tenir rigueur, car il ne s'était jamais engagé à rien d'autre qu'à ne pas avertir la police de son délit. Elle ne pouvait blâmer que son stupide cœur de Cendrillon en mal de prince si elle s'était mise à fantasmer sur une histoire avec happy end.

Sauf que ces pensées lucides ne rendaient pas moins douloureux le fait que Roan ne l'aimerait jamais, songea-t-elle en passant devant la boutique de tatouages où il l'avait conduite le premier jour. C'était il y a seulement quelques jours et pourtant, cela lui semblait appartenir à un passé lointain…

Quelqu'un la saisit soudain par le bras, la tirant de ses tristes pensées. Elle se tourna, contrariée, pour voir qui se permettait cette familiarité, et elle put à peine contenir un cri lorsqu'elle se retrouva nez à nez avec son cousin.

— Oh, mon Dieu ! Kevin ! Tu es fou, que fais-tu ici ?

dit-elle, en même temps qu'elle se jetait dans ses bras pour l'étreindre longuement.

Kevin s'écarta d'elle avant de répondre.

— Je voulais m'assurer que tu allais bien.

— Je vais bien, répondit-elle en s'apercevant alors que lui, en revanche, avait une mine de déterré.

Il semblait avoir pris dix ans depuis la dernière fois qu'elle l'avait vu. Elle lui caressa la joue avec tendresse, frôlant de son pouce une ride à la commissure des lèvres qu'elle ne lui connaissait pas. Malgré toutes les raisons qu'elle avait pour être fâchée contre son cousin et ses mensonges, sa première réaction fut de s'inquiéter pour lui.

— Tu n'as pas l'air en forme.

Il jeta un regard inquiet autour de lui avant de répondre.

— Je vais bien maintenant, dit-il, en la prenant par le coude tout en se dirigeant vers la sortie. Sortons d'ici d'abord, je t'expliquerai chez toi.

Elle hésita. A vrai dire, elle ne savait pas si Roan la faisait encore surveiller par ses vigiles ou si quitter le casino lui aurait été aussi simple que de flâner dans les boutiques.

— Je ne peux pas partir.

— Pourquoi diable ne pourrais-tu pas venir ? Je t'observe depuis quelques jours, et je n'arrive pas à comprendre ce que tu fabriques encore ici.

— Je n'ai pas le choix. Roan Cavello m'a repérée quand on trichait.

— Oh, Amy ! Je ne voulais pas que…

— Je sais, dit-elle d'une voix impatiente qu'elle s'efforça aussitôt de radoucir. Je travaille ici pour rembourser notre dette, donc tu ferais mieux de filer avant que quelqu'un ne remarque ta présence.

Kevin la regarda, choqué.

— Non, hors de question ! Je ne peux pas te laisser porter le chapeau, dit-il. Que t'a-t-il demandé de faire ?

— Il faut que tu partes, dit-elle, esquivant la question. Oh !

Dans le reflet de la vitrine, elle venait de voir Tim Duffy flanqué d'un autre homme en costume noir qu'elle ne connaissait pas.

— Va-t'en, je t'en supplie, Kevin ! Ils arrivent !

— Attends, il faut que je te dise quelque chose avant.

— Pas le temps, siffla-t-elle entre ses dents. Je sais que tu m'as menti sur la situation financière de tes parents. Tu m'expliqueras pourquoi une autre fois.

— Je…

Oh, elle aurait pu le gifler ! pensa-t-elle, bouillonnant de frustration, mais Tim et l'autre type étaient déjà parvenus à leur hauteur.

— Roan veut me voir ? demanda-t-elle au vigile, en une dernière tentative de gagner du temps.

Sans même prendre la peine de lui répondre, Tim passa devant elle et posa lourdement une main sur l'épaule de Kevin.

— Viens avec nous. Le propriétaire du casino veut te parler.

— Pourquoi ? demanda Amy d'une voix qui lui sembla un piaillement d'oisillon. Qu'est-ce que Roan attend de ce type ?

Tim se tourna enfin vers elle et la passa lentement en revue de la tête aux pieds, lubrique. Amy en eut des frissons.

— Sans doute une chose bien différente que ce qu'il veut de toi.

Amy serra les dents et marcha derrière son cousin qui avançait docilement entre les deux hommes sans opposer la moindre résistance. Elle ne fut pas surprise de voir qu'ils l'emmenaient vers la salle d'interrogatoire où elle avait vu Roan pour la première fois. En revanche, elle s'étonna qu'on la laisse y entrer sans la moindre protestation.

Roan se trouvait déjà dans la pièce, assis à la table, aussi calme et imperturbable qu'à son habitude. Il congédia les deux vigiles d'un geste silencieux et demanda à Kevin de s'asseoir. Amy prit place à côté de son cousin, s'efforçant de prendre un air méfiant. Peine perdue, Roan ne l'avait même pas regardée. Elle avait l'impression de se trouver devant un tribunal sans avocat et à la merci d'un juge partial.

— Tu dois le laisser s'expliquer, Roan, dit-elle sans pouvoir se contenir.

— Je n'en vois pas l'intérêt, répondit-il, posant sur elle un regard froid.

— Eh quoi ? Tu vas le punir sans même lui permettre de se défendre ? Mais je ne vois pas de quoi je m'étonne.

— Pourquoi devrais-je croire qu'il va me dire la vérité alors que toi, tu m'as menti ? J'ai fait des recherches à son sujet, Amy. Et je sais maintenant pourquoi vous m'avez volé tous les deux.

— J'aimerais le savoir, moi aussi, dit-elle, en regardant les deux hommes tour à tour.

— Amy, je...

Roan reprit la parole comme si Kevin n'était pas là.

— Ton cousin s'est mis dans une sale situation dans un autre casino de Las Vegas, dit-il en désignant un dossier devant lui. Et Odin St. Clair, qui en est le propriétaire, n'est pas le genre de personne à qui tu veux devoir de l'argent, n'est-ce pas, Kevin ?

— N... non, monsieur, balbutia Kevin.

Roan braqua un regard accusateur sur Amy.

— Et toi, tu t'es dit que cette excuse n'était pas assez émouvante, j'imagine, et que l'histoire d'un vieux couple de fermiers au bord de la faillite serait beaucoup plus vendeuse. Et la vérité, Amy ? As-tu déjà pensé à dire la vérité ?

Amy soutint son regard, sans vouloir montrer à quel point ses mots la blessaient.

— Je ne t'ai jamais menti.

— De quoi parle-t-il ? demanda Kevin, confus.

— Du mensonge que tu m'as raconté, répondit-elle, sèchement.

Roan tapota la table d'un geste impatient pour attirer leur attention.

— Je compatis à ta situation, jeune homme, dit-il, sans laisser parler Kevin dont le regard s'éclaira d'une lueur d'espoir. Je n'approuve pas les méthodes de St. Clair, elles datent d'une autre époque. Tu as de la chance qu'il t'ait laissé le temps de le rembourser au lieu de te faire tuer sur-le-champ.

Amy se tourna vers son cousin.

— Je ne sais ce qui s'est passé, dit Kevin, le regard vissé à ses genoux. C'est arrivé… comme ça. J'avais une veine d'enfer, je gagnais, je gagnais et soudain, le vent a tourné. Sans savoir comment, je me suis trouvé à devoir trois cent mille dollars.

Amy l'écoutait, tétanisée. Kevin leva son visage vers Roan.

— Je ne savais pas quoi faire, alors je me suis adressé à Amy. C'est elle la plus intelligente de la famille, mes parents l'ont toujours dit. Je suis désolé de t'avoir embarquée dans cette galère, conclut-il, penaud, la regardant de nouveau.

— Tu aurais pu me dire la vérité. Je t'aurais aidé quand même.

— Vraiment ? dit Kevin, sceptique. Si j'étais venu te demander de m'aider à tricher dans un casino pour rembourser mes dettes de jeu, l'aurais-tu fait ?

Amy ne put soutenir son regard. Elle pouvait comprendre son cousin. Ignorant que St. Clair était un type dangereux, capable de tuer, elle aurait refusé de lever le petit doigt, et aurait laissé son cousin se débrouiller. Tout au plus, elle l'aurait sermonné sur les dangers de ce vilain vice qu'était le jeu.

— Non, j'imagine que non. Je suis désolée.

Roan toussota, une expression énigmatique au visage.

— Amy ne savait pas pour toi et St. Clair ?

— Non, monsieur, confirma Kevin timidement. J'avais honte et… j'avais trop besoin de son aide pour lui avouer la véritable raison.

— Alors, comme tu vois, je ne t'ai jamais menti, souligna Amy à l'intention de Roan avec un regard de triomphe.

Celui-ci ignora ce commentaire pour concentrer son attention sur Kevin.

— Je ne vais pas appeler la police.

— Oh, merci, monsieur, merci, s'étrangla Kevin. Amy m'a dit qu'elle travaillait pour vous, je peux faire comme elle.

— Hum… non, dit Roan. J'ai autre chose en tête pour toi. Disons qu'il s'agit de mon propre programme de rééducation pour joueurs.

— Tout ce que vous voudrez, monsieur, acquiesça Kevin.

— Tu vas travailler pour rembourser ta dette, et laisse-moi te prévenir : cela va prendre un bon moment et ce ne sera pas une partie du plaisir. Je serai clair : tu vas devoir occuper les postes les plus ingrats, les moins glamour de mon casino. As-tu d'autres engagements ? Un boulot ? Une copine ? Quelqu'un qui doit être prévenu que tu travailles ici ?

Kevin secoua la tête.

— Bien, continua Roan. Je préfère pouvoir garder un œil sur toi. Tu n'as rien contre loger dans le casino ?

La question, pensa Amy, était purement rhétorique et Kevin devait l'avoir compris. Il était évident que son cousin n'avait pas intérêt à contrarier le moindre souhait de Roan… à moins de vouloir passer quelques mois en prison.

Kevin déglutit avec difficulté, mais il semblait avoir retrouvé un semblant de confiance.

— Absolument rien contre, monsieur. Je ferai tout mon possible pour vous rendre votre dû. Ce n'est pas à Amy de payer à ma place et…

— Elle a aussi sa part de responsabilité, l'interrompit Roan, en même temps qu'il appuyait sur un interrupteur encastré dans la table.

La porte de la pièce s'ouvrit et les deux vigiles entrèrent aussitôt.

— Kevin fait désormais partie du personnel du casino, expliqua Roan. Accompagnez-le à son hôtel pour qu'il récupère ses affaires et installez-le dans une des chambres de service. Ensuite, vous l'enverrez en cuisine, sous les ordres de Pierre.

Amy regarda son cousin se lever, l'air hagard, et suivre les deux hommes en silence après lui avoir adressé un petit geste de la main. En silence, elle attendit que Roan prenne la parole, incapable d'imaginer ce qu'il lui réservait par la suite.

Sans la regarder, il alla débrancher la caméra de surveillance et s'approcha d'elle d'un pas lent. Elle le suivit des yeux, le cœur battant à tout rompre. Il s'appuya contre la table en face d'elle et pencha son visage sur le sien, l'étudiant longuement.

— Il semblerait donc que ma petite voleuse ait des principes ? dit-il enfin.

— Je n'aurais jamais songé à commettre un délit sans avoir de très bonnes raisons, répondit-elle, la tête fièrement dressée.

— Des bonnes raisons ? ironisa-t-il. A tes yeux, peut-être !

— Comme tu voudras, soupira-t-elle. Mais je voulais quand même te remercier.

— En quel honneur ? s'étonna-t-il.

— Tu aurais pu envoyer Kevin en prison… Tu ne l'as pas fait. Donc merci.

— Mais je t'en prie, dit-il avec son demi-sourire de mauvais garçon. Je ne suis pas un salopard sans cœur, tu sais…

— Ah non ?

Elle n'avait pu éviter qu'une pointe de cynisme perce dans son ton. Mais elle commençait à en avoir plus qu'assez de sa pose de gentleman. Certes, il avait su se montrer le plus charmant des hommes à plusieurs reprises, c'était d'ailleurs pour cela qu'elle avait craqué pour lui, mais, ces derniers jours, elle ne l'avait pas vu manifester la moindre ombre d'une émotion.

L'avait-elle enfin atteint avec son sarcasme ? se demanda-t-elle en percevant une étincelle de douleur traverser les yeux de Roan. Ou l'avait-elle imaginée ?

— Je suis peut-être dur, dit-il en se penchant sur elle et en la forçant à lever les yeux vers elle. Mais toi, tu n'es qu'une petite voleuse.

Amy tenta de ne pas montrer à quel point sa proximité la troublait.

— Et toi, tu es quoi ? Un homme capable de s'acheter une esclave sexuelle ? rétorqua-t-elle, surprise d'arriver à parler d'une voix maîtrisée. Nous allons peut-être devoir accepter que nous ne sommes pas, ni l'un ni l'autre, aussi irréprochables que nous le prétend…

La bouche de Roan sur la sienne l'empêcha de finir sa réplique, et malgré elle, elle sentit tout son corps s'enhardir sous la violence contenue qu'il dégageait. Elle avait éveillé sa colère, et en éprouvait un malin plaisir. Au moins, songea-t-elle, elle avait enfin réussi à susciter chez lui une émotion.

Elle lui rendit son baiser féroce, envahissant sa bouche avec sa langue, mordant ses lèvres quand il mordait les siennes, osant même enfoncer sa main dans les cheveux blonds de Roan pour l'embrasser encore plus profondément. Enfin, la passion revenait entre eux…

Mais d'un geste brusque, il se dégagea de son étreinte.

— Désolé, poupée, dit-il d'un ton nonchalant, comme si leur baiser ne l'avait pas affecté le moins du monde. On finira ceci à un autre moment.

Amy le laissa partir sans articuler un seul mot. C'était impossible de continuer comme cela. Elle ne supportait plus ce manque d'affection. Roan ne lui avait jamais murmuré de mots d'amour, mais les premiers jours, il était capable de gestes de tendresse, il la serrait entre ses bras longuement après avoir fait l'amour, il se montrait galant… Mais ça, c'était avant l'agression de Delminico. Depuis, il n'avait pas exprimé d'émotion qui ne soit pas liée à leur activité sexuelle. Et à présent, il devenait désagréable au milieu d'une étreinte.

Vaincue par la tristesse, Amy se recroquevilla sur sa chaise. Il fallait qu'elle parvienne à l'accepter une bonne fois pour toutes. Le cœur de Roan ne battait pas pour elle.

9

Alors que le dîner touchait à sa fin, Amy lâcha bruyamment la fourchette sur l'assiette où son repas à peine entamé refroidissait. Trois jours s'étaient passés depuis que Roan avait appris la vérité, et depuis, il ne lui avait pas prodigué la moindre caresse. La frustration, aussi bien affective que sexuelle, commençait à lui porter sur les nerfs et, malgré sa résolution à ne rien laisser transparaître, elle se sentait sur le point d'exploser.

— Eh bien ? lança-t-elle soudain d'un ton peu amène.

— Eh bien, quoi ? demanda Roan, en continuant à manger son tournedos avec appétit.

— Tu ne veux pas en parler, c'est ça ?

— Parler de quoi ?

Oh, ça, c'était de la mauvaise foi délibérée.

— De nous, expliqua-t-elle. De notre vie sexuelle ou… de notre manque de vie sexuelle, plutôt.

— Je vois, commenta-t-il, l'air de considérer attentivement la question. Veux-tu dire que tu te sens… insatisfaite ?

— A ton avis ?

— A mon avis, tu es une femme insatiable, dit-il avec un sourire carnassier et un clin d'œil. Comme je les aime.

Amy le regarda reprendre son dîner tandis qu'elle

comptait mentalement jusqu'à dix. Il ne fallait pas qu'elle se soucie de la réaction qu'elle provoquait, se rappela-t-elle avec calme. La priorité, c'était d'obtenir la preuve que Roan ressentait quelque chose. Dans ses rêves les plus fous, elle imaginait que Roan se rendait enfin compte qu'il ne pouvait pas vivre sans elle. Mais de façon plus réaliste, elle pourrait se contenter d'une explication cohérente. Et dans tous les cas, elle allait lui dire ce qu'elle avait sur le cœur.

— A ton avis, Roan, pourquoi ai-je aussi souvent envie de toi ? Pourquoi je ne me lasse pas, et je suis toujours prête pour toi, quand tu veux, comme tu veux ? Tu ne le sais pas ? Eh bien, laisse-moi te le dire : tu m'as dévoilé un monde nouveau, très excitant, et je n'ai qu'une envie, c'est d'aller plus loin.

Roan la regarda, pensif, comme s'il réfléchissait à ce qu'il venait d'entendre.

— Mais oui, bien sûr. Je crois que je comprends ce qu'il se passe, dit-il enfin avec un demi-sourire mauvais.

— Ah bon ? demanda-t-elle, sceptique.

— Tu es enfin prête à voler de tes propres ailes. Je t'ai éveillée à ta véritable nature, et ça, c'est le moyen que tu as trouvé pour me dire que tu veux te libérer de notre « arrangement ».

Amy le regarda, bouche bée, choquée.

— Mais non, Roan, c'est…

— Mais si, mais si. Et je crois que tu as raison. Nous avons tous les deux tiré de cette affaire tout ce que nous pouvions en espérer. Maintenant que ton cousin a pris en charge sa part de la dette, tu as honoré ta part du deal, dit-il plaisamment. Tu es libre de partir quand tu veux.

— Tu es stupide ou quoi ?

— Je te demande pardon ?

D'un bond, Amy se leva, prit son verre et le lança

violemment contre le mur. L'éclat du cristal brisé retentit comme un coup de feu dans le silence de la pièce.

— Pourquoi diable as-tu fait cela ? demanda-t-il.

— Parce que tu joues les abrutis ! dit-elle en contournant la table pour s'approcher de lui et le regarder droit dans les yeux. Oui, bien sûr que tu as libéré mes inhibitions et que tu m'as aidée à découvrir une part de ma sexualité que j'ignorais, mais ce n'est pas la raison pour laquelle je suis restée. Et ce n'était pas non plus pour m'éviter la prison.

— Ah non ? Et pourquoi es-tu restée, alors ?

— Bon sang, Roan ! Je t'aime ! En dépit de ce que tu as pu faire, en dépit de ton manque de confiance envers moi alors que je t'avais accordé la mienne sans te connaître. Comment peux-tu être si aveugle ? s'exclama-t-elle avec des sanglots dans la voix. J'ai tout fait pour que tu t'attaches à moi. Et je ne voulais pas en arriver là, mais regarde, j'y suis, à te supplier pour des miettes d'affection ! Tu m'as donné beaucoup de plaisir, mais tu n'as que faire de moi. Et je ne peux plus le supporter…

Les larmes coulaient copieusement sur ses joues, et elle les balaya, agacée, avec le dos de sa main.

— Je ne dirais pas que tu supplies, ma belle, dit enfin Roan d'une voix douce en lui caressant la joue.

La tendresse de ce geste éveilla une lueur d'espoir dans l'esprit d'Amy.

— Mais tu n'es pas amoureuse de moi, Amy, continua-t-il. C'est normal que tu confondes passion et amour, surtout après certains des jeux qu'on a partagés. J'ai dû, sans le vouloir, te rendre trop dépendante de moi en cultivant ton penchant pour la soumission.

Elle recula comme si elle avait reçu une gifle.

— Je ne suis pas une gamine ! Je sais parfaitement ce que je ressens. Je t'aime.

— Je regrette, Amy, répondit Roan avec un soupir. Je n'éprouve pas les mêmes sentiments à ton égard. Tu sais comme moi sur quoi était basée notre relation dès le début.

— Un échange de bons procédés, c'est ça ?

— J'allais dire le sexe, mais tu peux l'appeler ainsi, c'est juste aussi, dit-il, en soupirant de nouveau. Je ne t'ai jamais menti, ni fait de promesses romantiques. J'avais envie de toi, comme tu avais envie de moi. Un point c'est tout. Tu n'étais pas censée tomber amoureuse.

Oh, mais pourquoi était-elle si vulnérable devant lui ? se désola-t-elle. Pourquoi n'arrivait-elle pas à s'accrocher au peu qu'il lui restait de dignité pour tourner les talons et ne plus jamais voir cet homme ? Pourtant, elle le savait, elle irait coûte que coûte au bout de ses émotions.

— Je n'ai pas pu m'en empêcher, dit-elle. Je ne le voulais pas, c'est arrivé, malgré moi.

— Je suis désolé.

— Non, c'est moi qui suis désolée. Pour toi. Tu es si raide, si inquiet de garder le contrôle sur chaque parcelle de ta vie, que tu es incapable d'ouvrir ton cœur, tu es même incapable de montrer la moindre émotion. Je préfère être comme je suis, quitte à pleurer toutes les larmes de mon corps, qu'avoir un cœur de pierre comme le tien. Dis-moi, Roan, c'était quand la dernière fois que tu as éprouvé des sentiments pour quelqu'un ?

— Tu devrais rassembler tes affaires, dit-il alors, esquivant la question. Un de mes hommes te conduira où tu voudras. Fais ta valise, tu peux emporter ce que tu veux.

— Sauf ton cœur, dit-elle avec douceur. Et je ne veux rien d'autre.

Il secoua la tête tristement.

— Désolé, Amy. Je ne peux pas te le donner.

— Je sais.

Une sensation d'oppression comprima sa poitrine, et elle dut se concentrer pour respirer. C'était le poids de la défaite, pensa-t-elle. Il fallait qu'elle l'accepte. Roan et elle, c'était fini.

— Je vais voir qui peut se libérer pour te raccompagner, dit-il en se relevant pour quitter la salle à manger sans même lui adresser un dernier regard.

— Au revoir, murmura-t-elle.

Elle savait que c'était la dernière fois qu'elle le voyait. Après la grande déclaration qu'elle venait de lui faire, elle l'avait effrayé avec ce débordement d'émotions et de mots, et plus jamais il ne voudrait l'affronter. Pourtant, elle savait qu'il ressentait quelque chose pour elle. La tendresse de certains de leurs moments n'aurait pas été possible autrement, mais Roan était trop têtu pour l'admettre.

Leur histoire était donc bel et bien finie, se répéta-t-elle. Elle avait tout misé sur une seule carte, et elle avait perdu.

Assis face au mur de verre de son bureau, Roan broyait du noir. Il consulta la pendule accrochée au mur. A l'heure qu'il était, Amy devait avoir quitté sa suite. Sauf qu'il n'avait aucune envie d'y retourner.

Agacé, il fit pivoter son fauteuil. Le souvenir des derniers mots d'Amy résonnait dans ses pensées, et il ne pouvait plus supporter son propre reflet dans la surface vitrée, qui semblait lui reprocher son refus entêté à admettre à quel point elle avait raison.

Avec un soupir, il se laissa aller contre le dossier de son siège et ferma les yeux. L'image du corps d'Amy revenait à son esprit comme la douleur à un membre amputé et il avait l'impression que son parfum embaumait l'air de la pièce. Ses lèvres souffraient du manque des siennes.

— Bordel, grommela-t-il en tapant du poing sur la table sans ouvrir les yeux, dans l'espoir de dissiper ces souvenirs douloureux.

Quelle sorte d'homme était-il devenu, pour rester ainsi à sa table, pétri de regrets à propos d'une femme qu'il avait éconduite de la façon la moins courageuse qui soit ? Le plus dur, c'était qu'Amy avait tapé juste, il n'était qu'un lâche, incapable de faire face à ses propres sentiments.

Beaucoup de femmes étaient passées dans sa vie. Il avait pris ce qu'il avait à prendre, sans jamais chercher à les retenir, ni à se raconter de jolies histoires. A l'exception de Julia. A l'exception d'Amy.

Le désir que Julia avait éveillé en lui l'avait aveuglé. Il était tombé fou amoureux d'elle, sans retenue. Pas elle, à son grand dam. Lorsqu'elle l'avait quitté, il avait souffert, par amour et par fierté, beaucoup plus qu'il n'avait jamais voulu l'admettre. Lorsqu'il avait raconté à Amy sa liaison avec Julia, il l'avait décrite comme une affaire sans importance, mais ce n'était qu'une pâle version de la réalité.

Si Julia l'avait blessé si profondément, elle lui avait aussi donné les armes pour ne plus se retrouver dans la même situation. Après elle, il n'avait eu aucun mal à éviter les pièges de l'amour… Jusqu'à ce qu'Amy arrive dans sa vie, songea-t-il, sentant une vieille douleur se réveiller dans sa poitrine, qu'il refusa de nommer. Il était hors de question que ses émotions le conduisent là où il s'était juré de ne plus jamais retourner.

Il s'agrippa au bord de la table et inspira profondément. Plusieurs fois. Un semblant de calme retrouvé, il put enfin se décider à regagner sa suite.

C'était dur de l'avoir perdue, oui, mais au moins, c'était lui qui avait pris la décision. Et il avait mal, mais c'était plus simple de maîtriser une douleur qu'il avait lui-même causée, que de baisser la garde pour se retrouver, au moment où il s'y serait attendu le moins, le cœur brisé.

Le calme qui régnait dans sa suite l'accueillit d'un silence moqueur.

— Je suis mieux sans elle, murmura-t-il à son image dans le miroir de l'entrée.

Mais ses propres yeux réfutaient ces paroles. Il regarda ailleurs. Il n'était pas encore convaincu, d'accord, mais il finirait par l'être, s'il se le répétait souvent.

10

Elle n'avait vraiment pas besoin de cela, songea Amy, lorsqu'elle apprit que Tim Duffy était l'un des deux hommes chargés de la raccompagner chez elle.

A présent, assise à ses côtés sur la banquette arrière de la limousine, elle gardait le regard rivé à la vitre fumée, tandis que le molosse, elle pouvait le sentir, ne la quittait pas des yeux.

Ce fut un soulagement lorsque la voiture aborda sa rue. Le chauffeur n'avait même pas eu le temps d'arrêter le moteur qu'elle était déjà en train de sauter sur le trottoir. Elle saisit d'un geste impérieux le petit vanity qu'elle avait emporté avec elle et ferma la portière d'un coup sec sans même remercier les deux hommes.

A sa surprise, Tim Duffy quitta aussi la voiture.

— Ne vous donnez pas la peine de m'accompagner, dit-elle par-dessus son épaule. Je connais le chemin.

D'un pas pressé, elle franchit la porte et monta jusqu'à son appartement. Oh, que c'était bon de se retrouver à la maison ! pensa-t-elle, en posant à la va-vite ses affaires sur la commode de son entrée minuscule. Elle étouffa un juron lorsque son sac tomba, et se mit à genoux pour ramasser les affaires qui s'étaient éparpillées sur le parquet. En se relevant, elle laissa échapper un cri de frayeur.

Tim Duffy se tenait en face d'elle, sur le seuil de la porte d'entrée. Son estomac se noua, mais elle se sentait tellement en colère qu'elle sut lui parler de façon péremptoire.

— Allez-vous-en.

— Vous avez oublié vos lunettes de soleil, dit-il sans pour autant les lui tendre.

— Laissez-les sur la commode et partez.

— Je veux que vous les preniez vous-même, dit-il, en avançant vers elle.

— Et moi, je veux que vous partiez, dit-elle d'une voix ferme, malgré la peur qui la tenaillait.

— Prenez-les, dit-il avec son regard inquiétant toujours rivé sur elle.

— D'accord, dit-elle en allongeant le bras pour en finir au plus vite.

Sauf qu'il ne les lui donna pas. Tant pis, se dit Amy, elle ne comptait pas s'approcher de lui d'un seul centimètre.

— Vous savez quoi ? Gardez-les, siffla-t-elle.

— Oh, que je suis maladroit, s'excusa-t-il de façon hypocrite, après avoir laissé tomber sciemment les lunettes. Vous devriez les ramasser, princesse.

— Dehors. Maintenant, ordonna-t-elle, commençant à perdre son sang-froid.

Il recula d'un pas et ferma la porte. Amy commença à paniquer. Elle était enfermée chez elle avec cet abruti, et personne ne savait qu'elle était là. Elle ne pouvait pas se laisser intimider, ou alors elle était perdue.

— Que voulez-vous ? demanda-t-elle, reculant malgré elle devant ces yeux affamés.

Il humecta ses lèvres fines comme une ligne.

— Juste un peu de ce que tu as déjà donné à Cavello

et… à Delminico. Oh, ne fais pas l'innocente ! Je t'ai vue depuis la salle de contrôle, dit-il avec une grimace de charognard. Depuis ton arrivée, j'ai passé beaucoup de temps devant les écrans de surveillance. J'ai spécialement apprécié ta prestation dans l'ascenseur.

Amy contint son souffle, sentant ses joues rougir de honte. Ce type l'avait vue… Oh, c'était trop dégoûtant pour y penser.

— Je pense que vous devriez partir. M. Cavello n'aimerait pas apprendre ce que vous venez d'avouer.

— Il s'en fout, Cavello. Sinon, il ne t'aurait pas filée à Delminico.

— Si vous étiez en train de regarder, vous avez dû voir la scène jusqu'au bout. Roan est arrivé avant que Delminico puisse faire quoi que ce soit.

— Je n'ai pas vu la fin. Mais peu importe si Cavello a changé d'avis à la dernière minute. Il n'est pas là, maintenant.

— Il vous licenciera, menaça-t-elle d'un ton ferme. Je n'ai qu'à l'appeler.

Le rire gras de Tim couvrit la fin de sa phrase.

— Il n'en a plus rien à cirer de toi, princesse. Il fait ça tout le temps : baiser des femmes et les larguer ensuite. Sauf que, normalement, elles partent avec un cadeau d'au revoir. J'imagine que le tien, c'était de t'en tirer sans passer par la case prison.

Elle passa devant lui en prenant soin de ne pas le frôler pour rouvrir la porte de son appartement.

— Allez-vous-en, ordonna-t-elle d'une voix ferme.

— Tant pis pour toi, dit-il finalement, en haussant les épaules.

Dès qu'il fut sorti, Amy ferma la porte à clé, tourna le deuxième verrou et passa la chaînette de sécurité avant de s'assurer par le judas que Tim n'était pas resté sur le palier. Personne de ce côté-là, elle traversa le salon et regarda par la fenêtre qui donnait sur la rue. Les jambes en coton, elle attendit que le vigile sorte de son immeuble et monte dans la voiture avant d'oser lâcher un soupir de soulagement. Bon Dieu, elle avait vraiment besoin d'un verre. Ou dix plutôt.

Malgré une nuit de sommeil intermittent, Roan entama sa journée pratiquement convaincu de ne plus regretter d'avoir quitté Amy. Avec une détermination farouche, il travailla d'arrache-pied, bouclant dossier sur dossier et s'acquittant de ses obligations sociales avec un dynamisme sans faille. Pourtant, il n'arriva pas à avaler une seule bouchée de l'excellent saumon que le chef lui avait préparé pour le déjeuner et, malgré lui, il dut reconnaître que sa façade de bonne humeur pouvait s'écrouler d'un moment à l'autre.

Il repoussa le plat, agacé. Il faisait beau dehors, observa-t-il. Voilà qui lui ferait du bien. Du soleil, du vent et une bonne virée en voiture. Il appela son assistant.

— Brad, s'il vous plaît, demandez au garage de sortir la Mustang. J'ai envie de faire un tour.

— Oui, monsieur. Mais, et votre rendez-vous avec Greg Lynch ?

— Remettez ça à un autre jour. Ce n'est pas urgent.

— Bien sûr, monsieur.

Roan quitta son bureau par la porte du fond, imperméable à l'air de reproches que son assistant affichait. Tout ce qu'il voulait, c'était tout oublier en roulant à tombeau ouvert sur les routes du désert.

Lorsque la porte de l'ascenseur s'ouvrit au sous-sol, il

entendit les voix de deux de ses hommes, Tim et Gordon, qui discutaient à l'entrée du garage. Sans doute profitaient-ils de leur temps de pause, pensa-t-il, car Gordon était en train de fumer.

— Alors, mec, ces dix dollars ? dit ce dernier en mâchouillant sa cigarette.

— Je vais te les donner, répondit Tim, hargneux. Mais arrête de me tanner avec ça.

— Mais je te l'avais dit, qu'elle n'allait pas vouloir de toi, mec, ricana son collègue.

Quelque chose dans l'attitude de Tim attira l'attention de Roan, et il resta en silence derrière sa voiture pour ne pas être aperçu.

— Va te faire foutre, Gordon, marmonna Tim. J'aurais pu l'avoir si j'avais voulu. Tu as bien vu les images, non ? C'était une vraie salope, je te dis.

— Mouais, non, j'suis pas d'accord. Je crois qu'elle et le boss avaient un truc. Il s'est passé quelque chose de spécial entre eux.

— Arrête de regarder ces films pour nanas, Gordon. C'est quoi, pour toi, un truc spécial ? Cette salope l'a volé, et il s'est remboursé en nature, voilà tout.

— Nan. Tu es vexé parce qu'elle a pas voulu de toi.

Soudain, Roan comprit. Ses employés étaient en train de parler d'Amy, et, à l'évidence, Duffy avait tenté de coucher avec elle. Son sang ne fit qu'un tour, et sans savoir comment, il se retrouva à empoigner Tim contre le capot de la voiture la plus proche.

— Qu'est-ce que t'as fait ? siffla-t-il d'une voix menaçante, en le regardant droit dans les yeux. Et ne me raconte pas de conneries.

— Rien, monsieur, bredouilla le molosse, complètement paniqué.

— Réponds-moi. Que s'est-il passé ? Qu'as-tu fait à Amy ?

— Rien, monsieur. Il ne s'est rien passé.

— Tu l'as agressée ? Blessée ? insista Roan, fou de rage à l'idée qu'Amy ait encore pu souffrir à cause de lui. Parle !

— J'ai... j'ai juste essayé d'avoir une part du gâteau, bredouilla le vigile, tremblant comme une feuille. Cette salope me rendait fou.

Roan le relâcha d'un geste brusque et recula. Il fallait qu'il arrive à se calmer. Amy n'avait rien, c'était ça le plus important, se répéta-t-il, en inspirant profondément.

— Tu es viré.

Duffy le regarda, interdit, les lèvres plissées dans une grimace d'enfant gâté.

— Mais qu'est-ce que ça peut vous faire ? protesta-t-il. J'ai travaillé pour vous pendant dix ans, et vous allez me virer à cause de cette garce ? Vous l'avez filée à Delminico, et moi, j'y ai pas droit ?

— Ne t'avise pas de parler d'elle dans ces termes, fulmina Roan, les poings serrés. C'est une femme très spéciale, et tu n'avais aucun droit de la traiter comme tu l'as fait ! Tu as trahi ma confiance et tu as de la chance de t'en tirer à si peu de frais.

— Vous voulez que je vous dise, Cavello ? répliqua Tim. Vous êtes un hypocrite, à vous la jouer maintenant comme si elle vous importait. Si elle était si spéciale, pourquoi vous l'avez larguée, hein ? Si vous n'en avez rien à cirer d'elle, qu'est-ce que ça peut vous faire que je la baise ? Bordel, elle pourrait se taper n'importe quel client de ce casino, vous vous en fichez. Alors, à quoi ça rime de me virer, moi ?

A ces mots, Roan cessa de réprimer sa colère. Il envoya de toutes ses forces son poing contre le nez de Tim, et le sang qui jaillit sur sa main, éclaboussant sa chemise, le remplit d'une joie sauvage. Il laissa échapper un grognement rageur, ct secoua la tête.

Le regard effrayé du vigile qui le fixait depuis le sol, le visage en sang, le ramena à la raison. La violence physique n'était jamais une solution, et il le savait.

— Sors-moi cette ordure du casino, dit-il en s'adressant à Gordon.

Sans attendre une réponse, il composa avec rage le code de sécurité qui verrouillait l'armoire à clés, impatient de se rendre auprès d'Amy. Il devait la trouver, tout de suite. Il devait s'assurer qu'elle allait bien, et il allait…

Qu'est-ce qu'il allait faire, ensuite ? se demanda-t-il soudain, incapable de trouver la suite logique de la phrase. Lorsque Duffy lui avait crié qu'il n'avait rien à faire d'Amy, son cerveau s'était insurgé. Qu'il tenait à elle, il le savait, il ne le savait que trop bien, car il souffrait de son absence depuis qu'il lui avait dit qu'elle devait partir. Mais à présent, toutes les raisons pour lesquelles il l'avait fait semblaient bancales et à peine plausibles. Il voulait bien se faire hacher menu s'il comprenait pourquoi il avait eu si peur d'accepter son amour et de la garder auprès de lui. Et, pour finir de l'humilier, il avait fallu que cet abruti de Duffy mette le doigt dessus pour qu'il comprenne à quel point il s'était comporté comme le roi des imbéciles.

11

Amy décida d'ignorer les coups qui frappaient à sa porte. Depuis l'expérience de la veille avec Tim Duffy, elle n'avait même pas osé s'approcher de l'entrée. Ce type lui avait semblé du genre à mal digérer un refus et à vouloir s'en venger. C'était l'une des raisons, d'ailleurs, qui la poussaient à quitter Las Vegas aussi vite que possible.

Elle continua à remplir le carton avec ses vêtements lorsqu'on frappa de nouveau. Les coups devinrent de plus en plus forts, jusqu'à ce que la porte vibre sous la force de chaque impact. Finalement, avec un soupir, elle se résolut à répondre, craignant que l'un de ses voisins ne s'alarme et n'appelle la police.

Lorsqu'elle regarda à travers le judas, elle dut étouffer un cri de surprise. Roan. Amy déverrouilla à grand-peine les serrures de ses mains tremblantes et elle le regarda entrer sans attendre d'y être invité. Avant qu'elle n'ait pu articuler le moindre mot, il ouvrit les bras et les serra avec désespoir autour d'elle.

— Je suis si désolé, murmura-t-il en la berçant contre lui.

Il la serra si fort que c'en était presque douloureux, mais en même temps, songea Amy, elle n'allait pas protester. Même si elle ne comprenait rien à ce qu'il se passait, c'était trop bon de se retrouver de nouveau contre la poitrine de Roan.

— Je ne savais pas que Duffy pouvait songer à t'agresser. Tu vas bien ? demanda-t-il en palpant son corps avec douceur, comme s'il voulait s'assurer qu'elle n'était pas blessée.

Elle s'écarta de lui juste assez pour le regarder.

— Je vais bien, il ne m'a même pas touchée.

— J'ai été un parfait imbécile, dit-il, l'étreignant de nouveau. Si je ne t'avais pas laissée partir…

Le cœur d'Amy battit au rythme de l'espoir, même si elle voulait se raisonner de peur d'être encore déçue. Car peut-être que Roan voulait juste s'assurer qu'elle allait bien et qu'il allait encore lui donner le coup de grâce avec des mots blessants.

— Je vais bien, je t'assure, je vais bien.

— J'ai tout gâché, Amy, dit-il, comme s'il ne l'entendait pas. Tu ne voudras probablement pas me pardonner, et je ne pourrai pas te blâmer si tu ne le crois pas, mais je suis vraiment désolé. Je n'aurais pas dû te mettre dehors comme cela.

Amy sentit l'espoir et le désespoir se battre en duel dans sa poitrine.

— Et comment aurais-tu dû le faire alors ?

— Je n'aurais pas dû le faire. D'aucune manière. Tu… C'est avec toi que je veux être, et je veux que tu sois avec moi, près de moi, chez moi. Je m'en fiche si tu me quittes au bout d'une semaine ou d'un mois, ou si notre histoire ne tient qu'un an. Ce sera toujours ça de pris.

Amy sentit les larmes embuer son regard. Ainsi, c'était la peur qui l'avait fait agir comme il l'avait fait ? Un fol espoir se mit à danser en elle. Ce n'était pas que Roan ne l'aimait pas, non. Mais il avait tellement peur de la perdre qu'il avait préféré devancer l'éventualité en la quittant le premier. C'était une logique désastreuse, mais elle pouvait le comprendre. Elle se mit sur la pointe des pieds pour pouvoir lui parler tout contre sa bouche.

— Et si finalement, je ne pars jamais ?

— Amy, ne te sens pas obligée de me promettre quoi que ce soit. Nous sommes adultes tous les deux, et nous savons ce qu'il en est des relations... qui finissent toujours un jour.

— Chut. Nous allons être ensemble, et nous allons être indécemment heureux. Et si cela ne te convient pas, tu peux prendre la porte et comme ça je peux finir de faire mes valises. Je vais quitter cet appartement aujourd'hui, quoi qu'il en soit. Soit avec toi, soit pour retourner dans l'Oregon...

Il la regarda, interdit, ouvrant et fermant la bouche comme s'il avait perdu l'usage de la parole.

— D'ac... d'accord. Je suis d'accord sur le principe. Mais... J'ai une confession à te faire.

— Et c'est ?

— Je voulais mettre de la distance entre nous pour ne pas m'attacher trop à toi. Cela n'a pas marché, dit-il en la serrant contre lui avant de continuer. Je croyais que tu allais partir à la fin de notre deal, c'est pour cela que je t'ai quittée. Je suis un crétin fini.

— Oui, murmura-t-elle.

— Je suis fou amoureux de toi, Amy. Je ne veux pas te perdre, je ne veux même pas te perdre de vue une seule seconde. Seras-tu capable de le supporter ?

— Je dois pouvoir, je pense, murmura-t-elle, la voix étranglée par les larmes. Et maintenant, ramène-moi chez nous.

Composé et édité par HARLEQUIN

Achevé d'imprimer en mai 2015

CPI
BLACK PRINT

Barcelone

Dépôt légal : juin 2015

Pour l'éditeur, le principe est d'utiliser des papiers composés de fibres naturelles, renouvelables, recyclables, et fabriquées à partir de bois issus de forêts qui adoptent un système d'aménagement durable. En outre, l'éditeur attend de ses fournisseurs de papier qu'ils s'inscrivent dans une démarche de certification environnementale reconnue.

Imprimé en Espagne